诗歌翻译
审美境界
研究

 王平○著

 西南财经大学出版社
Southwestern University of Finance & Economics Press
中国·成都

图书在版编目(CIP)数据

诗歌翻译审美境界研究/王平 著.—成都:西南财经大学出版社,
2023.10
ISBN 978-7-5504-5960-1

Ⅰ.①诗… Ⅱ.①王… Ⅲ.①诗歌—文学翻译—研究 Ⅳ.①I106.2

中国国家版本馆 CIP 数据核字(2023)第 199982 号

诗歌翻译审美境界研究
SHIGE FANYI SHENMEI JINGJIE YANJIU
王平 著

责任编辑:李 才
责任校对:周晓琬
封面设计:何东琳设计工作室
责任印制:朱曼丽

出版发行	西南财经大学出版社(四川省成都市光华村街55号)
网 址	http://cbs.swufe.edu.cn
电子邮件	bookcj@swufe.edu.cn
邮政编码	610074
电 话	028-87353785
照 排	四川胜翔数码印务设计有限公司
印 刷	成都市火炬印务有限公司
成品尺寸	170mm×240mm
印 张	16
字 数	271 千字
版 次	2023 年 10 月第 1 版
印 次	2023 年 10 月第 1 次印刷
书 号	ISBN 978-7-5504-5960-1
定 价	88.00 元

前　言

　　笔者从《文学翻译探索》（2004 年）开始从事文学翻译美学研究，已近二十年。对诗歌翻译审美境界，笔者思考了很久。审美境界是美学研究的一个难点，这与审美境界作为一个审美范畴不容易明确界定有很大关系。境界最早源于佛教文化，后来进入中国传统美学理论。传统美学理论往往把审美意境与审美境界相提并论，没有区分。国内美学界中，王国维《人间词话》对审美境界第一次做了比较系统的阐述，但多为点到为止，留给学者很多阐释空间。就诗歌翻译层面的审美境界研究而言，国内翻译界几乎是空白。辜正坤、顾正阳、陈大亮等学者的诗歌翻译美学研究侧重于诗歌翻译的审美意境研究，对诗歌翻译审美境界的研究几乎没有涉及。

　　本专著是在诗歌翻译审美境界研究方面的一个积极探索，其研究意义和价值主要有以下几个方面。其一，《诗歌翻译审美境界研究》对诗歌审美意境和诗歌审美境界做了适当的区分。比较而言，诗歌审美意境主要指诗歌作品的审美时间和空间所包含的审美意蕴，诗歌审美境界包含了审美意境，既指诗歌审美时间和空间的意蕴，也指诗人主体的人格修养的深度和高度。其二，从诗人主体人格境界的角度出发，笔者认为，优秀的诗人，无论是汉语诗人还是英语诗人，都有人格境界，值得比较研究，因此《诗歌翻译审美境界研究》涉及汉语和英语诗人主体人格境界的研究。其三，诗歌翻译主体研究主要涉及诗人和诗歌译者，优秀的诗歌译者也有人格境界，《诗歌翻译审美境界研究》对诗歌译者的人格境界做了一定深度的探讨。其四，《诗歌翻译审美境界研究》对审美境界范畴不做抽象、笼统的阐述，而是侧重审美鉴赏，从主体审美理想、审美感知、审美想象、审美情感、审美认识和诗歌客体的音美、意美、神韵美、风格美等层面多角度地分析诗歌翻译中审美境界的再现。

　　《诗歌翻译审美境界研究》包含引论和五个章节。引论主要探讨诗歌审美主体和诗歌境界、诗歌译者主体和诗歌翻译境界、诗歌审美客体和诗歌境界。第一章探讨诗歌翻译中主体境界的再现，包括两个主要部分：一是诗人主体的文化宇宙观、审美理想、审美感知和想象、审美情感、审美认识所展现的审美境界；二是译者主体审美理想、审美情感和审美认识所展现的境界。第二章探讨诗歌翻译中审美意象层面的境界再现，主要涉及诗歌自然意象和人文意象的境界再现、诗歌人物意象生命体验的传达。第三章主要探讨诗歌翻译中审美意境与境界再现，涉及诗人主体的审美感知心理与意境（境界）、诗歌意象结构与审美境界、诗歌审美意境层面的境界再现。第四章探讨诗歌翻译中审美神韵层面的境界再现，包括诗歌自然意象神韵和人文意象神韵的再现。第五章探讨诗歌翻译中审美风格层面的境界再现，包括诗歌客体和主体层面风格、微观和宏观层面风格、诗歌译者风格和诗歌审美风格层面的境界再现。

王平

2023 年 7 月

目 录

引　论

　　中国传统文化典籍中所说的境界最早出现于佛家典籍中，如《如来庄严智慧光明入一切佛境界经》，佛经中更多出现的是境。这里的"境界""境"都指心境。中国传统美学理论中的境界作为审美范畴往往与意境融为一体。王国维所著《人间词话》正式提出境界范畴，意义深远。宗白华、朱光潜、蒲震元对审美境界的研究更为深入。《唐宋词抒情美探幽》认为境界是"人与世界接触的层次"（吴小英，2005）。比较而言，境界涵盖审美主体与审美客体，意境侧重于审美客体。中国传统美学对意境范畴的探讨比较全面和深入，而对境界范畴的探索在深度和广度上都明显不足。文学翻译美学研究存在同样问题。陈大亮在《文学翻译的境界：译意·译味·译境》中探讨了文学翻译审美境界的再现，但不是针对诗歌翻译。笔者的《文学翻译探索》《文学翻译语言艺术研究》《宋词翻译美学研究》《文学翻译审美范畴研究》《文学翻译理论体系研究》《文化比较与文学翻译研究》等论著探讨了诗歌翻译意境的阐释与再现，涉及境界范畴，但没有系统、深入地研究。《诗歌翻译审美境界研究》就是对前期研究的归纳、反思、梳理和深化。诗歌翻译审美境界涉及主体和客体，其中主体包括作者、译者和译语读者，客体包括原作和译作。

第一节　审美主体与诗歌境界

　　审美主体境界与主体的文化宇宙观、审美理想、审美感知和想象、审美情感、审美判断和认识相关。文化宇宙涉及文化空间与文化时间，一个民族的宇宙时空体验是一种文化境界，审美主体的文化宇宙观反映了本民族的宇宙时空体验，展现了一种文化境界。笔者的《文化比较与文学翻译研究》探讨了中西文化的宇宙观。

一、文化宇宙观与诗歌境界

中国传统文化认为宇宙是道、气,宇宙观就是人生价值观,宇宙体验就是生命体验。就道而言,儒家的道德宇宙是人(仁)道,是君子之道,是立于社会之道。道家的自然宇宙是天道,是隐士之道,是立于天地之道。佛家把宇宙天地纳入内心,灵魂就是天地。中国传统文化中的道都是安身立命之道、和谐之道(儒家之人和、道家之天和、佛家之心和)都包含了宇宙生命智慧,体现了人格境界,富于诗性和灵性。就气而言,中国传统文化认为宇宙是气,气生万物,气贯天地,主体因气而有品格,有灵性,有智慧。儒家的浩然之气是品格,是高的境界;道家的仙气是灵性,是远的境界;佛家的心气是智慧,是深的境界。

西方文化的宇宙是物质的宇宙,是宗教的宇宙。西方民族对宇宙怀有好奇,故有探索之精神;也有敬畏,故有虔诚之体验;还有征服欲,故有抗争之意志。所以,西方文化的宇宙体验是一种崇高体验,也是一种境界。比较而言,中国美学范畴不涉及崇高,但主体有崇高体验,尤其儒家志士志存高远,拼搏进取,赞美生命。西方美学不涉及气,但主体有气的体验。英国诗人雪莱气魄宏大,其诗有排山倒海之气势。女诗人艾米莉·勃朗特则有超凡脱俗、特立独行的孤傲之气。诗人身居偏僻荒凉的山村,孤寂冷清的荒原就是其生命宇宙和精神家园。诗人漫游荒原,形成了其狂放不羁的人格、愤世嫉俗的思想和奇异瑰丽的想象,其人格境界和艺术才华非常人所能企及。同为女诗人,中国的李清照既是婉约词大家,有阴柔妩媚之气,也有雄豪之气。有诗家评论李清照:"易安倜傥,有丈夫气。"

中国文化宇宙观既涉及主体境界,也关注万物万象万态,体察物态、物理、物情、物性。中国美学认为万物有灵,万物齐一,主体与天地万物灵气往来,主体人格境界化为花草鸟虫、山川风雨之境界,梅兰竹菊已成为文人君子品格的化身。《红楼梦》中有大量的咏物诗,涉及菊花、海棠花、梅花等,或超凡脱俗,或清新淡雅,或闲情逸致,皆成境界。英诗也不乏咏物佳作:华兹华斯写水仙花灵动而欢快,让人流连而忘返;费瑞诺写金银花妩媚而凄冷,令人黯然而神伤——都有境界。

二、主体审美理想与诗歌境界

主体审美理想包括社会理想、艺术理想、审美需求、人格理想等。笔者所著《文学翻译探索》探讨了主体的社会责任感、历史使命感、忧患意识和自我意识。责任感和使命感是主体的社会担当意识，是神圣崇高的精神体验。忧患意识是主体的爱国情怀和仁者情怀，自我意识是主体高度自信和自觉的体验。责任感、使命感、忧患意识和自我意识内化为主体浩然之气，升华为人格境界。屈原是伟大的爱国主义诗人，翻译家孙大雨对其十分敬仰，称其为"具有非凡魄力的伟人"，既有崇高信念，又充分自信，其诗歌境界高远雄奇，流传千古。宋代辛弃疾具有强烈的爱国精神和英雄意识，具有大我情怀，学界评价说："苏词旷，辛词豪。"其中的"豪"就是境界。屈原和辛弃疾都是英雄失意，但屈诗悲情多，辛词豪情多。

中国传统文人的自信是对自身人品和能力的充分肯定。李清照词风婉约柔媚，但又气魄宏大。蔡燕（2006）所著《唐诗宋词艺术与文化审视》认为李词表达了自尊自强自信，具有内在精神骨力，传达了女性的大自信。自信就是境界。比较而言，唐代诗人身逢盛世，壮志凌云而自信自强，故其诗境界雄豪；宋代诗人学力深厚，情趣高雅而自赏自珍，故其诗境界温婉雅致。诗人一般都有崇高理想和人格境界，英国诗人雪莱具有博爱之心和博大情怀，故其诗有雄浑气魄和非凡气势。刘晓春（2017）所著《灵魂如水：雪莱诗歌研究》认为诗人具有悲悯的情怀，有"最纯正的道德品性，充满了热诚的慷慨"。

主体的社会理想融和了艺术理想，也体现了主体境界，具有民族性、时代性和个性化特色。就民族性而言，主体艺术理想深受本民族文化美学传统的影响，民族特色鲜明。《文学翻译理论体系研究》指出中国文化理想追求诚与和谐，诚是一种人格修养境界，是主体的本真体验，儒家诚于天下，道家诚于天地，佛家诚于内心（王平，2017）。和谐是中国文化的最高理想，儒家之人和、道家之天和、佛家之心和都是和谐境界。中国美学追求中和之美，儒家之道德境界、道家之天地境界、佛家之心性圆融境界都体现了中和之美。中西美学都追求崇高美，但境界各异：中国美学强调主体道德人格之崇高，西方美学的崇高美是主体面对神秘强大的宇宙时内心的敬畏感和征服自然的自豪感。

就时代性而言，主体艺术理想深受特定时代的文化美学思潮的影响，时代特色鲜明。笔者在《文学翻译审美范畴研究》《文学翻译理论体系研究》中比较了唐诗和宋词的特点：盛唐时代波澜壮阔，绚丽多彩，诗人意气风发，拼搏进取，其人格境界昂扬向上，但到中晚唐，国力渐微，诗人普遍内心苦闷，其诗多表现含蓄朦胧的象征意境，对人生的品味更细更深，也是一种境界；宋代社会相对安定，生活富足，悠闲享乐成为一时风气，宋词多表达闲情逸致。吴小英（2005）所著《唐宋词抒情美探幽》认为唐宋词表达了富贵闲情（富贵情和闲情美）。笔者认为，宋词善于对人生体验进行纵深挖掘，在生命体验的深度上达到了很高境界。

审美需求是主体对实现自我价值的需求，是生命需求，是对安顿灵魂、寄托情感、提升人格、抒发理想的追求。安顿灵魂是主体最深层的需求。诗人李商隐、李贺身逢晚唐末世，仕途失意，壮志难酬，精神苦闷，只能以诗寄托情感，其诗境界缥缈朦胧，其生命体验达到了前人难以企及的深度。女诗人艾米莉·勃朗特生活困顿，内心苦闷，漫游荒原和诗歌创作成为其抚慰心灵的手段，诗人在诗歌的天地中暂时忘却了人间的失意和痛苦，内心的孤愤得到宣泄。诗人通过诗歌寄托情感，抒情是其根本需求。王国维评价李煜词"乃血书也"，李煜一生大起大落，既享尽荣华富贵又饱经人生磨难，其诗痛彻肺腑，自成境界。女诗人伊丽莎白·勃朗宁与丈夫罗伯特·勃朗宁的爱情与婚姻堪称诗坛传奇，爱情的力量让她奇迹般地战胜病魔，获得新生，《葡萄牙十四行诗》表达了诗人对丈夫的感激和崇拜，情感真挚，语言优美，以其强烈的震撼力和艺术感染力成为英语爱情诗的经典之作。

诗人通过创作提升人格品味和思想道德境界。儒家的伦理人格、道家的自由人格和佛家的超脱人格都是境界。胡晓明所著《中国诗学之精神》认为中国文人自得自乐，自彰自明，自娱自适，自珍自恋。笔者认为，自得自乐、自娱自适是一种生活态度和人生境界，林语堂对此尤为推崇。中国文人虽然大多不平则鸣，穷而后工，但也善于逍遥林泉，化解悲情，魏晋、宋代文人尤其如此。艾米莉·勃朗特一生清贫困顿，但她热爱大自然，从大自然景色中自得乐趣。自彰自明、自珍自恋是中国文人对人格节操的坚守。他们中有的个性张扬，勇于担当，对自我品德操守十分珍视，对自我才华高度自信，如屈原；有的洁身自好，寄情山水，不事权贵，如陶渊明——他们都自成境界。艾米莉·勃朗特人格傲岸，超凡脱俗，鄙视功名利禄，人格境界让人仰慕。

诗人通过诗歌抒发理想，言志寄情，其中"志"是指志向、志气。笔者在《文化比较与文学翻译研究》中探讨了中国儒家、道家和西方美学的审美理想。儒家追求崇高美和浩然之气，其人格理想是圣人、君子和仁人志士。道家追求天趣、真趣，人格理想是真人、幽人。儒家境界厚重，道家境界缥缈，佛家境界空灵。李清照词风婉约，但其人格也有豪迈之气，"九万里风鹏正举"境界阔大，诗人一生颠沛流离，饱经沧桑，但她不甘于消极沉沦，而是以宏大气魄提振生命，提升人格境界。西方美学追求崇高美，人格理想是骑士、英雄和神灵。西方美学的崇高美是一种宗教境界、真理境界，充满神秘感和幻觉感。但丁·罗塞蒂是唯美主义诗歌代表，追求艺术的纯美，通过直觉瞬间的灵悟、顿悟来传达永恒的真理，其诗有一种富丽堂皇、美轮美奂的魅力，自成境界。

三、主体审美感知和想象与诗歌境界

主体境界还涉及审美感知和想象，诗人通过感知和想象创造出独特的艺术空间和时间，形成诗意境界。笔者在《文化比较与文学翻译研究》中探讨了中西美学主体的审美感知和想象。中国美学强调主体听之以耳，听之以心，听之以气，达到神思境界。主体感知宇宙自然的万物万事，体察物态、物理、物情、物性，达到物我合一的境界。西方美学主体的感知和想象带有神秘神圣的宗教色彩。中英诗歌有大量的音乐描写，如泣如诉，如梦如幻。白居易的《长恨歌》有"嘈嘈切切错杂弹，大珠小珠落玉盘"，德莱顿的 *Alexander's Feast or the Power of Music* 则富于宗教神圣感。主体的感知和想象都能展现朦胧缥缈的境界。戴望舒的《夕阳下》《十四行》用"幽夜""幽灵""幽古""幽光"描写梦境，而柯尔律治的 *The Rime of the Ancient Mariner* 中描写的幽光则笼罩着阴森恐怖的神巫氛围。

四、主体审美情感与诗歌境界

前面谈到，美学主体的审美需求包括寄托情感、提升人格、抒发理想。其中，寄托情感是主体最直接的需求，审美情感能展现主体人格境界和道德情操。笔者的《文化比较与文学翻译研究》探讨了中西美学的审美情感。中国美学的情感论强调温柔敦厚，情真、性真、意真。在中国文学史上，早期诗歌的功能是言志，强调政治教化。比如，魏晋诗人开始关注自我抒情，他们身处乱世，内心惶恐，精神苦闷，往往醉酒狂歌，失于放纵。唐代诗人多处于盛世，意气风发，其情感体验痛快淋漓。宋代文人生活安闲富足，追求闲情雅趣。到了宋词的时代，中国古诗才真正进入抒情的天地。吴小英（2005）所著《唐宋词抒情美探幽》认为诗是"尽善尽

美"，追求"温柔敦厚"，词是"尽真尽美"，追求"艺术化的性情袒露"。笔者认为尽善尽美的诗境和尽真尽美的词境都是境界。元代文人理想破灭，心灰意冷，为了保身避祸，他们追求生活的彻底快活，也是一种境界。

中国美学主体的情感体验强调虚心、专心、静心，感悟宇宙人生。英国浪漫主义诗论也强调安静的创作心态，如华兹华斯诗常写静境。艾米莉·勃朗特一生孤独而安宁，她常漫步于凄清的荒原，或沉思于孤寂的陋室，安宁带给她灵魂的慰藉，激发了她非凡的想象。中国诗人的情感体验是以自我之才气与天地之元气相摩相荡，体验宇宙之生命。中国古诗追求气韵，唐诗气多于韵，宋词韵多于气，诗之气和词之韵都是境界。西方美学没有气的审美范畴，但有气的体验，它是主体神谕式的灵感体验、迷狂的酒神体验和神秘的宗教体验，也是一种境界。

美学主体的审美情感是一种文化情感，体现了本民族的文化特色。笔者在《文化比较与文学翻译研究》中探讨了中西文化的审美情感，包括自然情感和社会情感。自然情感是指主体对大自然季节更替和景物变迁的体验，中国诗人多伤春悲秋，深感人生苦短。比较而言，悲秋是更深刻的生命体验，蕴含了一种历史的厚重感、生命的沧桑感，是人生之秋、生命之晚，达到生命境界。中国古诗中元曲不仅写春秋，也写夏冬，少了凄苦悲凉，多了恬淡安闲。元代文人经历了社会人生的大动荡，已经心态平和，他们对秋情有独钟，多写秋思、秋怀、秋月、秋江、秋夜。

西方民族的自然情感充满了宗教的神圣感和人生的崇高感。比较而言，中国文化源于传统农业文化，中华民族对大自然有天生的亲近感；西方文化属于海洋商业文化，西方民族对大自然情感态度复杂，既敬畏崇拜又充满征服欲望。华兹华斯在诗中对大自然顶礼膜拜，表现神灵之境；雪莱诗则气势磅礴，对大自然充满挑战欲望，表现高远之境。英语诗人对大自然四季景色的体验也非常丰富；华兹华斯多写春景，雪莱多写秋色秋风。艾米莉·勃朗特一生居于荒原，对大自然的生命体验极其深刻，非常人能比。她心情愉悦时，眼中的大自然风光旖旎；情绪低落时大自然的景物则让她伤感惆怅。

诗歌还传达了本民族的社会情感。中华民族的社会情感包括家国情怀、人生感悟、爱国豪情、情爱相思等，西方民族的社会情感包括英雄情结、爱情的直白、原罪情结等。就家国情怀而言，中国文化是传统农业文化，中华民族的土地情结使其家国情怀的体验刻骨铭心，达到了生命境界。屈原对楚国故土依依不舍，杜甫漂泊一生，对亲友无比思念。南唐后主李煜亡国后思念故土，痛彻肺腑，王国维称李煜词为"血书"，李煜有赤子之心，故其词情真意切。南宋诗人思念中原故土，但朝廷腐败，其收复故国的希望破灭，他们满腔悲愤，其词悲壮苍凉，自成境界。比较而言，西方民族的海洋商业文化使其更具有冒险探索精神。诗人拜伦和雪莱长期旅居海外，对英格兰故土一直魂牵梦绕，其故国相思情真意浓，自成境界。

诗人的人生感悟是对生命的体验、对生与死的思考。比较而言，中国传统文人深感生命苦短，故奋发有为，而事业受挫时则逍遥林泉，优游人生，其对生命的思考达到了人生哲理的高度和境界，如陶渊明等魏晋诗人最早对生命与死亡进行了深刻反思。比较而言，中国诗人更关注今生，其诗虽令人伤感但不绝望，西方诗人更关注来世，安顿灵魂，其诗充满焦虑和恐惧，达到了宗教的冥想境界。艾米莉·狄金森、艾米莉·勃朗特对生命的体验和对死亡的思考极其深刻，境界奇异，尤其艾米莉·勃朗特的生死体验更有深度和震撼力。

爱情是诗歌的永恒话题。中国古诗表达了诗人对爱情的执着追求，体现了深刻的人文关怀，是情感之寄托、理想之追求和灵魂之安顿。中国文学史上宋词的爱情体验最为细腻委婉，缠绵悱恻，自成深境。杨柏岭（2007）的《唐宋词审美文化阐释》认为唐宋词在中国美学史上的特殊地位归功于"对爱的情思的自由抒发"，谱写爱情是词的"本色心态"。古诗的爱情体验能达到一种悲剧境界。李商隐堪称代表，诗人因身陷政治党派的权力斗争，精神压抑苦闷，其爱情诗传达了人生的幻灭感、虚无感。蔡燕（2006）的《唐诗宋词艺术与文化审视》认为李商隐诗是一种悲剧意识的诗化，诗人不求解脱，直面痛苦，其悲情具有纵深性和延展性。中国古诗的社会情感传达了儒家、道家、佛家的价值追求，具有超凡脱俗的文化品位。儒家追求阳刚之气和崇高境界，杜甫、辛弃疾、文天祥等儒家诗人富于爱国精神和悲天悯人的家国情怀，其诗境界沉雄高远。道家追求飘逸之神和逍遥境界，李白等道家诗人追求精神自由、人格独立，返璞归真，其诗境界或清新朴实，或瑰丽奇异。佛家追求圆融之美和智慧境界，王维等佛家诗人对宇宙天地静默冥思，其诗境界玲珑剔透。

西方民族的文化情感包括英雄主义、爱情的直白、原罪情结等。英雄情结源于西方民族对古希腊神话英雄的崇拜，赋予其诗歌以神圣崇高之美，华兹华斯、拜伦等诗人尽情抒发英雄主义情怀。就爱情体验而言，中国诗人对爱情和婚姻的执着是一种精神追求、理想操守、情感寄托、灵魂抚慰，含蓄温婉，缠绵悱恻。西方民族的爱情体验激情澎湃，富于宗教色彩，西方诗人对恋人、配偶顶礼膜拜，视其为圣灵。他们常陷入灵魂与肉体分离对抗的焦虑，在纵欲与禁欲之间摇摆，约翰·堂恩的情诗最为典型。爱伦·坡、莎士比亚、拜伦、雪莱、勃朗宁夫人、但丁·罗塞蒂的情诗都是经典之作。勃朗宁夫人的44首爱情十四行诗表达了对丈夫、著名诗人罗伯特·勃朗宁的感激和崇拜，如泣如诉，感人肺腑，诗人与爱人跨越千难万阻，相守相依，山盟海誓，海枯石烂。比较而言，勃朗宁夫人与丈夫的爱情经历了生与死的考验，刻骨铭心。但丁·罗塞蒂的101首爱情十四行诗则温情脉脉，柔情蜜意，弥漫着富贵华丽的气息，对诗人来说，爱情是心与心缔结成的神圣契约，是灵魂之间的交流，让恋爱双方心醉神迷。

西方民族的原罪情结是深刻的宗教体验，包括对上帝的崇拜、对彼岸世界的向往、对灵魂的救赎和安顿等。西方民族认为上帝创造世界和人类，无所不在、无所不知、无所不能，对其充满感激和敬畏。他们认为大自然的一景一物都是上帝灵光的显现。西方民族坚定的宗教信仰也是人生信仰、人生境界，艾米莉·勃朗特一生生活贫寒，性格坚毅，对人生始终抱有期望，以宗教信仰为精神支柱。

西方民族认为人今生今世要忍受苦难，来生来世才有幸福，彼岸世界才能安顿灵魂，艾米莉·勃朗特在教堂墓地里陷入对生与死的沉思，她祝愿死者享受天堂的快乐，不让其分担生者的痛苦和悲伤。原罪情结是西方民族灵魂深处的集体无意识，是挥之不去的负罪感，西方民族始终渴望灵魂救赎。约翰·堂恩早期信仰天主教，后皈依英国国教，这种宗教信仰的改变在诗人灵魂深处留下了抹不掉的阴影，内心被"叛教"的罪名所折磨，一生深感愧疚。

五、主体审美判断与诗歌境界

主体的审美判断和认识体现了本民族的文化价值观和思维方式。中华民族的审美认识包含象的直观、心的感受，气的体验、道的体悟、理的妙慧。其中，象的直观是象思维，诗人观宇宙天地的万物万象万态，体会物情物理，其笔下万物皆有灵性，生机盎然。屈原、李白气魄宏大，其诗景象阔大，展现宇宙意识和宇宙境界。陶渊明、王维诗善以小景传大情，展现深邃境界。心的感受是心思维，心是中国哲学核心范畴，诗人以空灵之心洞察宇宙人生，达到"明"的境界。中国词学中的"词心"既是审美感知也是审美认识的心思维。气的体验涉及中国美学的气认识论（气本论、气运论、气化论），主体人格之气（儒家浩然之气、道家仙气和佛家心气）与宇宙天地之气相融相合。道的体悟包括体道、悟道、识道，中国古诗是诗人对宇宙天地之道、社会人生之道的思考和探索，达到了人生哲理境界。理的妙慧是理趣，是一种人生智慧。

中国美学认识论的发展演变过程反映了时代特点，在古诗中得到了体现。屈原的《天问》通过170多个问题对宇宙天地、社会人生、历史政治提出疑问，以强烈的探索精神和求知欲望开创了中国古诗的理性境界，影响了陶渊明、苏轼等一代诗人。魏晋时期政治黑暗，社会动荡，文人墨客深感人生无常，朝不保夕，对生与死、神与形进行了深刻思考。陶渊明的《形影神》对人生的哲理探索达到了极高的理性境界。唐代诗人整体上注重艺术实践和感性体验，但杜甫、韩愈等强调学识学力，其诗富于理性品味，自成一格。在中国文学史上宋代文人学识修养最深，比较而言，唐代诗人行万里路，宋代诗人读万卷书，如严羽倡导识与悟，强调读书，影响深远。宋诗与唐诗相比，长于言理明志，自成境界。善于抒情的宋词中也有不少佳作对人生哲理的探索达到极高境界，深得王国维的推崇。西方美学认识论以理式为最高境界，以真理为最高追求目标，理性色彩更为浓厚。英诗中蒲柏、莎士比亚、雪莱等人的作品都追求真与善的价值，达到了理性美和伦理美的境界，莎士比亚诗中写到他的爱人具有真善美的品质（true、kind、fair），他的诗歌就是要歌颂这些品质。

第二节　译者主体与诗歌翻译境界

诗歌翻译主体包括译者与译语读者。译者阐释原诗境界，通过译语传达出来；译语读者通过阐释在脑海中再现原诗境界。因此，诗歌翻译境界是译者和译语读者共同创造出来的。诗歌翻译境界包含的主体审美理想、情感、认识和判断既涉及作者，也涉及译者和译语读者。

一、译者审美理想与诗歌翻译境界

笔者在《文学翻译理论体系研究》中提出中国译学追求诚与和谐的理想。诚是中国文人的最高价值信仰和道德操守，是一种道德修养境界。诗歌翻译者的诚体现为一种严谨的态度、对作者和原作的尊重、对译语读者的责任感。在更高层次上，诚是指译者把文学翻译视为实现人生价值的崇高事业，是译者对作者的敬仰。孙大雨（2007）敬仰屈原的伟大人格和崇高人品，在古稀之年翻译了《屈原诗选》。他在译文的长篇英文导论中评价屈原是"第一流的诗人、目光深远的思想家、大无畏的牺牲者"，具有"光耀照人"的信念，其行为"勇敢非凡"。孙译屈诗语言古朴，风格厚重，富于古典美，传达了诗人的人格境界和原诗的思想艺术境界。译者诚，才能达到和谐境界，即化境。译诗与原诗化而为一，这是文学翻译的最高境界。

诗歌译者的审美理想与其社会理想密切相联。许渊冲具有强烈的民族自豪感，其汉诗外译就是要扩大中国优秀文化的国际影响力，提升民族文化自信心，为民族争光。许译中国古诗追求美的境界，力求让异语文化的读者了解和欣赏中国古诗的独特之美。庞德痛感西方文明危机四伏，英语诗歌僵硬呆板，丧失活力，他认为中国儒家文化的道德价值观是恢复西方社会道德秩序的良方，中国古诗的诗性体验充满生命的诗意，于是他对儒家经典进行创造性接受，运用意象主义理论对中国古诗进行创造性转换，其英译汉诗具有独特魅力，自成境界。主体审美理想包含人格理想，优秀的翻译家都具有崇高的人格理想。笔者在《文学翻译理论体系研究》中探讨了中国译者的儒家人格和道家人格。儒家人格既有鲁迅、梁启超等仁人志士的刚猛性格，也有梁实秋温文尔雅的中庸人格和君子品格。道家人格以林语堂为代表，追求闲情逸致，体现出闲士隐士品格。翻译家辜正坤为儒雅之士，学贯中西，艺术造诣深厚，其古文功底更是令人叹服。在孟凡君眼中，其师"安恬旷达"，有"超逸之气"。辜正坤是诗人、学者型翻译家，长期研究中西诗歌理论，悟性过人，辜译中国古诗和英诗深得原诗神韵，境界很高。翻译家汪榕培是一位有真性情的本色译者，对陶渊明的人格十分敬仰，汪译中国古诗注重传达原诗的真情真义，自成境界，自成一派。

译者通过文学翻译实现审美理想，满足审美需求，它是译者对实现自我价值的需求，具有社会性和个体性。一方面，译者通过创造佳译丰富译语读者的思想情感，实现文学翻译真善美的价值。孙大雨翻译屈原诗选，旨在弘扬屈原的伟大爱国主义精神，向英语读者宣传中华民族的优秀文化精神和价值观。孙大雨（2007）在译诗导论中反复提到屈原的伟大人格和不朽之作，认为屈诗"激情的强烈""思想的深刻""想象力的高远""词汇量的丰富""格律神韵的力度"无与伦比，用词古雅，境界庄重肃穆。另一方面，审美需求是译者的生命需求，包括安顿灵魂、寄托情感、提升人格。安顿灵魂是译者最深层的需求，查良铮和孙大雨都是诗人型翻译家，在"文革"时期遭受磨难，人生困顿，通过诗歌翻译寄托情感，抚慰灵魂。提升人格是译者的最高追求，译者陶冶情操、提升修养。翻译家刘士聪、王宏印都淡泊名利，志趣高雅。刘译简淡而味远；王宏印作为诗人型翻译家，其《英译元曲百首》富于灵气，韵味十足。

译者审美理想具体表现为审美趣味。笔者在《文学翻译理论体系研究》中探讨了主体审美趣味，在中国文学史上魏晋文人潇洒风流，但其及时行乐的思想有其消极面。唐代诗人志向高远，其山水田园诗情趣淡雅。宋代文人最富于情趣，善于在生活中发现美、欣赏美，其诗歌把情趣提升为理趣，达到哲理境界。文学译者往往选择与自己气质、情趣相近的作家作品进行译介，查良铮、孙大雨、辜正坤、王宏印的译诗体现了其诗人气质。译者情趣越高雅，其译作境界就越高。译者主体境界还与审美感知和想象紧密相联。诗人型翻译家感知敏锐，想象丰富。辜正坤在《中西诗比较鉴赏与翻译理论》绪论中对汉诗美的描写可谓妙笔生花，体现了非凡的审美感受力，"断鸿惊月，恸英雄临觞扼腕之讴；残照飞红，发处子泪尽春闺之怨"。英国诗人但丁·罗塞蒂的诗善于描绘光和影，富于视觉效果，其 *Sudden Light* 的辜译（词曲风味体、文白相间体、全白话文体）成功再现了原诗的画境美、节奏美、音韵美、意境美。

二、译者审美情感与诗歌翻译境界

译者情感体验涉及情操、情绪、情境。情操指人格操守，体现人格境界。中国译者受传统文化浸润，追求君子操守和品格，林语堂倡导"性灵"，推崇陶渊明的人格。译者与作者情操相近，容易产生共鸣。英国诗人拜伦具有叛逆性格和斗士的抗争精神，翻译家苏曼舒与其在人生经历和人格气质上相近，产生了共鸣。孙大雨刚正不阿，嫉恶如仇，与屈原气质相近，他从诗人坚定的人生信念中找到了精神支柱，翻译屈诗让他在人生磨难中找到生活的力量。孙大雨在耄耋之年翻译屈诗，在人生暮年达到了其人格思想和翻译艺术的最高境界。与情操相比，译者在特定情境下的情绪具有动态性，作家型译者受情境、情绪的影响尤为明显。庞德在第二次世界大战结束后被囚禁，对战争带给人类的灾难进行了反思，痛定思痛，他通过翻译儒家文化典籍汲取中国文化智慧，力图重建西方社会的文明秩序。孙大雨的莎士比亚藏书在动乱中被掠，满腔忧愤中他翻译屈原诗歌，以纾解内心的苦闷。

三、译者审美认识与诗歌翻译境界

译者的审美认识和判断力展现了其思想境界，决定了译者对原作人生哲理境界的阐释深度。中国美学强调主体的才胆识力、顿悟、妙悟。比较而言，诗人型翻译家感觉敏锐，想象丰富，情感充沛；学者型翻译家学识深厚，眼光深邃。王宏印、辜正坤、孙大雨都是诗人、学者型翻译家。王、辜长期研究中国古诗，诗学理论造诣深厚，其译诗兼具学术品味和艺术趣味；孙大雨具有深厚的人文历史修养和独到的学术眼光，所译《屈原诗选》有长达一百五十页的英文导论和一百页的注释，对大量的中国古代文化历史典籍、人文地理文献资料、文艺作品进行了极其详细的考证，对屈诗进行了共时和历时的全方位解读，力求还原一个真实的屈原，体现了他极其严谨的学术态度。

第三节 审美客体与诗歌境界

一、审美意象与诗歌境界

诗歌的境界所展现的主体境界通过作品文本的意象美、意境美、神韵美、风格美等要素体现出来。

（一）诗歌自然意象与境界

笔者在《文学翻译审美范畴研究》中探讨了中国美学的意象范畴。诗歌意象主要包括自然意象、社会人文意象（包括人物形象、神话意象）。诗歌的自然意象能展现宇宙天地境界，社会人文意象能展现文化境界，人物形象能展现人格境界，神话意象展现理想和精神境界。诗歌自然意象包括山水草木虫鸟、春夏秋冬的四季意象等。中国古诗从《楚辞》《诗经》

起描写山水草木，源远流长，富于诗情画意，或壮阔，或幽深，或明丽，或朦胧，皆成画境。古诗的山水画境深受传统绘画的影响。宋画和元画是中国山水画的最高成就，宋词、元曲达到了古诗山水画境的最高峰。元曲中有不少作品描写了潇湘八景，马致远有五首曲描写洞庭秋月。比较而言，英诗的山水自然意象多呈现崇高瑰丽的境界，富于宗教气息。海洋是英诗常见意象，代表一种神秘莫测的力量。

就草木植物意象而言，中国古诗中的梅、兰、竹、菊是典型的君子意象，松、竹、梅被誉为"岁寒三友"，象征高洁人格。林语堂的《生活的艺术》阐释了中国传统花草所蕴含的人文境界，认为松有雄伟，梅有清奇，竹有纤细，柳有柔美。古诗中写梅的以林逋、陆游、姜夔、李清照等最为出色。林逋痴迷于梅，其诗写梅之暗香；陆诗写梅之傲骨（"一树梅前一放翁"）；姜诗写梅之冷香；李诗写梅之淡雅，超凡脱俗——皆成境界。李清照尤爱梅之幽香，沁人心脾，诗人从少女时代到晚年都有写梅之佳作，如早期"却把青梅嗅"、后期"玉瘦香浓，檀深雪散，今年恨探梅又晚"。元代文人对梅也情有独钟，如贯云石的《咏梅》（"有时节暗香来梦里"）、乔吉的《寻梅》（"冷风来何处香"）等。

古诗中菊象征君子品格。比较而言，梅清菊淡，司空图有"人淡如菊"；淡是一种人格境界，陶渊明写菊最负盛名。菊为秋花，又给人秋之寒意，感叹岁月飘零，韶华易逝。杜甫晚年有"丛菊两开他日泪"，意境悲凉，李煜有"菊花开，菊花残，塞雁高飞人未还"，表达亡国之君的故国情怀。李清照南渡之后人生飘零，凄凉孤苦，其"满地黄花堆积，憔悴损，如今有谁堪摘""帘卷西风，人比黄花瘦"表达内心的凄楚。古诗中兰富于高贵气质，象征主体的高贵身份和高尚品格。林语堂在《生活的艺术》中引用张潮的《幽梦影》，认为梅令人高，兰令人幽，菊令人野，莲令人淡。笔者认为兰高贵，所以有独处之幽，菊常见于田舍篱边，所以野。屈原对兰最为钟情，《离骚》有"朝饮木兰之坠露兮，夕餐秋菊之落英"。古诗中竹有傲岸挺拔之姿，象征大丈夫之伟岸人格，郑燮有"咬定青山不放松，立根原在破岩中"。毛泽东诗中的松淡定从容，"暮色苍茫看劲松，乱云飞渡仍从容"。英诗的草木植物意象表达了西方民族的文化情感，如象征爱情的玫瑰、表达欢快的水仙花。菲瑞诺的《野生金银花》堪称绝唱，表达了诗人对弱小生命的关爱，展现了一种生命境界。华兹华斯写了三首《致雏菊》，其中一首写到雏菊虽默默无闻、毫不起眼，但它温顺可爱，充满善意，给人间带去一丝温暖。

诗歌中除了花草意象还有动物意象，主要是虫鸟意象。中国古诗中的昆虫意象以蝴蝶、蝉最为有名。蝴蝶与古代庄周梦蝶的神话相联，富于传奇色彩，多表现梦境，如李商隐"庄生晓梦迷蝴蝶"，境界朦胧迷茫。中国现代诗人戴望舒的"我思，故我是蝴蝶"则意境缥缈轻灵，达到了人生哲理境界。秋蝉之鸣带给中国古人生命的悲凉感，如骆宾王以蝉表达内心之怨苦，柳永以蝉抒发对人生悲欢离合的深刻体验。英诗中济慈的《蝈蝈和蛐蛐》是描写昆虫的名篇，大自然从蝈蝈欢快的叫声到蛐蛐激越的鸣声，始终充满诗意。比起昆虫意象，诗歌中的鸟禽意象更为丰富。中国诗人多写杜鹃、鲲鹏、燕子、大雁，以寄托情感，表达人生感悟。杜鹃富于浪漫色彩，"望帝春心托杜鹃"，李商隐以杜鹃寄托内心无限的情思，直面爱情的失意、理想的破灭，反复咀嚼人生苦味而不求解脱，其爱情与人生体验的深度在中国古诗中无人超越，境界极高。鲲鹏最早出现于庄子的作品中，后成为古诗常见神话意象，表达诗人超拔向上、追求人身自由的强烈意志和精神渴求。李白诗中的鲲鹏彰显诗人的豪气豪情和狂放不羁的个性，境界极高。李清照以"九万里风鹏正举"传达凌云壮志，其境界堪与太白比肩。

与杜鹃、鲲鹏相比，古诗的燕子意象则传达诗人温婉惆怅的体验。白居易与张仲素的《燕子楼》唱和诗虽不是直接写燕子，但也颇负盛名。宋代诗人对燕子情有独钟，写得最多，也最好，尤以晏殊为代表。其"无可奈何花落去，似曾相识燕归来""罗幕轻寒，燕子双飞去"千古流传，诗人以燕子双飞反衬自己形单影只，以燕子归来感叹岁月流逝，物是人非。大雁在中国文化中是古老的文化原型意象，寄托离愁别绪、相思之苦，积淀了中国文人的集体文化心理。李煜的"塞雁高飞人未还"，意境凄清；范仲淹的"塞下秋来风景异，衡阳雁去无留意"，意境苍凉；李清照的"雁字回时，月满西楼"，意境哀婉。

英诗中的鸟禽意象主要有云雀、夜莺、布谷鸟、鹰等。云雀轻盈灵动，活泼欢快，深受诗人喜爱，雪莱、华兹华斯都有描写。雪莱的《致云雀》最负盛名，诗人笔下的云雀是欢快的精灵（blithe spirit），它飞向高处，让清辉洒满宇宙（Heaven is overflowed），境界壮丽阔大。夜莺常在夜间鸣叫，歌声如泣如诉。济慈、华兹华斯都有描写。济慈的《夜莺颂》最为有名，夜莺的歌声让诗人感觉如梦如幻（Do I wake or sleep），意境缥缈迷蒙。布谷鸟也称杜鹃鸟，充满浪漫神秘色彩。华兹华斯的 *To the Cuckoo* 最为有名，诗中布谷鸟只听其声，不见其形（invisible），仿佛来自仙境（unsubstantial，faery place）。鹰在英诗中最富神秘色彩，代表一种威严和力量，丁尼生、休斯都有描写。丁尼生的《鹰》堪称绝唱，作品极富画面感，傲然独立的鹰与大海、孤岛形成空间意象大与小的对比，极具张力。艾米莉·狄金生的 *Further in Summer than the Birds* 对鸟鸣的描写则富于宗教色彩。

　　诗歌自然意象既有山水草木虫鸟意象，也有春夏秋冬的四季景象。比较而言，中国诗人多写春景秋景，伤春悲秋，感叹人生苦短。比起春景，古诗的秋景境界更高，它既指节令之秋，也喻指人生之秋。杜甫在人生晚年以《秋兴八首》《登高》传达了对国家民族苦难和自己人生苦难的深刻体验，这种生命境界的终极体验在中国文学史上堪比屈原的人生悲剧体验、李商隐的爱情悲剧体验。相比杜甫，刘禹锡的"便引诗情到碧霄"则是喜秋，豪放遒劲，也是一种境界。辛弃疾在饱经人世沧桑后对人生已经淡定从容，无喜无悲，"却道天凉好个秋"是人生智慧，也是人生境界。在中国文学史上，对秋情有独钟的当数元代文人，这与其人生心态密切相关。总体而言，唐代文人胸怀理想，壮志凌云，体现出青年的积极心态。宋代文人学识深厚，反思人生，体现出中年的平和心态。元代文人在唐宋盛世衰亡后对人生已不抱理想，不存幻想，乐天知命，知足常乐，随遇而安，体现出游戏人生的暮年心态。宋元文人都追求潇洒快活的人生境界，宋代文人雅中有乐，乐而不俗，元代文人则亦雅亦俗，无拘无束，心态彻底放松，如卢挚"散西风满天秋意"，白朴"孤村落日残霞，轻烟老树寒鸦"。

　　与中国诗人多悲秋相反，英语诗人多喜秋，以济慈《秋颂》最负盛名，作品如诗如画，诗人饱含深情抒发对秋的热爱。总体而言，英语诗人多写冬夏。寒冬时节冰天雪地，纷飞的大雪孕育着来年的生命，也让诗人陷入对人生和宇宙的思考。莎士比亚、弗罗斯特都描写了冬景，史蒂文斯的《雪人》富于人生哲理境界，诗人认为欣赏冬景是一种心境，人要经受寒冷，才能对冬景有思考感受。作品结尾耐人寻味，在呼啸的寒风中赏景者体验到存在的境界与虚无的境界融为一体，这种微妙玄思的境界近似于老子的大象无形、大音希声。对英语诗人来说，寒冬让人冥思，盛夏让人体验到生命的热烈和充沛。艾米莉·勃朗特既爱冬日的宁静，也爱明媚的春光和夏日，在冬日里她能想象到春天的花朵，在她眼中冬日的微笑与夏日的阳光一样可爱。

（二）诗歌社会人文意象与境界

诗歌的社会人文意象是指社会场景意象和人文意象。比较而言，浪漫主义诗歌多描写人文神话意象，现实主义诗歌多描写社会场景意象，真实地展现社会生活画面和历史场景，作品画面富于生动感和时代气息。杜甫诗展现了唐代由盛转衰过程中的社会场景，包罗万象，堪称一幅社会全景图，境界博大沉雄。诗歌人文意象表现诗人（诗中主人公）的人文情趣，中国古诗的人文意象主要有琴棋书画，其中琴类乐器包括琴瑟、琵琶、笙箫、笛子等，展现一种乐境。琴瑟历史最为悠久。《诗经》"窈窕淑女，琴瑟友之"表达情思；曹操"我有嘉宾，鼓瑟吹笙"传达对宾客的盛情厚谊；李商隐"锦瑟无端五十弦，一弦一柱思华年"最负盛名，诗人追忆似水年华，感叹人生如梦，境界凄迷缥缈。

古诗的琵琶意象当以白居易的《琵琶行》为经典："嘈嘈切切错杂弹，大珠小珠落玉盘"的乐境描写堪称巅峰之作，"同是天涯沦落人，相逢何必曾相识"传达诗人对人生飘零、世事无常的深刻体验，达到哲理境界。元代文人既潇洒快活又落寞失意，他们常感叹岁月飘零，人生苦短，如李致远的"梦断陈王罗袜，情伤学士琵琶。又见西风换年华"。古诗的笙箫如泣如诉，如丝如缕，哀婉伤感，如李白"箫声咽，秦娥梦断秦楼月"意境苍凉，而辛弃疾"凤箫声动，玉壶光转"则欢快热烈。中国古诗的笛子类似于笙箫，其乐声或苍凉悲壮，如王之涣"羌笛何须怨杨柳"；或凄清婉约，如姜夔"酒时月色，算几番照我，梅边吹笛"，意境清空。

比较而言，中国古诗的乐境体现了哀而不伤的文化精神，含蓄节制，浸润心灵；英诗的乐器意象所展现的乐境体现了酒神文化，强调情感宣泄和灵魂净化，酣畅淋漓，展现宗教境界。中国古诗中的棋表现诗人（诗中主人公）的生活情趣，宋代赵师秀的"有约不来过夜半，闲敲棋子落灯花"写诗人约客对弈，但客人未来，诗人并不失落，夜深人静，棋子的轻敲声别有一番情趣。与琴棋相比，古诗中的书画更能体现诗人（诗中主人公）的审美品位和文化修养。古诗中有不少题字诗、题画诗，如杜甫的《戏题王宰画山水图歌》有"壮哉昆仑方壶图，挂君高堂之素壁""咫尺应须论万里"，展现了画家非凡的艺术功力和杜甫卓越的艺术鉴赏力，境界极高。

诗歌的自然意象和社会人文意象都是为刻画人物意象服务的。诗歌包含有我之境和无我之境。比较而言，有我之境中有人物意象，无我之境中人物意象是隐含的。诗歌人物意象体现了民族文化特色。总体而言，中国文化崇尚圣贤，圣贤是德的化身；西方文化崇尚英雄，英雄是力的化身。中国古诗人物意象主要包含传统儒家的圣人、君子和勇士、仁人志士，道家的真人、幽人、隐士，佛家的僧人等。儒家人物意象具有浩然之气和崇高的人格境界，屈原在《楚辞》中反复强调自己的贵族身份、高贵血统（"帝高阳之苗裔兮"）和崇高人格、杰出才能（"内美""修能"）。道家人物意象具有仙气逸气，其人格展现返璞归真的境界，以陶渊明、李白为最高典范。陶渊明是贫士，回归田园，安贫守道，贫中作乐，尽享诗酒人生，"泛此忘忧物，远我遗世情""啸傲东轩下，聊复得此生"。李白则是云游天下，逍遥自在，飘飘欲仙，"俱怀逸兴壮思飞，欲上青天揽明月""且放白鹿青崖间，须行即骑访名山"，境界清雄飘逸。道家人物意象常被称为风流人物，如李白"吾爱孟夫子，风流天下闻。红颜弃轩冕，白首卧松云"展现了孟浩然超凡脱俗的人格境界。

古诗中佛家人物意象则出世脱俗。唐代佛家兴盛，诗人墨客常拜佛问禅，其诗常描写高僧形象，如刘长卿"荷笠带夕阳，青山独归远"，以天地之远写高僧人格境界的高远。中国古代诗人多儒道兼修，以丈夫自称，如陶渊明"丈夫志四海，我愿不知老"，《咏荆轲》中有"雄发指危冠，猛气冲长缨"，唐代骆宾王也有"此地别燕丹，壮士发冲冠"，都境界豪壮。汉诗写英雄豪杰多称其为"一代风流""千古风流"，如苏轼"千古风流人物"，毛泽东"数风流人物"。

按时代特点，唐诗多写英雄豪杰，宋词多写闺院女性。与英诗的崇高美相比，汉诗以阴柔美为主，从《诗经》《楚辞》的女性意象到唐诗宋词的闺妇意象，如《琵琶行》《长恨歌》中的琵琶女、杨贵妃，婉丽凄美，温婉妩媚，也有花木兰等女中丈夫，但非主流。应该指出的是，古诗女性意象常寄托了诗人的人生理想和精神追求，具有极其深刻的文化内涵，包含两个层面：其一，女性意象表达了诗人对爱情和婚姻的执着追求和无限追忆，汉语悼亡诗多描写诗人梦中的亡妻形象，痛彻肺腑，如苏轼"十年生死两茫茫，不思量，难自忘""夜来幽梦忽还乡。小轩窗，正梳妆"。诗人魂牵梦绕，可谓此恨绵绵无绝期，境界凄美。其二，古诗女性（美人）意象具有象征内涵，寄托了诗人的人格操守、人生理想和政治追求。女性的高雅气质暗喻诗人洁身自好、超凡脱俗的人格境界，如杜甫在《佳人》中所写："绝代有佳人，幽居在空谷。""天寒翠袖薄，日暮倚修竹。"女性之美往往是一种可望而不可即的美，暗喻诗人人生坎坷，报国无门，如李白有"美人如花隔云端"。比较而言，汉诗女性温婉雅致，楚楚动人，清新脱俗，英诗中爱伦·坡、拜伦、勃朗宁夫人、但丁·罗塞蒂笔下的女性高贵神圣。汉诗描写女性既重外貌（如温庭筠），更重神韵（如李清照、苏轼），对女性多欣赏和尊重，达到审美境界；英诗对女性多迷恋和崇拜，从审美境界提升到宗教境界。

英诗人物意象体现了西方圣经文化、古希腊文化、骑士文化的特色，多为神圣圣洁的天使、神秘莫测的魔鬼幽灵、骑士等，如弥尔顿《失乐园》、柯尔律治《古舟子咏》的人物都经历了犯罪、赎罪的过程，他们力求摆脱生存困境，与命运抗争，体现了非凡的勇气，灵魂得到净化和拯救。英诗中的非神灵人物意象也富于宗教色彩，如史蒂文森的《我的妻》描写妻子是 trusty、dusky、vivid、true，诗人认为妻子是上帝赐予自己的，境界神圣崇高。西方民族具有深厚的古希腊情结，崇拜古希腊英雄。英诗多描写勇士、神灵，如拜伦的《哀希腊》荡气回肠，济慈的《普赛克颂》描写女神普赛克和爱神丘比特的爱恋场面，如梦似幻，意境优美。西方民族的骑士文化源远流长，英诗骑士意象体现了冒险和尚武精神、强烈的荣誉感和对女性的崇拜。

二、审美意境与诗歌境界

诗歌意象是构成意境的基本要素，意境是意象结构产生的审美效应。意境论有两个起源：一是佛学的境界论，佛家之禅境是空境、悟境，它直接影响了王昌龄的三境说，古诗的禅境晶莹剔透而深邃灵动；二是中国本土美学的意境论，包括诗境论和词境论，认为意境是情景交融所产生的象外之味、文外之旨。总体而言，唐诗多写大空间、大景物，境界雄阔，宋词多写小空间、小景物，故境界幽深；唐诗多写大漠雄关，故境界雄豪，宋词多写亭台楼阁，故境界柔婉。诗歌意境是诗人人格境界的体现，诗人境界是诗歌意境的内涵。诗人将人格之气注入笔端，通过出神入化的语言展现出博大、高远、深沉、委婉的境界。诗人的境界与其文化宇宙观、审美理想、感知、想象、情感、判断和认识相关。

（一）意境的文化宇宙观与诗歌境界

宇宙观反映诗人对天地自然的感受和认识，其空间、时间体验能展现一种境界。中国诗人的宇宙体验就是体道、体气，蕴含了人生价值观和生命体验。儒家道德宇宙中的人伦之道、道家自然宇宙中的天地之道、佛家心性宇宙中的禅道都是安身立命之道、和谐之道（人和、天和、心和），包含宇宙生命智慧，富于诗性和灵性。西方民族的宇宙体验包含求知求真、敬畏虔诚，有征服抗争之意志，他们富于英雄主义情怀。中国诗人也有崇高体验，他们志存高远，拼搏进取，赞美生命，如李白的"登高壮观天地间，大江茫茫去不还"。

中国文化中气生万物，气贯天地，儒家浩然之气是品格之高境，道家仙气是灵性之远境，佛家心气是智慧之深境。李清照既有阴柔妩媚之气，也有雄豪之气，"九万里风鹏正举"。西方诗人也有气的体验，如雪莱诗有排山倒海之势，艾米莉·勃朗特的诗有特立独行的孤傲之气，展现其狂放不羁的人格、愤世嫉俗的思想和奇异瑰丽的想象。艾米莉以孤寂冷清的荒原为生命宇宙和精神家园，其灵魂纵横其间，吸纳天地之气。中国古诗中诗人有灵心，万物有灵性，诗人体察物态、物理、物情、物性，与万物灵气往来，其人格化为花草鸟虫、山川风雨之灵性，达到天地人交融之境界。高山流水、梅兰竹菊已成为诗人品格的化身。《红楼梦》中的菊花、海棠花、梅花组诗超凡脱俗，清新淡雅，均成境界，如探春咏白海棠"玉是精神难比洁，雪为肌骨易销魂"，冰清玉洁。英诗中华兹华斯笔下的水仙花灵动欢快，费瑞诺笔下的金银花妩媚凄冷，令人黯然神伤，都有境界。

（二）诗人艺术理想与诗歌意境（境界）

诗人境界也体现在其社会理想、艺术理想、审美需求、人格理想中。社会理想包含社会责任感、历史使命感、忧患意识和高度自信的自我意识，是神圣崇高的爱国情怀和仁者胸怀。屈原有崇高信念，诗境高远；杜甫忧国忧民，诗境沉雄；辛弃疾有爱国精神、英雄意识、大我情怀，诗境豪壮。诗人的自信是对人品和能力的充分肯定。唐代诗人壮志凌云，自信自强，境界雄豪；宋代诗人学力深厚，情趣高雅，自赏自珍，境界温婉雅致。伟大诗人都有博爱之心和博大情怀，如屈原、杜甫、华兹华斯、雪莱、哈代，其诗境沉郁顿挫，感人至深。杜甫诗揭示了中国古代知识分子的普遍命运，境界极高；华兹华斯、哈代对人类命运进行了终极思考，其诗达到人生哲理境界。

诗人艺术理想具有民族性、时代地域性和个性化特色。其一，中国文化以诚、和谐为理想，诚是人格修养境界。儒家诚于天下，道家诚于天地，佛家诚于内心。和谐包括儒家之人和、道家之天和、佛家之心和。西方美学以崇高美为理想，但不同于中国美学的道德人格之崇高，它是神秘威严的宇宙带给主体的敬畏感。其二，诗歌反映了特定时代的文化美学思潮。汉诗中《诗经》表现早期中原文化，朴实无华。《楚辞》展现早期楚荆巫神文化，瑰丽奇绝；汉赋以丽为美，富丽堂皇；唐诗以风骨气势为美，热烈激昂；宋词以柔婉为美，缠绵悱恻；元曲以通俗为美，活泼洒脱——皆成境界。唐诗宋词境界最高，盛唐诗人意气风发，其诗波澜壮阔，绚丽多彩，境界豪壮，为高境。中晚唐诗人内心苦闷，咀嚼人生苦味而不求解脱，其诗含蓄朦胧，为象征之深境。宋代读书氛围浓厚，诗人学识深厚。与唐诗大起大落的豪情和哀情相比，宋诗富于理趣，达到人生哲理境界，宋词富于闲情雅趣，为闲境。其三，诗人以诗安顿灵魂，寄托情感，提升人格，抒发理想。安顿灵魂是诗人生命之需求，李商隐、李贺仕途失意，壮志难酬，精神苦闷，诗境朦胧晦涩。艾米莉·勃朗特生活困顿，在荒原和诗歌的天地中抚慰心灵，忘却失意和痛苦，宣泄内心孤愤。诗人的情感是刻骨铭心的生命体验，有大我之情、小我之情。大我者如屈原、杜甫、苏轼、辛弃疾、拜伦、雪莱、哈代等，屈原报国无门，满腔悲愤郁结于心，以《离骚》表达忧国忧民的悲情。小我者如温庭筠、李清照、济慈、勃朗宁夫人、艾米莉·狄金森等。勃朗宁夫人与丈夫罗伯特·勃朗宁的爱情与婚姻历经坎坷，最终她战胜病魔，重获新生，以诗表达对丈夫的感激和崇拜，激情澎湃，震撼人心。小我之情能升华为大我之情，如李煜既享尽荣华富贵又饱经人生磨难，其诗痛彻肺腑，其人生感喟回响于中国文学的长河，流传千古。英诗的情感多融入了神谕式的灵感、顿悟、迷狂，是宣泄激情的酒神体验。

诗人以诗展现气质，提升人格。诗人气质是品格、灵性和智慧，儒家有浩然之气（伦理人格），道家有仙气灵性（自由人格），佛家有心气（超脱人格）。中国诗人自得自乐，自娱自适，自彰自明，自珍自赏。他们既不平则鸣，穷而后工，也逍遥林泉，寄情山水，自得其趣。他们珍视品德操守，坚信自我才华，洁身自好，不事权贵。中国诗人行藏之间有一种矛盾心理，既渴望建功立业，又鄙视功名利禄。

诗人以诗抒发人生艺术理想。儒家追求圣人、仁人志士的庄重浩然之境和君子的儒雅之境，其诗温柔敦厚，哀而不伤，境界厚重。杜甫因其博大胸怀和极高的思想道德境界被尊为诗圣，诗人常以尧舜、诸葛亮等明君贤臣为楷模，《洗兵马》歌颂了英雄志士的丰功伟绩，境界雄壮。道家追求真人、幽人的天趣、真趣，逍遥出世，诗境飘逸清雅。佛家追求内心澄明，诗境空灵。英诗的崇高美多为宗教境界、真理境界，诗人在宗教冥思中以直觉瞬间的灵悟、顿悟来传达永恒真理，其诗充满神秘感和幻觉感。英诗的优美之境或温馨浪漫，或富丽堂皇，美轮美奂。

（三）诗人审美感知和想象与诗歌意境（境界）

诗人以审美感知和想象创造出独特的诗歌时空境界。中国诗人对宇宙万物听之以耳，听之以心，听之以气，神思妙悟，物我和一。汉诗既有日月星辰、山岳江河等大意象，也有花鸟虫鱼等小意象。屈原、李白诗善写大意象，气势宏大；陶渊明、王维、孟浩然诗善写小意象，细腻入微。杜甫诗二者兼长，其小意象更出神入化，如"微风燕子斜"。诗人能写实象，也善写虚景，如《梦李白》"魂来枫林青，魂返关塞黑"。戴望舒诗有"幽夜""幽灵""幽古""幽光"等。英语诗人的感知和想象带有神秘神圣的宗教体验，如雪莱的《玛丽安妮的梦》写玛丽安妮的梦中神游，梦境瑰丽壮观，柯尔律治《古舟子咏》的幽灵之境则阴森恐怖。

（四）诗人审美情感与诗歌意境（境界）

诗歌之情感是生命体验。汉诗温柔敦厚，情真，性真，意真，有魏晋诗的悲情、唐诗的豪情、宋元诗的闲情。诗人虚心、专心、静心，洞悟宇宙人生之大智慧。诗歌之情也是民族文化情感，既有对大自然季节更替和景物变迁的体验，也有社会、历史和人生体验。中国诗人多伤春悲秋，感叹人生苦短，尤其悲秋最为深刻，具有历史的厚重感、生命的沧桑感，既是季节之秋，更是人生之秋。元诗中的秋思、秋怀、秋月、秋江、秋夜则表达恬淡安闲之情。英诗中华兹华斯多写春景，雪莱多写秋色秋风，济慈的《人生的四季》描写的春天朝气蓬勃（lusty spring），夏天让人沉思（ruminate），秋天让人类赏心悦目（fair things），冬天则苍白萧瑟（pale），生命到了终点，作品展现了人生哲理境界。

诗人对社会、人生和历史的体验包括对故国情怀、爱情、婚姻和家庭的珍视，对国家、民族命运的深刻关切，对生命的终极体验。中国诗人富于家国情怀，屈原多次被放逐，杜甫漂泊一生，对故土魂牵梦绕。英诗中拜伦和雪莱的故国相思情真意切。诗人对爱情、婚姻和家庭的体验是一种心灵抚慰，寄托了精神追求和理想操守。李商隐、哈代的情诗都达到了悲剧境界。李商隐压抑苦闷，其情诗含蓄温婉，充满幻灭感、虚无感；哈代的情诗是对往事的追忆和追悔，诗人沉湎于人生记忆中而难以自拔。他们对恋人、配偶往往顶礼膜拜，将其神圣化、圣洁化。勃朗宁夫人在诗中将丈夫罗伯特·勃朗宁奉为神灵，而但丁·罗塞蒂的情诗温情脉脉、柔情蜜意。

对国家、民族命运的深刻关切是诗人的社会担当，是一种崇高情感。屈原、杜甫、辛弃疾、文天祥、拜伦、雪莱、哈代、惠特曼等具有悲天悯人的家国情怀，其诗境沉雄高远。哈代早期目睹英国古老的乡村被工业文明所侵蚀吞并，忧心忡忡，其诗充满了怀旧感，后期他面对人类文明被战争所摧毁的惨象，内心忧愤。比较而言，杜甫对唐代朝廷和整个民族的命运心系于怀；哈代是对整个人类社会的命运而担忧焦虑，境界更为博大。诗歌的最高境界是人生哲理境界，它蕴含了诗人的人生体验，尤其是生与死的思考。西方诗人关注来世，渴望安顿灵魂，对今生充满焦虑恐惧，其诗达到宗教的冥想境界。中国古诗中道家追求精神自由，人格独立，返璞归真，其诗境或清新朴实，或瑰丽奇异，展现诗人飘逸之神，达到逍遥境界。佛家对宇宙天地静默冥思，其诗境展现玲珑剔透的圆融之美，达到智慧境界。

西方民族的人生体验富于宗教色彩，他们崇拜、感激和敬畏上帝，认为上帝创造世界和人类，无所不在、无所不知、无所不能，大自然的一景一物都是上帝灵光的显现，这种坚定的宗教信仰也是人生信仰。艾米莉·勃朗特一生贫寒，但性格坚毅，对人生始终抱有期望，宗教信仰成为其精神支柱，她的诗中自卑与自强的交融形成一种强大张力，自成境界。西方民族认为人今生今世要忍受苦难，来生来世才有幸福，才能安顿灵魂，所以他们向往彼岸世界，渴望来生来世。艾米莉·勃朗特在教堂墓地里陷入对生与死的沉思，她祝愿死者享受天堂的快乐，不再分担生者的痛苦和悲伤。西方民族的人生体验中有一种挥之不去的原罪感，在其困扰下他们力图净化和拯救灵魂。约翰·堂恩早期信仰天主教，后改信英国国教，这种宗教"背叛"的罪名在其灵魂深处留下了阴影，折磨着诗人，让他一生愧疚，其诗中负罪感与虔诚笃信的体验相互交织，这种灵魂的忏悔也是一种境界。

（五）诗人审美认识与诗歌意境（境界）

诗歌的最高境界是人生哲理境界，其高度和深度取决于诗人的审美认识（才胆识力）。中国诗人善于象的直观、心的感受、气的体验、道的体悟、理的妙慧。象的直观是象思维，诗人观宇宙天地的万物万象万态，其笔下万物皆有灵性，生机盎然。屈原、李白气魄宏大，有宇宙意识，其诗景象阔大，有宇宙境界。陶渊明、王维诗善以小景传大情，景象细微。心的感受是心思维，诗人以空灵之心（诗心、词心）洞察宇宙人生，达到"明"的境界。气的体验是诗人主体之气（儒家浩然之气、道家仙气和佛家心气）与宇宙天地之气相融相合。道的体悟是诗人对宇宙天地之道、社会人生之道的思考和探索。理的妙慧是诗人的理趣（人生智慧）。中国古诗中屈原的《天问》对宇宙、人生、历史和政治提出疑问，富于探索精神和求知欲。陶渊明《形影神》对生与死、神与形进行了深刻思考。杜甫、韩愈学力深厚，其诗富于理性品味。宋代诗人重识与悟，言理明志。西方美学以理式为最高境界，追求真理，强调真善美的完美结合，如蒲柏、莎士比亚、雪莱的诗都追求真善美的境界。

中国古诗的境界（意境）具有虚实相生性、生成性、情景交融性，体现出含蓄美、留白美。虚实相生指诗歌的实境与虚境相互交融深化；生成性指诗歌境界是一个体验的流动过程，是神思神游的过程；情景交融指诗歌情感与景物相互浸润。含蓄美指诗歌的境界韵味超于言外；留白美指诗歌画面中意象与意象之间的空白，它能引人入胜，回味无穷。古诗中柳宗元的《江雪》、李白的《独坐敬亭山》、马致远的《秋思》最能体现诗境的虚实相生性、生成性、情景交融性、含蓄美、留白美。柳诗、李诗展现的是文人阶层精英分子的傲岸人格和孤高境界，马诗传达的则是普通人共有的人生体验，更容易引起共鸣，也是一种生命体验境界。

（六）诗歌意象结构与诗歌意境（境界）

诗歌意境是由意象组合所产生的审美氛围。诗歌意象的组合方式和艺术效果包括陈如江在《中国古典诗法举要》中所说的时空交织、瞻言见貌、化美为媚、体物入微、遗貌取神、以小见大、烘云托月、相题行事和非喻不醒，吴晟在《中国意象诗探索》中所说的并列、对比、通感、交替、辐辏和叠映，以及辜正坤在《中西诗比较鉴赏与翻译理论》中所说的蘗生簇状、通感互根、时空杂糅、阴阳对称、点铁成金等。谭德晶在《唐诗宋词的艺术》中探讨了唐诗意象的句内和句间并置，包括：强化并置（连用若干句呈现多个意象来强化情感）；喻式并置（一句写景，一句写人，两句之间为暗喻关系）；跳跃并置（意象时空跨度很大）。概括起来，诗歌意象组合主要有承接、叠加、剪接、辐射等方式。

承接指诗歌所描述事件的发展过程中意象依次展现，或诗人的思绪或梦幻中意象的依次展现。莎士比亚十四行诗第 7 首按日出到日落的过程来安排意象，先写 the gracious light lifts up his burning head，再写 having climbed the steep-up heavenly hill，最后写 reeleth from the day。吴晟的《中国意象诗探索》认为汉诗通过本句并列、对句并列、名词性意象并列、全诗并列等实现意象的顺接、逆接，化抽象为具体，其中顺接即承接。诗歌意象承接能体现诗人境界的提升，如辛弃疾的《青玉案》先描写元宵节热闹场面（"东风夜放花千树"），最后写"众里寻他千百度。蓦然回首，那人却在，灯火阑珊处"，诗人终于找到了苦苦追寻的人生理想，境界升华。"灯火阑珊处"与"东风夜放花千树""玉壶光转"通过暗与明的对比喻指孤傲避俗与浮艳从俗的对比。诗歌意象承接也可以展现诗人（诗中人物）行游中的精神净化和人格提升。中国诗人常漫游名山大川，访友问道，尽享精神之旅。邱为的《寻西山隐者不遇》写诗人上山寻访隐者而不遇，虽略感遗憾，但一路美景让诗人心旷神怡，"虽无宾主意，颇得清净理"，诗人的人生体验得到丰富，人格得到提升。

　　诗歌意象的叠加指诗中色调、情趣相近的若干意象的组合，能渲染诗情，提升境界。莎士比亚十四行诗第 2 首诗人用四个 beauty 劝说友人结婚生子，让自己的美貌延续，dig deep trenches in thy beauty's field 意为岁月无情，容颜易老，being asked where all thy beauty lies 意为美貌不再，How much more praise deserved thy beauty's praise，诗人劝好友趁年轻美貌享受好时光，Proving his beauty by succession thine，好友的容貌将由子女来继承延续。宋词善于通过叠用女性意象产生婉约美。王士祯认为词"尚女音，重婉约，以婉曲、轻情、柔媚、幽细、纤丽为本色"，如韦词《归国遥》（"金翡翠，为我南飞传我意：俺画桥边春水，几年花下醉？别后只知相愧，泪珠难远寄。罗幕绣帷鸳被，旧欢如梦里"），"金翡翠""罗幕绣帷鸳被""红烛""绣帷"烘托思妇春梦。李煜、温庭筠、李清照最善写女性意象，如李煜《临江仙》"画帘珠箔，惆怅暮烟垂"、温庭筠《更漏子》"香雾薄，透帘幕"、李清照《浣溪沙》"梦回山枕隐花钿"。"桥"在古诗中为伤怀之地，如冯延巳《鹊踏枝》"独立小桥风满袖"。苏轼的《水龙吟》对杨花的铺写传达相思之情，境界凄婉；《红楼梦》中林黛玉《葬花吟》对落花意象进行铺陈；《秋窗风雨夕》"秋花惨淡秋草黄，耿耿秋灯秋夜长。已觉秋窗秋不尽，那堪风雨助凄凉！助秋风雨来何速"系以秋花、秋草、秋灯、秋窗、秋风、秋雨写秋情秋恨，意境凄楚。

诗歌意象的剪接多出现于怀古诗，指诗歌意象的组合突破时空限制，诗人的思绪在过去、现在与未来之间穿越，意境深远，境界阔大。汉诗常运用典故评古论今，通过时空转换和跳跃传达厚重的历史感。诗歌意象剪接方式包括时空交织、交替式组合，具体有李浩在《唐诗美学精读》中所说的颠倒、错综、跳跃、凝固，吴晟在《中国意象诗探索》中所说的改变视角（散点透视、时间落差、视角易位）、时空转换（同一时间的空间转换、同一空间的时间转换、时空同时转换）、时空跳跃、变异（压缩、延长）、互化（时间空间化和空间时间化）、超越（时空泛化和取消）。田子馥的《中国诗学思维》认为诗人运用超时空性、虚拟性和情绪性感悟思维，以诗昭示人生哲理。

汉诗中李白、刘禹锡、李商隐、李贺、王安石、苏轼、毛泽东，英诗中拜伦、哈代、但丁·罗塞蒂等善于运用意象剪接。刘禹锡有"淮水东边旧时月，夜深还过女墙来""旧时王谢堂前燕，飞入寻常百姓家"，李白的《乌栖曲》有"姑苏台上乌栖时，吴王宫里醉西施。吴歌楚舞欢未毕，青山欲衔半边日"，苏轼有"江山如画，一时多少豪杰"，诗人感叹人世沧桑，物是人非，诗境厚重。但丁·罗塞蒂的 *Sudden Light* 中主人公的思绪在过去场景与现在场景之间来回穿插，表达对亡妻的追思，芳草萋萋，芳香四溢，海潮声声，灯光明灭，但物是人非。张若虚的《春江花月夜》通过一幅如诗如画、令人陶醉的春江月夜图表达历史和人生感悟，表现时空超越，作品意象的叠用连缀使作品节奏连绵不断，回环往复，如同江水奔流不息，表现主人公思想情感的起伏变化。

诗歌意象的辐射多出现于咏物诗，指诗歌用若干附属意象来渲染烘托核心意象，能渲染诗情，提升诗境。莎士比亚十四行诗常以 death、Time 为中心意象，如第 64 首以 Time's fell hand 表现时间的暴力，再坚固的东西（如 lofty towers、brass）也无法与之抗衡，沧海桑田，海洋与陆地之间相互争夺，此消彼长，时间能摧毁一切。咏物诗常以自然物象为吟咏对象，抒情言志，婉约蕴藉，曲达其情，其手法包括何方形的《唐诗审美艺术论》所说的移情于物、想象奇警、正话反说等，实现以物比人、咏物见志、咏物寓意。

汉语咏物诗的核心意象有很多种类，包括花草意象（梅、兰、竹、菊、松等）、虫鸟意象等。梅有清奇之美，林逋用"疏影横斜水清浅，暗香浮动月黄昏"写梅之暗香，陆游用"一树梅前一放翁"写梅之傲骨，姜夔用"千树压，西湖寒碧"写梅之冷色。李清照的"倚门回首，却把青梅嗅""玉瘦香浓，檀深雪散，今年恨探梅又晚"，贯云石的"有时节暗香来梦里"，乔吉的"冷风来何处香"都写梅香。梅清菊淡，司空图有"落花无言，人淡如菊"，杜甫有"丛菊两开他日泪，孤舟一系故园心"，李煜有"菊花开，菊花残，塞雁高飞人未还"，李清照有"满地黄花堆积，憔悴损，如今有谁堪摘""帘卷西风，人比黄花瘦"。兰高贵不俗，屈原有"朝饮木兰之坠露兮，夕餐秋菊之落英"。竹傲岸挺拔，郑燮有"咬定青山不放松，立根原在破岩中"，毛泽东有"暮色苍茫看劲松，乱云飞渡仍从容"。

中国古诗中蝴蝶富于传奇色彩，李商隐有"庄生晓梦迷蝴蝶"。秋蝉之鸣让人悲凉，柳永有"寒蝉凄切，对长亭晚，骤雨初歇"。杜鹃富于凄楚的浪漫色彩，李商隐有"望帝春心托杜鹃"，《红楼梦》中林黛玉有"杜鹃无语正黄昏，荷锄归去掩重门"。鲲鹏彰显诗人的豪气豪情，李清照有"九万里风鹏正举"。燕子让人感到温婉惆怅，晏殊有"无可奈何花落去，似曾相识燕归来""罗幕轻寒，燕子双飞去"。大雁寄托离愁别绪，李煜有"塞雁高飞人未还"，范仲淹有"塞下秋来风景异，衡阳雁去无留意"，李清照有"雁字回时，月满西楼"。

诗歌意象的辐射也用于表现人物意象。汉诗中圣人、君子和仁人志士具有浩然之气，陶渊明有"丈夫志四海，我愿不知老""雄发指危冠，猛气冲长缨"，骆宾王有"此地别燕丹，壮士发冲冠"，苏轼有"浪淘尽，千古风流人物"，毛泽东有"数风流人物，还看今朝"。真人、幽人、隐士具有仙气逸气，陶渊明有"凡此忘忧物，远我遗世情""笑傲东轩下，聊复得此生"，李白有"俱怀逸兴壮思飞，欲上青天揽明月""且放白鹿青崖间，须行即骑访名山""我爱孟夫子，风流天下闻。红颜弃轩冕，白手卧松云"。佛家人物意象出世脱俗，刘长卿有"荷笠带斜阳，青山独归远"。古诗常通过意象辐射来刻画女性形象，如悼亡诗中的女性意象，苏轼有"十年生死两茫茫，不思量，难自忘""夜来幽梦忽还乡。小轩窗，正梳妆"。中国诗人以女性意象寄托人格操守和人生理想，杜甫有"绝代有佳人，幽居在空谷""天寒翠袖薄，日暮倚修竹"，李白有"美人如花隔云端"。

三、审美神韵与诗歌境界

（一）诗歌自然意象的神韵与境界

诗歌意象的对比多见于咏史诗，诗人通过意象的反差来表现古与今、旧与新的对比，展现国家、民族、社会或个人的命运变化，展现个人经历的重大曲折或理想与现实的矛盾。诗歌意象对比包括场面、处境、情景、色彩对比，以及李浩在《唐诗美学精读》中所说的今昔对比、古今相形、物我反照、时差设置、时值变形。咏史诗常用对比法表现人物心理时间，传达强烈的时空体验和人生感悟，诗人缅怀过去，讽谕现实，进行理性的反思批判。汉诗中刘禹锡有"沉舟侧畔千帆过，病树前头万木春"，毛泽东有"虎踞龙盘今胜昔，天翻地覆慨而慷"，辛弃疾有"少年不识愁滋味，爱上层楼。爱上层楼，为赋新词强说愁。而今识尽愁滋味，欲说还休。欲说还休，却道天凉好个秋"。苏轼的《蝶恋花》用对比手法表达内心的伤感惆怅（"墙里秋千墙外道，墙外行人，墙里佳人笑。笑渐不闻声渐悄，多情总被无情恼"）。英诗意象多表现神界与尘世、灵魂与肉体、老年与青年、生与死的对比，莎士比亚十四行诗第 2 首写青年衣着华丽（thy youth's proud livery），老年衣衫褴褛（a tottered weed of small worth held）。

诗歌境界不仅展现意象美、意境美，也展现神韵美，包括客体（物）之神韵和主体（人）之神韵。诗歌描写的物包含宇宙天地自然万物和社会人文意象，它蕴含和象征了诗人（诗中主人公）的人格境界和精神气质（神韵）。中国诗人体察自然万象的物情物理物态（神韵），将其内化为自我人格之神韵。杜甫堪称描写天地万物之神态神韵的大家，宋代诗人张先写影能得其神韵，人称"张三影"。中国诗人描写山水能得其神韵。辛弃疾有"我见青山多妩媚，料青山，见我应如是。情与貌，略相似"，诗人将山之神韵（"妩媚"）内化为自我人格，人与山相融，境界极高。李白的"相看两不厌，只有敬亭山"也是神来之笔；姜夔的"数峰清苦，商略黄昏雨"堪称绝唱，"清苦"乃黄昏雨雾中青峰之神韵；白石还有"淮南皓月冷千山，冥冥归去无人管"，王国维极为欣赏，"冷"就是皓月之神韵、千山之神韵。海洋是英诗常见意象，其神韵在其威严神秘。阿诺德的《多佛海滩》描写信仰之海（The Sea of Faith），涨潮与退潮分别象征人类信仰之高昂与萎缩。比较而言，张若虚的《春江花月夜》中的海则是另一番神韵（安详宁静），故闻一多激赏其有宇宙意识、宇宙境界。笔者认为，有神韵，则自有境界。

古诗中梅、兰、竹、菊（君子意象），以及松、竹、梅（岁寒三友）象征高洁人格。林语堂认为松有雄伟，梅有清奇，竹有纤细，柳有柔美，各有神韵。笔者认为，菊之神韵是淡。司空图有"人淡如菊"，菊为秋花，有秋之寒意、秋之幽香。陶渊明、李清照不仅赏菊，而且品菊花茶，在茶中品味人生。陶渊明作为寒士在茶中品出了人生真谛（返璞归真、知足常乐、安贫守道）。比较而言，李清照南渡之后人生飘零，凄凉孤苦，"满地黄花堆积，憔悴损，如今有谁堪摘""帘卷西风，人比黄花瘦"，内心凄楚，"瘦"得落菊之神韵，更是诗人之神态，堪比"红杏枝头春意闹"，"闹"得春之神韵。陶渊明咏菊是淡泊明志，李清照咏菊则体验一丝人生苦味。

梅之神韵是清，是冬之幽冷幽香。古诗中林逋写梅之暗香，陆游写梅之傲骨（"俏也不争春，只把春来报"），诗人有"一树梅前一放翁"，堪比李白的"相看两不厌，只有敬亭山"。姜夔写梅之冷香；李清照写梅之幽香，"玉瘦香浓，檀深雪散，今年恨探梅又晚"。贯云石的《咏梅》（"有时节暗香来梦里"）、乔吉的《寻梅》（"冷风来何处香"）等都写梅香，皆得其神韵。古诗中兰之神韵是高贵。张潮的《幽梦影》认为梅令人高，兰令人幽，菊令人野，莲令人淡。笔者认为：兰高贵，所以独幽；菊野，故常见于田舍篱边。竹之神韵是其傲岸挺拔之态，象征大丈夫之伟岸人格。毛泽东诗展现松的淡定从容之神韵，"暮色苍茫看劲松，乱云飞渡仍从容"。古诗描写花木能得其灵性，如《红楼梦》咏花组诗既彰显了咏花者的人格境界，也展现了花的风采神韵，可谓花如其人。咏白海棠，探春有"玉是精神难比洁，雪为肌骨易销魂"，宝钗有"胭脂洗出秋阶影，冰雪招来露砌魂"，黛玉有"偷来梨蕊三分白，借得梅花一缕魂"，冰清玉洁、摄人心魄乃海棠之神韵。

英诗中华兹华斯描写水仙花、雏菊，菲瑞诺描写野生金银花，爱默生描写紫杜鹃，都各具神韵。水仙花舞步轻盈，潇洒自由、落落大方是其神韵；雏菊温柔可爱，充满善意，给人间带去一丝温暖，温良谦逊是其神韵。但丁·罗塞蒂是唯美主义诗歌杰出代表，其诗中意象皆成画境，富于神韵。作者有四首《柳林》，第三首写到，柳林曾是主人公与恋人相会之处，而恋人已逝，主人公睹林思人，内心惆怅伤感，希望灵魂沉入梦中。柳在英诗中多传达失偶、失恋等情感体验，罗诗缠绵悱恻，如泣如诉，得柳林之神韵。

诗人笔下的虫鸟意象也各有神韵。汉诗中蝴蝶富于传奇色彩，多出现于梦境。戴望舒的《古神祠前》描写主人公的思绪在变化过程中化身为五种生物（水蜘蛛—蜉蝣—蝴蝶—云雀—鹏鸟），缥缈轻灵是蝴蝶之神韵。

秋蝉之鸣传递生命的悲凉感。骆宾王以蝉表达内心之怨苦，柳永以蝉抒发对人生悲欢离合的深刻体验，哀婉凄楚是蝉之神韵。英诗中济慈的《蝈蝈和蛐蛐》描写蝈蝈欢快的叫声和蛐蛐激越的鸣声，也得其神韵。就诗歌的鸟禽意象而言，汉诗多描写杜鹃、鲲鹏、燕子、大雁。杜鹃富于神话色彩，诗人以杜鹃寄托无限的情思，表达爱情的失意、人生的失落、生命的苦闷，朦胧飘忽、哀婉凄凉是杜鹃之神韵。比较而言，英诗中布谷鸟（杜鹃）充满浪漫神秘色彩。华兹华斯 To the Cuckoo 中的布谷鸟只听其声，不见其形（invisible），仿佛来自仙境（unsubstantial, faery place），这种精灵气质就是布谷鸟之神韵。汉诗中鲲鹏表达诗人超拔向上、追求人身自由的强烈意志和精神渴求，彰显诗人的豪气豪情、凌云壮志和狂放不羁的个性，刚猛雄健是鲲鹏之神韵。古诗中燕子传达诗人的伤感惆怅，晏殊有"无可奈何花落去，似曾相识燕归来""罗幕轻寒，燕子双飞去"，以燕子双飞反衬自己形单影只，以燕子归来感叹岁月流逝、物是人非，轻灵可人是燕子之神韵。古诗中大雁寄托诗人的离愁别绪、相思之苦。李煜的"塞雁高飞人未还"意境凄清，范仲淹的"塞下秋来风景异，衡阳雁去无留意"意境苍凉，李清照的"雁字回时，月满西楼"意境哀婉——凄清哀怨是雁之神韵。

　　英诗描写云雀、夜莺、鹰等也颇具神韵。云雀轻盈灵动，活泼欢快。雪莱笔下的云雀是欢快的精灵（blithe spirit），它飞向高处，让清辉洒满宇宙（Heaven is overflowed），奔放自由、灵动欢快是云雀之神韵。夜莺是夜间鸣禽，歌声如泣如诉，让诗人济慈感觉如梦如幻（Do I wake or sleep），神秘缥缈是夜莺之神韵。鹰代表威严和力量，丁尼生诗中傲然独立的鹰与大海、孤岛形成空间意象大与小的强烈对比，傲然不群是鹰之神韵。

　　诗歌自然意象还包括春夏秋冬的四季景象以及日月星辰、日出日落的自然景象。在诗人笔下春有春韵，夏有夏韵，秋有秋韵，冬有冬韵。春之神韵在于妩媚和丰饶。弥尔顿写道：Hail, bounteous May, that doth inspire / Mirth and youth and warm desire。春之神韵在 warm desire。夏之神韵在于热烈和明丽，盛夏让人体验到生命的热烈和充沛。艾米莉·勃朗特喜爱明媚的春光和夏日，雪莱的《西风颂》描写夏日的地中海暖意洋洋，让人昏昏欲睡——温暖宜人是夏之神韵。秋之神韵在于淡然恬静，秋既是节令之秋，更是人生之秋，是诗人对人生的冷静反思，是生命体验，因此秋之神韵也在于一种人生之苍凉感。杜甫晚年写下《秋兴八首》《登高》，传达了对国家民族苦难和自己人生苦难的深刻体验，与欧阳修的《秋声赋》一样堪称绝唱，极尽秋之神韵。辛弃疾在饱经人世沧桑后对人生已经淡定从容，无喜无悲，"却道天凉好个秋"，因此秋之神韵也是人生智慧。元代文人对秋情有独钟，他们在唐宋盛世衰亡后对人生已经不抱理想，不存幻想，乐天知命，知足常乐，随遇而安，体现出游戏人生的暮年心态。他们潇洒快活，无拘无束，心态彻底放松，如卢挚的"散西风满天秋意"、白朴的"孤村落日残霞，轻烟老树寒鸦"。英诗中济慈的《秋颂》最得秋之神韵（富饶瑰丽），诗人饱含深情地描写了秋之富饶和充实，抒发了对秋的热爱。诗歌中冬之神韵在于肃静和冥思，寒冬冰天雪地，纷飞的大雪孕育着新的生命，也让诗人思考人生和宇宙。史蒂文斯的《雪人》认为欣赏冬景是一种心境，人要经受寒冷，才能感悟冬景，在呼啸的寒风中体验到存在的境界与虚无境界融为一体，这种微妙玄思的境界大象无形，大音希声，冬之神韵就是无言之韵。艾米莉·勃朗特在冬日里能想象到春天的花朵，在她眼中冬日的微笑与夏日的阳光一样可爱。

比较而言，汉诗多写月，英诗多写日。李白、杜甫、苏轼等写月最能得其神韵，李白的"小时不识月，呼作白玉盘""床前明月光，疑是地上霜""峨眉山月半轮秋""我歌月徘徊，我舞影零乱"，写月之率真、深情、飘逸。杜甫的"星垂平野阔，月涌大江流""落月满屋梁，犹疑照颜色""永夜角声悲自语，中天月色好谁看"，写月之沉郁、苍凉。苏轼有"转朱阁，低绮户，照无眠。不应有恨，何事长向别时圆"，写月之缠绵、柔婉、多情。雪莱的《云》写朝阳（The sanguine Sunrise, with meteor eyes），写落日（And when Sunset may breathe, from the lit sea beneath），得其神韵（辉煌灿烂）。

（二）诗歌人文意象的神韵与境界

诗歌人文意象的神韵能展现诗人人格之神韵。汉诗人文意象主要有琴棋书画类。琴类主要有琴瑟、琵琶、笙箫、笛子等。琴瑟之神韵在于缠绵悱恻。《诗经》的"窈窕淑女，琴瑟友之"写情思，一唱三咏；曹操的"我有嘉宾，鼓瑟吹笙"写友情，发自肺腑；李商隐的"锦瑟无端五十弦，一弦一柱思华年"追忆似水年华，感叹人生如梦。白居易的"大弦嘈嘈如急雨，小弦切切如私语。嘈嘈切切错杂弹，大珠小珠落玉盘。间关莺语花底滑，幽咽泉流冰下难"，李致远的"梦断陈王罗袜，情伤学士琵琶。又见西风换年华"，得琵琶之神韵（凄楚悲凉、哀婉凄恻）。李白的"箫声咽，秦娥梦断秦楼月"得笙箫之神韵（哀婉伤感）。笛子乐声或苍凉悲壮，如王之涣的"羌笛何须怨杨柳"，或凄清婉约，如姜夔的"酒时月色，算几番照我，梅边吹笛"，得笛之神韵（苍凉凄婉）。英诗多描写合唱、合奏等合声，其神韵在于神圣庄严。

古诗中的棋表现诗人的生活情趣，赵师秀的"有约不来过夜半，闲敲棋子落灯花"，得棋之神韵（闲适、雅趣）。汉诗的神韵还指艺术创造和鉴赏中的神思、神艺、神笔、神句，体现诗人（主体）的神韵（艺术情趣、审美品味和文化修养）。杜甫的《戏题王宰画山水图歌》有"壮哉昆仑方壶图，挂君高堂之素壁""咫尺应须论万里"，得画之神韵。中国古代人物、艺术品鉴注重神韵（神姿、神怀、神明）。庄子的《逍遥游》（"肌肤若冰雪，绰约如处子"）得"神人"之神韵（冰清玉洁、超凡脱俗）。曹植的《美女篇》有"顾盼遗光彩，长啸气若兰"，王戎有"神姿高彻，如瑶林琼树"，谢尚有"神怀挺率"，武王有"姿貌短小，而神明英发"；王羲之之书"飘若游云，矫若惊龙"，孔琳之书"如散花空中，流徽自得"，薄绍之书"如龙游在霄，缱绻可爱"，"范诗清便婉转，如流风回雪；丘诗点缀映媚，如落花依草。"

诗人刻画人物意象也追求神韵。汉诗中圣贤君子和仁人志士的神韵体现在其崇高人格和卓越才华（内美和修能）。陶渊明有"丈夫志四海，我愿不知老""雄发指危冠，猛气冲长缨"，骆宾王有"此地别燕丹，壮士发冲冠"，得大丈夫之神韵（刚猛雄健）。汉诗称豪杰名士为"风流"。李白赞孟浩然"风流天下闻"，风流即神韵（神态举止的潇洒儒雅和学识的深厚）。道家的真人幽人隐士具有仙气逸气。随和自然是陶渊明人格之神韵（"泛此忘忧物，远我遗世情""啸傲东轩下，聊复得此生"），清雄飘逸是李白人格之神韵（"俱怀逸兴壮思飞，欲上青天揽明月""且放白鹿青崖间，须行即骑访名山"）。

汉诗描写女性最能得其神韵。曹雪芹的《红楼梦》描写警幻仙姑"纤腰楚楚兮，回风舞雪"，其气质"素""洁""静""艳""文""神"，其文如"龙游曲沼"，其神如"月射寒江""冰清玉润"，得仙姑之神韵（朦胧飘逸、超凡脱俗）。白居易的《长恨歌》写杨贵妃"回眸一笑百媚生，六宫粉黛无颜色""玉容寂寞泪阑干，梨花一枝春带雨"，得杨贵妃之神韵（妩媚动人）。戴望舒的《雨巷》化用南唐李中主"青鸟不传云外信，丁香空结雨中愁"，写"结着愁怨的姑娘"有着"丁香一样"的"颜色"

"芬芳"和"忧愁",得"姑娘"之神韵(哀怨惆怅)。英语诗人华兹华斯、拜伦、雪莱、罗伯特·勃朗宁、但丁·罗塞蒂等描写女性都重其神韵(神圣高贵)。拜伦的《她走在美的光影中》中女主人公气质不凡;但丁·罗塞蒂善于刻画女性容貌,以形写神,其笔下的女性宛如一幅幅油画,美轮美奂,诗人描写了恋人的容貌(hand、hair、lips、eyes),将其乌黑的秀发比喻成黑色的溪流(smooth black stream),以衬托恋人皮肤的白皙(makes thy whiteness fair),主人公与恋人心心相印,其内心的交流、灵魂的融合无声无息(thy silent song disclose to me / That soul),在脉脉含情间传递着爱意,可谓此时无声胜有声(married music in Love's answering air)。

四、审美风格与诗歌境界

诗人在诗歌意象美、意境美、神韵美的创造上所展现的个性化风格特色也能展现诗歌境界,它包含客体和主体两个层面。

(一)诗歌客体层面风格与境界

诗歌客体层面指诗歌的意象美、意境美、神韵美具有个性化特色,表现在语言修辞特色上。诗歌是最有音律美、文字组合最巧妙的文学语言。诗歌音律美包含节奏、韵式、声调等要素,其中节奏是核心要素。谭德晶(2014)在《现代诗歌理论与技巧》中探讨了诗歌音韵节奏的历史发展和构成要素(句式与句型、回环、对称、重叠、排比、递进、咏叹等),认为诗是"节奏化的最有意味的语言形式"。王宝童著有《金域行——英诗教程》,认为诗歌节奏能表现美,表达情感,表达想象,对现实做艺术提升。汉语尤其古汉语是单音节语言,一字一词,古诗的四声调式体现了这一特点。陈如江(2016)在《中国古典诗法举要》中指出古诗的四声互参(平上去入、四声调和)使节奏抑扬顿挫、声韵和谐;同字互回(字有规律地重现)使节奏一波三折;重沓舒状(诗句有规律地重现)使节奏连绵不绝。

汉诗节奏美有两种形态:一是回环往复之美,通过叠字、语气助词和结构相似句子的叠用一唱三咏,如《楚辞》《诗经》;二是抑扬顿挫之美,短句的顿挫感与长句的倾泻感交替错落,表现人物思想感情的起伏变化,气势飞动,如古体诗、宋词等。诗歌节奏气势源于诗人的生命冲动和人格之气。田子馥(2010)的《中国诗学思维》提出取势思维,认为李白诗既有儒家刚正的豪气,奔放纵横,也有道家隐逸之气,飘逸洒脱,表达了

"生命禀有的自由本性"；杜甫诗有雷霆之势和浩然之气，传达涵盖乾坤的生命体验，时间生命与空间生命急促转换。现代汉语以双音节词和多音节词为结构单位，一词多字，汉语现代诗以音组（顿）为节奏单位，单字顿、双字顿与多字顿的交替使节奏徐疾相间、富于变化。徐志摩的《再别康桥》节奏舒缓轻盈，戴望舒的《雨巷》哀婉低回、韵律优美。

　　诗歌音美要素还有声韵，两个相邻汉字声母相同形成双声，韵母相同构成叠韵，声母、韵母都相同形成叠字。陈如江（2016）认为汉诗通过随情用韵（按照抒情需求安排韵法）和双声叠韵产生回环往复的旋律和听觉美感，通过"重言摹拟"（用叠字来摹声写貌）增加声调的流丽和景物的神韵，使难显之情表达得出神入化。中国古诗与音乐歌舞有着深厚渊源，其和谐悦耳的听觉体验表现中和生韵的飘逸美和婉转生韵的流动美，《诗经》最早运用叠韵、叠字、双声，对后世诗歌影响深远。诗歌声韵与诗人（诗中人物）的志、情、意、趣相融合，如《古诗十九首》、李清照的《声声慢》、杜甫的《登高》等。李白的《月下独酌》飘逸轻灵，节奏舒缓，意境如梦如幻，Giles译本通过每两行诗之间对应位置的单词相互押韵传达了原诗意境。《春望》是五言律诗杰作，许渊冲译本巧用行内韵再现了原诗沉郁顿挫之美。

　　诗歌语言符号的排列和书写（分行、跨行、跨节、句式、句型、回环、对称、排比、递进等）具有图形美。汉诗图形美包含对称平衡美（如律诗）和参差错落之美（如古体诗、宋词元曲、现代诗的长短句交错）。毛泽东的《十六字令》通过长短诗行的对比产生跌宕起伏的节奏感、视觉冲击感和飞动的气势，境界雄壮。穆木天的《苍白的钟声》把每行诗分隔成若干单元，单元之间留出空白，表现钟声断断续续，如丝如缕。

　　（二）诗歌主体层面风格与境界

　　在主体层面，诗歌风格是诗人成熟和达到艺术自由境界的标志，是诗人的才、学、趣、气骨、节操、风度所散发出的人格魅力。诗人风格是一种格调，格调越高，诗歌境界就越高。诗歌风格展现诗人个性气质，它是一种先天性禀赋，如屈原之怨、陶渊明之淡、李白之狂、杜甫之悲、苏轼之旷、辛弃疾之豪。比较而言，屈原、拜伦有贵族气质，李白、辛弃疾有豪侠气质，杜甫、哈代有仁者情怀和沉郁之气，李贺、李商隐、济慈、狄金森郁郁寡欢，有阴柔之气。李清照既妩媚又雄豪，诗家评其有丈夫气。艾米莉·勃朗特特立独行，愤世嫉俗，有孤傲之气。但丁·罗塞蒂是唯美主义诗人代表，有雍容华贵之气。中国词学评价欧阳修骚雅，柳永广博，晏殊疏俊，秦观婉约，晏词温润，秦词幽艳，气质各异。王国维认为"东坡似太白，欧、秦似摩诘，耆卿似乐天"，晏殊、贺铸似大历十才子，"稼轩可比昌黎"，清真为"词中老杜"，以气质做比较。王国维以屈原、陶渊明、杜甫、苏轼为诗人典范。屈原胸怀坦荡，为人刚正，卓尔不群，人格崇高而独立，才华出众。陶渊明情趣高雅，超凡脱俗，杜甫、苏轼志存高远，胸怀博大。

袁行霈在《中国诗歌艺术研究》中称屈原是热情的诗人和冷静的哲人。诗人哈代也有这种气质，他经历了爱情和婚姻的波折，一生沉浸在往事的追忆中，痛彻肺腑，同时诗人毕生关注和思考人类命运和前途，眼光冷峻，思想深邃。朱光潜在《诗论》中称屈原灵魂无处安顿，其诗气象崎岖突兀，艾米莉·勃朗特也有同样气质。屈原被朝廷放逐，其灵魂漂无居所，勃朗特漫游荒原，灵魂游荡于天地之间，其诗也绮丽凄清。

陶渊明平和淡雅，其诗自然天成，朴素平实。朱光潜的《诗论》评其为人"任真"，其率真性格和纯洁品格最平淡、最深厚，其诗充实而有光辉，如秋潭月影，有古典艺术的和谐静穆和自然本色。与艾米莉·勃朗特相似，陶渊明是贫寒之士，生活窘迫困顿，内心有不平之气、愤懑之情，但诗人善于自我宽慰和解脱。朱光潜认为屈原更沉郁，杜甫更阔大，陶渊明更醇厚。笔者认为，屈原境界高，杜甫境界大，陶渊明境界深。朱光潜（1997）认为陶渊明既冲和平淡又刚毅果敢，其人其诗都简练高妙，"亦平亦奇、亦枯亦腴、亦质亦绮"，胸襟高超又平易近人。笔者认为，平、枯、质是境界，如宋诗、艾米莉·勃朗特和哈代的诗，奇、腴、绮也是境界，如宋词和屈原、李白、但丁·罗塞蒂的诗。胸襟高超也是李白的境界，平易近人也是杜甫的境界。

袁行霈（1996）在《中国诗歌艺术研究》认为陶渊明抱朴含真，善于养真，回归自然本性，心情恬淡，纵浪大化，其诗有朴素与豪华、平淡与瑰奇、隽永与厚朴、醇美与干枯清癯——都成境界。哈代诗也是这种境界，诗人一生居住在英国古老乡村，生活简朴，但情感极其丰富，思想极其敏锐，眼光极其深邃，对宇宙自然、社会人生的观察极其细腻，洞察秋毫，其诗中人生哲理让人玩味无穷。汪榕培（2000）在《陶渊明诗歌英译比较研究》中评价陶渊明人生坦荡，委运任化，天性淳朴，自由自在，诗中平淡恬静的乡村田园充满生机，一草一木传达着喜悦，景象清新平和，情感淡泊宁静。笔者认为：陶渊明乐观，其诗喜多于悲，总体色调明快，充满乐趣；哈代悲观，其诗悲多于喜，总体色调暗淡，充满忧思——均成境界。李咏吟所著《诗学解释学》认为诗人气质包含强力抒情型（自然性生命品质）和阴柔型（人文历史主义的厚重）。笔者认为屈原、李白、陶渊明、拜伦、雪莱、勃朗宁夫人等属于前者，杜甫、韩愈、李商隐、李贺、济慈、但丁·罗塞蒂、艾米莉·狄金森、哈代等属于后者，艾米莉·勃朗特两者兼具。

诗人人格具有时代特征，胡晓明（2001）在《中国诗学之精神》中评价汉代诗人厚重朴实、追求风骨，六朝诗人飘逸潇洒，唐代诗人超诣高蹈，宋代诗人处心不著。明代诗人追求性灵（天趣），其性情和学力功底深厚。清代诗人有襟抱学识和才思，追求格调。笔者认为：魏晋文人潇洒风流，但其及时行乐的思想有其消极面；唐代诗人的边塞诗展现高远志向，其山水田园诗情趣淡雅；宋代文人善于在生活中发现美欣赏美，把生活情趣提升到人生哲理境界。

诗歌风格具有民族性，如汉诗善于抒情，委婉细腻，朦胧含蓄，追求意境韵味，英诗善于叙事，注重情感宣泄，奔放热烈，畅快淋漓。济慈在 *Ode on a Grecian Urn* 中反复叠用 ever、happy，尽情歌颂艺术和爱情的永恒美，它是诗人追求的人生理想和艺术境界，这也是莎士比亚十四行诗的境界。哈代深感人类社会的动荡和人生命运的不确定（mutability），渴望一种永恒安定的宇宙秩序和人类生活（immutability），他认为这种永恒安定只能在古老的乡村实现，因此其诗充满了怀旧氛围，自成境界。英诗传达了西方民族对艺术和人生的永恒真理和美的追求。骑士派诗歌对女性的美德容貌铺陈描写，热烈赞美，频繁使用 love、adore 等词语，表达崇拜之情。但丁·罗塞蒂诗中对女性的描写和赞美更是美轮美奂，美不胜收，如一幅幅精美的画像，充分体现了唯美主义诗歌对纯艺术美的追求。

诗歌风格具有时代性，如建安诗有雄浑美，唐诗有风骨美和玲珑剔透的圆融美，宋诗有理趣美，宋词有远、逸、韵的空灵美。魏晋诗清雅洒脱，自由放达，宋诗表现静虚、远闲之意和平简清野之美。胡晓明的《中国诗学之精神》认为宋诗风格健朗，追求宇宙生命的大快活境界。莎士比亚十四行诗表达文艺复兴时期人文主义思想，肯定人的价值，颂扬真善美，多次提到 beauty、fair、kind、truth，第 1 首 Thou that art now the world's fresh ornament 认为人给世界添彩，第 105 首 Fair, kind, and true, is all my argument 表达真善美的主题，第 106 首 And beauty making beautiful old rhyme 认为美让诗篇更加优美。

诗歌风格具有地域性，如北方诗质朴粗犷，南方诗温柔婉约，边塞诗多写大漠雄关，山水田园诗多写小桥流水、茂林修竹。《离骚》融合了楚文化和北方中原文化，瑰丽而又浑朴。艾米莉·勃朗特一生居于偏僻荒凉的山村，其诗苍凉凄清；哈代居住在古老乡村，其诗古朴苍劲。比较而言，汉诗体现大陆文化特点，多写江河湖泊、楼台亭阁；英诗体现海洋文化特色，多写海上狂风巨浪、电闪雷鸣，拜伦的 *Childe Harold's Pilgrimage* 把大海比作明镜，映照上帝的仪容（glorious mirror, where Almighty's form / glasses itself in tempests）。

诗歌风格具有流派性，如现实主义诗歌真实生动，浪漫主义诗歌表达对理想世界的追求和向往，梦幻飘逸，象征主义诗歌朦胧含蓄。英语骑士派诗歌崇拜和赞美女性的美德容貌，玄学派诗歌探讨肉体与灵魂、生与死的关系，古典主义诗歌探讨理性与艺术、生活的关系，庄重典雅。济慈诗多描写梦境，如梦如幻。

总体上，诗歌风格有壮美和柔美之分。吴建民（2001）的《中国古代诗学原理》认为壮美是雄浑豪放，柔美是平淡（语言清淡自然、情思意深味远）和含蓄（婉、深、远）。同为浪漫主义诗人，雪莱奔放热烈，昂扬向上，其诗多写狂涛巨浪、电闪雷鸣，景象壮阔；济慈哀婉低回，缠绵悱恻，其诗多写幽林深谷、黄昏月景，景象幽深。雪莱诗中的 skylark 是欢乐的精灵（blithe Spirit），纵横于宇宙天地；济慈诗中 nightingale 的歌声如梦如幻，让诗人精神恍惚，灵魂出窍（Was it a vision, or a waking dream?）。艾米莉·勃朗特的诗融合了壮美和柔美，既写风和日丽，也写狂风怒号；诗人娓娓道来，其诗境静若止水，有时如泣如诉，其诗境波涛万顷。

诗歌翻译的风格美不仅与诗人和原诗风格相关，还与译者风格相关。在文学翻译中译者往往选择与自己气质、情趣相近的作家作品。鲁迅、梁启超等仁人志士有儒家的刚猛人格，梁实秋、辜正坤、刘士聪、王宏印等有儒家温文尔雅的中庸人格和君子品格，志趣高雅。刘士聪是学者型翻译家，其译文简淡而味远；王宏印是诗人型翻译家，其英译元曲富于灵气，韵味十足。林语堂、汪榕培等有道家的闲士品格，淡泊名利，是有真性情的本色译者。孙大雨是诗人、学者型翻译家，为人刚正不阿，他敬仰屈原的伟大人格和爱国精神，评价其情感强烈，思想深刻，信念坚定，勇敢非凡，想象高远，其诗词汇丰富，格律优美，富于神韵，孙译屈诗用词古雅，境界庄重肃穆，古朴厚重。翻译家苏曼舒与诗人拜伦都有叛逆性格、斗士精神和坎坷经历，他翻译拜伦诗深得其味。

第一章　诗歌翻译中主体境界的再现

诗歌翻译主体包含作者与译者。主体境界与其文化宇宙观、审美理想、感知和想象、情感、判断和认识相关。

第一节　宇宙观与主体境界

宇宙观是主体境界的深层内涵，境界范畴本身就包含了空间含义。宇宙包含空间与时间，文化宇宙涉及文化空间与文化时间。主体的宇宙时空体验是一种境界。中国文化认为宇宙是道、气，宇宙观就是人生价值观，宇宙体验就是生命体验。就道而言，儒家的道德宇宙是人（仁）道，是君子之道、社会人生之道。道家的自然宇宙是天道、隐士之道。佛家把宇宙天地纳入内心，灵魂就是天地。它们都是安身立命之道、和谐之道（儒家之人和、道家之天和、佛家之心和），都包含了宇宙生命智慧，体现人格境界，富于诗性和灵性。就气而言，中国文化认为气生万物，气贯天地，主体因气而有品格、灵性、智慧。儒家浩然之气是品格，是高境；道家仙气是灵性，是远境；佛家心气是智慧，是深境。西方民族认为宇宙自然是物质，是原子结构，对宇宙怀有好奇心、求知欲和探索精神，既敬畏虔诚，也有征服欲和抗争意志，这是一种崇高体验，也是一种境界。中国儒家志士也有崇高体验，他们志存高远，拼搏进取，赞美生命。李清照既有婉约词大家的阴柔妩媚之气，也有雄豪之气，有诗家评论其"倜傥有丈夫气"，境界极高。

西方美学主体也有人格之气。诗人雪莱气魄宏大，其诗有排山倒海、雷霆万钧之气势。艾米莉·勃朗特超凡脱俗，特立独行，有孤傲之气；诗人身居偏僻荒凉的山村，以孤寂冷清的荒原为其生命宇宙和精神家园，诗人漫游荒原，其灵魂纵横宇宙，吸纳天地之气，培养了狂放不羁的人格、愤世嫉俗的思想和奇异瑰丽的想象，其境界非常人所能企及。中国文化强调主客相融，认为万物有灵，万物齐一，主体与天地万物灵气往来，其人格境界化为花草鸟虫、山川风雨之境界。中国诗人关注万物万象万态，体察物态、物理、物情、物性。咏物诗最能体现这种境界，梅兰竹菊已成为中国文人君子品格的化身。《红楼梦》中有大量咏花诗，涉及菊花、海棠花、梅花等，诗境清新淡雅，闲适洒脱。英诗也不乏咏物佳作。华兹华斯描写水仙花灵动而欢快，让人心醉神迷，流连忘返；费瑞诺描写金银花妩媚而凄冷，令人黯然神伤，自成境界。

第二节　审美理想与主体境界

主体审美理想包括社会理想、艺术理想、审美需求、人格理想等。

社会理想包含社会责任感、历史使命感、忧患意识和自我意识。责任感和使命感是主体的社会担当意识，是神圣崇高的精神体验；忧患意识是主体的爱国情怀和仁者情怀；自我意识是主体高度自信和自觉的体验。它们内化为主体浩然之气，升华为人格境界。翻译家孙大雨敬仰屈原，称其为"具有非凡魄力的伟人"，既有崇高信念又有充分自信，诗境高远，成为千古典范。辛弃疾富于爱国精神和英雄意识，诗境豪壮。他们都是英雄失意，但屈诗悲情多，辛词豪情多。诗人雪莱有博爱之心和博大情怀，即刘晓春在《灵魂如水：雪莱诗歌研究》中所说的悲悯情怀，有最纯正的道德品性，热诚慷慨，其诗有雄浑气魄和非凡气势。主体自信是对自身人品和能力的充分肯定。李清照词风婉约妩媚，但气魄宏大，蔡燕的《唐诗宋词艺术与文化审视》认为李词表达了自尊自强，具有内在精神骨力，传达了女性的大自信。自信就是境界。总体而言，唐代诗人身逢盛世，壮志凌云，自信自强，故其诗境雄豪；宋代文人学力深厚，情趣高雅而自信自珍，故其诗境温婉雅致。

主体艺术理想具有民族性、时代性和个性化特色。就民族性而言，主体艺术理想浸润于本民族文化美学传统，富于民族特色。中国文化主体以诚、和谐为理想。诚是人格修养境界，是生命本真体验；儒家诚于社会，道家诚于天地，佛家诚于内心。和谐是最高的理想境界，包括儒家之人和、道家之天和、佛家之心和，分别体现道德境界、天地境界、心性圆融境界。西方美学以崇高美为理想，但不同于中国美学的道德人格之崇高，它是主体面对神秘强大的宇宙自然时内心的敬畏感和抗争精神。就时代性而言，主体艺术理想反映了特定时代的文化美学思潮。比如，唐代波澜壮阔，绚丽多彩，诗人大都意气风发，拼搏进取，其人格境界昂扬向上，诗境高远，但到中晚唐，国力渐微，文人普遍内心苦闷，其诗境含蓄朦胧，人生体验更细更深。宋代社会生活富足，文化氛围浓厚，读书之风和悠闲享乐之风很盛行，故宋诗富于理趣，达到人生哲理境界，宋词多闲情逸致，境界多闲适婉约，传达富贵闲情（富贵情和闲情美）。笔者认为，宋词善于对人生体验进行纵深挖掘，在生命体验的深度上达到了一定境界。

审美需求是主体对安顿灵魂、寄托情感、提升人格、抒发理想、实现自我价值的精神追求。诗人以诗歌安顿灵魂。李商隐、李贺身逢晚唐末世，仕途失意，壮志难酬，精神苦闷，只能以诗寄托情感，抚慰灵魂，其诗境缥缈朦胧，其生命体验达到了前人难以企及的深度。艾米莉·勃朗特生活困顿，孤独寂寞，通过漫游荒原和创作诗歌来抚慰心灵，暂时忘却失意和痛苦，宣泄内心的孤愤。诗人以诗歌寄托情感，抒情言志。王国维评价李煜词"乃血书也"，李煜一生大起大落，既享尽荣华富贵又饱经人生磨难，痛彻肺腑，其诗境深沉。勃朗宁夫人与丈夫罗伯特·勃朗宁的爱情与婚姻历经坎坷，她借助爱情的力量奇迹般地战胜病魔，获得新生，其《葡萄牙十四行诗》表达了对丈夫的感激和崇拜，情感真挚，语言优美，震撼人心，富于感染力，自成境界，成为英语情诗的经典之作。

诗人以诗歌提升人格，展现气质，提升审美品味和思想道德境界。中国文化中儒家伦理人格、道家自由人格和佛家超脱人格都是境界。胡晓明的《中国诗学之精神》认为中国文人自得自乐，自娱自适，自彰自明，自珍自恋。笔者认为，自得自乐、自娱自适是生活态度，也是人生境界。中国文人虽大多不平则鸣，穷而后工，但也善于逍遥林泉，化解悲情，魏晋、宋代文人尤其如此。中国诗人热爱生活，享受天伦之乐，知足常乐，多描写风土民俗，表达生活情趣。陶渊明是为数不多的亲自劳作的中国古尚诗人，虽生活贫寒，但安贫守道，以苦为乐，《癸卯岁始春怀古田舍二首》[①] 写道：

在昔闻南亩，当年竟未践。屡空既有人，春兴岂自免？凤晨装吾驾，

① 陈雪琴. 崇文国学经典普及文库 陶渊明诗［M］. 武汉：崇文书局，2017：1-3.

启涂情已缅。

鸟哢欢新节，泠风送余善。寒草被荒蹊，地为罕人远。是以植杖翁，悠然不复返。即理愧通识，所保讵乃浅。

诗人在官场多年，身心倦怠，于是去职归田，对耕作劳动的新生活充满期待。晨光明媚，群鸟欢啼，诗人心情欢畅，步履轻松，走向田间参加劳作。他耕耘田垄，自由快活，虽身处荒凉偏僻之地，但不受外界干扰，安宁惬意，远离纷乱的官场和喧嚣尘世，不追求学识名誉而是享受生活。古诗中"植杖翁"是常见意象，表现主人公超脱尘俗、悠然自得的生活体验，王维也有"野老念牧童，倚杖候荆扉"。陶渊明诗最早描写荒寒僻远之境，继之者有唐代刘长卿，但其诗凄清幽冷。元代诗人仰慕陶渊明，也写茅屋竹舍，但不同于陶诗的寒士苦吟，而是写闲士雅趣。

先师有遗训，忧道不忧贫。瞻望邈难逮，转欲志长勤。秉耒欢时务，解颜劝农人。

平畴交远风，良苗亦怀新。虽未量岁功，即事多所欣。耕种有时息，行者无问津。

日入相与归，壶浆劳近邻。长吟掩柴门，聊为陇亩民。

诗人遵循古代先贤的遗训，安贫守道，养德修性，依靠劳动衣食无忧。诗人田间耕作，心情愉悦，禾苗茁壮，预示来年丰收。诗人与农夫们一起劳作，日落而息，开怀畅饮，心满意足。古诗中柴门指代隐居地，王维也有"倚杖柴门外，临风听暮蝉"，但境界异于陶诗。陶渊明是自力更生，自给自足，有耕者的乐趣；王维是半官半隐，生活富足，其诗歌表达旁观者的闲适情调。中国诗人追求内圣外王、内诚外仁、内儒外道，人生得意时胸怀天下，人格张扬，仕途不顺时逍遥林泉，人格内收，保存高洁品格，在入世与避世之间不断转换。下面是皎然《寻陆鸿渐不遇》[①] 和胡壮麟、笔者译文：

移家虽带郭，野径入桑麻。近种篱边菊，秋来未著花。

I come to find you moved beyond the town;

Through mulberries a wild path leads me down

---

① 蘅塘退士. 唐诗三百首：评注版 [M]. 赵旭，校注. 上海：上海教育出版社，2021：303.

To the fence by which you planted chrysanthemums,

Which are not yet in bloom though autumn comes.（胡译）

To a retreat in remote suburb you went lodging.

Down a secluded trail through mulberries I came strolling.

Around the fence enclosing your abode asters were budding.

The early autumn is expecting to see them blooming.（笔者译）

游山访寺、寻仙问道是中国古代诗人重要的人生体验，孟浩然、李白、杜甫、邱为、苏轼等都有描写。孟浩然有"尝读远公传，永怀尘外踪"，仰慕东晋高僧慧远。皎然诗描写诗人寻访隐居山林的好友，不巧他到山间悠游去了，诗人略感遗憾。"野径入桑麻"，杜甫《春夜喜雨》有"野径云俱黑，江船火独明"。桑麻表现生活情趣，孟浩然有"开轩面场圃，把酒话桑麻"。古诗写景是移步换形，观者的视点不断移动，山回路转，作品画面依次呈现，展现一种可游可居的诗意境界，常建也有"曲径通幽处，禅房花木深"。原诗中"郭"指外城，胡译为 beyond the town，笔者的 retreat（a place into which one can go for peace and safety）意为僻静的居所，表现隐居生活。"野径"，胡译为 wild path，笔者使用 secluded trail 与 retreat 呼应，strolling 表现诗人信步漫游，兴趣愉悦。

古诗中菊象征君子品格，"人淡如菊"，展现人格境界，陶渊明有"采菊东篱下，悠然见南山"。菊为秋花，给人秋之寒意，让人感叹岁月飘零，韶华易逝，杜甫晚年有"丛菊两开他日泪"，意境悲凉。李煜有"菊花开，菊花残，塞雁高飞人未还"，表达亡国之君对故土的思念。李清照南渡之后人生飘零，凄凉孤苦，其"满地黄花堆积，憔悴损，如今有谁堪摘""帘卷西风，人比黄花瘦"表达内心的凄楚。《红楼梦》中的咏菊组诗境界也很高，如薛宝钗的《忆菊》（"谁怜我为黄花病，慰语重阳会有期"）。胡译 to、by、笔者译 down、around 都用介词一定程度上传达了原诗意象的空间方位感。笔者使用 enclosing 描写主人公的居所被树篱围住，与俗世隔开，与 retreat 呼应，budding 描写菊花还未绽放，与后面的 expecting、blooming 呼应，expecting 将秋天拟人化，传达了诗人内心的期盼。

扣门无犬吠，欲去问西家。报道山中去，归来每日斜。

I hear no dog bark as I knock at the door.

I ask your neighbors before I end my tour.

You go deep into the hills every day,

And won't be back until sunset, they say. （胡译）

Tapping at the wicket, I heard no dog barking.

Of your whereabouts I enquired of your neighbors, before leaving.

Each day, they said, finds you in the mountains, sauntering.

And would not return until sunset glowing. （笔者译）

    诗人"扣门"为动境，"无犬吠"为静境，动境与静境形成艺术张力，贾岛的"鸟宿池边树，僧敲月下门"、常建的"万籁此俱寂，但余钟磬音"也是这种境界。皎然诗"无犬吠"是绝对的寂静安宁，而刘长卿的"柴门闻犬吠"以静写动。静境是道家、佛家诗学的最高境界，古诗写山中隐士都是以静境展现其人格境界，贾岛有"松下问童子，言师采药去。只在此山中，云深不知处"，也写寻访隐士而不遇。原诗"扣"，胡译用 knock，笔者用 tap 表现主人公轻声敲门，怕惊动隐士。"归来每日斜"采用留白手法留给人丰富的想象空间，让读者回味无穷，刘长卿诗"苍苍竹林寺，杳杳钟声晚。荷笠带夕阳，青山独归远"也写隐士黄昏远归，境界高远，"细雨湿衣看不见，闲花落地听无声"以实境写虚境，境界极高。胡译 go...into 形象性稍显不足，笔者用无灵主语结构 each day...finds...，用 sauntering 表现诗人山间漫游，呼应前面的 strolling，表现诗人与隐士情趣相投，都有野兴闲趣，glowing 表现夕阳西下，晚霞染红天边，突出画面感。下面是谢灵运的《石壁精舍还湖中作》①和许渊冲、笔者的译文：

昏旦变气候，山水含清晖。清晖能娱人，游子憺忘归。

The weather changes morning and night;

Mountain and lake with radiance beam.

Their radiance clear gives me delight;

I forget to go home downstream. （许译）

Dawn and dusk see weather changes in alternation.

Hills and rills with splendor are tinged bright.

Their scenic grandeur thrills me with fascination.

Forgetting to return, I enjoy the scenery in intoxication. （笔者译）

---

① 崔铭，周茜. 中国古代文学经典导读［M］. 北京：商务印书馆，2019：203-204.

诗人悠游山水，自得其乐，作品前八行写远景。"昏旦变气候"写山景的朝夕变化，杜甫也有"造化钟神秀，阴阳割昏晓"，表现诗人对季节更替、时辰变化的细腻感受。中国诗人善于观察和感受宇宙天地的物态、物情、物理、物性，张旭有"山光物态弄春晖，莫为轻阴便拟归"，常建有"山光悦鸟性"，杜甫有"随风潜入夜，润物细无声"，感受力极其敏锐，洞察力极其深刻。"山水含清晖"，中国诗人的山水体验追求仁者乐山、智者乐水的智慧境界，而英诗中的山水多呈现宗教境界。笔者用无灵主语结构 dawn and dusk see，传达古诗中天地景物自然生发的境界，alternation 表现大自然的气候在晨昏之间交替变化。原诗"山水含清晖"与"清晖能娱人"为顶针，描写晨景，"含"用词巧妙。杜审言的"云霞出海曙，梅柳渡江春"也写晨光，美景让人流连忘返；王维也有"襄阳好风日，留醉与山翁""随意春芳歇，王孙自可留"。许译 radiance clear 与 radiance beam 保留顶针手法，强调光线的璀璨明亮。笔者使用 splendor、tinged bright 强调日光给景物染上亮色，呼应 grandeur，表现大自然景色壮观，thrills、fascination 表现诗人面对美景内心激动愉悦，陶醉其间，乐而忘返，与 intoxication 呼应。

出谷日尚早，入舟阳已微。林壑敛暝色，云霞收夕霏。

I left the vale the sun still crowned;

At sunset I came back by boat.

In twilight woods and vale are drowned;

In evening mist colored clouds float. (许译)

Glowing was the vale in sunbeams when I was leaving.

Soon waned the sunlight when my boat was embarking.

Dusk found the wooded dale hazy in the gloaming.

Wrapped in evening mist pervading are clouds sailing. (笔者译)

原诗描写日出到日落的天色明暗变化，古诗善写自然景物的阴阳变化，如王勃的"画栋朝飞南浦云，珠帘暮卷西山雨"、王绩的"树树皆秋色，山山落余晖"、王维的"日落江湖白，潮来天地青"。原诗"出谷日尚早"，许译 crowned 形象生动，笔者倒装句将 glowing 放句首，表现山谷在日光中闪耀。"入舟阳已微"，许译为直译，笔者用 waned 表现日色渐暗，embarking 与 leaving 呼应。"林壑敛暝色，云霞收夕霏"写林间逐渐变得昏暗。山水田园诗多写幽谷深壑，如王维的"万壑树参天，千山响杜鹃"、杜审言的"独有宦游人，偏惊物候新。日气含残雨，云阴送晚雷"写傍晚雾气蒙蒙，欧阳修《醉翁亭记》有"云归而岩穴暝"，表现诗人对物候、物态的变化极其敏感。古诗常写云霞满天，瑰丽壮观，如杜审言的"云霞出海曙，梅柳渡江春"、李白的"云霞明灭或可睹"、李清照的"天接云涛连晓雾"，境界奇幻。许译 drowned 描写山谷林地沉入暮色，笔者 dusk 作无灵主语，hazy、gloaming 表现林谷在暮色中变得朦胧。许译 colored、clouds 押头韵，float 描写彩云飘荡，笔者 pervading 表现雾气弥漫。

> 芰荷迭映蔚，蒲稗相因依。披拂趋南径，愉悦偃东扉。
>
> Green lotus leaves and caltrops sway;
> Dark reeds and cattails lean before.
> I hurry back on southern way.
> Happy, I rest behind east door. （许译）
> Intimate are lotus leaves and caltrops together swaying.
> Dear and near are reeds and cattails close huddling.
> Down the southern trail I came home sauntering.
> Behind the east wicket reposed I, myself relaxing. （笔者译）

原诗用拟人手法描写草木茂盛，生机盎然。古诗常写荷，柳永有"有三秋桂子，十里荷花"，杨万里最喜荷花，"接天莲叶无穷碧，映日荷花别样红"显示色彩明亮，"小荷才露尖尖角，早有蜻蜓立上头"表现生命勃发。中国诗人对大自然的一草一木都倾注了感情，对柔弱生命关切关注，体现了一种人格境界。他们既善写大景，境界阔大，也善写小景，境界柔婉。"芰荷迭映蔚，蒲稗相因依"，许译 sway 描写荷叶摇曳，lean 描写蒲稗相互偎依。笔者用两个倒装句将 intimate、dear and near 分别放句首，表现草木亲密无间，close、huddling 表现草木相簇相拥，相依相偎。"披拂趋南径，愉悦偃东扉"写诗人内心喜悦，乘兴而归，回到居所，作品描写了诗人惬意、潇洒和自由自在的生活，富于田园情趣。王维也有"白水明田外，碧峰出山后""复值接舆醉，狂歌五柳前"。原诗"偃东扉"（掩门）是古诗常见场景，展现主人公与尘世隔离的超凡脱俗的境界。陶渊明诗常写诗人开门迎客、掩门而息的惬意生活，如"过门更相呼，有酒斟酌之""啸傲东轩下，聊复得此生"。许译用 hurry back，笔者用 sauntering、 reposed、relaxing 传达诗人悠然闲适、恬然自得的心境，southern 与 sauntering、reposed 与 relaxing 分别押头韵。

虑澹物自轻，意惬理无违。寄言摄生客，试用此道推。
Unworried, you make light of things;
Content, you won't go against reason.
If you want to live long, long springs,
Please try to take my word in season! （许译）
Disengaged, I enjoy a mood blithe and light.
Sober-headed, I know what is proper and right.
If you desire a life of longevity in leisure,
You can take my advice with pleasure. （笔者译）

诗人身心放松，无忧无虑，惬意畅快，达到了一种快活人生的诗意境界。王维也有"兴来每独往，胜事空自知。行到水穷处，坐看云起时""即此羡闲逸，怅然歌式微"；陶渊明有"想思则披衣，言笑无厌时"。原诗"虑澹物自轻，意惬理无违"，许译保留原诗对偶结构，笔者两个倒装句也形成对偶，disengaged、blithe、light 表现诗人内心轻松愉悦。古诗中的"理"内涵非常丰富，不宜简单译成 reason，笔者用 sober-headed、proper and right 表现诗人跳出喧嚣尘世，心态平和，头脑清醒，眼光敏锐，能洞察人生，明辨是非曲直。"寄言摄生客，试用此道推"写诗人对田园生活心满意足，从中体悟了人生之道。山水田园诗传达诗人养生养气、养性养情的人生体验，陶渊明归园田居，自食其力，在农耕生活中感悟人生真理，如"纵浪大化中，不喜亦不惧。应尽便须尽，无复独多虑"。许译 long 的叠用强调诗人对田园生活的热爱，笔者用 life、longevity、leisure 押头韵，pleasure 与 leisure 呼应，传达诗人内心的惬意安宁。

中国诗人的生命体验展现了人格境界。儒家诗人追求道德的高尚。道家诗人享受天乐，追求性真情真的人格自由，即庄子"真者，精诚之至也。不精不诚，不能动人""真悲无声而哀，真怒未发而威，真亲未笑而和"所说的真悲、真怒、真亲。《淮南子》说："以逍遥仿佯于尘埃之外，超然独立，卓然离世，此圣人之所以游心。"佛家诗人内心空寂，追求生命的空灵，《淮南子》说："览物之博，通物之雍，观始卒之端，见无外之境。"唐诗深受佛学的影响，善写禅境，表达禅趣，表现生命的圆融剔透。

皎然的《宿山寺寄李中丞相洪》（"偶来中峰宿，闲坐见真境。寂寂孤月心，亭亭圆泉影"）写孤月悬空，泉水静流，诗人夜宿山中，内心闲静惬意，并不感到孤独，"真境"即禅境。闲是一种境界，李白有"众鸟高飞尽，孤云独去闲"，"见"是一种清澈透明的审美眼光和境界，陶渊明有"采菊东篱下，悠然见南山"。下面是刘长卿的《寻南溪常道士》[①] 和王般、吴永强、笔者的译文：

一路经行处，莓苔见屐痕。白云依静渚，芳草闭闲门。

As I wended my way I noticed

Someone's footprints on the moss-covered path.

White clouds nestled in the tranquil lake,

And the solitary doorway was blocked by green grass.（王译）

All the way along the path I've come leisurely；

A line of footprints is left on the mosses.

White clouds cling to the quiet shoal snugly；

His door is locked and overgrown with grasses.（吴译）

Down a secluded trail I came strolling,

A line of footprint, moss-covered, went trailing.

Fleecy clouds are sailing over the shoal tranquil.

Verdant are grasses sheltering the wicket still.（笔者译）

古诗描写主人公寻仙问道，常采用留白手法，不见其人，只见其踪，产生悬念，带给人无穷遐想。常建诗写诗人拜访破山寺后禅院，曲径通幽，钟声悠扬，没有直接描写高僧真容，让读者浮想联翩，回味无穷。皎然诗写主人公寻访道士而不遇，"扣门无犬吠""报道山中去"，李白诗也有"犬吠水声中，桃花带雨浓""无人知所去，愁倚两三松"。原诗写诗人寻访隐士，山中人迹罕至，只有隐士的足印隐约可见。白云悠悠，湖水清澈，芳草萋萋，柴门紧闭，四周静谧安宁。古诗中白云多传达离愁别绪，也表现闲适恬然的境界。"一路经行处，莓苔见屐痕"，王译不定代词someone 传达一种不确定感，带给读者一种期待。吴译 leisurely 表现诗人

① 蘅塘退士.唐诗三百首：评注版［M］.赵旭，校注.上海：上海教育出版社，2021：263-264.

悠闲的心态，但 come 稍显形象性不足。笔者用 secluded、strolling 表现诗人沿着幽径信步而游，line、trailing 表现一路上人的足迹向远处延伸而去。"白云依静渚"，王译 nestled 描写白云偎依在碧湖怀抱中，tranquil、solitary 传达寂静安宁的氛围。吴译 cling to、snugly 强调温馨惬意，笔者译 fleecy 具有视觉感，sailing 描写白云飘荡，over 描写空间方位感，tranquil 呼应前面 secluded。"芳草闭闲门"，王译 be blocked by green grass、吴译 locked、overgrown 表现人去房空、荒草蔓生的荒凉景象，与原诗意境不吻合。笔者使用倒装句将 verdant 放句首，强调芳草青翠，sheltering 描写闲门掩映在芳草中，更贴近原诗情境。

> 过雨看松色，随山到水源。溪花与禅意，相对亦忘言。
> Rain-washed pines looked fresher than ever,
> And the footpath to the fountain-head wound its way.
> With flowers by the brook, I meditated
> In quietude, but what I perceived I failed to convey.（王译）
> While enjoying the green of pine woods after rain,
> I follow the mountain trail to the creek's origin.
> Along the creek I find flowers and peacefulness
> Facing each other in voluntary speechlessness.（吴译）
> Exuberant are pines bathed in drizzles refreshing.
> To the fountainhead in deep mountains I went tracking.
> On flowing water mirroring flowers, my eyes feasting,
> I felt inspired, lost in meditation.（笔者译）

山中下起细雨，空气清新，松林青翠欲滴，让人神清气爽。古诗既写凄冷之雨，如林黛玉的"冷雨敲窗被未温""已觉秋窗秋不尽，那堪风雨助凄凉"；也写喜人之雨，如杜甫的"好雨知时节，当春乃发生。随风潜入夜，润物细无声"、邱为的"草色新雨中"。古诗中松喻指高尚人格，如刘祯的"松枝一何劲""松柏有本性"。诗人沿着蜿蜒曲折的小溪信步漫游，来到源头（喻指生命本源）。山景充满禅趣，可意会不可言传。"忘言"是一种诗意境界。道家诗学强调忘己、忘名、忘功、忘言，陶渊明有"此中有真意，欲辨已忘言"；佛家强调参透人生，"不立文字"，"拈花微笑"。"相对"也是境界，诗人与大自然的山水草木灵气往来，融为一体。

李白有"相看两不厌，只有敬亭山"。

"过雨看松色，随山到水源"，王译 fresher than ever 呼应上面 green，表现松林翠绿，碧草萋萋，footpath 与前面 footprints、path 呼应，wound its way 呼应上文 wended my way，表现诗人视点随小溪的蜿蜒曲折而不断移动。吴译 enjoying 传达诗人内心的愉悦，比较而言，王译用无灵主语 pines、footpath 更能体现原诗物物起兴、任物自然的物道境界。王译 quietude 与上文 tranquil、solitary 呼应，I failed to convey 放在 what I perceived 之前，传达诗人悟禅忘言的体验。吴译 along the creek 呼应前面 along the path、the creek，表现主人公脚步和视点的移动。笔者用倒装句将 exuberant 放句首，强调松林茂盛，refreshing 表现山雨让人神清气爽，介词 to 放句首，强调一种方向感，tracking 描写诗人一路沿溪而行，寻觅其源头。

"溪花与禅意"描写禅境，王译用动词 meditated，吴译用名词 peacefulness，花与禅意相对（facing each other）。笔者认为，原诗表现诗人与溪流、鲜花相对，感悟其中的禅意（智者乐水、拈花微笑的智慧境界），溪、花象征禅境。从这个层面讲，王译更贴近原诗境界。笔者用 flowing 描写流水的动态，中国文化中流动的水象征智慧境界，故智者乐水。佛家强调以心照镜，mirroring 描写镜中月、水中花的画境，展现流水映花的画面，暗含诗人以流水反观自我心境，my eyes feasting，表现美景让诗人赏心悦目，诗人寓目山水，尽享其乐。"相对亦忘言"，吴译 voluntary speechlessness 用词独到，原诗"忘言"，吴译是"无言"，speechlessness 与 peacefulness 呼应并押韵，渲染了佛家的静境，轻辅音 [s] 传达了轻松舒缓的氛围。笔者用 felt inspired、lost in meditation，传达了诗人一种灵感突发又无法言表的神妙体验。在表达禅趣的古诗中常建的《题破山寺后禅院》[①] 最负盛名，下面是原诗和陆佩弦、吴永强、笔者译文：

清晨入古寺，初日照高林。
I walk into the ancient shrine at dawn,
The rising sun gilding the green wood tall. （陆译）
At the first light, into an old temple I'm sauntering;
And into woods of tall trees the morning sun is shining. （吴译）

---

① 思履. 唐诗三百首图解详析 [M]. 北京：北京联合出版公司，2014：300.

The first flush of dawn saw me into the old temple pacing.

Towering trees glittering in sunbeams greet my eyes. （笔者译）

诗人清晨寻访古寺，旭日初照，明媚的阳光洒落在林间。唐代诗人常游山访寺，寻仙问道，拜佛修禅，如王维、孟浩然、刘长卿、柳宗元等。王维诗"古木无人径，深山何处钟。泉水咽危石，日色冷轻松"中的日色展现了幽寒之境，刘长卿诗展现了温暖之境，是佛家的光明境界。"清晨入古寺"，吴译用倒装句式，first light（"清晨"）放句首，比陆译 dawn更有视觉效果，sauntering 放句尾，描写诗人闲庭信步，传达其闲适的心境。笔者用无灵主语 the first flush of dawn saw...，用 flush 表现朝阳的视觉美，pacing 描写诗人信步漫游。"初日照高林"，陆译 gilding（金色阳光）富于视觉效果，吴译仍然用倒装句，shining 放句尾，into...sauntering 与 into...shining 形成排比结构。笔者用 glittering、greet my eyes 描写寺中茂林在阳光下熠熠生辉，映入诗人眼帘，glittering 与 greeting 押头韵。

曲径通幽处，禅房花木深。

A winding path leads to a calm retreat,

And deep the greenery round the Buddha hall. （陆译）

The winding path leads to the quiet and secluded corners,

Where meditation abode lies deep in trees and flowers. （吴译）

Down a meandering path, to a secluded retreat I came strolling.

The meditation hall nestles among lush flowers and trees sheltering. （笔者译）

诗人沿着蜿蜒小径来到幽静的禅房，四周林木葱茏，静谧安宁。曲径通幽是古诗特有的画面和意境，孟浩然有"鹿门月照开烟树，忽到庞公栖隐处"。禅房是高僧修行的场所，作者不直接描写高僧，而是通过"花木深"给读者留下想象的空间，去体会高僧超凡脱俗的人格气质和境界。原诗"幽处"，吴译为 quiet and secluded corners，陆译 calm retreat 和笔者译 secluded retreat 更为精练。笔者用介词 down、to 表现诗人随着脚步的移动眼中景象画面的变化，strolling 呼应前面 pacing。"禅房花木深"，陆译 deep放在 the greenery round the Buddha hall 之前，强调花木幽深，呼应前面calm，因为花木深，所以禅房幽静，greenery 呼应前面 green wood。"禅房"，陆译为 Buddha hall，吴译 meditation abode、笔者用 meditation hall 更为准确；笔者用 lush 表现草木繁茂，用 nestles、sheltering 表现禅房掩映在花木丛中，nestles 富于情感色彩，传达一种惬意安详的体验。

山光悦鸟性，潭影空人心。

The birds are gladdened by the mountain light;

Shaded pools bring my heart to peaceful climes.（陆译）

To the nature of birds, the beauty of mountains caters;

The clear water of ponds could free people of their cares.（吴译）

The birds thrilled with the mountain light chirp and twitter.

In the pool's limpid water all mundane cares are drowned.（笔者译）

诗人朝寺后望去，青翠的群山沐浴在阳光下，鸟儿自由自在地欢鸣。他走到水潭旁，潭水清澈空明，诗人心中杂念顿时涤除，仿佛领悟到空门禅悦的奥妙，摆脱世俗一切烦恼。佛家追求空静境界，万象俱空，万念俱寂，色空而心空，心空而心静。"山光"暗喻佛家的光明境界，中国文化中物性与人性相通相融，山光愉悦鸟性，更愉悦人性，这种和谐境界是一种生态智慧和生命智慧。比较而言，鸟在汉诗中充满灵性，在英诗中充满神性。"山光悦鸟性"，陆译 gladdened 明写小鸟喜悦，暗写诗人愉悦，吴译用 nature of birds。笔者认为，古诗的"性""自然"指物性、人性（指宇宙万物的本真状态和人的本真自我），充满灵性灵气，如陶渊明的"久在樊笼里，复得返自然"写诗人摆脱官场，回归田园，恢复自我本性，与英语 nature 在深层内涵上不完全吻合，笔者认为"自然"应译为 my true self。吴译 cater to（迎合）与原诗境界不太吻合。原诗暗含小鸟欢快啼鸣的听觉体验，展现鸟鸣山更幽的境界，笔者用 thrill 传达小鸟的愉悦，拟声词 chirp、twitter 描写鸟鸣的听觉体验。"潭影空人心"，陆译 peaceful climes 呼应上文 calm retreat，表现诗人内心空寂安宁，吴译泛指词 people 比陆译 my 指代范围更广，更具有哲理境界。笔者用 mundane cares 指世俗的烦恼，drowned 意思是所有世俗的烦恼都被清澈的潭水涤荡干净，原诗中山光、潭影都喻指佛光、佛影，能让诗人洗净尘心，重获本心。

万籁此俱寂，但余钟磬音。

All fretful stirrings of the world are now hushed,

I only hear deep bells and tingling chimes. （陆译）

This tranquil place is void of all sounds of nature；

The lingering sound of the bell is all one can hear. （吴译）

This serene sanctuary no earthly sound disturbs.

One's heart is refreshed by the bell chimes reverberating. （笔者译）

古寺寂静无声，林木葱郁茂盛，只有深沉悠扬的钟声回荡四周，一派佛界仙境，让诗人心旷神怡，万虑俱消。古寺钟声是古诗常见听觉意象，张继的《枫桥夜泊》有"姑苏城外寒山寺，夜半钟声到客船"，孟浩然有"东林精舍近，日暮但闻钟"，马致远有《烟寺晚钟》。"万籁此俱寂"，吴译用 sounds of nature（大自然的声响），陆译 all fretful stirrings of the world 指俗世的烦恼，也指人内心的烦恼，hushed 呼应前面 peaceful，更贴近原诗境界。笔者用 sanctuary（the part of religious building considered most holy）指圣堂，与 serene 押头韵，earthly sound 指人世间的声响，sanctuary 与 earthly 形成神间与俗间的对比。"但余钟磬音"，陆译 deep 呼应前面 deep，但 tingling 不太恰当；吴译 lingering 表现钟声悠扬回荡；笔者用 refresh 表现悠扬的钟声能使人神清气爽，用 reverberating 描写钟声回荡，与 refreshed 押头韵，还可译为 One's heart is refreshed by the bell chimes resounding，用 resounding（loud and clear）表现钟声的洪亮。原诗展现了一种禅境和人生体验，陆译传达诗人的个人体验，吴译和笔者译文用 one 传达一种共通性的人生感悟。

中国诗人的自彰自明、自珍自恋是对自我道德境界的展现和人格节操的坚守。比如：屈原张扬个性，勇于担当，对自我品德操守十分珍视，对自我才华高度自信；陶渊明洁身自好，寄情山水，不事权贵，不同流合污。艾米莉·勃朗特人格傲岸，鄙视功名利禄，人格境界让人仰慕，诗人特立独行，不随波逐流。选择自己的人生道路（on a strange road journeyed on），弗罗斯特的《未被选择的道路》也表现主人公对人生道路的选择，体现了主人公的思想境界。艾米莉·勃朗特鄙视荣华富贵，李白也有"安能摧眉折腰事权贵"，毛泽东有"粪土当年万户侯"。

诗歌言志抒情，志是志向志气，情是审美情感，诗人以诗歌抒发人生理想和审美追求。儒家追求崇高美和浩然之气，其人格理想是圣人、君子和仁人志士；道家追求天趣真趣，人格理想是真人、幽人。儒家境界厚重，道家境界缥缈，佛家境界空灵。李清照一生颠沛流离，饱经沧桑，但她不甘于消极沉沦，而是以宏大气魄、远大志向提振生命，提升人格境界，"九万里风鹏正举"。西方美学追求崇高美，人格理想是骑士和英雄。德莱顿的 *Alexander's Feast or the Power of Music* 描写亚历山大国王举行盛大宴会，宴请凯旋的勇士们（godlike hero），场面宏大，既尽显国王的尊严和勇士的威武（aloft in awful state），又充满感官刺激和享乐，体现了西方酒神文化的狂欢和放纵。汉诗中的喜庆宴会热烈欢快，其乐融融，情趣高雅而无英诗的情感宣泄和放纵。西方的崇高美体现宗教境界、真理境界，充满神秘感和幻觉感。但丁·罗塞蒂是唯美主义诗歌代表，追求纯艺术美，通过直觉瞬间的灵悟、顿悟来传达永恒的真理，其诗歌富丽堂皇，美轮美奂，自成境界，诗人认为十四行诗记录了诗人在某一瞬间的感受和体验，将其永久保存下来（deathless hour），因此它就是一座纪念碑（a moment's monument），象征人类灵魂的永恒存在（soul's eternity）。十四行诗是一种重要的英语诗体，莎士比亚、勃朗宁夫人、弥尔顿等都有经典之作，莎士比亚十四行也反复强调诗歌艺术能让美永远保存下来。

第三节　审美认知、情感和认识与主体境界

一、审美感知和想象与主体境界

诗人通过审美感知和想象创造出独特的艺术时空境界。中国诗人听之以耳，听之以心，听之以气，神思飞扬，通过体察物态物理、物情物性达到物我合一的境界。古诗有大量的音乐描写，如泣如诉，如梦如幻，白居易的《长恨歌》有"大弦嘈嘈如急雨，小弦切切如私语。嘈嘈切切错杂弹，大珠小珠落玉盘"。西方美学的感知和想象带有神秘神圣的宗教体验，德莱顿的 *Alexander's Feast or the Power of Music* 写道：Timotheus placed on high / Amid the tuneful quire / With flying fingers touched the lyre. / The trembling notes ascend the sky / And heavenly joys inspire。作品描写唱诗班的合唱，乐师蒂莫修斯在拨动琴弦，指法娴熟（flying fingers），技艺高超，出神入化，其乐音飞升如天，达到天国境界（ascend the sky / And heavenly joys inspire）。比较而言，英诗的音境展现了神灵境界（holy），汉诗的乐境虽也超凡脱俗，但多展现人间境界，表达人的悲欢离合。中西美学的感知

和想象都能展现朦胧缥缈的境界，戴望舒的《夕阳下》《十四行》用"幽夜""幽灵""幽古""幽光"描写梦境，柯尔律治的 The Rime of the Ancient Marine 中的幽光则笼罩着阴森恐怖的神巫氛围，如 The death-fires danced at night / The water, like a witch's oils. / Burnt green, and blue and white。描写老水手射杀信天翁后，被上天惩罚，海水也开始腐烂，散发出可怕的光（green、blue、white），像死亡之火（death-fires），正是老水手的罪行把大海变成了地狱；弥尔顿的《失乐园》描写可怕的地狱，也有类似场景。

二、审美情感与主体境界

寄托情感是主体最直接的审美需求，能展现其人格境界和道德情操。中国诗人以才气与天地之元气相磨相荡，把握宇宙之生命。中国文学中诗是气多于韵，词是韵多于气，诗之气和词之韵都是境界。西方美学没有气的审美范畴，但有气的体验，它是神谕式的灵感体验、迷狂的酒神体验。中国诗学强调温柔敦厚，情真、性真、意真。陈如江所著《中国古典诗法举要》认为汉诗善于就景叙情、融情入景、立意高远、自标灵采、乐景写哀、托物言志、正言若反、借人映己、因形说理、情中有思。在情感表达上，中国诗人真实而含蓄，英语诗人真实而直白，常直接运用 love 等字眼，如彭斯、勃朗宁夫人、爱伦·坡、莎士比亚等。莎士比亚十四行诗第102 首写道：My love is strengthened, though more weak in seeming / I love not the less, though less the show appear。诗人说自己的爱不在表面而在内心，丝毫未减。勃朗宁夫人童年时意外致残，她在认识罗伯特·勃朗宁之前已经名扬诗坛，她被后者执着的追求所感动，与之相知相恋，最终结为夫妻，成为诗坛佳话和传奇故事。Yet, love, mere love, is beautiful indeed / And worthy of acceptation…，对诗人来说，爱既是接受，也是承诺，更是信赖。

中国诗学早期提出言志说，强调诗歌的政治教化功能。到魏晋时代，文人身处乱世，内心惶恐，精神苦闷，往往醉酒狂歌，失于放纵。唐代文人处于盛世，意气风发，激情四射。宋代文人生活安闲富足，追求幽情雅趣；在宋词时代，古诗才真正进入抒情的天地。吴小英的（2005）所著《唐宋词抒情美探幽》认为诗是尽善尽美，温柔敦厚，词是尽真尽美，追求艺术化的性情袒露。笔者认为，尽善尽美的诗境和尽真尽美的词境都是境界。元代文人理想破灭，心灰意冷，为了保身避祸，他们追求彻底快活，彻底放松，其俗乐也是一种境界。中国诗学追求虚静，主体虚心专心静心，获得宇宙人生的大智慧。英语浪漫主义诗论也强调安静的创作心态，华兹华斯、艾米莉·勃朗特的诗多展现寂静安详的境界，诗人在安宁的心境中思绪如潮，思考宇宙人生，洞悟人生哲理。华兹华斯的《丁登寺》反复提到 secluded scene，thoughts of more deep seclusion 等；艾米莉·勃朗特一生孤独而安宁，她漫步于凄清的荒原，或沉思于孤寂的陋室，安宁带给其灵魂的慰藉，激发了其非凡的想象。How still, how happy! Now I feel / Where silence dwells is sweeter far 用两个感叹句语气强烈，传达其内心的安宁和甜蜜。

诗人审美情感是一种文化情感，体现了本民族的文化特色，包括自然情感和社会情感。

（一）诗人自然情感与主体境界

自然情感是指诗人对大自然季节更替和景物变迁的情感体验，中国诗人寄情天地，与物为春，欣然畅快。汉诗多写春秋。诗人在阳光明媚、万物复苏的春天既有喜悦，如楚辞《大招》"春气奋发，万物遽只"、贺知章的"碧玉妆成一树高，万条垂下绿丝绦。不知细叶谁裁出，二月春风似剪刀"，但更多的是悲春，李煜、李清照、苏轼、杜甫的悲春体验都很深刻。李煜的"问君能有几多愁，恰似一江春水向东流""桃李依依春暗度。谁在秋千，笑里低低语？一片芳心千万绪，人间没个安排处"，苏轼的"枝上柳绵吹又少，天涯何处无芳草""墙里秋千墙外道，墙外行人，墙里佳人笑""笑渐不闻声渐悄，多情总被无情恼"都写春愁，都写秋千笑语让人惆怅，境界相似。

比较而言，杜甫的悲春体验更为深刻，如《哀江头》写诗人来到曲江畔，四周花红柳绿，景色依旧，然而物是人非，昔日热闹喧嚣的长安城如今冷冷清清。当年唐玄宗纵情声色，荒淫无度，与杨贵妃整日欢宴作乐，打猎冶游，穷奢极欲，导致国破人亡。杜诗"昭阳殿里第一人"与白居易的"六宫粉黛无颜色""三千宠爱在一身"都写杨贵妃受尽恩宠；杜诗"同辇随君侍君侧"、白诗"一朝选在君王侧""春从春游夜专夜"都写杨贵妃与唐玄宗形影相随，醉生梦死。杜诗"清渭东流剑阁深"中剑阁是杨贵妃身亡之处，白诗也有"云栈萦纡登剑阁"。杜诗"明眸皓齿今何在，血污游魂归不得"、白诗"回看血泪相和流""魂魄不曾来入梦""能以精诚致魂魄"写杨贵妃被唐朝官军处死，魂魄不散。白诗"昭阳殿里恩爱绝"写唐玄宗与杨贵妃阴阳相隔。

比较而言，悲秋是诗人对生命更深的体验，它赋予古诗历史的厚重感、人生的沧桑感。古诗中秋既是季节之秋也是人生之秋，展现了一种生命境界。在秋天，西方诗人看见万物丰收而喜悦，中国诗人面对草木凋零而黯然神伤，深感韶华易逝，内心充满对生命的珍爱与渴望。汉诗常写秋色秋风、秋雨秋水、秋叶秋草，传达秋心秋怀、秋思秋情，如宋玉的《九辩》、杜甫的《登高》《秋兴》等。温庭筠的《更漏子》（"玉炉香，红蜡泪，偏照画堂秋思。眉翠薄，鬓云残，夜长衾枕寒。梧桐树，三更雨，不道离情更苦。一叶叶，一声声，空阶滴到明"），写秋日的夜晚细雨绵绵，妇人独守空房，孤灯残照。她思念远方爱人，郁闷忧伤，面容憔悴，彻夜难眠。红烛彻夜燃烧，不断滴淌的烛泪就像思妇的泪水。夜长雨更长，梧桐树叶纷纷凋落，淅淅沥沥的秋雨滴在石阶上，更无情地打在思妇心上。在宋词中细雨、梦、画堂常传达离愁别绪、相思之苦，如韦庄的《浣溪沙》"咫尺画堂深似海"、聂胜琼的《鹧鸪天》"枕前泪共阶前雨，隔个窗儿滴到明"。

古诗写悲春伤秋多传达凄清寒冷之意，如李煜、李清照、秦观、《红楼梦》中林黛玉诗，既是身寒更是心寒，如温庭钧的"夜长衾枕寒"、林黛玉的"冷雨敲窗被未温"。古诗的悲秋多为游子舟客在旅途中触景生情，思念故土故人，如孟浩然的《早寒有怀》，"木落雁南渡，北风江上寒"写秋叶飘零，大雁南飞，北风呼啸，寒气袭人，杜甫也有"无边落木萧萧下"。孟诗"我家襄水曲，遥隔楚云端"，故乡山长水远，"隔"展现一种空间距离感。孟浩然是思乡，而李白"美人如花隔云端"是人生不得志。孟诗"乡泪客中尽，孤帆天际看"，描绘诗人漂泊异乡，归心似箭，黯然神伤，潸然泪下。同样写天际孤帆，李白诗"孤帆远影碧空尽，唯见长江天际流"则色调明快，诗人虽略带惆怅，总体格调乐观开朗。孟诗"迷津欲有问，平海夕漫漫"写故乡山遥水远，诗人望眼欲穿。襄水即襄河，在湖北襄阳，属楚国，故"遥隔楚云端"。诗人深感关山难度，津渡难寻，家书难寄，这里喻指报国无门。李白有"欲渡黄河冰塞川，将登太行雪满山"，秦观也有"雾失楼台，月迷津渡，桃源望断无寻处"。

古诗也有喜秋之作，传达诗人昂扬向上、乐观积极的人生态度，境界开阔明亮，如李白的"我觉秋兴逸，谁云秋兴悲！山将落日去，水与晴空宜"。刘禹锡的《始闻秋风》有"天地肃清堪四望，为君扶病上高台"，诗人抱病登台，饱览秋色（"君"）。《秋词》有"自古逢秋悲寂寥，我言秋日胜春朝，晴空一鹤排云上，便引诗情到碧霄"。中国诗人的秋思有人生暮年的伤感悲叹、老骥伏枥的豪情壮志和洞察社会、笑看红尘的人生睿智。如辛弃疾的《采桑子》（"少年不识愁滋味，爱上层楼。爱上层楼，为赋新词强说愁。而今识尽愁滋味，欲说还休。欲说还休，却道天凉好个秋"），诗人年少时多愁善感，故作老成之态，人到暮年，饱经沧桑，世事洞达，反而不愿轻易道出人生的悲喜愁苦。

王安石的《南乡子》"绕水恣行游，上尽层楼更上楼。往事悠悠君莫问，回头。槛外长江空自流"，蒋捷的《虞美人》"少年听雨歌楼上""壮年听雨客舟中""而今听雨僧庐下"也是同样的人生体验。田子馥著有《中国诗学思维》，认为诗人运用感悟思维，以史感物或逢物感史，以诗昭示人生哲理，在历史感悟（史感、时间感）中融入哲理感悟（哲感、空间感）。元代文人经历了社会人生的大动荡，已经心态平和，他们对秋情有独钟，多写秋思、秋怀、秋月、秋江、秋夜，少了凄苦悲凉，多了恬淡安闲、开朗达观。英国诗人叶芝的《库尔勒的野天鹅》也是喜秋，The trees are in their autumn beauty 展现了安宁静谧的境界，The water mirrors a still sky 描写水天一色，But now they drift on the still water 写天鹅在静静的水面上漂游。

西方民族的自然情感充满宗教的神圣感和人生的崇高感。比较而言，传统农业文化使中华民族对大自然有天生的亲近感，传统海洋商业文化使西方民族对大自然既敬畏崇拜又渴望征服。华兹华斯的诗对大自然顶礼膜拜，表现神境；雪莱诗气势磅礴，对大自然充满挑战欲望，表现高境。对季节体验的描写中，华兹华斯、但丁·罗塞蒂等多写春景，雪莱、济慈、哈代等多写秋色秋风。艾米莉·勃朗特对大自然的体验极其深刻，诗人心情愉悦时大自然风光旖旎，情绪低落时自然景物则灰暗沉闷，让她惆怅。诗人一生居于荒原（flowerless moors），周围崇山峻岭，景色苍凉，只有到了春夏才能享受到温暖的阳光。艾米莉·勃朗特离群索居，对孤独的体验刻骨铭心，她与宇宙天地为伴，寻求灵魂的慰藉，clear expand heaven's breathless shores 写诗人极目远眺，四周景象阔大辽远，宇宙寂静无声（breathless），诗人任思绪纵横天地。

西方诗人在收获和成熟的秋季感到愉悦，如济慈 *To Autumn*，在草木勃发的春天感到畅快，开出的鲜花（as blossoms on a bough），像满天繁星，刚刚苏醒，充满生机。英诗也多写温暖宜人的夏天和万物凋零的冬天，如雪莱的 *On the Grasshopper and Cricket* 描写蝈蝈在盛夏里欢唱。艾米莉·狄金森的 Further in Summer than the Birds / Pathetic than the Grass 写夏日将逝，秋日将临，小鸟啼声带着一丝哀婉（pathetic）。莎士比亚十四行诗第 5 首 For never-resting Time leads summer on / To hideous winter and confounds him there 描写岁月不居（never-resting），夏日过去就会进入可怖（hideous）的冬天。汉诗多写黄昏日暮，英诗多写黎明日出，通过日出与日落的对比喻示生命活力与衰老死亡，如莎士比亚十四行诗第 7 首 Lo, in the orient the gracious light / Lifts up its burning head, each under eye 写旭日东升，光芒万丈（gracious light），第 12 首 When I do count the clock that tells the time, / And see the brave day sunk in hideous night 写白昼的盛景逐渐消失在可怖（hideous）的黑夜中。

下面是莎士比亚十四行诗第 2 首前四行和梁实秋、屠岸的译文：

When forty winters shall besiege thy brow,
And dig deep tranches in thy beauty's field,
Thy youth's proud livery, so gazed on now,
Will be a tattered weed of small worth held.
四十个冬天围攻你的容颜，
在你美貌平原上挖掘壕沟的时候，
你的青春盛装，如今被人艳羡，
将变成不值一顾的褴褛破旧。（梁译）
四十个冬天将围攻你的额角，
将在你美的田里挖浅沟深渠，
你青春的锦袍，如今叫多少人倾倒，
将变成一堆破烂，值一片空虚。（屠译）

原诗第一行 winter（喻指人生暮年）是莎诗常见时间意象，与夏天（人的盛年）相对。第二行用拟人手法描写人的美貌被岁月侵蚀，第三行用比喻手法写人风华正茂时被人瞩目和羡慕，gaze（对容貌的瞩目）是莎诗常用词语，如第 5 首 The lovely gaze where eye doth swell。第四行用比喻手法描写人老后被人轻视。梁译将 brow 处理为"容颜"，屠译"额角"更形象。梁译将 field 转换为"平原"，屠译保留原诗意象，"浅沟深渠"（喻指额角布满皱纹）与"田"连接自然，更为形象。梁译将 proud livery 处理为"青春盛装"，屠译"锦袍"更为形象，"倒"与"袍"押行中韵，但"如今叫多少人倾倒"不如梁译"如今被人艳羡"简洁。梁译"褴褛破旧"与前面"青春盛装"形成对比，屠译"值一片空虚"不够自然。

汉英诗歌对季节更替和人生岁月的感受包含了生命体验，西方民族认为人的生命是从少年到成年、老年的不断成熟的演化过程，中国诗人认为少年与成年、老年没有高低优劣之分，人生是一个周而复始的圆，知足常乐、人生圆满就是幸福。莎士比亚十四行诗认为人终会衰老消亡，其容貌、财富和智慧应有子女来继承，人类才会生生不息，诗人认为人的美貌（beauty's rose）应有子女（tender heir）来延续，人终有一死（by time decease），其生命会由子女来延续（bear his memory）。对人生，中国诗人有悲愁伤感、苦闷彷徨，也有及时行乐，逍遥快活；而西方诗人则往往担忧和恐惧死亡，如莎士比亚十四行诗第 73 首描写黑夜是死神的化身（second self），第 15 首描写死神让生机盎然的世界变得荒芜（wasteful）、衰败（decay），让人的青春变成黑夜（sullied night）。

（二）诗人社会情感与主体境界

社会情感是主体对社会人生的感受和体验。汉民族的社会情感包括家国情怀、生命感喟、情爱相思、伤今怀古等。

传统的农业文化孕育了中华民族的土地情结，其家国情怀的体验刻骨铭心，达到生命境界。屈原对楚国故土依依不舍，杜甫漂泊一生，对亲人故友无比思念，牵肠挂肚。后主李煜亡国后思念故土，痛彻肺腑，王国维称其词为"血书"，李煜有赤子之心，故其词写真情、真境。李白《静夜思》为千古绝唱，他还有"一叫一回肠一断，三春三月忆三巴"，愁肠欲断。中国诗人常命运多舛，仕途坎坷，漂泊异乡，思念故友。白居易与元稹、刘禹锡与柳宗元之间的真挚友情传为佳话。白居易的《蓝桥驿见元九诗》《舟中读元九诗》、元稹的《酬乐天频梦微之》《重赠乐天》读来令人动容。南宋辛派词人思念中原故土，但朝廷腐败，其收复山河的希望破灭，他们满腔悲愤，其词悲壮苍劲，词境雄豪。西方民族的海洋商业文化使其更具冒险探险精神。拜伦和雪莱长期旅居海外，对英格兰故土一直魂绕梦牵，其故国相思情真意切，自成境界。

生命感喟是诗人的生命体验，是对人生的反思、对生与死的思考。中国文人深感生命苦短，奋发进取，勇于拼搏，而当他们事业受挫时，则道遥林泉，优游人生。陶渊明、曹植等魏晋诗人最早对生与死进行了深刻反思。比较而言，中国诗人更关注今生，伤感而不绝望；西方诗人更关注来世，充满焦虑和恐惧，达到宗教的冥想境界。艾米莉·狄金森、艾米莉·勃朗特、哈代等对生与死的思考极其深刻，境界奇异。比较而言，哈代诗富于人生哲理，艾米莉·勃朗特的诗更有震撼力，如诗人在墓园里陷入对生与死的思考，痛感人生苦短（Let me remember half the woe），生活的磨难和痛苦让人刻骨铭心（For Time and Death and Mortal pain, / Give wounds that will not heal again），诗人一生清寒贫苦，自幼就饱尝人间的辛酸，生命之痛在其灵魂深处留下了不可磨灭的烙印（I've seen and heard and felt below）。

情爱相思是诗歌永恒的主题。中国诗人追求婚姻幸福、家庭美满、事业成功，他们有人生操守而又不得志，以爱情来寄托情感，安顿灵魂，对爱情无比渴望与执着。何方形著有《唐诗审美艺术论》，认为唐诗表现爱情之甜美、情侣思念之痛苦、婚姻不幸之苦闷。中国诗人追忆逝去的青春岁月、美好爱情和真挚友谊，感叹人生如梦、岁月无情，悼亡诗最深刻地表达了这种体验，刘过的《醉太平》中"思君忆君，魂牵梦萦"、李清照的《浪淘沙》中"回首紫金峰，雨润烟浓，一江春浪醉醒中。留得罗襟前日泪，弹与征鸿"都在悼念亡夫。美国诗人威廉斯的《寡妇春怨》也在悼念亡夫（Sorrow is my own yard / Where the new grass），春天院中鲜花盛开，但物是人非，妇人更加思念亡夫，sorrow 放句首，强调其内心的悲苦，Flames as it has flamed 展现了今与昔的对比。

深院是古诗常见意象，多传达幽静凄清的氛围，欧阳修有"庭院深深深几许"，李煜有"寂寞梧桐，深院锁清秋"。李清照词写深院则更多，丈夫赵明诚生前常在外任职，夫妻聚少离多，诗人独居深院，对丈夫朝思暮想（"千里关山劳梦魂""雨打梨花深闭门"）。赵明诚亡故后诗人更是痛不欲生，憔悴不堪（"庭院深深深几许""为谁憔悴损芳姿"）。古诗写悼念亡妻的也有佳作，如元稹的《遣悲怀》三首感人肺腑（"诚知此恨人人有，贫贱夫妻百事哀"）。苏轼的《江城子》"十年生死两茫茫。不思量，自难忘。千里孤坟，无处话凄凉"写诗人与亡妻阴阳相隔已十余年，"茫茫"表达人世沧桑，"纵使相逢应不识，尘满面，鬓如霜"是诗人的想象。

诗人哈代的爱情和婚姻生活充满坎坷和磨难，让他刻骨铭心，一生都沉浸在往事的追忆和追悔中，诗人的情思在现实（you are not）与记忆（you were）、今日与往昔（our day was fair）之间来回穿梭，痛彻肺腑，两个 call 用现在时强调诗人对爱玛永不磨灭的追忆，两个 call to me 与 all to me 一唱三咏，回环往复，如泣如诉，情思绵绵，极富于感染力。李商隐也有"此情可待成追忆，只是当时已惘然"。可以说，哈代和李商隐的爱情追忆已经浸入灵魂的最深处，诗人反复咀嚼人生苦味而不求解脱，这种强大心力所展现的境界非一般爱情诗能比。

宋代诗人陆游与唐婉青梅竹马，情投意合，常在沈园游玩，吟诗唱和。后来陆游另娶，唐婉改嫁，后来两人在沈园邂逅，感慨万千。唐婉写下《钗头凤》，以表情怀（"世情薄，人情恶，雨送黄昏花易落。晓风干，泪痕残，欲笺心事，独倚斜阑。/难！难！难！"）。诗人感叹世态炎凉，人情冷暖（刘禹锡也有"瞿塘嘈嘈十二滩，人言道路古来难。长恨人心不如水，等闲平地起波澜"）。诗人本与陆游志同道合，真心相爱，却被陆母强行拆散，成为封建家长制和世俗礼教的牺牲品，就像黄昏时分被风雨吹打的残花，无比凄苦（李重元的《忆王孙》也有"欲黄昏，雨打梨花深闭门"）。诗人想与陆游书信传情，但犹豫不决，她凭栏沉吟，内心悲苦（晏殊的《蝶恋花》也有"欲寄彩笺兼尺素"）。唐婉诗"人成各，今非昨。病魂常似秋千索。角声寒，夜阑珊。怕人寻问，咽泪装欢。瞒！瞒！瞒！"诗人回首往事，物是人非，她与陆游已各自嫁娶，但仍彼此魂萦梦绕，精神憔悴。夜深人静，寒气透骨，诗人忍住眼泪，强颜欢笑（冯延巳的《鹊踏枝》也有"泪眼问花花不语，乱红飞过秋千去"）。秋千在古诗中也传达浪漫情调，如李清照的《点绛唇》"蹴罢秋千，起来慵整纤纤手"。

四十年后陆游重游沈园，无限伤感，写下《沈园》（"梦断香消四十年，沈园柳老不吹绵。此身行作稽山土，犹吊遗踪一泫然"），唐婉香消玉殒，诗人也风烛残年，失去人生伴侣和精神寄托，他深感自己来日无多，不禁黯然神伤，潸然泪下。英国诗人弥尔顿的《梦亡妻》则展现了一种宗教的圣洁境界，宗教情怀淡化了诗人的悲哀，在他眼中亡妻的形象如同其人品一样圣洁高贵（white, pure as her mind），她的美德和善良闪耀着人性的光辉（love, sweetness, goodness）。英诗描写女性多以尊崇和仰慕的目光，顶礼膜拜，盛赞其美貌和美德，拜伦《她走在美的光影中》堪称经典，女主人公既有难言的风韵（nameless grace），更有高贵的思想（pure, dear thoughts）。

中国诗人对爱情执着追求，寄托情感，抒发人生理想，安顿灵魂。中国文学史上宋词情诗最为细腻委婉，缠绵悱恻，自成深境。杨柏岭所著《唐宋词审美文化阐释》认为唐宋词是"对爱的情思的自由抒发"，谱写爱情是其本色心态。古诗的爱情体验能达到一种悲剧境界，李商隐堪称代表，诗人因身陷政治党派斗争，精神压抑苦闷，感到人生虚幻空无，对人生和爱情感到无助和绝望。蔡燕所著《唐诗宋词艺术与文化审视》认为李商隐诗是悲剧意识的诗化，诗人不求解脱，直面痛苦，其悲情具有纵深性和延展性。

中国诗人常凭吊怀古，追思先贤，借政治讽喻以针砭时弊，赋予作品以厚重历史感、人生苍凉感和宇宙苍茫感。田子馥所著《中国诗学思维》认为诗人运用宇宙思维（对宇宙时空的自由掌握和掌控宇宙的高空视野）和感悟思维（历史感悟和唤醒），以史感物或逢物感史。何方形所著《唐诗审美艺术论》认为唐诗表达黎元之忧、黍离之悲、人生之思和功业之叹。陈子昂、刘禹锡、杜牧的咏史诗最负盛名。陈子昂的《感遇三十八首》表达了怀才不遇的痛苦郁闷，"兰若生春夏，芊蔚何青青"，兰若等香草意象象征诗人高尚人格；《离骚》也以香草意象展现诗人屈原的高洁品格和高贵身份。陈诗"幽独空林色，朱蕤冒紫茎"描写诗人才华无人赏识；晚唐诗人李贺也多写鲜花香草，暗喻自己才比天高、命比纸薄，如"昆山玉碎凤凰叫，芙蓉泣露香兰笑"，诗境神奇瑰丽。

陈诗"迟迟白日晚，媚媚秋风生"感叹岁月无情，人生之秋，英雄迟暮；李贺也有"茂陵刘郎秋风客"。陈诗"岁华尽摇落，芳意竟何成"，诗人颇有政治才干，但屡受排挤压抑，报国无门，后被奸臣所害，像秀美幽独的兰若在风刀霜剑的摧残下枯萎凋谢了。陈子昂的《燕昭王》（"南登碣石坂，遥望黄金台。丘陵尽乔木，昭王安在哉？霸图怅已矣，驱马复归来"）写战国时期燕国昭王筑碣石宫和黄金台，广招天下贤才，力图振兴国家，诗人思慕燕昭王，深感怀才不遇。唐诗既有豪迈雄健之气，也有苍凉悲壮之意。与陈子昂相比，刘禹锡和杜牧的咏史诗更为含蓄凝重，境界苍茫。何方形所著《唐诗审美艺术论》认为刘诗对历史有深透把握，别开生面，刚健豪宕，杜诗融合史家之博识和眼光，与诗人之敏感和激情。比起唐宋诗人，元代诗人有一种人生暮年的睿智和成熟，其咏史诗传达了诗人洞察古今、参透人生后的洒脱自在，如冯子振的《赤壁怀古》（"叹西风卷尽豪华，往事大江东去。彻如今话说渔樵，算也是英雄了处"），诗境与苏轼的"大江东去，浪淘尽，千古风流人物"相近。渔樵是元曲常见人物意象，象征人生睿智和从容淡定，表现返璞归真和淡泊名利的人生境界，是元代诗人的人格理想。

古诗的文化情感积淀了儒家、道家、佛家文化的内涵。儒家追求阳刚之气和崇高境界，屈原、杜甫、辛弃疾、文天祥等富于爱国精神、悲天悯人的仁者情怀和刚猛的雄健气魄，其诗境沉雄高远。边塞诗抒发勇士戍边守疆、保家卫国、建功立业的凌云壮志，诗境苍凉悲壮。田子馥所著《中国诗学思维》认为辛弃疾词有欲飞还敛的取势，毛泽东诗词有横空出世的气势。葛晓音所著《唐诗宋词十五讲》认为辛词的雄健气势表现英雄之才、忠义之心和刚正之气。杜甫堪称儒家诗人典范，其诗表达万古之性情，梁启超称杜甫为"情圣"，可谓慧眼。道家主体具有飘逸之神，达到逍遥境界，李白等追求精神自由、人格独立，返璞归真，其诗境清新朴实，或瑰丽奇异。佛家追求具有圆融之美，达到智慧境界，王维等对宇宙天地静默冥思，其诗境玲珑剔透，达到禅境。中国诗人读万卷书，行万里路，开阔视野，涵养雄气清气，提升人格境界。儒家之壮游充满豪气，道家之仙游充满逸气。杜甫的《壮游》①纵横开阖，起伏跌宕，葛晓音评价其"顿挫起伏""淋漓悲壮""沉雄博大"。田子馥所著《中国诗学思维》认为中国诗人通过叙事思维融合说理与言情，通过以文为诗的历史钩沉将散文的章法句法字法和起承转合的气脉融入于诗。

往昔十四五，出游翰墨场。斯文崔魏徒，以我似班扬。七龄思即壮，开口咏凤凰。

九龄书大字，有作成一囊。性豪业嗜酒，嫉恶怀刚肠。脱略小时辈，结交皆老苍。饮酣视八极，俗物都茫茫。

诗人少年成名，才华横溢，被著名文人崔尚、魏启心比作汉代的班固和扬雄。"初唐四杰"以及杜甫、李白等盛唐诗人在少年时代便崭露头角，壮志凌云，高度自信自赏。杨炯有"宁为百夫长，胜作一书生"，李白有"天生我材必有用"。诗人才思敏捷，出口成章，李白也有"丈夫未可轻年少""我志在删述，垂辉映千秋""俱怀逸兴壮思飞，欲上青天揽明月"。诗人嫉恶如仇，不屑与庸人为伍，宁愿与饱学的老者交往；他放眼四望，

---

① 杜甫. 杜甫集［M］. 苏小露，注评. 武汉：崇文书局，2020：238-240.

周围都是庸辈。杜甫一生爱酒，诗酒人生是中国古代诗人普遍的生活状态；陶渊明浅酌低吟；李白纵酒高歌。杜甫少年时意气风发，但一生穷困潦倒，以浊酒自我安慰，惆怅满怀。

东下姑苏台，已具浮海航。到今有遗恨，不得穷扶桑。王谢风流远，阖庐丘墓荒。
剑池石壁仄，长洲荷芰香。嵯峨阊门北，清庙映回塘。每趋吴太伯，抚事泪浪浪。

诗人云游天下，寻访名胜古迹，凭吊先贤，扶桑是传说中的神树，屈原的《离骚》有"总余辔乎扶桑"。姑苏台在吴越，是古诗常用地名，吴越自古人杰地灵，英才辈出，李白、杜甫都曾漫游此地。"王谢"指东晋贵族王导、谢安，是古诗常用的人名典故，刘禹锡的《乌衣巷》有"旧时王谢堂前燕"。"风流"表达诗人对古人的仰慕，在古诗中多指英雄豪杰、贤才俊杰，李白有"吾爱孟夫子，风流天下闻"。"阖庐"指春秋吴王夫差的父亲，曾主持修建姑苏台。剑池、长洲景色依旧，却物是人非。诗人凭吊吴太伯的庙宇，抚今追昔，感慨万千，潸然泪下。杜甫富于儒家情怀，对古代先贤尊崇仰慕，感叹自己命运多舛，报国无门。诗人敬仰诸葛亮，"出师未捷身先死，长使英雄泪满襟"。杜甫诗中有微笑，但更多是人生辛酸之泪、忧国忧民之泪，其情感之深沉在中国诗歌史上无人超越，梁启超称其为"情圣"，绝非过誉。

枕戈忆勾践，渡浙想秦皇。蒸鱼闻匕首，除道哂要章。
越女天下白，鉴湖五月凉。剡溪蕴秀异，欲罢不能忘。

诗人仰慕历史上的英雄豪杰，如越王勾践、秦始皇等。比较而言，李白、雪莱的诗展现了宇宙天地境界，诗人的思绪上天入地，纵横六合，驰骋八极，空间阔大；杜甫诗展现了人文主义的历史文化境界，诗人纵横古今，评论历史兴衰。杜甫在江浙云游，流连忘返，李白也曾在此漫游，《梦游天姥吟留别》有"我欲因之梦吴越，一夜飞渡镜湖月。湖月照我影，送我至剡溪"，镜湖即鉴湖。

归帆拂天姥，中岁贡旧乡。气劘屈贾垒，目短曹刘墙。忤下考功第，独辞京尹堂。

放荡齐赵间，裘马颇清狂。春歌丛台上，冬猎青丘旁。呼鹰皂枥林，逐兽云雪冈。

诗人离开天姥山，回到故乡参加科考。同样写天姥之游，李白诗浪漫飘逸，杜甫诗豪迈雄健。诗人意气风发，信心十足，甚至认为屈原、贾谊、曹植、刘桢都不值一提，而毛泽东的《七古·送纵宇一郎东行》中"年少峥嵘屈贾才"则是敬仰屈、贾。盛唐诗人自信自强，气魄宏大，没有传统儒生的酸腐之气和软弱之态，而有豪侠之风和刚猛之气，性格乐观开朗，不计较于一时的成败得失，进退自如，展现出特有的洒脱境界。诗人科举落第，于是在齐、赵漫游。齐、赵在北方，民风淳朴而豪爽，有贞刚之气，景色壮观雄奇，如杜诗"岱宗夫如何，齐鲁青未了。造化钟神秀，阴阳割昏晓"。李白也曾在齐、赵游历，其诗所描写的北方风光也是景象阔大雄浑。杜甫宴饮狩猎，纵情高歌，自得其乐，盛唐诗人善于化解苦闷，排遣忧愁，性格刚毅而柔韧，宋代苏轼也同样性格豪放旷达。对中国诗人来说，狩猎骑射不仅是娱乐消遣，也是勇武之风、豪侠之气的体现，故苏轼有"老夫聊发少年狂""千骑卷平冈""会挽雕弓如满月，西北望，射天狼"。

射飞曾纵鞚，引臂落鹙鸧。苏侯据鞍喜，忽如携葛强。快意八九年，西归到咸阳。

许与必词伯，赏游实贤王。曳裾置醴地，奏赋入明光。天子废食召，群公会轩裳。

诗人好友苏侯把杜甫比作骑术高超的将军葛强，王维的"风劲角弓鸣，将军猎渭城。草枯鹰眼疾，雪尽马蹄轻""回看射雕处，千里暮云平"也写狩猎活动，与杜诗同样气势豪放。诗人云游四方，回到京城，与文人墨客吟诗赋文，受到达官贵族的礼遇，这是杜甫人生得意之时。李白在长安供职期间也曾春风得意，写有《清平调》词三首、《宫中行乐词》八首。

脱身无所爱，痛饮信行藏。黑貂不免敝，斑鬓亦称觞。杜曲换耆旧，四郊多白杨。

坐深乡党敬，日觉死生忙。朱门务倾夺，赤族迭罹殃。国马竭粟豆，官鸡输稻粱。

诗人被皇帝召见，与王公大臣会面，却发现其态度傲慢，于是愤然离去，饮酒自乐，"行藏"典出于《论语》"用之则行，舍之则藏"，表现诗人洒脱开朗的性格，苏轼的"用舍由时，行藏在我，袖手何妨闲处看"同样达观。诗人生活困顿，衣衫破旧，但仍纵情豪饮。白杨在古诗中多传达萧条悲凉之意。"日觉死生忙"，好友相继离世，诗人深感人生苦短，命运无常。与李白和王维相比，杜甫和陶渊明堪称寒士，他们安贫守道，苦中作乐，对生与死有更深的思考。陶渊明有"死去何足道，拖体同山阿"，淡看生死，诗境恬然；杜甫大半生漂泊四方，居无定所，其人生体验有更多辛酸味，如"万里悲秋常作客，百年多病独登台"，境界苍凉。统治阶级、达官贵族争权夺利，花天酒地，杜甫诗多揭露其腐朽生活，如"朱门酒肉臭，路有冻死骨"。

举隅见烦费，引古惜兴亡。河朔风尘起，岷山行幸长。两宫各警跸，万里遥相望。

崆峒杀气黑，少海旌旗黄。禹功亦命子，涿鹿亲戎行。翠华拥吴岳，螭虎啖豺狼。

诗人感叹古今兴亡，时局动荡，为国家命运担忧。"安史之乱"爆发后，唐玄宗逃往四川避难，与长安城遥遥相望。时局险恶，诗人想起当年夏禹、轩辕帝驰骋沙场，消灭叛敌，而玄宗却偏安蜀地，不思收复国土，太子在吴岳起兵，抗击叛敌。杜甫生逢乱世，忧国忧民，更加追思古代明君先贤，盼望英雄豪杰挺身而出，扭转乾坤，名篇《洗兵马》抒发了诗人的心声，"安得壮士挽天河，净洗甲兵长不用"，慷慨激昂，境界雄豪。

爪牙一不中，胡兵更陆梁。大军载草草，凋瘵满膏肓。备员窃补衮，忧愤心飞扬。

上感九庙焚，下悯万民疮。斯时伏青蒲，廷诤守御床。君辱敢爱死？赫怒幸无伤。

太子起兵抗击叛敌，却战场失利，敌人更加猖狂。各路军队被调集去剿敌，兵荒马乱，满目疮痍，诗人虽位低职微仍忧国忧民。他忧心忡忡，不顾个人安危向朝廷谏言献策，却招来君王大怒，诗人险些被定罪，"忧愤心飞扬""上感九庙焚，下悯万民疮"体现了其爱国情怀。诗人一生先天下之忧而忧，后天下之乐而乐，对朝廷至死不渝，胸怀黎民百姓，人格境界极高。《秋兴八首》集中表达了其爱国情愫和仁者情怀，堪称杜诗的最高成就，达到了其思想人格的最高境界，"鱼龙寂寞秋江冷，故国平居有所思""彩笔昔曾干气象，白头吟望苦低垂"。

圣哲体仁恕，宇县复小康。哭庙灰烬中，鼻酸朝未央。小臣议论绝，老病客殊方。

郁郁苦不展，羽翮困低昂。秋风动哀壑，碧蕙捐微芳。之推避赏从，渔父濯沧浪。

荣华敌勋业，岁暮有严霜。吾观鸱夷子，才格出寻常。群凶逆未定，侧伫英俊翔。

叛乱平定后圣上体恤民众，各州县逐渐安定下来，国家山河破碎，诗人潸然泪下，他辞去官职，不再议论国事，漂泊四方，穷困潦倒。唐朝由盛转衰，杜甫成就大业的希望也越来越渺茫，诗人心情郁闷，秋风萧瑟，兰蕙也失去芬芳。杜甫人生后期的悲愤一直郁结于心，难以排遣，其诗歌弥漫着深沉浓厚的悲剧气氛，李商隐其人其诗也有这种悲剧色彩。诗人想起介之推蔑视功名利禄，躲进深山隐居，屈原遇见的渔父不愿与世人同流合污。杜甫始终在退与隐、行与藏之间艰难选择，但他至死也一直胸怀政治理想和抱负。宋代辛弃疾也同样如此，诗人被朝廷主和派排挤，长期赋闲，空有报国之才志，只能虚度年华，精神极度苦闷。杜甫深感荣华富贵只是身外之物、过眼云烟，他想起范蠡帮助越王勾践完成复仇大业，然后就隐姓埋名，堪称智者。

西方民族的审美情感富于宗教色彩，包括对上帝的崇拜、对彼岸世界的向往、英雄主义、原罪情结、灵与肉的体验、爱情的直白等。西方民族有着深厚的宗教信仰，崇拜上帝，敬畏神灵，渴望得到其赎救，超脱现世，达到生命的彼岸世界，灵魂得以升华。柏拉图把人分为九等，第一等人是爱智慧者、爱美者、诗神和爱神的顶礼者。在西方文化中信仰是人生境界，智慧是人生境界，真善美也是人生境界。比较而言，中国诗人顺天道，求天和，享天乐；西方诗人遵循上帝旨意，祈求其祝福。蒲柏在 *Essay on Man* 中写道：上帝是 One Disposing Power，人只有顺从（submit）上帝才能得到神佑（blest），生活安宁（secure、safe）。

艾米莉·勃朗特对上帝和宗教的态度则充满矛盾，她既依靠坚定的宗教信仰忍受住了生活的苦难和艰辛（And Faith shines equal arming me from fear），又对上帝和宗教质疑，她一生清寒孤苦，感到人生无望（Vain are the thousand creeds / That move men's hearts, unutterably vain）。蒲柏认为人从生（natal）到死（mortal hour）都能被上帝护佑；女诗人艾米莉·狄金森在一首诗里描写主人公在死神陪伴下前往墓地，先后途经三个场景（School、Fields of Gazing Grain、Setting Sun），分别喻指人的童年、中年和晚年，最后到达坟墓（a House that seemed a Swelling of the Ground），诗人以象征性语言描绘了人生历程。蒲柏认为宇宙万物不是杂然无序的，而是被上帝设计安排得井然有序（All nature is but Art / All chance, direction）。诗人哈代的宇宙观和人生观极其复杂：既有宿命论观点，认为人生命运先天注定，无法摆脱，又认为人生充满偶然因素，无法掌控。

西方民族认为上帝创造世界和人类，无所不在、无所不知、无所不能，大自然一景一物都是其神灵之光的显现，对上帝感激和敬畏，如华兹华斯认为大自然一草一木的生长都受惠于上帝的恩泽（God has given a kindlier power/To the favored strawberry-flower）。英语诗人的宗教信仰也是人生信仰，体现了崇高境界，如华兹华斯、约翰·堂恩、哈代、但丁·罗塞蒂、勃朗宁夫人等。艾米莉·勃朗特诗中写道：上天荣光闪耀（I see Heaven's glories shine），人的信仰也荣光闪耀（And Faith shines equal arming me from fear）。信仰让诗人无畏无惧。西方民族认为人今生今世要忍受苦难，来生来世才有幸福，才能安顿灵魂。艾米莉·勃朗特诗中写道：Well, may they live in ecstasy / Their long eternity of joy。诗人在教堂墓地里陷入对生与死的沉思，她祝愿死者享受天堂的快乐。西方民族认为今生今世人要遭受苦难，只有到天堂才能安顿灵魂，永享欢乐（At least we would not bring them down / With us to weep, with us to groan），诗人祝福逝者安息，不让他们分担生者的痛苦和悲伤。

西方民族的爱情、友情和亲情都富于宗教色彩。华兹华斯的《丁登寺》展现了宇宙天地境界、人生哲理境界、童真境界、天伦亲情和仁爱境界，传达了宗教情感。就宇宙天地境界而言，诗人深受泛神论的影响，感到大自然崇高庄严，神秘肃穆，是神灵的现身。诗人认为，人生不同阶段的宇宙体验有所不同，少年时期被大自然的壮丽美景所震撼，怦然心动，激奋不已，成年时期变得成熟稳重，对宇宙自然多冷静观察和思考。华兹华斯认为宇宙自然护佑人类，威严而又慈爱。诗人认为大自然是一种看护人类的力量（overseeing power）；《丁登寺》也称大自然是 nurse、guide、 guardian，宇宙万物既是自然造化也是人类思想的创造物。大自然只是儿童观赏的景物，却是成人的精神家园、灵魂的养育者、向导和守护神。

就人生哲理境界而言，华兹华斯认为人的一生是思想成长成熟的过程，充满了希望。诗人从城市回归大自然，内心变得宁静，体验上帝的祝福，心存感激。英诗常用 blessed，如梭罗的 *Inspiration*（What'er we leave to God, God does / And blesses us）。诗人在安宁中体验幸福，思想摆脱肉体的束缚，飞向彼岸世界。诗人肉体欲望被压制，灵魂变得活跃，感觉和谐愉悦。

华兹华斯认为人的思想源于对宇宙自然的沉思，在沉思中获得安宁。诗人曾对生活感到迷茫，回归大自然后眼光变得明亮，能洞察事物本质。诗人成年后虽少了童年的激情和狂喜，但饱经沧桑，变得沉稳持重，思维敏锐，目光犀利，对大自然感悟更深刻。儿童阅历有限，缺乏见识，难以洞察人生真谛；成人虽见识深刻，但也会悲从中来。华兹华斯的 *Written in Early Spring*（In that sweet mood when pleasant thoughts / Bring sad thoughts to the mind）也有同感。诗人在大自然中体验到崇高美，通过理性思索和生命反思使灵魂得到净化。大自然庄严肃穆，让诗人在崇高思想中获得愉悦，这种思想照亮日月星辰和海洋湖泊，是一种动力和精神，推动一切思索者和宇宙万物发展。人从少年的激情澎湃走向中年的成熟稳重，对人间的悲欢离合处之泰然。人脑是小宇宙，同宇宙自然一样包罗万象。

就童真境界而言，华兹华斯抨击人类社会的黑暗，认为儿童年少无知，涉世不深，天性纯洁，更接近大自然未被污染的本真状态，*My Heart Leaps Up* 也说 The Child is father of the Man。儿童没有成人的灵肉冲突，身心和谐，直接用感官体验大自然，无需思想的补充。英诗中华兹华斯的《童年组诗》、布莱克的《天真之歌》、迪兰·托马斯的《羊齿山》、惠蒂耶的《赤脚男孩》都描写了童真境界。在华兹华斯眼中儿童纯真圣洁，让人怜爱。迪兰·托马斯的《羊齿山》反复叠用 young、green、golden 来描写童年生活，语言如诗如画。阳春时节繁花似锦，绿草如茵，果实累累，主人公内心欢快愉悦（Golden in the heydays of his eyes），春天是大自然的金色年华，儿童是人生的金色年华。

就天伦亲情和仁爱境界而言，华兹华斯与妹妹感情深厚，互为精神伴侣，一起在大自然的怀抱中体验崇高生命和思想。势利庸俗的世俗社会充满邪恶，缺乏善行，但这动摇不了诗人对上帝的信仰。他把大自然视为精神导师，它把欢乐带给思索者，启迪其心灵，用崇高思想哺育他们成长。诗人崇尚大自然，爱善行，爱自然，爱上帝，人生境界得到升华。诗人将人生感悟与妹妹分享，告诉她如果以后感到孤独，可以从中得到精神慰藉。华兹华斯的诗表达了人间真情，对弱小卑微的生命深切关注，体现了人文主义的博爱思想和仁爱精神，境界极高。诗人对儿童尤为关爱。其《童年组诗》中露西组诗感人肺腑，催人泪下；露西生前默默无闻，死后无人知晓，让诗人黯然神伤，诗中 difference to me 内涵极其丰富，传达了诗人对生与死的深刻体验。

英语诗人的英雄情结源于其对古希腊神话英雄的崇拜，如诗人拜伦、丁尼生的诗作。长诗 *Childe Harold's Pilgrimage* 中的哈罗尔德和 *Don Juan* 中的唐·璜被称为拜伦式英雄，诗人通过其冒险传奇歌颂了古希腊的辉煌历史。曼斯菲尔德的 *Sea-Fever* 描写主人公渴望扬帆出海，体现其海洋情结和探险精神。原诗共三节，每节都以 I must go down to the seas again 开头，反复叠唱。下面是第三节和黄杲炘的译文：

I must go down to the seas again, to the vagrant gypsy life, 我得重下海去，生活像漂泊的吉卜赛人一般，

To the gull's way and the whale's way where the winds like a whetted knife; 像海鸥长空翱翔，像巨鲸遨游大洋，任海风像磨快的刀一样；

And all I ask is a merry yarn from a laughing fellow-rover, 我要的只是欢笑的旅伴讲个快活的海上奇谈，

And quiet sleep and a sweet dream when the long trick's over. 只要长久的操舵后，静静的安睡，甜甜的梦。

原诗第一行写主人公渴望海上漂泊探险，英诗中 sea 展现宇宙天地之浩瀚。汉诗也写大海，但境界相异，中国诗人以大海展现自我人格力量和审美心境。曹操笔下的大海汹涌澎湃，让人荡气回肠。张若虚的《春江花月夜》中的大海壮阔而优美，安详宁静，让人心旷神怡。李白也有"长风破浪会有时，直挂云帆济沧海"，气魄宏大，气势豪迈。原诗第二行写海上景象，其境界类似于汉诗"海阔凭鱼跃，天高任鸟飞"。在英诗中大海象征自由，雪莱诗多写大海，传达诗人对生命自由的渴望和不懈追求。原诗第三、四行，诗人海上狂欢后进入甜蜜的酣睡，内心感到幸福。原诗 gull's way、whale's way 中 way 是名词，黄译"长空翱翔""遨游大洋"用

动词，富于气势，sleep、sweet、dream 押协韵［i:］，叠字"静静""甜甜"传达了原诗的音韵美。下面是司各特的 *Clarion* 和黄杲炘的译文：

Sound, sound the clarion, fill the fife! 吹吧，吹起军笛和号角！

To all the sensual world proclaim, 向沉迷声色的世界宣告：

One crowded hour of glorious life 片刻充实而光辉的生命，

Is worth an age without a name. 抵得上默默无闻的一生。

原诗前两行用三个动词，富于气势。世人声色犬马，行尸走肉，追求感官享乐（sensual），诗人号召人们起来与之斗争。黄译两个动词"吹吧""吹起"基本保留了原诗气势，"沉迷声色"传达了 sensual 的含义。第三、四行，诗人渴望建功立业，而不愿虚度光阴、默默无闻。英诗中 glory（glorious）是常见词语，表现西方民族对生命价值的积极追求。此外，glory 还表现宇宙天地充满上帝的荣光，黄译"充实""光辉"传达了诗人对成就伟业的渴望。

原罪情结是西方民族的集体文化心理，是灵魂深处挥之不去的负罪感，在其困扰下西方民族始终渴望净化和拯救自我灵魂。约翰·堂恩早期信仰天主教，后皈依英国国教，这种宗教信仰的改变在其灵魂深处留下了抹不掉的阴影，诗人被"叛教"的罪名所折磨，一生愧疚，祈求上苍宽恕其"罪行"。*A Hymn to God the Father*，用 sin、forgive、run、still 的叠用语气强烈，传达了诗人内心无法排遣的痛苦，过去时（were done）、现在时（do run still）、将来时（will...forgive）的交替使用传达了诗人对过去行为的忏悔、对上苍宽恕的期盼。

柯尔律治的 *The Rime of the Ancient Mariner* 深刻揭示了西方民族的原罪情结，全诗共七节。第一节，老水手向筵席客人介绍出海经历，海上刮起风暴，他射杀了一只信天翁。第二节，老水手和同伴遭天罚，船困在海上。第三节，一艘无人的荒船向他们的船驶来，令人恐惧，老水手的同伴全部身亡。第四节，老水手被独自困在海上，面对死亡威胁他开始祈祷。第五节，海上暴雨倾盆，船恢复航行，老水手发现身亡的同伴们仿佛活了过来，原来是一群天使借尸还魂，他们齐声高唱。老水手昏迷过去，苏醒后听到两个声音。第六节，两个声音交替响起，老水手看见天使们在招手，一艘小船载着隐士向他驶来。第七节，老水手祈祷上苍宽恕，划船回到故乡。他讲完故事，和筵席宾客去教堂祈祷。下面是原诗片段和顾子欣的译文：

How long in that same fit I lay，我在昏迷中躺了多久

I have not to declare；我说不清，也不知道；

But ere my living life returned，当我苏醒时，

I heard，and in my soul discerned，却分明听见，

Two voices in the air. 两个声音在耳边缭绕。

" Is it he?"quoth one，"Is this the man?" "告诉我，凭基督的名义"

By Him who died on cross，一个声音说，"是不是这个人"

With his cruel bow he laid full low 用他残酷的弓弩，一箭

The harmless Albatross. 射杀了无辜的信天翁？

The spirit who bideth by himself，在那冰封雾裹的地方，

In the land of mist and snow，住着一个威严的神灵，

He loved the bird that loved the man 他爱这海鸟，这鸟爱此人，

Who shot him with his bow. 却不料被他一箭丧生。

The other was a softer voice，这时响起了另一个声音，

As soft as honeydew：这声音似甘露甜美动听：

Quoth he，"The man hath penance done "他已为自己的罪行忏悔，

And penance more will do." 他今后仍将无穷地悔恨。"

原诗第五节描写老水手昏迷过去，苏醒后听见基督的两个声音：一个
声音严厉而愤怒，质问老水手是否犯下罪行；另一个声音柔和，在宣告老
水手将忏悔赎罪——它们表现了基督的威严和慈悲。西方民族经历了犯
罪、赎罪和灵魂拯救的心路历程。弥尔顿的《失乐园》，多恩、柯尔律治
的诗都揭示了主人公灵魂挣扎和救赎的艰难过程。西方文学关注人如何摆
脱人生困境、安顿灵魂，柯尔律治的《古舟子咏》描写了老水手如何忏悔
赎罪、摆脱困境、重获新生，顾译忠实地传达了原诗思想情感。

Sometimes adropping from the sky 有时像云雀高歌天庭；

I heard the skylark sing；有时像百鸟齐唱争鸣，

Sometimes all little birds that are，仿佛整个大海和天空呵，

How they seemed to fill the sea and air 都充满了它们美妙的歌声！

With their sweet jargoning！

And now'twas like all instruments, 有时乐声如万弦俱发，

Now like a lonely flute; 有时却又如一笛独奏；

And now it is an angel's song, 有时如仙乐在海上回荡，

That makes the heavens be mute. 使九天谛听这乐声悠悠。

原诗第五节用一组比喻描写天使们高亢悠扬的歌声，展现了一种生命的崇高境界。英诗中 skylark 是常见意象，它歌声嘹亮，飞翔于宇宙天地之间。雪莱《致云雀》最负盛名，诗人笔下的云雀欢鸣轻舞，仿佛是天地的精灵。原诗中云雀的歌声穿云破石，响彻云霄，给死寂的大海带来了生命复苏的希望。顾译充分发挥汉语四字语的表达优势，如"高歌天庭""齐唱争鸣""万弦俱发""乐声悠悠"，传达了云雀歌声带给人的听觉体验，抒发了天使们对生命的呼唤。

西方民族对灵魂与肉体的体验源于《圣经》。人类祖先亚当和夏娃偷吃禁果，被赶出伊甸园。西方民族认为人的肉体会堕落，只有依靠灵魂的救赎才能摆脱精神痛苦。西方民族的灵肉冲突的矛盾包含两个层面：在爱情上，他们追求柏拉图式精神恋爱，扬弃肉体意识，获得美感体验，诗人追求神间之爱，认为人的灵魂越纯洁，就越能闪耀出圣洁之光。勃朗宁夫人、但丁·罗塞蒂的情诗都讴歌了爱情的神圣美，勃朗宁夫人对丈夫（著名诗人罗伯特·勃朗宁）心怀感激，顶礼膜拜，视其为圣人（If thou invite me forth / I rise above abasement at the word. / Make thy love larger to enlarge my worth），诗人在丈夫面前有一种自卑情结，她一生都在力求克服这种自卑心理（rise above abasement），与丈夫相守相依，白头偕老。斯宾塞认为纯洁的灵魂使躯体更美丽优雅，fairer 与 fairly 为同根词，fair 是英诗常用词语，描写美好的事物和美丽出众的人。莎士比亚、但丁·罗塞蒂的诗中大量使用 fair，如但丁·罗塞蒂写道：If fair enough to earn / Your love, so much is my love's concern。诗人认为恋人的美使自己产生了爱意，这种爱是自己全身心的投入（my love's concern）。斯宾塞认为灵魂造就躯体，躯体之美源于灵魂。肉体之美与灵魂之美是英诗常见主题，勃朗宁夫人认为是丈夫使自己变得容光焕发，光彩照人，气质优雅（...in thy sight / I stand transfigured, glorified alright），诗人认为这是爱情的力量让自己重新焕发生命的光彩。

在宗教层面，英语诗人既赞美肉体更追求灵魂的神圣纯洁。玄学派和

骑士派诗歌既描写肉欲感官体验，又将其提升为宗教神圣体验。陆钰明的《多恩爱情诗研究》认为多恩情诗表达自然主义的性观念，从迷恋肉体上升到单纯的宗教精神之爱，如 Community 第四节把女子比作男子用来品尝的果品，男子对爱情的不专一就像口中不断变换的水果，肉被吃掉后，壳就被扔掉了。但丁·罗塞蒂的情诗也描写恋人欢情，但比多恩诗含蓄委婉，富于唯美主义色彩。诗人妙笔生花，如诗如画，大量运用清辅音 [s]，节奏舒缓，如恋人间的窃窃私语，烘托了安宁甜蜜的氛围，severed、sweet smart 押头韵，at length、the last slow 传达缓慢的时间体验，表现恋人间的缱绻缠绵，sparkling eaves 富于视觉效果，storm 喻指恋人欢情。下面是莎士比亚十四行诗第 141 首和梁实秋译文：

In faith I do not love thee with mine eyes，老实说，靠眼睛我并不爱你，

For they in thee a thousand errors note；因为在你身上我发现千种缺陷；

But 'tis my heart that love what they despise，但是眼睛看不起的，我的心却有爱意，

Who in despite of view is pleased to dote. 虽然外表不扬，我心中却在热恋。

Nor are my mine ears with thy tongue's tune delighted；我的耳朵听了你的声音也不感愉快；

Nor tender feeling to base touches prone，我也无意恣意抚摸你的肉体

Nor taste, nor smell, desire to be invited 我的味觉嗅觉都不希望受你招待

To any sensual feast with thee alone. 单独地和你共享肉欲的筵席：

But my five wits, nor my five senses can 但是我的五种心智五种官能

Dissuade one foolish heart from serving thee，不能打断我爱你的一片痴心，

Who leaves unswayed the likeness of a man，于是我六神无主，徒具人形，

Thy proud heart's slave and vassal wretch to be. 为你的雄心做奴隶，做卑贱的仆人，

Only my plague thus far I count my gain，我受苦难至今，只有一项好处，

That she that makes me sin awards me pain. 她使我犯了罪，也给了我痛苦。

诗人对情人的态度复杂矛盾，他的感官（视觉 eyes、听觉 ears、嗅觉 smell、味觉 taste）对情人都没有好感，但他的心却痴恋对方。原诗前两行，诗人的眼睛看到情人很多缺点（errors），第三、四行 they 与上面的 they（mine eyes）呼应，view 呼应上面的 note，指诗人眼睛看见情人缺点，dote 呼应 loves。原诗 in despite of view，梁译"外表不扬"不够准确，屠译"不睬"稍显口语化，笔者译为"我的心宠爱你，不在乎眼之所见"。

第六行 Nor tender...prone 意思是诗人情感不为庸俗的感官刺激所诱惑。梁译"抚摸你的肉体"传达了 base touches 的含义，比屠译"我的触觉（虽想要粗劣的抚慰）"更自然。第八行 sensual feast 中 sensual 指感官肉欲，梁译"肉欲的筵席"比屠译"感官的宴会"更贴近原诗。第九、十行写诗人一片痴心，甘愿侍奉情人，nor...dissuade，梁译"不能打断……一片痴心"搭配不够自然，笔者译为"不能妨碍我对你一片痴情"。

原诗第十一、十二行，Who leaves...man 中 who 指代上面的 one foolish heart，诗人对情人爱得灵魂出窍，梁译"于是我六神无主，徒具人形"用词灵活，传达了原意，笔者译为"于是我神魂颠倒，灵魂出窍"。原诗 proud heart，梁译"雄心"不够准确，屠译"甘愿做侍奉你骄傲的心的奴隶"不够自然，笔者译为"为你高傲的心，我甘作奴仆将你侍奉"，强调"我"对恋人顶礼膜拜。

原诗最后两行，诗人感到爱情既甜蜜又痛苦，plague 与 sin 呼应，诗人经不起爱情的诱惑，gain 呼应 pain，诗人认为爱情的考验和洗礼是人生的收获。梁译"好处"与"痛苦"之间比较矛盾，屠译"我只得这样想：遭了灾，好处也有，／ 她使我犯了罪，等于是让我苦修"中"好处"与"苦修"的联系更为自然。

西方民族常在禁欲与纵欲之间来回摇摆，面临两难选择，身心饱受煎熬，多恩情诗、莎士比亚十四行诗多有描写，而但丁·罗塞蒂诗运用唯美主义手法化解了灵肉冲突和矛盾，其笔下的主人公达到了灵魂与肉体的水乳交融、完美和谐。英语诗人的爱情融合了世俗性和神圣性。一方面，他们赞美恋人的容貌，将其比作 rose、lily 等，如坎皮恩的 *There Is a Garden in Her Face*（There is a garden in her face ／ Where roses and white lilies grow），本·琼生的 *Song to Celia* 也有 I sent thee late a rosy wreath。比较而言，英诗中 garden 多传达神秘浪漫的体验，汉诗的深院意象多传达凄清寂寥的氛围。英诗宣扬及时行乐，享受人生，不辜负青春年华，如赫里克的 *To the*

Virgins, *to Make Much of Time* （Gather ye rosebuds while ye may, / Old Time is still flying）。英诗常直接表达爱情的幸福，如济慈的 *Ode on a Grecian Urn*（More happy love! More happy, happy love），马洛 *The Passionate Shepherd to His Love* 中多情的牧羊人呼唤女子做他的恋人，与他同住。另一方面，英语诗人把恋人当作神的化身，顶礼膜拜，颂扬其圣洁灵魂。多恩诗对爱情既有逢场作戏，也有严肃认真的态度和殉情体验。诗人把痴情的恋人比作飞蛾，为爱情而扑向烛火，燃烧自己，男性 eagle 与女性 dove 灵肉合一，获得永生，如同 phoenix，神秘浪漫。诗中 tapers 比喻爱情之火。李商隐诗也常写烛火，它在"何当共剪西窗烛，却话巴山夜雨时"中让人温暖，在"隔座送钩春酒暖，分曹射覆蜡灯红"中烘托热闹的氛围，在"春蚕到死丝方尽，蜡炬成灰泪始干""云母屏风烛影深""蜡照半笼金翡翠"中让人愁绪满怀、情思绵绵。多恩诗以 phoenix 表达爱情的永恒，它是埃及神话中的不死鸟，每五百年自焚一次，然后在灰烬中永生；而汉诗的凤凰是传说中的鸟王，凤为雄，凰为雌，比翼齐飞，象征爱情的坚贞，如李商隐"身无彩凤双飞翼，心有灵犀一点通"。比较而言，汉语情诗温柔敦厚，情趣高雅，英语情诗受西方酒神文化的熏染，追求迷狂体验。

汉英情诗都有象征含义，汉诗常以爱情的挫折喻指人生失意，抒发内心苦闷，中国诗人往往仕途坎坷，报国无门，壮志未酬，以爱情和婚姻作为精神抚慰。汉语情诗以《诗经》为开端，被李商隐推到巅峰，诗人传达了对美好爱情的向往和爱情失意后积郁于心的悲凉凄苦。何方形所著《唐诗审美艺术论》认为李商隐使爱情诗成为真正意义上的完美的诗体，评价极高。英语情诗富于宗教色彩。济慈的 *Ode to Psyche* 描写女神普赛克与丘比特在林中约会，诗人认为普赛克即使没有 altar heaped with flowers、virgin-choir 等宗教仪式的点缀，依然圣洁高贵。勃朗宁夫人对丈夫感激之情难以言表，认为是丈夫点燃了自己生命的希望之火，为了报答丈夫她愿意奉献一切，化作一片凉荫，让丈夫歇息，化作一处坟墓，让丈夫倚靠。

比较而言，汉语情诗朦胧含蓄，缠绵悱恻，委婉深沉，少有肉体感官的赤裸描写。后主李煜对大周后之妹小周后有剪不断、理还乱的情思，如《菩萨蛮》（"蓬莱院闭天台女，画堂昼寝人无语。抛枕翠云光，绣衣闻异香。潜来珠琐动，惊觉银屏梦。脸慢笑盈盈，相看无限情"）。蓬莱、天台是古诗常见神话意象，相传为仙女居住之地，白居易《长恨歌》有"蓬莱宫中日月长"，李白诗有"天台四万八千丈"。李煜诗"天台女"喻指小周后，"人无语"写后宫宁静，与下阕"潜来珠琐动，惊觉银屏梦"形成静与动的对比。"抛枕翠云光"写小周后光彩照人，与下阕"脸慢笑盈盈"呼应。诗人潜入后宫与小周后幽会，他轻轻推门，门锁响动，惊醒了睡梦中的小周后，但她仍无法出来，只露出天真烂漫的笑脸，与诗人眉目传情。英语情诗也有含蓄隐晦的暗示，如多恩的 *The Ecstasy* 第一节 Where, like a pillow on a bed, / A pregnant bank swelled up, to rest / The violet's reclining head, / Sat we two, one another's best 暗喻男女欢合，但境界不如但丁·罗塞蒂的情诗高贵优雅。

中国诗人对恋情欲说还休，对婚姻生活的体验刻骨铭心，其悼亡诗多表达丧偶之痛，如元稹的《遣悲怀》。英诗中悲悼丧偶的作品有爱伦·坡的 *Annabel Lee*、弥尔顿的 *On His Deceased Wife* 等。勃朗宁夫人的 *Sonnets from the Portuguese* 情感真挚炽热，为读者所传颂。其中第43首用9个love，情感深沉，翻译这首诗要传达其艺术感染力，如 How do I love thee? Let me count the ways，何功杰译文"我是怎样爱你？让我细述爱的程度"用两个"爱"前后呼应，情感力度强于蒲度戎译文"我是怎样地爱你？让我逐一倾诉"。

I love thee with a love I seemed to lose
With my lost saints – I love with the breath,
Smile, tears, of all my life!...
我爱你，用我昔日对圣徒怀有的
如今似已失去的那种爱——
我爱你用呼吸，用微笑，用泪水和生命！（何译）
我爱你，用过去爱圣徒的感情
我爱你，以笑容、眼泪、呼吸和生命！（蒲译）

原诗 lose 呼应 lost，诗人过去崇拜基督圣徒，对其有虔诚的爱意，如今这种爱已经消退，而她对丈夫的爱依然深沉。何译"用我昔日对圣徒怀有的 / 如今似已失去的那种爱"稍显冗长，蒲译"用过去爱圣徒的感情"简洁。何译"我爱你用呼吸，用微笑，用泪水和生命"保留原文语序，三个"用"语气强烈，蒲译用渐进修辞法将"呼吸"放到"眼泪"和"生命"之间，笑容→眼泪 →呼吸→生命逐步强化，渐入高潮。比较而言，中国诗人对爱情和婚姻的执着是一种精神追求、理想操守、情感寄托和灵魂抚慰。英语诗人的爱情体验激情澎湃，对恋人、配偶顶礼膜拜，将其神圣化、圣洁化，如爱伦·坡、莎士比亚、拜伦、雪莱、勃朗宁夫人、但丁·罗塞蒂等。

勃朗宁夫人 44 首爱情十四行诗如泣如诉，感人肺腑。如第 2 首，诗人与丈夫的结合历经磨难，承受了世俗偏见的压力（Men could not part us with their worldly jars），跨越千难万阻，经历生死考验，他们相守相依，相知相爱。比较而言，宋代诗人秦观强调"两情若是久长时，又岂在朝朝暮暮"，而勃朗宁夫人强调爱人之间相守相望，山盟海誓，永不分离（We should but vow the faster for the stars），白居易诗也有"在天愿作比翼鸟，在地愿为连理枝"，境界相似。但丁·罗塞蒂 101 首情诗温情脉脉，柔情蜜意，充溢着富贵华丽的气息，诗人认为爱情是心与心缔结成的神圣契约（thy heart his testament），是灵魂的交流，让恋爱双方心醉神迷（ecstatically）。史蒂文森的 *My Wife* 传达了诗人对妻子的深情，下面是该作品第三节和黄杲炘的译文：

Teacher, tender, comrade, wife, 师长、看护、同伴、妻子，

A fellow-farer true through life, 人生旅途中始终忠实的同路，

Heart-whole and soul-free 赤诚的心灵、奔放的气质——

The august father 是可敬的天父

Gave to me. 赐给我的幸福。

诗人赞美妻子，敬仰上帝（august father），认为妻子是其馈赠给他的宝贵礼物，黄译"忠实""赤诚""奔放""可敬"传达了诗人的情感态度。

三、审美认识与主体境界

主体审美认识体现了本民族的文化价值观和思维方式。中华民族善于象的直观、心的感受、气的体验、道的体悟、理的妙慧。象的直观是象思维，主体观察宇宙万物万象万态，体会物情、物理、物性。汉诗中万物皆有灵性，生机盎然。屈原、李白气魄宏大，故诗境阔大；陶渊明、王维善写小景以传大情，境界细微。心的感受是心思维，主体以空灵之心洞察宇宙人生，达到"明"的境界，即中国词学中的"词心"。气的体验是指主体以人格之气（儒家浩然之气、道家仙气和佛家心气）与宇宙天地之气相融相合。道的体悟是主体对宇宙天地之道、社会人生之道的思考和探索，

达到人生哲理境界。理的妙慧是理趣和人生智慧。屈原的《天问》通过一百多个问题对宇宙天地、社会人生、历史政治提出了疑问，体现了强烈的探索精神和求知欲，开创了古诗的理性境界。

魏晋时期政治黑暗，社会动荡，文人墨客深感人生无常，朝不保夕，对生与死、神与形进行了深刻思考，如陶渊明的《形影神》。唐代诗人注重艺术实践和感性体验，但杜甫、韩愈等注重学识学力，其诗富于理性品味，自成一格。宋代文人学识修养最为深厚，唐代诗人行万里路，宋代诗人读万卷书，强调"识"与"悟"。宋诗言理明志，善于抒情的宋词也能达到人生哲理境界，深得王国维的推崇。西方美学以理式为最高境界，以真理为最高追求目标。蒲柏、莎士比亚、雪莱的诗追求真善美的价值，达到了理性美和伦理美的境界，莎士比亚诗写道：Fair, kind, and true, is all my argument，/ Fair, kind, and true, varying to other words；/ And in this change is my invention spent，/ Three themes in one, which wondrous scope affords）。诗人认为他的爱人具有真善美的品质，他的诗歌就是要歌颂这些品质。

第四节　诗歌译者的主体境界

诗歌翻译主体包括译者与译语读者。译者阐释原诗审美境界，通过译语传达出来；译语读者通过阐释在脑海中再现原诗境界。诗歌翻译境界是作者、译者和译语读者共同创造出来的，它与作者、译者、译语读者的审美理想、情感、认识和判断相关，本书重点探讨译者主体。

一、诗歌译者审美理想与诗歌翻译境界

中国译者的审美理想包括诚与和谐。诚是最高价值信仰、人格操守和道德修养境界，译者的诚是严谨的态度，是对作者的敬仰、对原作的尊重、对译语读者的责任感。在更高层次上，诚是指译者把文学翻译视为实现人生价值的崇高事业。翻译家孙大雨敬仰屈原，在古稀之年翻译了《屈原诗选》。他评价屈原是"第一流的诗人、目光深远的思想家、大无畏的牺牲者"，具有光耀照人的信念，其行为勇敢非凡。孙译屈诗语言古朴，风格厚重，富于古典美，传达了诗人的人格境界和原诗思想艺术境界。译

者诚，才能达到和谐境界，和谐之境就是化境，译诗与原诗化而为一，这是文学翻译的最高境界。

译者的审美理想与其社会理想密切相联。鲁迅、梁启超等有民族忧患意识，通过文学翻译开启民智，唤起民众，救亡图存。许渊冲富于民族自豪感，通过古诗外译扩大中国优秀文化的国际影响力，提升民族文化自信心，为民族争光。许译追求美的境界，力求把中国古诗的独特之美传播给异域读者。庞德痛感西方文明危机四伏，诗歌僵硬呆板，丧失活力。他认为中国儒家文化的道德价值观能恢复西方社会道德秩序，汉诗的诗性体验充满生命的诗意，于是庞德对儒家经典创造性地接受，运用意象主义理论对古诗进行创造性转换，其译文独具魅力，自成境界。优秀翻译家都有鲜明气质。鲁迅、梁启超等有儒士的刚猛性格，梁实秋有温文尔雅的中庸人格和君子品格，林语堂有道家的闲士隐士品格。辜正坤为儒雅之士，学贯中西，艺术造诣深厚，古文功底扎实，孟凡君评价其师安恬旷达，有超逸之气。辜正坤是诗人、学者型翻译家，熟谙中西诗学，悟性过人，其汉诗和英诗翻译富于神韵。汪榕培是一位有真性情的本色译者，其古诗翻译注重传达真情真义。

译者的审美理想和需求具有社会性和个体性。一方面，译者通过创造翻译佳作能丰富译语读者的思想情感，实现文学翻译真善美的价值。孙大雨翻译屈原诗选，弘扬其伟大的爱国主义精神，向英语读者宣传中华民族优秀文化价值观。他欣赏屈诗"激情的强烈""思想的深刻""想象力的高远""词汇量的丰富""格律神韵的力度"，其译文境界庄重肃穆。另一方面，文学翻译是译者对安顿灵魂、寄托情感、陶冶情操、提升人格的生命需求。查良铮和孙大雨在"文革"时期遭受磨难，人生困顿，通过诗歌翻译抚慰灵魂。刘士聪、王宏印都淡泊名利，志趣高雅。刘译简淡而味远，王译灵动而有韵味，其《英译元曲百首》富于灵气。译者的审美理想具体表现为审美趣味。译者往往选择与自己气质、情趣相近的作家作品，查良铮、孙大雨、辜正坤、王宏印都是诗人型翻译家，以诗译诗。译者通过再造性感知和想象在脑海中还原原作艺术世界和审美境界。诗人型翻译家感知敏锐，想象丰富。辜正坤在《中西诗比较鉴赏与翻译理论》绪论中描写汉诗之美（"断鸿惊月，恸英雄临舷扼之讴；残照飞红，发处子泪尽春闺之怨"）。但丁·罗塞蒂诗 *Sudden Light* 富于光影的视觉效果，辜译再现了其画境美、节奏美、音韵美、意境美。

二、诗歌译者审美情感与诗歌翻译境界

译者通过文学翻译满足情感需求。译者情感体验包含情操、情绪、情境，其中情操指人格操守，体现人格境界。中国译者追求君子品格，林语堂倡导"性灵"。译者与作者情操相近，容易产生情感共鸣。翻译家苏曼殊具有叛逆性格和斗争精神，与诗人拜伦在人生经历和人格气质上相近，产生了共鸣。孙大雨为人刚正不阿，嫉恶如仇，与屈原气质相近，他从屈原坚定的人生信念中找到了精神支柱，通过翻译屈诗度过了人生的困境，在人生暮年达到了人格思想和译艺的最高境界。与情操相比，译者在特定情境下的情绪具有动态性，作家型译者尤为明显。诗人庞德在第二次世界大战结束后被囚禁，他在狱中对战争进行了反思，痛定思痛，他通过翻译儒家典籍汲取中国文化智慧，力图重建西方文明秩序。孙大雨的莎士比亚藏书在"文革"中被掠，译者在满腔忧愤中翻译屈原诗歌，以纾解内心的苦闷。

三、诗歌译者审美认识与诗歌翻译境界

文学译者必须有足够的审美认识和判断力，才能把握和传达原作哲理境界。中国美学强调主体的才胆识力、顿悟、妙悟。诗人型翻译家感觉敏锐，想象丰富，情感充沛；学者型翻译家学识深厚，眼光深邃。王宏印、辜正坤、孙大雨都是诗人、学者型翻译家。王、辜长期研究中国古诗，诗学理论造诣深厚，其译诗兼具学术品味和艺术趣味。孙大雨具有非凡的人文历史修养和学术眼光，孙译《屈原诗选》中150页英文导论和100页英文注释对屈诗涉及的古代文化历史典籍、人文地理文献资料和文艺作品进行了详细考证，进行了共时和历时的全方位解读，力求还原一个真实的屈原，其学术态度极其严谨。唐代诗人张若虚的《春江花月夜》[①]通过一幅如诗如画、令人陶醉的春江月夜图表达历史和人生感悟，表现时空超越，意象的叠用连缀使作品节奏连绵不断，回环往复，如同江水奔流不息，表现人物思想情感的起伏变化。下面是原诗和许渊冲、Budd、卓振英、Fletcher 的译文：

春江潮水连海平，海上明月共潮生。

---

① 吴熊和. 唐宋诗词评析词典［M］. 杭州：浙江人民出版社，1990：28.

In spring the river rises as high as the sea,

And with the river's rise the moon uprises bright. （许译）

In Spring the flooded river meets the tide

Which from the ocean surges to the land. （Budd 译）

In spring the brimming river melts into the sea,

Over which the moon serene arises with the tide. （卓译）

诗人闻一多对《春江花月夜》评价极高，认为其体现了宇宙意识。原诗首先描写海水漫漫，明月初生，境界阔大，具有盛唐气象。"海""潮""春江""月"的叠用富于音美。许译用同根词 rises、rise、uprises 表现潮水和明月往上升腾，节奏回环往复，as high as 表现江水与海水相融，high 与 rise、uprise 呼应，元音［ai］的叠用富于音美。Budd 译文用大写 Spring 既指春日也指春潮，flooded river、tide 表现河水满潮，meet 表现江水与海水汇合交融。英国诗人阿诺德的 *Dover Beach* 也描写满潮（The tide is full, the moon lies fair），海水与陆地相会（Where the sea meets the moon-blanched land），景象阔大。Budd 译文用动词 surges（move forward in or like powerful waves）描写潮水奔涌，比许译 rise、uprise 动感更强。卓译 brimming 描写满潮，melt 描写江水汇入大海，形象生动，与 serene 呼应，展现一种静境。

滟滟随波千万里，何处春江无月明。

She follows the rolling waves for ten thousand *li*,

And where the river flows, there overflows her light. （许译）

The moon across the rolling water shines,

From wave to wave to reach the distant strand. （Budd 译）

The river undulates a myriad of *li*.

The moon, chasing the waves, illumes a world so wide. （卓译）

The Ocean's face is radiant with her glory. （Fletcher 译）

江水汹涌澎湃，月光洒满江面，"千万里"景象阔大。古诗中李白的"长风万里送秋雁"、杜甫的"万里悲秋常作客"也景象开阔，但张诗明朗，李诗豪迈，杜诗苍凉。张孝祥的《念奴娇》也有"素月分辉，明河共影"。毛泽东诗也多写江河，景象壮观，气象万千，境界雄豪，展现了诗人的开阔视野和宏大气魄，如"茫茫九派流中国"。许译 she、her 指称明月，具有情感色彩，同源词 flow、overflow 有节奏感，overflow 表现月光随波涛流淌。原诗通过散点透视法产生循环往复的节奏，通过有延展性的动态意象产生流动美，许译再现了这种美。Budd 译文 across、from wave to wave、distant 突出画面空间感，偏静态。卓译 undulate 描写河水蜿蜒曲折，一泻千里，illume 描写月光明亮，照彻天地。Fletcher 用 ocean 体现西方海洋文化特色，气象更大，radiant、glory 富于英诗韵味，描写月光洒满天地，景象壮丽。

> 江流宛转绕芳甸，月照花林皆似霰。
>
> The river winds around the fragrant islet where
>
> The blooming flowers in her light all look like snow. （许译）
>
> And when the heaving sea and river meet,
>
> The latter turns and floods the fragrant fields. （Budd 译）
>
> The river meanders in the field so nice and fair,
>
> While trees and flowers under the moon like graupel glow. （卓译）
>
> Perfumed through flowery banks the river flows
>
> And serpents with a winding desultory. （Fletcher 译）

江水蜿蜒流淌，月光洒在草地树林里，如梦如幻。英国诗人柯尔律治的《忽必烈汗》描写圣河蜿蜒曲折（Five miles meandering with a mazy motion），诗境神秘朦胧，而张诗境界明澈优美。许译 winds 描写水流迂回弯曲，blooming flowers、snow 保留意象视觉美，her light 与第三行 her light 呼应。Budd 译文 heave（rise and fall regularly）描写海潮起伏，meet、floods 分别与首行 meets、flooded 呼应，表现潮水澎湃汹涌，fragrant、fields 押头韵。卓译 meander 与 undulate 呼应，so nice and fair 与上一行 so wide 呼应，再现了原诗辽阔和优美的景色。Fletcher 用 serpent 描写江水如蛇形般蜿蜒迂回，比许译 wind、卓译 meander 更为形象生动。

> 空里流霜不觉飞，汀上白沙看不见。
>
> You cannot tell her beams from hoar frost in the air.
>
> Nor from white sand upon the Farewell Beach below. （许译）
>
> While in the moon's pale light as shimmering sleet.
>
> Alike seem sandy shores and wooded wealds. （Budd 译）

The sandbar is indistinguishable from the air,

In which a frost invisible seems to shed and flow. （卓译）

原诗描写皎洁的月光与流霜白沙融为一色。元代诗人陈孚的《江天暮雪》"长空卷玉花，汀州白浩浩"描写江天漫雪。许译 beams、hoar frost、white sand 保留意象视觉美，you cannot tell...from...强调意象的朦胧模糊美。Budd 译文 shimmer（shine with a softly tremulous or wavering light）与 pale light 呼应，描写淡月微光，sleet 是雨加雪（precipitation in the form of partly frozen rain，or snow and rain falling together），描写月光如流霰纷纷洒落，shimmering、sleet 押头韵，alike 放句首，强调河岸、林地被月光笼罩，景致朦胧缥缈。卓译 seems to 描写景色如梦如幻，seem、shed 押头韵。

江天一色无纤尘，皎皎空中孤月轮。

No dust has stained the water blending with the skies.

A lonely wheel-like moon shines brilliant far and wide. （许译）

For sky and river in one color blend

Without a spot of dust to mar the scene；

While in the heavens above the full-orbed moon

In white and lustrous beauty hangs serene. （Budd 译）

The fleckless sky meets with stainless sea

And wheel large floats in vast eternity.

The moon upon the flawless crystal sky. （Fletcher 译）

原诗描写明月朗照，月华如水，意境空明。黄庭坚的《念奴娇》"万里青天，姮娥何处，驾此一轮玉"、张孝祥的"玉鉴琼田三万顷""表里俱澄澈"也写月空浩瀚，景象阔大。许译 lonely 与 far and wide 形成对比，再现孤月与浩渺宇宙的空间对比感，blend 再现江天一色的画面。应该指出的是，古诗中"孤"既指孤独也指独处，盛唐诗人乐观开朗，其诗中"孤"并不一定指孤独，如李白"孤帆远影碧空尽"中孤帆就是描写浩瀚江水中只能看见孟浩然的一只小舟，诗人为好友的离去感到一丝遗憾怅惘，又羡慕他去繁花似锦的扬州，因此"孤帆"可译为 a single tiny boat。Budd 译为四行，in the heavens / above 传达皓月当空的空间感，full-orbed、white、lustrous 有视觉美，serene 传达宁静安详的氛围，"孤"被省译。Fletcher 用

fleckless、stainless、flawless、crystal 再现江天一色、表里俱澄澈的境界，float 赋予静态画面以动感，vast eternity 传达了原诗无限阔大的空间感和无限辽远的时间感，境界高远。

> 江畔何人初见月？江月何年初照人？
>
> Who by the riverside first saw the moon arise?
>
> When did the moon first see a man by riverside? （许译）
>
> But who was he who first stood here and gazed
>
> Upon the river and the heavenly light?
>
> And when did moon and river first behold
>
> The solitary watcher in the night. （Budd 译）

诗人睹月思人，感叹人世沧桑、岁月飞逝，天地浩瀚而人渺小，宇宙永恒而人生短暂。中国诗人面对浩渺宇宙常感岁月无常，他们激励鞭策自我，奋发进取，或优游人生，逍遥林泉。其时间体验包含三个维度：追忆往昔，试图回到时间原点（"江畔何人初见月？江月何年初照人？"，李白《把酒问月》中的"今人不见古时月，今月曾经照古人"）；追问现实（苏轼《念奴娇》中的"起舞徘徊风露下，今夕不知何夕"）；追寻未来（《葬花辞》中的"侬今葬花人笑痴，他年葬侬知是谁"）。原诗中诗人时间意识在过去、现实与未来之间流动，融入空间体验，时空互化，空间画面被突出，时间意识被模糊化。许译 arise 呼应前面 rises、uprises，传达诗人如潮水般涌动的思绪。Budd 译为四行，stood here、gazed、behold 比许译 saw、see 画面感更强，更能传达"观"月的体验，solitary 传达诗人的孤独感。

> 人生代代无穷已，江月年年只相似。
>
> Ah, generations have come and past away;
>
> From year to year the moons look alike, old and new. （许译）
>
> And men and women, as the fleeting years,
>
> Are born into this world and pass away; （Budd 译）
>
> Ah, many generations of his race
>
> Have come, and passed into infinity
>
> While she rode lightly in immensity. （Fletcher 译）

诗人面对江月，感慨人生悲欢离合。吕本中所著《减字花木兰》中的"故人何处，带我离愁江外去。来岁花前，又是今年惜昔年"、刘希夷所著《代悲白头翁》中的"年年岁岁花相似，岁岁年年人不同"，也感叹宇宙天地生生不息。李浩所著《唐诗美学精读》认为古诗探讨人的生命如何度过有限，超越无限（"散发着生命特有的芬芳，洋溢着生动的气韵"）。艾米莉·勃朗特、哈代对人生都有极其深刻的体验。勃朗特一生贫寒，英年早逝，深感人生苦短，而哈代活到八旬高龄，在漫长人生中经历了英国社会的动荡巨变，常追忆往事，深感物是人非，恍如隔世。许译感叹词 Ah 语气强烈，复数 moons 强调今月和古月相同，但人世沧桑，物是人非。Budd 用 fleeting years 传达似水流年、人生苦短的感受。Fletcher 用 infinity、immensity 呼应前面的 eternity，表现宇宙天地时间和空间的永恒辽远，境界阔大，she 为拟人称呼，有亲切感，rode 呼应前面的 float，富于动感，月光飘荡，诗人的思绪也在飘荡。

> 不知江月待何人，但见长江送流水。
>
> We do not know tonight for whom she sheds her ray,
> But hear the river say to its water adieu.（许译）
> And still the river flows, the moon shines fair,
> And will their courses surely run for ay.（Budd 译）
> For whom the moon's been waiting there is no way to know.
> It's clear the river has been surging onward, though.（卓译）

人的青春年华如江水流逝，个体生命淹没在人类生命的长河中，微不足道，秦观的《望海潮》中也有"无奈归心，暗随流水到天涯"。古诗常以流水来传达无尽的相思，表现岁月的流逝，如李煜的"问君能有几多愁，恰似一江春水向东流"、李之仪的"我住长江头，君住长江尾。日日思君不见君，共饮长江水"。许译 sheds her ray 描写月光洒落，与前面 her light 呼应，the river say to its water adieu 保留"送流水"的拟人手法。Budd 译文两行以并列连词 and 开头，与前面 And men and women...years 呼应，and 表现诗人漫游的思绪。still 有两种理解：作为状语，指潮水流淌不息；作为 flows 的补语，指潮水寂静无声，run for ay 与前面 fleeting years 对照，江水永流，而人生短暂。卓译用完成进行时 has been waiting、has been surging 表现时间永恒，人生体验循环往复，江水奔涌（surging），诗人的思绪也奔流不息。

> 白云一片去悠悠，青枫浦上不胜愁。
>
> Away, away is sailing a single cloud white;
>
> On Farewell Beach are pining away maples green.（许译）
>
> The maples sigh upon the river's bank.
>
> A white cloud drifts across the azure dome;（Budd 译）
>
> The cloud having floated away, a sadness keen
>
> Now hovers over the riverside with maples green.（卓译）

原诗前面探索人生哲理，这里开始抒发相思之苦。思妇凝望着悠悠飘荡的白云，对远方游子无比思念。古诗常以白云寄托无限的思情，如王勃在《滕王阁诗》中的"画栋朝飞南浦云，珠帘暮卷西山雨。闲云潭影日悠悠，物换星移几度秋"、崔颢在《黄鹤楼》中的"白云千载空悠悠""烟波江上使人愁"，《长相思》则有"天长路远魂飞苦，梦魂不到关山难"。许译倒装句把 away, away 放句首，突出白云悠悠，single 强调白云之孤独，与 sailing 押头韵，pining away maples green 用拟人手法，maples 作主语，明写枫叶憔悴，暗写思妇憔悴，is sailing、are pining 用现在进行时增强画面的生动感。Budd 译文 maples sigh 也用拟人手法，描写青枫叹息，暗写思妇叹息，across the azure dome 传达了画面空间感，景象阔大。卓译 sadness keen 表现思妇的思念刻骨铭心，hover 表现其愁思萦绕心间，挥之不去，如白云飘荡。

> 谁家今夜扁舟子？何处相思明月楼？
>
> Where is the wanderer sailing his boat tonight?
>
> Who, pining away, on the moonlit rails would lean?（许译）
>
> In yonder boat some traveller sails tonight
>
> Beneath the moon which links his thought with home.（Budd 译）
>
> Tonight who floats upon the tiny skiff?
>
> From what high tower yearns out upon the night
>
> The dear beloved in the pale moonlight,
>
> Alone, so lonely with the lonely moon?（Fletcher 译）

月照孤楼是汉诗常见画面，寄托浓浓的乡愁情思，如曹植在《七哀》

中的"明月照高楼，流光正徘徊。上有愁思妇，悲叹有余哀"、李煜在《相见欢》中的"无言独上西楼，月如钩。寂寞梧桐，深院锁清秋。剪不断，理还乱，是离愁，别有一番滋味在心头"、李清照在《一剪梅》中的"云中谁寄锦书来？雁字回时，月满西楼"。原诗中白云既寄托思妇的相思，也喻指游子。许译 sailing 与前面 Away, away is sailing…中的 sailing 呼应，游子在外漂泊（wanderer sailing his boat），如同孤云飘荡（sailing a single cloud），pining away 与前面 On…pining away…green 中的 pining away 呼应，孤云远去，思妇憔悴，枫叶也憔悴。Budd 用 yonder、beneath 突出画面空间感，links his thought with home 传达思乡之情。Fletcher 译文为四行，tiny skiff、high tower、pale moonlight 富于画面感，dear beloved 富于情感色彩，alone 和两个 lonely 语气强烈，渲染思妇的孤苦寂寞。

> 可怜楼上月徘徊，应照离人妆镜台。
>
> Alas! The moon is lingering over the tower,
>
> It should have seen the dressing table of the fair. （许译）
>
> Above the home it seems to hover long,
>
> And peep through chinks within her chamber blind; （Budd 译）
>
> In the deep chamber where her hair she braids
>
> And where the moon oft kissed our arms entwined. （Fletcher 译）

原诗描写月色迷人，却让妇人更感相思之痛。李白的"秦娥梦断秦楼月"，苏轼在《水调歌头·明月几时有》中的"转朱阁，低绮户，照无眠。不应有恨，何事长向别时圆"，冯延巳的"萧索清秋珠泪坠""月明如练天如水"都表现睹月伤怀。许译 alas 语气强烈，lingering 再现月光徘徊的生动画面，许译李白的《月下独酌》中"我歌月徘徊"（I sing the Moon to linger with my song）也用 linger。虚拟语气 should have seen 传达诗人的猜测和想象。Budd 译文 above the home 放句首，与前面 beneath the moon 对照，突出意象的空间方位感，seems 传达人物想象，peep 形象生动。Fletcher 用两个 where 引导的从句，deep chamber 再现了原诗的深院闺楼意象，kissed our arms entwined 是对昔日场景的回忆，kissed 浪漫温馨。

> 玉户帘中卷不去，捣衣砧上拂还来。
>
> She rolls the curtains up and light comes in her bower;

She washes but can't wash away the moonbeams there. （许译）

The moon-borne message she cannot escape.

Alas, the husband tarries far behind! （Budd 译）

Where, oh, we parted – lo, she rolls the blind

And inward steps the moon with silent pace：

Or noiseless gazes on her thoughtful face

When busied in the working of her maids. （Fletcher 译）

原诗描写思妇不忍睹月，而月光又挥之不去。人生岁月如江水流逝，思妇情思如月光流动，如周邦彦的"斜阳冉冉春无极""念月榭携手"、贺铸的"月桥花院，琐窗朱户"。吕本中在《采桑子》中的"恨君不似江楼月，南北东西，南北东西，只有相随无别离"写思妇渴望情人像明月一样与自己形影相随。许译 wash 的叠用传达明月带给人萦绕不去的情思。Budd 为创意性翻译，与原诗有一定出入。Fletcher 译文富于画面感，where 引导的从句与前面呼应，oh、lo 渲染氛围，we parted 与前面 the moon kissed...呼应，表现思妇回忆过去与恋人缱绻缠绵、难舍难分的场景和体验，inward steps the moon with silent pace、noiseless gazes on her thoughtful face 为拟人手法，描写月光脚步轻柔，silent、noiseless、thoughtful 渲染了安宁静谧和沉思的氛围，苏轼的"转朱阁，低绮户，照无眠"也有同样画面。

此时相望不相闻，愿逐月华流照君。

She sees the moon, but her beloved is out of sight；

She'd follow it to shine on her beloved one's face. （许译）

She looks across the gulf but hears no voice,

Until her heart with longing leaps apace.

And fain would she the silvery moonbeams follow

Until they shine upon her beloved one's face. （Budd 译）

We yearn to each other, but can't each other hear.

I wish I could, riding on light, fly to each other! （卓译）

原诗描写月空浩瀚，妇人思念游子，望穿双眼，只能"千里共婵娟"。韦庄的"莺啼残月，绣阁香灯灭"、晏殊的"明月不谙离恨苦，斜光到晓传朱户"、晏儿道在《鹧鸪天》中的"云渺渺，水茫茫，征人归路许多长"、白居易的"行宫见月伤心色，夜雨闻铃肠断声"、李端的"月落星稀天欲明，孤灯未灭梦难成"都描写睹月思人。许译两个 beloved 传达妇人对游子的深情，Budd 译文为四行，across the gulf 与前面 across the azure dome 都突出画面空间感，longing、leaps 押头韵，有音美和意美：江水茫茫，不见游子踪影，但妇人的心早已飞向远方（leaps）。倒装句式将 fain 放在情态助动词 would 前面，强调妇人渴望与游子团聚，两个 until 引导的从句形成排比，分别表现思妇凝望时间之长和情思之深。卓译用两个 each other 语气强烈，my dear 富于情感色彩。

鸿雁长飞光不度，鱼龙潜跃水成文。

But message-bearing swans can't fly out of moonlight.

Nor letter-sending fish can leap out of their place.（许译）

The wild swans and the geese go sailing by,

But rob not any brightness from the sky.

And fishes ripples on the water pleat.（Fletcher 译）

原诗描写思妇渴望鸿雁、鱼龙能成为信使，将情思带给游子，但梦想难以实现。汉诗常写关山难渡，津渡难寻，家书难寄，如王涯的《秋思赠远二首》有"当年只自守空帷，梦里关山觉别离。不见乡书传雁足，唯看新月吐蛾眉"。鸿雁是汉诗常见意象，寄托思情，如范仲淹的"衡阳雁去无留意""燕然未勒归无计"、李煜的"菊花开，菊花残，塞雁高飞人未还"、毛泽东的"天高云淡，望断南飞雁"。许译 out of moonlight 与 out of their place 形成对仗，呼应前面 out of sight，传达妇人思君不见君的苦闷惆怅。Fletcher 译文 But rob not any brightness form the sky 表达有误。

昨夜闲潭梦落花，可怜春半不还家。

Last night he dreamed that falling flowers would not stay.

Alas! He can't go home although half spring has gone.（许译）

"Last night," she murmured sadly to herself,

"I dreamt of falling flowers by shady ponds;

My Spring, ah me! Half through its course has sped,

But you return not to your wedded bonds."（Budd 译）

Last night, when dreaming, ah, I seemed to see

That many flowers had fallen by this stream.

And low I moaned, "Already spring will flee

And I can barely see in a dream." (Fletcher 译)

原诗描写春光将逝，游子依然漂泊，难回故里。古诗常以落花（落红）传达伤春体验，如李煜的"落花流水春去也，天上人间"、杜甫的"正是江南好风景，落花时节又逢君"、刘希夷在《代悲白头翁》中的"今年落花颜色改，明年花开复谁在"、《红楼梦》中林黛玉的"花飞花落花满天，红消香断有谁怜"。李浩所著《唐诗美学精读》认为唐代诗人直抒胸臆，或触物起情，或借梦泄隐，通过梦境实现和满足其在现实中难以企及的理想愿望。许译 he 描写游子情感心理，语气词 alas 强调游子渴望归乡。Budd 和 Fletcher 译文都采用戏剧化独白手法让思妇（I）直接向游子（you）传达盼其归乡的渴望。Budd 译文为四行，murmured to herself 描写思妇自言自语，大写 Spring 既指春天又喻指青春年华，语气词 ah 强调思妇伤感惆怅，sped 表现春光（妇人青春年华）飞逝，you、your wedded bonds 表现思妇对游子的苦苦思念，也传达了中国诗人对婚姻的珍视和眷恋。Fletcher 译文中 dreaming 与 dream 呼应，传达思妇的梦境体验，seem 强调一种迷离恍惚的体验，low I moaned 富于画面感，"already...dream"为戏剧化独白，传达思妇的心理，flee、see、thee 的元音［i:］语音轻柔。

江水流春去欲尽，江潭落月复西斜。

The running water bearing spring will pass away;

The moon declining over the pool will sink anon. （许译）

For ever onward flows the mighty stream;

The Spring, half gone, is gliding to its rest;

While on the river and silent pools

The moonbeams fall obliquely from the west. (Budd 译)

原诗描写春光将逝，夜月西沉。江水流春、江潭月落（日落）是古诗常见意象。李煜有"问君能有几多愁，恰似一江春水向东流""林花谢了春红，太匆匆""自是人生长恨水长东"，感叹岁月流逝；王勃有"闲云潭影日悠悠，物换星移几度秋"。许译形成排比结构，动名词 running、分词

bearing、declining 生动再现了水流、月沉、春去的画面，pass away、sink a-non 传达妇人对月落春去的深刻感受。Budd 译文为四行，for ever onward 放句首，强调江水奔流不息，Spring、half gone 分别与前面 My Spring、half through 呼应，强调春光（思妇的年华）将逝，分词 gliding 具有动感，on、from the west 再现江月西沉的空间画面。

斜月沉沉藏海雾，碣石潇湘无限路。

The moon declining sinks into a heavy mist;

It's a long way between South River and East Sea. （许译）

And now the moon descending to the verge

Has disappeared beneath the sea-borne dew;

While stretch the waters of the "Siao and Siang",

And rocks and cliffs, in never-ending view. （Budd 译）

The distance between Jieshi and Xiaoxiang seems to increase.

Should there be men who've reached home like a pleasant breeze? （卓译）

The moon is sinking to her western hall,

Darkened and drooping in the sea mist's pall.

From thee to me I cannot tell how far! （Fletcher 译）

原诗开头写皓月当空，景色明亮，这里写月色朦胧，雾气弥漫，夜已深沉，妇人的思念也越来越深，"斜月"与前面"江潭落月复西斜"呼应。江雾弥漫是古诗常见画面，史达祖的《绮罗香》有"沉沉江上望极，还被春潮晚急"，秦观有"雾失楼台，月迷津渡，桃源望断无寻处"，韦庄有"江雨霏霏江草齐，六朝如梦鸟空啼"。许译 declining、sink 分别与上一行 declining、sink 呼应，从 will sink 到 sinks 表现时间流逝。Budd 译为四行，to the verge、beneath 描写月沉海雾，stretch 放 the waters 前面，与 never-ending 呼应，描写江水漫漫，碣石无边。碣石、潇湘在古诗中多传达思念之情，郑谷有"数声风笛离亭晚，君向潇湘我向秦"。原诗中潇湘分别指游子和思妇所在地（海上、江南），两地相隔千里。许译 South River、East Sea 为意译，传达"潇湘"的地理方位；Budd 译文 Siao、Siang 为音译，画面感不如许译。卓译 Jieshi、Xiaoxiang 也是音译，distance…seems to increase 传达主人公对地理空间的心理感觉。卓译把"斜月沉沉藏海雾"与"不知乘月几人归"交换了位置，pleasant breeze 传达一种轻松的感觉，与原诗氛围不吻合。Fletcher 译文 darkened、drooping 押头韵，pall（something heavy or dark that covers or seems to cover）再现了雾气弥漫、天色昏暗的画面，from thee to me 为意译，对"潇湘"作了转换，I cannot tell how far 强调"无限路"。

> 不知乘月几人归，落月摇情满江树。
> How many can go home by moonlight who are missed?
> The sinking moon sheds yearning o'er riverside tree.（许译）
> Half hidden in the mistiness the moon still glows
> With love, which fills the river and permeates the trees!（卓译）
> How many with the moon home wandered are,
> I cannot tell – But as the shadowy trees
> Stir on the streams with sighings sad and lone,
> So sighs my soul to thee, my own, my own!（Fletcher 译）

古诗尤其边塞诗多感叹古来征战（远游）几人回，王昌龄有"秦时明月汉时关，万里长征人未还"，范仲淹有"燕然未勒归无计"。原诗"不知乘月几人归"与前面"谁家今夜扁舟子"呼应，原诗核心意象是游子、思妇，春、江、花、月等意象烘托渲染其情思。"落月"与"江潭落月复西斜"呼应，描写思妇与游子团聚的梦想像落月一样破灭了。许译用问句语气强烈，missed 强调妇人的相思。古诗善用点染法，"染"（景句）为"点"（情句）做铺垫，情句对景句进行升华。许译保留"不知乘月几人归"的染句手法，sheds yearning 用拟人法写明月洒下思念之情，物我化一，情景交融，其意境比前面 We do not know tonight for whom she sheds her ray（明月洒下光辉）做了升华。卓译 half hidden 描写月色逐渐昏暗，glow with love 传达了月光"摇情"的移情体验，permeate 描写月光洒满了江树。Fletcher 译文 I cannot tell 与前面 I cannot tell 呼应，sighs 与 sighings 呼应，传达主人公内心的怅惘和失落，my own 的叠用语气强烈。

第二章　诗歌翻译中审美意象层面的境界再现

诗歌意象是象与意的融合，具有情感性、暗示性、形象性，能抒情表意言志，以抒情为核心。首先，诗歌传达诗人（诗中主人公）的情感体验，汉诗的抒情性源远流长，深受传统乐舞的影响。《礼记》认为音乐起于志，发于情，情与歌、舞、言、声、音密切相联，《诗经》就极富于音乐抒情性。诗人观天地宇宙万象，感兴生情，内心激荡，"气之动物，物之感人，故摇荡性情，形诸舞咏""遵四时以叹逝，瞻万物而思纷；悲落叶于劲秋，喜柔条于芳春""登山则情满于山，观海则意溢于海"。古诗意象表现情真意真，事真景真。其次，诗歌意象具有暗示性，能激发读者想象，在其头脑中唤起生动画面，它与绘画美有异曲同工之妙。汉诗将诗情画意融为一体，将读者之神思引向画外之境，"状难写之景，如在目前；含不尽之意，见于言外"。陈如江所著《中国古典诗法举要》认为汉诗善于瞻言见貌（有绘画的视觉感），化美为魅（化静态美为动态的魅）。诗歌意象具有形象性，富于画面感。诗歌意象包括名山大川等自然意象、社会人文意象（包括人物形象、神话意象等）。自然意象展现天地境界，社会人文意象展现思想情感境界；神话意象展现理想和精神境界，人物意象展现人格境界。诗歌自然意象包括山水草木意象、虫鸟意象、春夏秋冬四季意象等。

第一节　诗歌翻译中自然意象的境界再现

汉诗从《楚辞》《诗经》起描写山水草木，源远流长，富于诗情画意，或壮阔，或幽深，或明丽，或朦胧，皆成画境。比较而言，唐诗多写大漠雄关、边塞风情，宋词多写小桥流水、亭台楼榭。在意象空间上，唐诗雄阔，多写大景，宋词细腻，多写小景。宋画和元画是中国山水画的最高成就，宋词、元曲善于展现山水画境，如元曲多描写潇湘八景，马致远多描写洞庭秋月。张晶所著《审美之思——理的审美化存在》认为宋画写景追求远、逸、韵，表现人物的性灵情思，尤其喜欢远景，通过远观山水表现其灵动之美。郭熙的三远（高远、深远、平远）说尤其推崇平远，它是冲融平淡之境、"精神无所牵挂、超脱自由的虚空之境"（张晶，2002）。宋词意象常展现空灵之远境，如李中主的《浣溪沙》（"细雨梦回鸡塞远"），苏轼的《行香子》有"但远山长，云山乱，晓山青"，刘熙载评价苏轼的《水调歌头》"空灵蕴藉"。

汉诗意象善于表现动静美。顾正阳所著《古诗词曲英译美学研究》认为动美是诗歌动态的景色或氛围，表现情感的深厚与激荡，也包括一个完整事件的动态过程，如白居易的《长恨歌》。静美是诗人着意静景或静景寓情（顾正阳，2006），如李白的《静夜思》，辛弃疾的《青玉案》有动静结合之美。英诗的山水自然意象多呈现崇高瑰丽的境界，富于宗教气息。西方社会的文化是传统的海洋文化，海洋是英诗常见意象，代表神秘莫测的力量，如柯尔律治的《古舟子咏》。雪莱的 *Lines Written Among the Euganean Hills* 描写太阳升起在海平面上，金光灿烂，仿佛是熊熊的炉火（furnace bright），周围建筑也如烈火一般明亮（obelisks of fire），天空如同蓝宝石一样闪闪发光（sapphire-tinted）。

就草木植物意象而言，汉诗的梅、兰、竹、菊是典型的君子意象，松、竹、梅被誉为"岁寒三友"，象征高洁人格，林语堂所著《生活的艺术》认为松有雄伟，梅有清奇，竹有纤细，柳有柔美，都是人文境界。古诗中林逋、陆游、姜夔、李清照等写梅最为出色。林逋多写梅之暗香，陆游写梅之傲骨（"一树梅前一放翁"），姜夔写梅之冷香，李清照多爱梅之幽香，沁人心脾，"却把青梅嗅""玉瘦香浓，檀深雪散，今年恨探梅又晚"。元代贯云石的《咏梅》（"有时节暗香来梦里"）、乔吉的《寻梅》（"冷风来何处香"）也写梅，皆成境界。

菊象征君子品格，梅清菊淡。司空图的"人淡如菊"展现人格境界，陶渊明写菊最负盛名。菊花为秋花，其秋之寒意让人感叹岁月飘零，韶华易逝。杜甫的"丛菊两开他日泪"意境悲凉。李煜的"菊花开，菊花残，塞雁高飞人未还"表现亡国之君思念故土，意境凄清。李清照的"满地黄花堆积，憔悴损，如今有谁堪摘""帘卷西风，人比黄花瘦"，意境凄楚。兰有高贵气质，象征主体的高贵身份和高尚品格。屈原的《离骚》有"朝饮木兰之坠露兮，夕餐秋菊之落英"。张潮的《幽梦影》认为梅令人高，兰令人幽，菊令人野，莲令人淡。笔者认为兰之幽在于兰之高贵，所以独处，菊之野在于菊常见于田舍篱边。竹、松有傲岸挺拔之姿，象征大丈夫之伟岸人格。郑燮咏竹（"咬定青山不放松，立根原在破岩中"），毛泽东咏松（"暮色苍茫看劲松，乱云飞渡仍从容"）。古诗中深院梧桐多表达孤独寂寥之意，如李煜在《相见欢》中的"寂寞梧桐，深院锁清秋"，也表现诗人的独立清高，如苏轼在《卜算子》中的"缺月挂疏桐，漏断人初静。谁见幽人独往来，缥缈孤鸿影"。

英诗的草木植物意象有象征爱情的玫瑰、表达欢快的水仙花等。菲瑞诺的《野生金银花》表达了对弱小生命的关爱，华兹华斯的《致雏菊》表现了诗人关注弱小卑微的生命，体现了博爱精神和仁爱的胸怀。在诗人眼中雏菊虽默默无闻，毫不起眼，但朴实坦诚，随遇而安（yielding to the occasion's call），快活自在。华兹华斯诗多用 wander，如 I wandered lonely as a cloud，展现自由快活的生命境界。雏菊温顺可爱（meek、pleased、willing），充满善意，尽职尽责，给人间带去一丝温暖，诗人用 apostolic 把雏菊平凡朴实的生命提升到宗教的崇高境界，令人肃然起敬。

就虫鸟意象而言，汉诗的昆虫意象中蝴蝶与庄周梦蝶的神话相联，富于传奇色彩，多描写梦境，如李商隐的"庄生晓梦迷蝴蝶"境界朦胧迷茫。现代诗人戴望舒的"我思，故我是蝴蝶"则意境缥缈轻灵，富于人生哲理。秋蝉之鸣带给中国古人生命的悲凉感，骆宾王以蝉表达内心之怨苦，柳永以蝉抒发对人生悲欢离合的深刻体验。英诗中济慈的《蝈蝈和蛐蛐》从蝈蝈欢快的叫声写到蛐蛐激越的鸣声，大地始终充满诗意（poetry of earth）。汉诗的鸟禽意象有杜鹃、鲲鹏、燕子、大雁等。杜鹃与"望帝春心托杜鹃"的典故相联，富于浪漫色彩。李商隐以杜鹃寄托内心无限的情思，直面爱情的失意、人生的失落，反复咀嚼人生的苦味而不求解脱，在爱情人生体验的深度上达到极高境界。鲲鹏最早出现于庄子作品中，后成为古诗常见神话意象，表达诗人超拔向上、追求人身自由的强烈意志和精神渴求。李白以鲲鹏抒发豪气豪情，彰显狂放不羁的个性，李清照的"九万里风鹏正举"传达凌云壮志。

古诗的燕子意象传达诗人温婉、惆怅的体验。晏殊的"无可奈何花落去，似曾相识燕归来""罗幕轻寒，燕子双飞去"以燕子双飞反衬自己形单影只，以燕子归来感叹岁月流逝，物是人非。汉诗中以大雁寄托离愁别绪、相思之苦，李煜的"塞雁高飞人未还"意境凄清，范仲淹的"塞下秋来风景异，衡阳雁去无留意"意境苍凉，李清照的"雁字回时，月满西楼"意境哀婉。英诗多写云雀、夜莺、布谷鸟、鹰等意象。云雀轻盈灵动，活泼欢快，雪莱笔下的云雀是欢快的精灵（blithe spirit），它飞向高处，让清辉洒满宇宙（Heaven is overflowed），境界壮丽阔大。夜莺常在夜间鸣叫，歌声如泣如诉，济慈笔下夜莺的歌声让诗人感觉如梦如幻（Do I wake or sleep），意境缥缈迷蒙。布谷鸟（杜鹃）充满浪漫神秘色彩，华兹华斯的 To the Cuckoo 中的布谷鸟只听其声，不见其形（invisible），仿佛来自仙境（unsubstantial, faery place）。鹰象征威严和力量，丁尼生的《鹰》描写傲然独立的鹰与大海、孤岛形成空间意象小与大的对比，极富画面感。艾米莉·狄金森的 Further in Summer than the Birds 中的鸟鸣富于神秘的宗教色彩。

诗歌多描写春夏秋冬的四季景象。汉诗多写春景秋景，诗人伤春悲秋，感叹人生苦短。古诗中春色多让人伤感惆怅，秋色多让人悲凉。古诗之秋既指节令之秋也喻指人生之秋，杜甫的《秋兴八首》《登高》传达诗人对国家民族苦难和自己人生苦难的终极体验，其生命境界堪比屈原的人生悲剧境界、李商隐的爱情悲剧境界。刘禹锡的"便引诗情到碧霄"则是喜秋，境界豪放遒劲。辛弃疾在饱经人世沧桑后对人生已经淡定从容，无喜无悲，"却道天凉好个秋"展现了人生智慧境界。总体而言，唐代文人胸怀理想，壮志凌云，有青年的积极心态。宋代文人学识深厚，对人生善于反思，有中年的平和心态。元代文人在唐宋盛世衰亡后对人生已不抱理想，不存幻想，乐天知命，知足常乐，随遇而安，有暮年的淡定心态。宋元文人游戏人生，追求潇洒快活，宋代文人雅中有乐，乐而不俗。元代文人则亦雅亦俗，无拘无束，心态彻底放松，如卢挚的"散西风满天秋意"、白朴的"孤村落日残霞，轻烟老树寒鸦"。

中国诗人多悲秋，英语诗人多喜秋，如济慈的《秋颂》饱含深情地抒发了对秋的热爱，展现生命境界。英语诗人多写冬夏，寒冬冰天雪地，纷飞的大雪孕育着来年的生命，也让诗人陷入对人生和宇宙的思考。史蒂文斯的《雪人》认为欣赏冬景是一种心境（One must have a mind of winter），人要经受寒冷（And have been cold a long time），才能对冬景有思考感受。

弗罗斯特的《风雪夜驻足林边》、柳宗元的《江雪》都展现了 a mind of winter。史蒂文斯诗的结尾，在呼啸的寒风中主人公体验到存在的境界与虚无的境界融为一体，诗中 the listener...listens in the snow 展现听的境界，类似于庄子的听之以耳、听之以心、听之以气，老子的大象无形、大音希声，充满微妙玄思，三个 nothing(s) 富于玄理，虚境与实境、无境与有境相融合。寒冬让人冥思，盛夏则让人体验到生命的热烈和充沛。艾米莉·勃朗特既爱冬日的宁静，也爱明媚的春光和夏日，在冬日里她能想象到春天的花朵，冬日的微笑与夏日的阳光一样可爱。

　　汉诗也有描写夏、冬的佳作，如范成大的《夏日田园杂兴》、杨万里"毕竟西湖六月中，风光不与四时同。接天莲叶无穷碧，映日荷花别样红"脍炙人口。边塞诗描写寒冬，境界苍凉阔大，如岑参的"北风卷地白草折，胡天八月即飞雪。忽如一夜春风来，千树万树梨花开""瀚海阑干百丈冰，愁云惨淡万里凝"。汉诗描写岁寒三友（松、竹、梅），展现人格境界，如王安石的"墙角数枝梅，凌寒独自开。遥知不是雪，为有暗香来"。刘长卿善写夕阳孤帆、秋山清猿、松风寒月、荒村野寺，意境清寒悠远，情调寥落凄清。下面是《逢雪宿芙蓉山主人》[①] 和许渊冲、Hales 和笔者译文：

> 日暮苍山远，
>
> At sunset hillside village still seems far.（许译）
>
> Dark hills distant in the setting sun.（Hales 译）
>
> The waning sunlight saw the mountains in hazy distance looming.（笔者译）
>
> 天寒白屋贫。
>
> Cold and deserted the thatched cottages are.（许译）
>
> Thatched hut stark under wintry skies.（Hales 译）
>
> Bare and bleak, the abode was cold with a chill pervading.（笔者译）

　　原诗描写日落西山，暮色苍茫，天寒地冻，展现静境寒境。万籁俱寂，投宿的旅人感到凄清寂寥，突然传来几声犬吠，是芙蓉山主人顶风冒雪回到山庄，带给作品画面一丝生机和暖意，让旅人在荒寒寂静中倍感温

---

　　① 上海辞书出版社文学鉴赏辞典编纂中心. 诗词文曲鉴赏·唐诗［M］. 上海：上海辞书出版社，2020：116.

馨。顾正阳所著《古诗词曲英译美学研究》认为古诗的景色和情思都以动显静之美，以细微声象、动象来表现静景，以动象引起或加深情思。"日暮苍山远"写暮色笼罩，群山苍茫，旅人急于赶到住宿地，所以苍山在其眼中显得远，许译 still seems far 传达了这种感受，Hales 将 dark hills distant 放在 in the setting sun 前面，dark 有视觉感，复数 hills 强调群山苍茫，画面空间比许译单数 hillside village 更开阔，分词 setting 描写夕阳正在落下，比许译 sunset 画面更生动。笔者用 waning sunlight 作无灵主语，hazy distance、looming 描写暮色中苍山显得辽远朦胧。"天寒白屋贫"，天冷使山屋更显贫寒。同样写天寒，杜甫的《佳人》中"天寒翠袖薄，日暮倚修竹"境界清新脱俗，温庭筠的"晨起动征铎，客行悲故乡。鸡声茅店月，人迹板桥霜"境界凄清伤感。许译倒装句将 cold and deserted 放句首，强调山屋寒冷凄清。Hales 用 stark（hard，bare，or severe in appearance；not made soft or pleasant by ornament）强调山屋贫寒，呼应前面 dark，强调阴冷凄苦的感觉，thatched hut stark 与 wintry skies 形成小与大的视觉对比，突出山屋的冷落凄清，under wintry skies 呼应前面 in the setting sun。笔者用 bare、bleak 表现茅屋凄清寂寥，用 pervading 描写寒气袭人。

> 柴门闻犬吠，
> At wicket gate a dog is heard to bark.（许译）
> A dog barks at the brushwood gate.（Hales 译）
> Lo，at the wicket，a dog was barking and greeting.（笔者译）
> 风雪夜归人。
> With wind and snow I come when night is dark.（许译）
> As someone heads home this windy，snowy night.（Hales 译）
> Its master trudging home through the blizzard blinding.（笔者译）

古诗中柴门多表现隐者远离尘嚣、恬然安宁的生活状态，如王维的"野老念牧童，倚杖候荆扉"。犬吠传达农家情趣和田园乐趣，如陶渊明的"狗吠深巷中，鸡鸣桑树巅"。原诗"柴门闻犬吠"写凄寒寂静之中突然传来犬吠声，给荒寒境界带来一丝温馨和温暖、生机和活力。Hales 用主动语态 a dog barks，而许译 a dog is heard to bark 用被动语态更能传达犬吠声的听觉体验留给读者的想象空间。笔者用语气助词 lo，用 barking 与 greeting 呼应，传达悲凉中的一丝喜悦。"风雪夜归人"，山屋主人顶风冒雪回到山庄。美国诗人弗罗斯特的《风雪夜驻足林边》描写风雪夜中主人公的旅程：主人公策马来到林边，不知林子主人是谁，内心迷茫。林中没有农舍，小马对主人在漆黑的夜晚（the darkest evening of the year）驻足感到困惑，它晃动铃铛，四周寒风呼啸，风雪漫漫（the sweep of easy wind and downy flake）。树林神秘而又可爱（lovely，dark and deep），对疲惫的主人公来说充满诱惑，但他还是决定继续前行。

同样写荒寒之境，刘诗传达了温暖的归属感，白屋、柴门虽贫寒，但让人感到亲切，弗诗传达了神秘感和漂泊感，小林虽可爱却让人感到陌生。刘诗中犬吠给寂静的山谷带来一丝生机，暗含了知足常乐、安贫守道的文化价值观；弗诗中小马铃声传达了疑虑和困惑，暗喻了西方民族不安现状、探索前行的文化心理。原诗"人"，许译 I 指投宿的旅人，Hales 用 someone 传达一种模糊感，this 强调时间体验：今夜风雪交加（windy，snowy night）。笔者用 master 与 home 呼应，trudging、blizzard blinding 表现山庄主人在漫天风雪中艰难跋涉，blizzard 与 blinding 押头韵。中国古代诗人对季节的感受饱含了故土之思，既有温馨和惆怅，也有痛彻肺腑的亡国之恨，如李煜的"落花流水春去也，天上人间"、刘辰翁的"夜来处处试新装，却是人间天上"、周密的"故国山川，故园心眼"。下面是文天祥的《金陵驿》① 和许渊冲、笔者译文：

草合离宫转夕晖，孤云飘泊复何依？

The setting sun will leave the place o'ergrown with grass.

A lonely drifting cloud, to whom can I adhere?（许译）

Bleak is the palace choked with brambles in waning sunlight.

Far from homeland I am drifting, like a cloud inlonely flight.（笔者译）

文天祥是民族英雄，与岳飞齐名，其人格境界垂范后世，令人敬仰，其《过零丁洋》的"人生自古谁无死，留取丹心照汗青"传颂千古。原诗首联写南宋灭亡，山河破碎，满目疮痍，生灵涂炭，诗人悲痛欲绝。古诗多以荒宫野草描写国破家亡，如杜甫的"国破山河在，城春草木深"、刘辰翁的"送春去，春去人间无路秋千外，芳草连天"。"夕晖"暗喻南宋王

---

① 上海辞书出版社文学鉴赏辞典编纂中心. 宋诗三百首鉴赏辞典 [M]. 上海：上海辞书出版社，2007：456.

朝末日来临，李商隐的"夕阳无限好，只是近黄昏"则是暗喻晚唐日薄西山。"孤云"暗喻诗人失去故国，如孤云般无所依靠，对故国眷恋不亡，秦观在《满庭芳》中的"山抹微云，天连衰草"也以浮云寄托乡思。许译 o'ergrown 表现故土破败凋零，杂草丛生，to whom can I adhere 用问句传达诗人流离失所的痛苦。笔者倒装句将 bleak 放句首，强调离宫的凄凉寂寥，choke（to fill a space or passage completely）、brambles 表现离宫杂草丛生，一片荒凉，waning 描写夕阳暮色，far from homeland 放 drifting 前面，呼应 lonely flight，表现诗人远离故国，颠沛流离，孤苦无依。

> 山河风景元无异，城郭人民半已非。
>
> The mountains and the rivers seem the same, alas!
>
> But half our towns are lost, half our men disappear.（许译）
>
> The hills and rills their scenic splendor still retain.
>
> But in fallen towns, how many people have been slain?（笔者译）

诗人痛感国破家亡，物是人非，文天祥在《念奴娇》中的"蜀鸟吴花残照里，忍见荒城颓壁，铜雀春情，金人秋泪"、刘辰翁的"我已无家，君归何里""风和雪，江山如旧，朝京人绝"也写国破山河在，城春草木深。许译感叹词 alas 语气强烈，half our towns are lost 与 half our men disappear 为排比结构，disappear 呼应前面 adhere。笔者用 retain、scenic splendor 表现山河景色依旧，与 fallen towns（国破）形成对比，表现物是人非，问句 how many people have been slain 传达诗人对国破人亡、生灵涂炭的满腔悲愤。

> 满地芦花和我老，旧家燕子傍谁飞？
>
> Reed catkins will turn grey as grey will grow my head.
>
> Into whose house will swallows of old mansions fly?（许译）
>
> Only the catkins everywhere fading grieve over me aging.
>
> Where could the swallows lodge, over their toppled nests wailing?（笔者译）

诗人痛感人生已老，而壮志未酬，难回故土，无依无靠。回归中原故土是南宋词人一生的夙愿，故国让他们魂牵梦绕，如刘辰翁的"想故国，高台明月"、辛弃疾的"何处望神州？满眼风光北固楼。千古兴亡多少事，悠悠，不尽长江滚滚流"。许译用倒装结构将 grey 放 will 前面，呼应前面 grey，草木凋零，诗人也憔悴苍老，两鬓白霜，Into whose house…fly 保留问句形式。笔者 everywhere 描写芦花满地，fading 表现芦花凋谢，与 aging（人憔悴）呼应，grieve 将芦花拟人化，表现芦花与诗人同悲，where could lodge、toppled 表现鸟巢倾覆，燕子无处安身，暗喻国破家亡，诗人无依无靠，wailing 明写燕子悲鸣，暗写诗人哭泣，传达了原诗悲凉的氛围。

> 从今别却江南路，化作啼鹃带血归。
> On Southern shore from now on I'll no longer tread,
> But I'll come back with blood oozing in cuckoos' cry.（许译）
> Of hope of returning to the Southern shore I am bereft.
> But return would my soul incarnated in cuckoo blood spewing.（笔者译）

诗人被元军所俘，押往北方，回归故国的希望破灭，诗人对生活过的江南也只能梦中回忆。古诗中杜鹃啼血传达主人公刻骨铭心的思念和相思之情，如李商隐的"望帝春心托杜鹃"、文天祥在《念奴娇》中的"镜里朱颜都变尽，只有丹心难灭""去去龙沙，向江山回首，青山如发。故人应念，杜鹃枝上残月"。许译用表转折的关联词 but 强调诗人对故土难以割舍，"带血归"即啼血归，许译 oozing 有视觉感，与 cuckoo 中 oo 押协韵。笔者 of hope 放句首，与 bereft 首尾呼应，强调诗人归国无望，return 放 would 前面，呼应 returning，表现诗人对故国魂牵梦绕，难以忘怀，incarnated 表现诗人之魂化为杜鹃，spewing 描写杜鹃啼血。

第二节　诗歌翻译中人文意象的境界再现

诗歌的社会人文意象包括社会场景意象、神话意象、人物意象等。浪漫主义诗歌多写神话意象，田子馥所著《中国诗学思维》认为神话意识和梦幻思维表现人性的解放和诗人现实困境的解脱，实现神话与现实、梦与醒的融合。现实主义诗歌多展现社会生活画面和历史场景，富于画面生动感和时代气息。杜甫诗展现了唐代由盛转衰过程中的社会场景，包罗万象，堪称一幅社会全景图，境界博大沉雄。人文意象表现诗人（诗中主人公）的人文情趣，汉诗人文意象主要有琴棋书画等。琴类意象主要有琴瑟、琵琶、笙箫、笛子等，展现一种乐境。其中，琴瑟历史最为悠久，《诗经》中的"窈窕淑女，琴瑟友之"表达情思，曹操的"我有嘉宾，鼓瑟吹笙"传达对宾客的盛情厚谊，李商隐的"锦瑟无端五十弦，一弦一柱思华年"追忆似水年华，感叹人生如梦，境界凄迷缥缈。

　　古诗的琵琶意象以白居易的《琵琶行》最为经典，"嘈嘈切切错杂弹，大珠小珠落玉盘"的描述出神入化，"同是天涯沦落人，相逢何必曾相识"表达人生飘零，世事无常，达到哲理境界。元代文人既潇洒快活也落寞失意，常感叹岁月飘零，人生苦短，李致远有"梦断陈王罗袜，情伤学士琵琶。又见西风换年华"。古诗中的笙箫如泣如诉，如丝如缕，哀婉伤感。李白的"箫声咽，秦娥梦断秦楼月"意境苍凉，而辛弃疾的"凤箫声动，玉壶光转"则欢快热烈。古诗中的笛声或苍凉悲壮，如王之涣的"羌笛何须怨杨柳"，或凄清婉约，如姜夔的"酒时月色，算几番照我，梅边吹笛"，意境清空。比较而言，汉诗的乐境哀而不伤，含蓄节制，浸润心灵；英诗的乐境体现酒神文化，强调情感宣泄和灵魂净化，酣畅淋漓，富于宗教境界。

　　汉诗中的棋表现生活情趣，赵师秀的"有约不来过夜半，闲敲棋子落灯花"写诗人约客对弈，但客人未来，诗人并不失落，夜深人静，棋子的轻敲声别有一番情趣。题字诗、题画诗更能体现艺术情趣、审美品位和文化修养，杜甫在《戏题王宰画山水图歌》中的"壮哉昆仑方壶图，挂君高堂之素壁""咫尺应须论万里"展现了画家非凡的艺术功力和杜甫卓越的鉴赏力。古诗的地名也是文化意象，多表达情爱乡思、离愁别绪、爱国精神、怀古幽思、山水情怀等。李白等盛唐诗人常云游天下，足迹遍及吴越、潇湘，吴越人杰地灵，自古英才（谢灵运、竹林七贤等）辈出，令李白仰慕。

一、诗歌人物意象的境界

　　诗歌人物意象体现了民族文化特色，中国文化崇拜圣贤（德的化身），西方文化崇拜英雄（力的化身）。汉诗人物意象主要有儒家的圣人、君子和仁人志士，道家的真人、幽人、隐士，佛家的僧人，还包括闺院女性。古诗中的圣人、君子和仁人志士具有浩然之气，人格崇高。屈原在《楚辞》中反复强调自己的贵族身份、高贵血统（"帝高阳之苗裔兮"）和崇高人格、杰出才能（"内美""修能"）。陶渊明儒道兼修，"丈夫志四海，我愿不知老"，《咏荆轲》"雄发指危冠，猛气冲长缨"；骆宾王也有"此地别燕丹，壮士发冲冠"，都境界豪壮。汉诗中苏轼的"千古风流人物"、毛泽东的"数风流人物"都指英雄豪杰。

道家的真人、幽人、隐士具有仙气逸气，返璞归真，潇洒飘逸。陶渊明在诗中写自己回归田园，尽享诗酒人生，"泛此忘忧物，远我遗世情""啸傲东轩下，聊复得此生"。陶渊明安贫守道，贫中作乐，李白云游天下，逍遥自在，飘飘欲仙，"俱怀逸兴壮思飞，欲上青天揽明月""且放白鹿青崖间，须行即骑访名山"，境界清雄飘逸。李白的"吾爱孟夫子，风流天下闻。红颜弃轩冕，白首卧松云"展现孟浩然超凡脱俗的人格境界。古诗写幽人意象常以孤鸿、野鹤暗喻其高雅情趣和超凡脱俗的人格境界。司空图的《二十四诗品》写幽人幽境，境界优美，苏轼在《卜算子》中的"缺月挂疏桐，漏断人初静。谁见幽人独往来，缥缈孤鸿影"表现诗人独立清高。田子馥所著《中国诗学思维》认为苏词通过隐喻思维，以飞鸿、孤鸿、归鸿喻指诗人的青年、壮年、老年，表现其孤傲。古诗中佛家人物意象出世脱俗，刘长卿的"荷笠带夕阳，青山独归远"以天地之远写高僧人格境界的高远。

相较于西方文化的崇高美，中国文化总体上是阴柔美。古诗的女性意象大多温婉妩媚，如《琵琶行》《长恨歌》中的琵琶女、杨贵妃，婉丽凄美，也有勇猛刚强的女中豪杰，如花木兰等，有大丈夫气。古诗女性意象寄托了诗人的人生理想和精神追求，富于文化内涵。首先，女性意象表达了诗人对爱情和婚姻的执着追求，是诗人的情感寄托和灵魂的安顿。苏轼的"十年生死两茫茫，不思量，难自忘""夜来幽梦忽还乡。小轩窗，正梳妆"，梦牵魂绕，可谓此恨绵绵无绝期，境界深婉。其次，古诗女性意象具有象征含义，寄托了诗人的人格操守、人生理想和政治追求，女性的高雅气质暗喻了诗人洁身自好、超凡脱俗的人格境界，如杜甫在《佳人》中的"绝代有佳人，幽居在空谷""天寒翠袖薄，日暮倚修竹"。女性之美是一种可望不可即的美，暗喻诗人人生坎坷，报国无门，李白有"美人如花隔云端"。

宋词多铺陈女性的外貌、情态、服饰、居所等，表达其春梦春愁，境界婉约绮丽。朱崇才所著《词话理论研究》认为婉是女性美，秦观词"婉媚风流"，是曲、顺之美，凄清幽深之致，如李煜词"含思凄婉"；约指缥缈之情思、绰约之美人、隐约之事物，曲尽其情，读来余音绕梁，回味无穷，如晏殊的《踏莎行》（"翠叶藏莺，朱帘隔燕，炉香静逐游丝转，一场愁梦酒醒时，斜阳却照深深院"）写思妇春梦醒来，在闺房里听着屋外莺歌燕语，她以酒浇愁，夕阳斜照，她感叹时光流逝。诗中朱帘、游丝、深院表现幽境、静境、深境，李煜的《捣练子》也有"深院静，小庭空"。温庭筠的《菩萨蛮》（"水精帘里颇黎枕，暖香惹梦鸳鸯锦。江上柳如烟，雁飞残月天"）描写女子闺房的器具（"帘""枕""鸳鸯锦"）和江景（"柳如烟""雁飞""残月"）。《红楼梦》中贾宝玉的《春夜即事》也有"霞绡云幄任铺陈"。汉诗的女性温婉雅致，楚楚动人，清新脱俗，英诗中爱伦·坡、拜伦、勃朗宁夫人、但丁·罗塞蒂笔下的女性高贵神圣，超凡脱俗。汉诗写女性既重外貌更重神韵，诗人以审美态度欣赏和尊重女性，英语诗人多以宗教态度对女性迷恋崇拜。

史蒂文森的《我的妻》描写妻子是 trusty、dusky、vivid、true，妻子是上帝赐予的礼物（The august father / gave to people）。但丁·罗塞蒂的 The Portrait 描写肖像画中女子的面容，以 enthroning 形容 throat，展现其女王般高贵的气质，mouth's mould 押头韵，描写女子精致的嘴唇，testifies of voice and kiss 描写女子的画像栩栩如生，呼之欲出，富于神韵，enthroning throat 是形似，testifies of voice and kiss 则是神似。作品通过光和影的明暗对比（shadowed eyes）描写女子的眼睛顾盼有神（remember and foresee），其形象圣洁高贵，让诗人顶礼膜拜（Her face is made her shrine），作品出神入化，美轮美奂。但丁·罗塞蒂的情诗把女子当作女神供奉于神坛上，而勃朗宁夫人的情诗则把丈夫罗伯特·勃朗宁当作圣人置于神坛而膜拜。

英诗受圣经文化、古希腊文化、骑士文化的影响，多写神灵、天使、魔鬼、勇士、骑士等。如弥尔顿的《失乐园》、柯尔律治的《古舟子咏》，这些作品的人物经历犯罪、赎罪的过程，力求摆脱生存困境，拯救灵魂，他们在命运的抗争中体现了非凡的勇气，净化了灵魂，达到了人格的崇高境界。西方民族崇拜古希腊英雄和神灵，如拜伦的《哀希腊》荡气回肠，济慈的《普赛克颂》描写女神普赛克和爱神丘比特的恋爱场面，如梦如幻，意境优美。西方骑士文化源远流长，富于冒险和尚武精神以及强烈的荣誉感，崇拜女性，这对英语骑士派诗歌影响深远。

诗歌人物意象也可以是表达诗人人生价值观和艺术审美观的抽象符号。莎士比亚十四行诗认为人的美包含两部分：外在容貌美，体现在眼睛（eye）、面容（face）、形体（form、frame、shape）上；内在灵魂美

（worth）。意象 eye 在多首诗中出现，如第 1 首 Be thou, contracted to thine own bright eyes 中 bright eyes 描写"你"正值青春，与眼睛定亲，暗喻独身。第 2 首 To say within thine own deep-sunken eyes 中 deep-sunken eyes 描写"你"的晚年，眼神的变化表现人生岁月的流逝。此外，作者认为人离世后，亲友通过其子女的眼神可以回忆其生前的音容笑貌，如第 9 首 When every private widow well may keep / By children's eyes, her husband's shape in mind。莎诗国内译者主要有梁实秋、屠岸、辜正坤、曹明伦等。辜正坤译本具有古诗风韵，如 129 首描写世人沉溺于情欲，最后两行（All this the whole world well knows; yet none knows well. / To shun the heaven that leads men to this hell）中 hell 是英诗常见文化意象，辜译"却避不的偏往这通阴曹的路儿上走"将 hell 转换成"通阴曹的路儿"，有元曲风韵，归化色彩较重。莎诗语言总体风格古雅，辜译较口语化，比较而言，屠岸译文"去躲开这座引人入地狱的天堂"、梁实秋译文"对这引人下地狱的天堂加以规避"语风更贴近原文。

诗歌意象表达诗人对人生的反思、困惑、迷茫和期望。中国古诗传达了诗人的生命感悟，富于人生哲理。白居易的《琵琶行》"我闻琵琶已叹息，又闻此语重唧唧。同是天涯沦落人，相逢何必曾相识"写人世沧桑；杜甫的《秋兴》八首更是独步千古，传达了生命的苍凉感。庄子认为生命是气的体验，人在世时魂魄居于躯体，死后躯体回归大地，魂魄失去居所，四处飘荡。陶渊明的《挽歌诗》认为生死在旦夕之间，人生要达观洒脱、顺其自然。人死后得失荣辱不复存在，唯有亲人的悲哀。人唯一遗憾的是活着时没能尽情享受人生，于是饮酒忘忧成为诗人安抚灵魂的方式，黄庭坚的《鹧鸪天》便有"人生莫放酒杯干""醉里簪花倒着冠"。

吴晟所著《中国意象诗探索》认为中国诗人具有悲剧情结，其人生苦难包括正义的毁灭、英雄的牺牲、无辜的迫害、严重的灾难等。笔者认为，屈原、李商隐、李贺、辛弃疾等人的一生最具悲剧色彩，其诗展现了悲剧境界。屈原感叹正义被毁灭，岳飞、文天祥壮志未酬而牺牲，陈子昂被无辜迫害，杜甫经历了国破家亡的灾难。吴晟认为中国诗人具有深刻的孤独意识（人渺小的生命在无穷宇宙中的孤独，以及在怀才不遇、理想破灭、遭贬失意、失偶无依、报国无门、彷徨迷惘时的孤独等）。笔者认为，屈原、李白、陈子昂、李清照等最具孤独意识。陈子昂感叹"前不见古人，后不见来者。念天地之悠悠"，在浩瀚宇宙中深感人的渺小与孤独；

阮籍等竹林七贤醉酒狂歌，在佯狂放诞中忘却孤独；李白、李贺、辛弃疾等怀才不遇，理想破灭，报国无门，彷徨迷惘；柳宗元、韩愈等遭贬失意；李清照失偶无依——他们都深感孤独。

魏晋诗人曹植才华横溢，深受其父曹操的赏识，但因性格刚正，不谙官场权术，仕途不顺，还险些被其兄曹丕谋害。曹诗《赠白马王彪》有云："太息将何为，天命与我违。"感叹命运不济。项羽也有"力拔山兮气盖世，时不利兮骓不逝"，境界豪迈而又悲凉，李清照评价极高，其诗"生当作人杰，死亦为鬼雄。至今思项羽，不肯过江东"境界雄豪。曹植"人生处一世，去若朝露晞"感叹人生苦短，生死难料，内心沉郁悲怆。诗歌的悲剧体验能震撼灵魂，展现崇高境界，如岳飞、文天祥的诗，也能感人肺腑，展现阴柔境界。诗人对人物的不幸遭遇和生存状态寄予深切同情，对弱小生命寄予深切关爱，如杜甫、李清照、华兹华斯、菲伦诺的诗。菲伦诺的 The Wild Honey Suckle 以金银花喻指人的生命只是花开到花落的一瞬间，金银花弱小的生命（little being）来去匆匆（The space between, is but an hour, / The frail duration of a flower），诗人黯然神伤，潸然泪下。

华兹华斯《致雏菊》也关注弱小生命，但情感基调积极乐观。《圣经》认为人是上帝用泥土造出的，人死后也回归泥土。布莱恩特的 Thanatopsis（Earth, that nourished thee, shall claim thy growth, to be resolved to earth again）认为人皆有一死，死是众生的宿命，人活着要有尊严，离世时要依靠内心对上帝的信仰来坦然面对死亡（sustained and soothed / By an unfaltering trust, approach thy grave）。英语诗人的宗教信仰展现了崇高境界，如华兹华斯、弥尔顿、拜伦、雪莱、艾米莉·勃朗特、勃朗宁夫人、但丁·罗塞蒂等。勃朗宁夫人与丈夫罗伯特·勃朗宁的结合历经磨难，她对丈夫无比感激，对上帝深怀敬意。在她眼中，婚姻是神圣的契约，是心心相印的灵魂的融合，丈夫的海誓山盟从心灵发出，被勃朗宁夫人心灵所聆听和接受（Thee speaking, and me listening），被上帝所见证（and replied / One of us...that was God）。

二、诗歌人物生命体验的传达与境界再现

传达生命体验的诗歌意象包括落花、落日、天地、流水、墓园等。英语诗人深感宇宙之神圣威严与人之卑微渺小。英诗的生命体验多为生与死的感受，多恩、莎士比亚等直接以 death、time 作意象，诗人不畏时间的暴

力，奋起与之抗争，如莎士比亚十四行诗第 6 首（Then what could death do if thou shouldst depart），第 19 首（Yet do thy worst, old Time; despite thy wrong）。中国诗人感叹天地之浩渺与人生之苦短，对生命充满眷恋，他们逍遥林泉，欣然洒脱，在宇宙天地中化解内心的苦闷彷徨。《红楼梦》中《葬花吟》① 堪称古诗悲春体验的巅峰之作，下面是原诗和杨宪益、霍克斯、许渊冲、Bencraft Joly 的译文：

花谢花飞飞满天，红消香断有谁怜？

As blossoms fade and fly across the sky,

Who pities the faded red, the scent that has been?（杨译）

The blossoms fade and falling fill the air,

Of fragrance and bright hues bereft and bare.（霍译）

As flowers fall and petals fly across the sky,

Who pities the reds that fade and the scents that die?（许译）

林黛玉的一生是悲剧的一生，是《红楼梦》乃至整个中国文学悲剧人物的典型代表。她对爱情与人生有着挥之不去、无法摆脱的幻灭观、无助观、绝望观、孤独感、迷惘感，这种悲剧体验是一种深入骨髓、浸入灵魂深处的悲凉感，诗人李商隐有着同样体验。同样是内心苦闷，林黛玉寻求解脱，而李商隐不求解脱，直面痛苦，反复咀嚼人生苦味。林黛玉性格孤傲，敏感而脆弱，与艾米莉·勃朗特相似。孤傲指林黛玉对庸俗社会的鄙视和格格不入，决不妥协和随波逐流，孤芳自赏；敏感脆弱指她寄人篱下，多愁善感，痛感自己孤苦无助，朝不保夕，对周围人群保持一种防范警惕的心态。在人格上林黛玉是自彰自明，自珍自重，自怜自惜。自彰自明是指林黛玉展现了冰清玉洁的人格境界和超凡脱俗的人生理想；自珍自重指她出淤泥而不染，洁身自好，不与俗世同流合污；自怜自惜指她知音难觅，只能顾影自怜，形影相吊。原诗描写暮春时节窗外满天飞花，林黛玉触景生情，想起自己寄人篱下，黯然神伤。杨译 fade、fly，霍译 fade、falling、fill，许译 flowers、fall、fly 都押头韵，传达"花""飞"叠用的音美和落红飞舞的动感。杨译、许译 across the sky，霍译 fill the air 都再现了落花满天的空间画面，霍译分词 falling 强调花正在飘落。许译 petals（片

---

① 蔡义江. 红楼梦诗词曲注译［M］. 北京: 现代教育出版社，2012: 132-133.

片花瓣）比杨译、霍译 blossoms 视觉感更强。"红消香断有谁怜"用问句表达苦闷忧伤，为全诗定下凄楚哀婉的基调，张仲素的《燕子楼》也有"红袖香销已十年"。杨译、许译保留问句，情感力度强于霍译的陈述句，杨译 faded 与前面 fade 呼应，许译 reds that fade 与 scents that die 形成排比，霍译 bright 与 bereft、bare 押头韵，并形成对比，具有音美和意美，bereft（completely without）强调红消香断。

> 游丝软系飘春榭，落絮轻沾扑绣帘。
> Softly the gossamer floats over spring pavilion，
> Gently the willow fluff wafts to the embroidered screen.（杨译）
> Floss drifts and flutters round the Maiden's bower，
> Or softly strikes against her curtained door.（霍译）
> Softly the gossamer floats over bowers green；
> Gently the willow fluff wafts to embroidered screen.（许译）

原诗描写游丝、落絮满天飞舞，四处飘零，"软""轻"传达怜惜之情。汉诗常写落红飞絮。李煜有"落花流水春去也，天上人间"，贺铸有"一川烟柳，满城风絮，梅子黄时雨"，苏轼的《水龙吟》有"恨西园，落红难缀"，李清照有"花自飘零水自流"，欧阳修有"泪眼问花花不语，乱红飞过秋千去"。杨译、许译都将 softly、gently 放句首，传达一种轻柔感。"飘"，杨译、许译用 floats，霍译 drifts、flutters 动感更强。"扑"，杨译、许译用 wafts，比霍译 strikes 更贴切。"春榭"指闺房，许译 bowers green、霍译 Maiden's bower 比杨译 spring pavilion 更准确。

> 闺中女儿惜春暮，愁绪满怀无释处。
> A girl in her chamber mourns the passing of spring.
> No relief from anxiety her poor heart knows.（杨译）
> The Maid, grieved by these signs of spring's decease，
> Seeking some means her sorrow to express.（霍译）
> I am grieved in my chamber to see spring depart，
> O where can I pour out my sorrow-laden heart?（许译）

林黛玉伤春感怀，愁绪无处排遣。古诗常写春愁春怨，李煜的《蝶恋花》有"一片芳心千万绪，人间没个安排处"，表达情思无处倾诉。郑谷

有"扬子江头杨柳春，杨花愁杀渡江人"，欧阳修有"离愁渐远渐无穷，迢迢不断如春水"，李清照有"只恐双溪舴艋舟，载不动，许多愁"。杨译用倒装结构把 no relief 放句首，强调林黛玉满腹惆怅，poor 传达了作者的同情。霍译 decease（death）明指春日消逝，暗指林黛玉预感自己生命将逝。许译用第一人称 I，让林黛玉直接向读者倾吐心声，O where can I... heart 用问句强调其无处排遣愁绪，sorrow-laden 情感力度比杨译、霍译强。李煜"一片芳心千万绪，人间没个安排处"，许译 Does she need a thousand outlets for her heart / So as to play on earth its amorous part 也用问句传达原诗情感。

> 手把花锄出绣帘，忍踏落花来复去？
> Hoe in hand she steps through her portal，
> Loath to tread on the blossom as she comes and goes.（杨译）
> Has rake in hand into the garden gone，
> Before the fallen flowers are trampled on.（霍译）
> I step through my portal，holding in hand a hoe.
> On fallen petals could I bear to come and go?（许译）

比较而言 林黛玉身处豪门世家，在荣华富贵中体验到孤独，艾米莉·勃朗特一生居于凄清寂寥的荒野山村，是绝对的孤独寂寞。原诗写林黛玉为排遣苦闷，手持花锄来到户外。作品前八行通过一组画面描写林黛玉惜春、愁绪满怀、手把花锄、出绣帘、不忍踏花等一系列动作和心理活动。杨译 mourns the passing of spring、no relief from anxiety her poor heart knows、hoe in hand、steps through her portal、loath to tread on the blossom 在心理描写和画面连接上比较自然：林黛玉伤春感怀，手持花锄来到园中，脚步轻柔，生怕踩到飘落在地的花瓣，loath 传达其怜惜之情。霍译 grieved、seeking、has gone、before...采用英语复合句式，画面连贯性不如杨译。许译分词 holding 生动形象，问句 could I bear...go 与上面问句 O where can I... heart 呼应，强化了人物心理，on fallen petals 放句首，强调林黛玉葬花但又不愿踩踏落花，第一人称 I 和 me 使译文情感力度更大。

> 柳丝榆英自芳菲，不管桃飘与李飞。
> Willows and elms，fresh and verdant，

Care not if peach and plum blossom drift away. （杨译）

Elm-pods and willow-floss are fragrant too.

Why care, Maid, where the fallen flowers blew? （霍译）

The willow threads and the elm leaves are fresh and gay.

They care not if peach and plum blossom drift away. （许译）

残春时节柳树、榆荚依然芬芳，而桃花、李花却四处飘零，这种对比和反差让林黛玉更感忧伤。陆游有"桃花落，闲池阁"，刘希夷的《代悲白头翁》也感叹"洛阳城东桃李花，飞来飞去落谁家？洛阳女儿惜颜色，行逢落花常叹息"。林黛玉的《桃花行》也抒发惜花之情，"桃花帘外开仍旧，帘中人比桃花瘦。花解怜人花也愁，隔帘消息风吹透"，林黛玉是人比桃花瘦，李清照是人比黄花瘦，花虽不同，但都是憔悴伤感。元代郝经的《落花》也有"狼藉满庭君莫扫，且留春色到黄昏"。杨译 fresh and verdant，许译 fresh and gay 与 drift away 保留对比手法，霍译 Why care, Maid, where the fallen flowers blew 意思是林黛玉何必介意桃李凋零，与原诗意思不太吻合。

桃李明年能再发，明年闺中知有谁？

Next year the peach and plum will bloom again,

But her chamber may stand empty on that day. （杨译）

Next year, when peach and plum-tree bloom again,

Which of your sweet companions will remain? （霍译）

Both the peach and the plum will bloom again next year,

But in my embroidered chamber who will then appear? （许译）

Yet peach and pear will, when next year returns, burst out again in bloom,

But can it e'er be told who will next year dwell in the inner room? （Joly 译）

林黛玉感叹桃李飘零，但来年又会春暖花开，而自己将香消玉殒，不在人世。比较而言，西方民族把幸福寄托在来生来世，而中国文人认为幸福就在今生今世，但人生苦短，岁月蹉跎，又难以体验到幸福。对于生命消亡的担忧，西方民族用宗教情怀加以淡化，中国文人以儒家的奋发有为、道家的逍遥林泉、佛家的无生无死加以淡化。林黛玉孤苦无助，多愁善感，既珍惜生命，又渴望摆脱浊世，到天堂安顿灵魂。杨译用第三人称

her 强调人亡楼空。霍译、许译保留问句形式，分别用第二、第一人称。霍译 Which of your sweet companions will remain 意思是林黛玉身边闺蜜都将逝去，sweet 与上面 fragrant、bloom 形成人亡与花开的对照，花越盛开，她越痛感红颜知己都将离世。许译 But in my embroidered chamber who will then appear 意思是闺中再也不会有人，也强调人亡。Joly 译文 can it e'er be told...用反问句，语气强烈，传达了林黛玉内心的迷惘和悲凉。

三月香巢初垒成，梁间燕子太无情！

By the third month the scented nests are built,

But the swallows on the beam are heartless all.（杨译）

This spring the heartless swallow built his nest

Beneath the eaves of mud with flowers compressed.（霍译）

By the third moon the swallows build their fragrant nest,

But apathetically on the beam they rest.（许译）

无情的燕子叼着残落的花瓣忙着筑巢。燕子双飞是古诗常见画面，反衬主人公的形影相吊、孑然一身。冯延巳有"双燕飞来垂柳院，小阁画帘高卷""黄昏独倚朱阑""砌下落花风起，罗衣特地春寒"，晏殊有"槛菊愁烟兰泣露，罗幕轻寒，燕子双飞去"。艾米莉·勃朗特与沼泽荒原为伴，内心极其孤独（I am the only being whose doom / No tongue would ask, no eye would mourn; / I never caused a thought of gloom, / A smile of joy, since I was born），诗人仿佛是荒原中的一朵野花，独自开放，独自凋零，无人问津，gloom、doom 也正是林黛玉灰暗的人生心态和对生命末日的预见。古诗月份为农历，"三月"，杨译为 the third month，霍译转换为 this spring，许译 the third moon 更准确。燕子喻指那些靠牺牲他人生命来换取幸福的自私自利者，林黛玉无情地控诉这种迫害自己的邪恶势力。霍译用单数 swallow，杨译、许译用复数 swallows 表现燕子出双入对，更能反衬林黛玉孤独凄凉。"无情"，霍译 heartless 作定语放句中，杨译 heartless all、许译 apathetically 分别放句尾和句首，成为语义重心。燕子无情是因为啄花瓣筑巢，霍译 with flowers compressed 点明了此含义，许译 rest 呼应上一行 fragrant nest，表现燕子在林黛玉居所的房梁上筑巢，却对其境遇漠不关心。

明年花发虽可啄，却不道人去梁空巢已倾。

Next year, though once again you may peck the buds,

From the beam of an empty room your nest will fall. (杨译)

Next year the flowers will bloom again as before,

But swallow, nest, and Maid will be no more. (霍译)

Next year though they may peck the buds and clay again,

Can their nest on the beam of my chamber remain? (许译)

　　林黛玉感叹红颜命薄，而一旦人去楼空，燕巢倾覆，燕子将遭灭顶之灾，这一描写有着深刻的寓意：封建社会晚期的豪门世族已经危机四伏，弥漫着末日来临的危机感。作家曹雪芹以丰富的人生经历、敏锐的历史眼光，预见了封建王朝已经日薄西山，即将倾覆，遭受灭顶之灾。《红楼梦》后半部分晴雯、林黛玉等相继离世，让人深感人生苦短，生命无常，人生的悲凉感愈发浓重，挥之不去。杨译用 you 指代 swallow，表达林黛玉对黑暗势力的抨击，传达其满腔悲愤，empty 呼应前面 But her chamber...empty...中 empty，强调人去楼空，fall 明指燕巢倾覆，暗喻封建势力的大厦终将倒塌，peck the buds、beam of an empty room 保留原诗意象画面。霍译为意译，Next year...as before 与前面 Next year...again 呼应，will be no more 概括了人去、楼空、巢倾三种结局，呼应前面 remain。许译 Can their...remain 用问句，间接传达人去、梁空、巢倾的意思，my chamber 呼应前面第五、第十二行 my chamber、my embroidered chamber 呼应，与 their nest 和前面 their fragrant nest 暗含一种对比：林黛玉为前途命运担忧，预感自己生命将尽，而燕子只忙着筑巢，丝毫不知其痛苦，但它们将和自己命运一样：身亡、楼空、巢倾。

　　一年三百六十日，风刀霜剑严相逼。

Each year for three hundred and sixty days,

The cutting wind and biting frost contend. (杨译)

Three hundred and three-score is the year's full tale:

From swords of frost and from the slaughtering gale (霍译)

O in the three hundred and sixty days each year

The cutting wind and biting frost make flowers sear! (许译)

　　林黛玉的人生悲剧包括外因和内因：外因是黑暗社会对妇女的压迫和

残害，内因是其性格的孤傲、敏感而脆弱。她鄙视庸俗社会，与其格格不入，决不妥协让步、随波逐流，因此不为黑暗势力所容。她孤芳自赏，不被周围人群所接受。她寄人篱下，多愁善感，痛感自己孤苦无助，朝不保夕。她自彰自明，追求冰清玉洁的人格境界和超凡脱俗的人生理想；自珍自重，出淤泥而不染，洁身自好，不与俗世同流合污；她知音难觅，只能顾影自怜，形影相吊。她对爱情与人生感到幻灭、无助、绝望、孤独、迷惘和悲凉。原诗中"风刀霜剑"比喻压迫和残害妇女的黑暗势力，"逼"既指鲜花在风霜摧残下凋零，也喻指林黛玉被黑暗社会所迫害，传达了其对黑暗社会的强烈控诉。"一年三百六十日"为虚指，暗写林黛玉度日如年，看不到生活前途和希望。三种译文都为实指。英诗常用 score（二十），如科林斯的 *Tomorrow* 中有 And when I at last must throw off this frail covering / Which I've worn for three-score years and ten。笔者认为三百六十日可译为 eighteen score years。杨译 contend（风与霜抗争）与原诗意义不吻合。霍译 slaughtering 表现风刀霜剑的无情摧残，两个 from 引导的介词词组形成排比，起强调作用。许译 sear（dried up, withered）表现花被风吹霜打而凋零（人被黑暗社会迫害而身亡）。

明媚鲜妍能几时，一朝飘泊难寻觅。

How long can beauty flower fresh and fair?

In a single day wind can whirl it to its end.（杨译）

How can the lovely flowers long stay intact,

Or, once loosed, from their drifting fate draw back?（霍译）

How long can their fragrant blossoms last fresh and fair?

Once when they're blown away, they can be found nowhere.（许译）

林黛玉借落花飘零感叹红颜易老，这也是古诗常见话题。刘希夷的《代悲白头翁》有"今年落花颜色改，明年花开复谁在""年年岁岁花相似，岁岁年年人不同"，白居易的《上阳白发人》有"红颜暗老白发新""少亦苦，老亦苦，少苦老苦两如何"，秦观有"晓日窥轩双燕语，似与佳人，共惜春将暮"，林黛玉的《柳絮词》有"草木也知愁，韶华竟白头"。林黛玉的时间体验是复杂、矛盾的，既痛感人生易老、红颜薄命，但在黑暗社会的挤压下她又痛苦不堪，度日如年，感觉人生漫漫，渴望早日解脱。艾米莉·勃朗特在荒原中目睹春去秋来，花开花落，痛感自己韶华飞逝，人生苦短。霍译 lovely flowers、许译 fragrant blossoms 写花。杨译保留拟人手法：用 beauty 作主语，喻指林黛玉；用 flower 作谓语，传达花谢人衰的双重含义。杨译、许译 fresh、fair 押头韵；杨译动词 whirl 表现风扫花落，end 指花和人生命的结束。霍译 stay intact、draw back 不够形象，但 drifting fate 呼应第三行 drift，表现落花注定飘零的命运。"难寻觅"呼应下一行"难寻"，许译 Once when they...found nowhere 与下一行 It's harder to find...bloom 保留了这种呼应关系。

> 花开易见落难寻，阶前愁杀葬花人。
> Fallen, the brightest blooms are hard to find.
> With aching heart their grave-digger comes now.（杨译）
> Blooming so steadfast, fallen so hard to find!
> Beside the flowers' grave, with sorrowing mind.（霍译）
> It's harder to find flowers fallen than in bloom.
> Before the steps their grave-digger is filled with gloom.（许译）

落花飘零，林黛玉愁绪满怀。作品反复写落花难寻，让人惆怅。古诗多以落花写悲愁，韦庄有"正是落花时节""含愁独倚金扉""一双愁黛远山眉"，正如李清照感叹，"怎一个愁字了得"。李清照人生前期与丈夫赵明诚感情笃厚。赵明诚外出任职，夫妻俩聚少离多，诗人思念丈夫，内心惆怅，"薄雾浓云愁永昼，瑞脑消金兽。佳节又重阳，玉枕纱橱，半夜凉初透。东篱把酒黄昏后，有暗香盈袖。莫道不消魂，帘卷西风，人比黄花瘦"。李清照人生后期遭遇国破夫亡的灾难和痛苦，流落江南，身世飘零，对愁的体验可谓刻骨铭心，浸入骨髓，"寻寻觅觅，冷冷清清，凄凄惨惨戚戚""满地黄花堆积，憔悴损，如今有谁堪摘"。林黛玉的"一朝漂泊难寻觅""花开易见落难寻"反复提到"寻"（寻找逝去的青春岁月），李清照寻觅的是昔日与丈夫恩爱厮守的甜蜜时光。杨译 fallen 放句首强调落花飘零，brightest blooms 押头韵，aching heart 传达林黛玉内心的痛苦。霍译 so steadfast 与 so hard to find 的排比表现鲜花盛开又纷纷凋零，踪迹难寻，分词 blooming 与 sorrowing 表现繁花凋零让林黛玉的悲伤不断积聚，许译 bloom 与 gloom 的对比传达同样的体验，before the steps 保留"阶前"的画面感，霍译转换为 beside the flowers' grave。

独把花锄偷洒泪，洒上空枝见血痕。

Alone, her hoe in hand, her secret tears

Falling like drops of blood on each bare bough. （杨译）

The solitary Maid sheds many a tear,

Which on the boughs as bloody drops appear. （霍译）

Alone with hoe in hand, my tears secretly shed

On their bare branches like drops of blood turn them red. （许译）

古诗的伤春悲秋在深层境界上是血和泪的生命体验，是生离死别，是对故人故土可望而不可即的无尽思念，是对人生理想苦苦追求而最终彻底幻灭的痛苦，撕心裂肺。李商隐的"庄生晓梦迷蝴蝶，望帝春心托杜鹃。沧海月明珠有泪，蓝田日暖玉生烟。此情可待成追忆，只是当时已惘然"、李煜的"人生愁恨何能免？销魂独我情何限？故国梦重归，觉来双泪垂""往事已成空，还如一梦中"都是这样的血泪之书。艾米莉·勃朗特虽没有中国诗人的人生坎坷和磨难，没有其人世沧桑的体验，但有执着于人生理想的强大心力，堪比李商隐。原诗描写光秃秃的树枝让林黛玉感到肃杀凄清，潸然泪下，"独""偷"表现其孤苦凄楚。"空"明写树枝，暗写林黛玉内心失落。杨译、许译都把 alone 放句首，强调孤苦。"独把花锄"与第七行"手把花锄"呼应，具有画面感，霍译略去，solitary 与 sheds 押头韵。杨译 her hoe in hand 与 her secret tears 形成意象并置，呼应前面 hoe in hand，突出画面感，分词 falling 写林黛玉正在落泪，each 强调棵棵树的枝头上都有其泪珠。许译 my tears 与 their bare branches 暗含对照关系：落花枯枝感知不到飘零枯萎，而我（林黛玉）有感知，为它们哭泣。总体而言，杨译、许译画面感更为鲜明：林黛玉手拿花锄，一路拾起飘落的花瓣，小心翼翼地用土埋好，由落花她想到自己寄人篱下、孤苦无助，泪滴洒在枝头，好似斑斑血痕。

杜鹃无语正黄昏，荷锄归去掩重门。

Dusk falls and the cuckoo is silent.

Her hoe brought back, the lodge is locked and still. （杨译）

At twilight, when the cuckoo sings no more,

The Maiden with her rake goes in at door. （霍译）

As twilight falls, the woeful cuckoos sing no more.

I come back with my hoe and close the double door. （许译）

古诗中杜鹃、重门是常见意象，杜鹃表达悲苦之情，如张炎有"莫开帘，怕见飞花，怕听啼鹃"，辛弃疾有"杜鹃声切，啼到春归无寻处，苦恨芳菲都歇"，李重元有"萋萋芳草忆王孙，柳外楼高空断魂。杜宇声声不忍闻"。对于"无语"，欧阳修也有"泪眼问花花不语，乱红飞过秋千去"。"掩重门"传达冷清凄凉的气氛和寂寥失落之意，如李重元有"雨打梨花深闭门"，欧阳修有"门掩黄昏，无计留春住"。林黛玉诗"半卷湘帘半掩门，碾冰为土玉为盆。偷来梨蕊三分白，借得梅花一缕魂"，境界凄婉。原诗描写林黛玉满腔悲愤无处倾诉，黄昏时分她怅然若失，回到房中。杜鹃啼鸣，她愁肠欲断，而暮色渐深，杜鹃无声，四周一片死寂，她感到压抑窒息。杨译为 is silent，霍译、许译 sing（s）no more（不再啼鸣）更贴近原诗意境。杨译、霍译用单数 cuckoo，许译用复数 cuckoos 和定语 woeful 表现杜鹃啼声此起彼伏，让林黛玉心碎。霍译 goes in at door 不够形象，许译 close the double door 传达字面义，杨译 the lodge is locked and still 为静态画面，still 与前面 silent 呼应，更能再现林黛玉独居深闺、寂寞凄清的生活状态。

青灯照壁人初睡，冷雨敲窗被未温。

A green lamp lights the wall as sleep enfolds her.

Cold rain pelts the casement and her quilt is chill. （杨译）

And lays her down between the lamplit walls,

While a chill rain against the window falls. （霍译）

Abed in dimly-lit chamber when night is still,

Cold rain pelts my window and I feel my quilt chill. （许译）

冷雨敲窗是古诗常见画面，传达凄清悲苦的氛围。白居易的《上阳白发人》有"宿空房，秋夜长，夜长无寐天不明。耿耿残灯背壁影，萧萧暗雨打窗声"。唐宋词善写寒境，既是身寒更是心寒。李煜的"帘外雨潺潺，春意阑珊，罗衾不耐五更寒""无奈朝来寒雨，晚来风"写亡国之寒，柳永的"寒蝉凄切。对长亭晚，骤雨初歇"写离愁别绪之寒，李清照的"乍暖还寒时候，最难将息。三杯两盏淡酒，怎敌他、晚来风急"写亡国丧夫之寒。原诗描写孤灯残照，冷雨敲窗，更敲打着林黛玉寂寞忧愁的心，让她更感凄清，难以入眠。"青灯"指灯光昏暗，杨译 green lamp、霍译 lamplit 不如许译 dimly-lit 准确。杨译 A green lamp lights the wall 强调烛灯照壁，霍译 lays her down 强调人初睡，between the lamplit walls 暗写林黛玉独居深闺，其生存空间被压缩，人身自由被限制，孤独压抑。杨译、许译 pelt（fall very heavily；beat down）比霍译 falls 更能传达"敲"的听觉感，夜深人静，小屋的冷寂与冷雨敲窗声形成对比，pelt 与前面 still 再现了这一对比。"被未温"明写冷雨被寒，更喻指林黛玉内心之寒，许译 I feel my quilt chill 传达了这种体验，杨译 cold rain、her quilt is chill（冷雨被寒）、霍译 a chill rain（冷雨）只传达了表层意。

怪侬底事倍伤神，半为怜春半恼春。

What causes my two-fold anguish?

Love for spring and resentment of spring.（杨译）

I know not why my heart's so strangely sad,

Half grieving for the spring and yet half glad.（霍译）

I wonder why I should be thrown in a fret：

Is it for love of spring or is it for regret?（许译）

How strange! Why can it ever be that I feel so wounded at heart!

Partly，because spring I regret；partly，because with spring I'm vexed.（Joly 译）

原诗描写林黛玉痛感韶华飞逝、青春易老，"怪侬底事倍伤神"为其心理独白，"半为怜春半恼春"传达一种矛盾心理。艾米莉·勃朗特的人生体验也充满矛盾，春暖花开之际诗人既内心喜悦，对生命充满期望和期待，又感叹好景不长、红颜薄命，花开终会花落。在空旷的荒原上，诗人享受内心的安宁恬静（How still, how happy! Now I feel / Where silence dwells is sweeter far / Than laughing mirth's most joyous swell / However pure its raptures are），比起狂欢（laughing mirth、joyous swell、raptures），她更喜欢甜蜜的安宁（sweeter），也会感到孤独寂寥（And like myself alone, wholly lone, / It sees the day's long sunshine glow; / And like myself it makes its moan / In unexhausted woe），诗中 wholly lone 即笔者前面所说的绝对孤独，人要忍受无边的痛苦（unexhausted woe）需要强大的心理承受力，可以说艾米莉·勃朗特人格的坚毅坚韧正是林黛玉所缺乏的。

三种译文都用第一人称传达人物心理体验。"伤"，杨译 anguish（severe physical or mental pain）表达极度的精神痛苦，霍译 so strangely sad 押头韵，清辅音 [s] 传达忧伤的氛围，许译 fret（state of irritation，worry）表达不安和苦闷。"半为怜春半恼春"写林黛玉伤春惜春，内心烦躁。杨译 love、resentment（feeling bitter，indignant or angry about something hurtful，insulting）意思是爱春怨春，许译 love、regret 是爱春憾春，比霍译 grieving、glad（喜春伤春）更贴近原诗。许译用选择疑问句比杨译、霍译的陈述句更能传达人物内心的困惑。Joly 用 how strange、ever、so 语气强烈，传达了人物内心的苦闷和悲伤。

怜春忽至恼忽去，至又无言去不闻。

For suddenly it comes and suddenly goes.

Its arrival unheralded，noiseless its departing.（杨译）

Glad that it came，grieved it so soon was spent.

So soft it came，so silently it went.（霍译）

I love spring when it comes and regret when it goes.

It comes and goes as silently as water flows.（许译）

"怜春忽至恼忽去"是对"半为怜春半恼春"的呼应和解释，两个"忽"强调春光易逝，暗喻人的青春易逝，春日流逝又无声无息。古诗常写主人公感叹人生苦短，青春易老，但又无处倾诉，只能"无言"，这是一种人生体验的境界。李煜沦为亡国之君和阶下之囚，内心的痛苦可想而知，但只能"无言独上西楼""别有一番滋味在心头""林花谢了春红，太匆匆"。唐代天才诗人李贺怀才不遇，一生苦闷，郁郁而终，他天性敏感脆弱，多愁善感，对时间有一种超出常人的独特体验，其生命境界无人企及。霍译用 so soon，许译略去，杨译将两个 suddenly 分别放在 it comes 和（it）goes 前面，最贴近原诗。霍译行首 glad 与上行末尾 glad 形成顶针，grieved 与上行 grieving 呼应，so soon 与前面 so strangely 呼应。许译 when it comes 与 when it goes 形成排比。"无言""不闻"与前面"无语"呼应，春不语，杜鹃不语，人也无语。杨译 noiseless 放 departing 前面，霍译 silently 放 it went 前面，都用倒装句强调春日流逝无声无息。霍译 so soft it came 与 so silently it went 形成排比，soft 表现黛玉怜春，有轻柔感，so 的叠用与上面 so soon...spent、so strangely sad 的 so 的叠用呼应，清辅音 [s]

的密集使用传达哀伤惆怅、喟叹和感慨。许译 as water flows 为增译，传达林黛玉对花自飘零水自流的体验。

> 昨宵庭外悲歌发，知是花魂与鸟魂？
> Last night from the courtyard floated a sad song-
> Was it the soul of blossom, the soul of birds？（杨译）
> Last night, outside, a mournful sound was heard：
> The spirits of the flowers and of the bird.（霍译）
> Last night from the courtyard a plaintive dirge was heard.
> Was it sung by the soul of flower or of bird？（许译）

原诗描写林黛玉迷离恍惚的体验，传达其内心的迷茫和悲伤。比较而言，西方民族看重来生来世，希望在天堂安顿灵魂，所以英诗大量描写魂灵，如约翰·堂恩、柯尔律治、济慈、艾米莉·狄金森、哈代等的作品。中国文化看重今生今世，在现实中寻找人生幸福，所以汉诗对魂魄的描写远不如英诗普遍，但也有精彩之笔。屈原有《招魂》，陶渊明有"魂气散何之？枯形寄空木"，曹植有"孤魂翔故域，灵柩寄京师"，李商隐有"庄生晓梦迷蝴蝶，望帝春心托杜鹃"，描写庄周、望帝魂灵出窍，托梦于蝴蝶和杜鹃。李贺有"我有迷魂招不得，雄鸡一声天下白"。原诗"悲歌"，杨译为 sad song，霍译为 mournful sound，许译为 plaintive（expressive of suffering or woe；melancholy, mournful）和 dirge（a song or hymn of grief or lamentation, esp. intended to accompany funeral or memorial rites；a slow mournful piece of music）更能表现歌声凄婉和黛玉哀伤。"发"，杨译 floated 放在 a sad song 前面，具有动感，描写缥缈朦胧的歌声由远而近，缓缓飘入黛玉耳中，比霍译、许译 was heard 的静态更能传达黛玉的幻听体验，花落燕飞，悲歌飘荡。"知是花魂与鸟魂"，霍译 The spirits...bird 与上句 Last night...heard 之间用冒号连接，指明悲歌既是花魂哭泣也是鸟魂哀啼，没有传达出黛玉的困惑。杨译、许译保留问句形式，传达了幻听体验，杨译两个 soul 比许译一个 soul 更贴近原诗。

> 花魂鸟魂总难留，鸟自无言花自羞。
> Hard to detain, the soul of blossom or birds,
> For blossoms have no assurance, birds no words.（杨译）

But neither bird nor flowers would long delay,

Bird lacking speech, and flowers too shy to stay. （霍译）

The bird's soul or the flower's is hard to detain.

The flowers are bashful and silent birds remain. （许译）

"花魂鸟魂总难留"与上面"知是花魂与鸟魂"为顶针手法。花、鸟之魂魄稍纵即逝，让林黛玉感到迷离恍惚，灵魂出窍。周围一片寂静，春无语，鸟、花、人无语，让她感到沉闷压抑。林黛玉活在人世间，周围尽是觥筹交错，欢声笑语，而她深感孤独苦闷，渴望精神自由，灵魂解脱。艾米莉·勃朗特也是追求精神自由和灵魂安顿，她常漫游于空旷辽远的荒原，任想象和情感纵横驰骋于宇宙天地之间，但稍显单调沉闷的山间景色也会让她感到压抑烦躁，渴望到远方寻找人生的新天地。杨译 assurance 稍显抽象，霍译 shy、stay 押头韵，许译 silent 放 birds 前面，强调鸟无语。"羞"既指花羞也暗指黛玉羞于向别人倾诉心声，杨译 no words，霍译 shy 不如许译 bashful（socially shy or timid; characterized by, showing, or resulting from extreme sensitiveness or self-consciousness）更贴近原诗。

愿侬胁下生双翼，随花飞到天尽头。

I long to take wing and fly

With the flowers to earth's uttermost bound. （杨译）

And then I wished I had wings to fly

After the drifting flowers across the sky. （霍译）

I long on wings to fly

With flowers to the end of the earth and the sky. （许译）

原诗描写林黛玉孤苦无助，绝望之际幻想摆脱浊世，到天国去寻找幸福。古诗常写主人公在人世间不得志、不如意，渴望到世外仙境去满足愿望，实现理想，蓬莱、月宫成为其心驰神往的天堂。屈原的《离骚》描写诗人从人间到神间的精神漫游，诗人上天入地，风驰电掣，写尽神间之奇妙美好，景象光怪陆离，气象万千，如梦如幻，达到奇幻境界，影响后世。郭璞的《游仙诗》有"朱门何足荣，未若托蓬莱"，李白也追求仙境，"太白与我语，为我开天关。愿乘泠风去，直出浮云间""大鹏一日同风起"，李清照有"九万里风鹏正举。风休住，蓬舟吹取三山去"。中国诗人渴望展翅腾云，飞入仙境，实现精神的突围、灵魂的解脱，是生存空间的扩展。原诗"愿侬胁下生双翼"，霍译 I wished...用虚拟语气比杨译、许译陈述语气更能表明幻想无法实现，"随花飞到天尽头"，杨译 earth's uttermost bound、许译 the end of the earth and the sky 强调黛玉渴望飞到遥远的天边，离浊世越远越好，霍译 drifting 与第三行 drifting floss 呼应，具有动感，表现黛玉愿和落花一起飘零，across the sky 具有空间感。

> 天尽头，何处有香丘?
> And yet at earth's uttermost bound
> Where can a fragrant burial mound be found? （杨译）
> Across the sky to the world's farthest end,
> The flowers' last fragrant resting-place to find. （霍译）
> At earth's uttermost bound,
> Where can I find a sweet-scented burial mound? （许译）

黛玉葬花，让落花有了安身之地，而她在人世间却找不到归宿，只能幻想到天国安顿灵魂，然而，天堂何其遥远。古诗常写主人公寻梦仙界，但理想中的天堂可望而不可即。《离骚》中诗人屈原神游天国，最终也无果而返。白居易的《长恨歌》描写杨贵妃亡魂升天，临邛道士"上穷碧落下黄泉，两处茫茫皆不见。忽闻海上有仙山，山在虚无缥缈间"。李商隐有"蓬山此去无多路，青鸟殷勤为探看"。原诗"天尽头"，杨译 earth's uttermost bound 呼应前面 earth's uttermost bound，霍译 across the sky 呼应上行 across the sky，都保留顶针手法。"香丘"既指葬花的香冢也喻指黛玉的安葬之地，霍译 The flowers' last fragrant resting-place to find （为落花寻找安葬之地）传达了表面义，杨译、许译保留问句形式，fragrant burial mound、sweet-scented burial mound 传达了深层义（心灵的归宿地）。

> 未若锦囊收艳骨，一抔净土掩风流。
> Better shroud the fair petals in silk
> With clean earth for their outer attire； （杨译）
> But better their remains in silk to lay
> And bury underneath the wholesome clay. （霍译）
> Why don't I shroud in silken bag the petals fair

And bury them in earth with which they'll blend fore'er? (许译)

For better, is it not, that an embroidered bag should hold my well-shaped bones,

And that a heap of stainless earth should in its folds my winsome charms enshroud. (Joly 译)

原诗描写人世污浊，天国又遥不可及，何处是归宿，一种幻灭感笼罩在黛玉心头，她看不到出路，凄凉痛苦，她把落花装入香囊，外面覆上净土。林黛玉冰清玉洁，洁身自好，"风流"既指落花的风韵神姿，也暗指黛玉的高洁人格。古诗以花的品格喻指人的品格，李清照咏桂花是"风度精神如彦辅，大鲜明"。《红楼梦》中晴雯个性鲜明，气质不凡，"风流灵巧招人怨"，晴雯不幸身亡后贾宝玉赋《芙蓉女儿诔》，高度评价其人格品质，痛彻肺腑，如泣如诉。这篇悼文堪称血泪之书，在贾宝玉所有诗赋中达到了最高境界，笔者认为，它也是《红楼梦》诗词歌赋的最高成就。

原诗"艳骨"既指落花也喻指黛玉，杨译 fair petals、许译 petals fair 用 fair 比霍译 remains 更能表现黛玉惜花怜花。"收"，杨译、许译用 shroud（wrap with a burial garment），葬花的画面感和悲伤氛围比霍译 lay 更强。"一抔净土掩风流"，杨译 attire 呼应前面 shroud，有拟人化色彩，霍译、许译 bury 强调葬花的过程，霍译 clay 隐含西方民族的生命观（人来自泥土，死后回归泥土）。在句式上，杨译、霍译用祈使句，许译用 why don't I...的反问句，与上行问句 Where can I...mound 呼应，更能传达黛玉心理体验：天尽头找不到香丘，何不自己动手把落花葬入土中。"风流"（落花的风韵神姿），杨译、霍译没有传达出，许译用 blend...with earth 进行了意义转换，明写落花被葬，回归土地，暗写黛玉人生结局，fore'er 强化了语气。Joly 译文 my well-shaped bones、my winsome charms 传达了"艳骨""风流"的深层意。

质本洁来还洁去，强于污淖陷渠沟。

For pure you came and pure shall go,

Not sinking into some foul ditch or mire. (杨译)

Pure substances the pure earth to enrich,

Than leave to soak and stink in some foul ditch. (霍译)

For pure they come and pure they go,

Not sinking into dirt below.（许译）

原诗描写黛玉以花自喻，表达坚贞不屈、不随波逐流的决心。"洁"呼应前面"净"，既指落花纯洁也暗写黛玉人格高洁，呼应前面"风流"。中国文人历来注重人品人格，王昌龄有"洛阳亲友如相问，一片冰心在玉壶"。小说《红楼梦》描写豪门世族的生活金玉其外，败絮其中。作品中的人物，有的因贪欲和情欲，抵挡不住财富名利和男女风情的诱惑而走向堕落，如妙玉（"欲洁何曾洁，云空未必空。可怜金玉质，终陷泥沼中"），有的则保持清醒头脑，出淤泥而不染，如黛玉、迎春、湘云等。杨译用 you 让黛玉直接向落花吐露心声，比许译 they 情感力度更强。"去"指花开（暗喻黛玉来到人世间），"来"指花谢（暗喻黛玉离开人世），杨译、许译 came、come、go 传达表面意，霍译 Pure substances the pure earth to enrich 对原诗进行了转换，earth 与上行 clay 呼应。"污淖"与"净土""洁"形成对比，杨译 foul 与前面 clean、pure 形成对比，霍译 soak、stink 押头韵，stink 与 foul 呼应，与上行 wholesome 也形成对比，传达林黛玉对浊世的鄙视和憎恨。

> 尔今死去侬收葬，未卜侬身何日丧？
> Now you are dead I come to bury you.
> None has divined the day when I shall die.（杨译）
> Can I, that these flowers' obsequies attend,
> Divine how soon or late my life will end?（霍译）
> Now they are dead, I come to bury them today.
> Who can divine the date when I shall pass away?（许译）

原诗描写黛玉借落花感叹红颜命薄，生与死都无安身之地。红颜薄命、花落人亡是《红楼梦》女性人物的普遍命运，作者对这些女性香消玉殒的悲叹暗喻了其对封建社会行将灭亡、豪门世族即将倾覆的悲叹。晴雯遭嫉妒被人陷害而亡，"夭寿多因诽谤生，多情公子空牵念"；香菱遭夏金桂虐待而亡，"自从两地生孤木，致使香魂返故乡"；迎春被丈夫迫害而亡，"金闺花柳质，一载赴黄粱"。杨译用 you 传达黛玉惜花之情，none has divined 意思是无人能预知和关心黛玉的人生结局，表现人情冷漠。霍译用问句，I...divine 意思是我（黛玉）无法预知命运，孤苦无助。许译用

who 引导的特殊疑问句表现林黛玉对未来命运的迷惘和担忧。

侬今葬花人笑痴，他年葬侬知是谁？

Men laugh at my folly in burying fallen flowers，

But who will bury me when dead I lie？（杨译）

Let others laugh flower-burial to see.

Another year who will be burying me？（霍译）

Men laugh at my folly in burying fallen flowers.

But who will bury me when come my final hours？（许译）

林黛玉生性孤傲，蔑视封建礼教，追求个性解放和人身自由。葬花，在别人看来是古怪之举，却正好表现黛玉特立独行的个性。她虽身处豪门，锦衣玉食，但寄人篱下的自卑感始终挥之不去，自卑和自傲形成其双重性格。她既特立独行，蔑视周围俗众的循规蹈矩、阿谀奉承，又时时自怜自惜，痛感自己心比天高，命比纸薄，以柳絮暗喻自我命运，"漂泊亦如人命薄，空缱绻，说风流"，"叹今生谁舍谁收"。杨译 dead 放在 I lie 前面，与前面 I shall die 呼应，表现黛玉由花落联想到人亡。霍译用 let 引导的祈使句表现黛玉蔑视和挑战世俗礼节，将来进行时 will be burying 传达其对未来场景的想象。许译 come 放在 my final hours 前面，final hours 与前面 pass away 呼应，传达黛玉强烈的时间体验和生命悲剧感。

试看春残花渐落，便是红颜老死时。

See，when spring draws to a close and flowers fall，

This is the season when beauty must ebb and fade；（杨译）

As petals drop and spring begins to fail，

The bloom of youth，too，sickens and turns pale.（霍译）

See spring depart and flowers wither day by day！

This is the time when beauty must grow old and die.（许译）

黛玉由春残花落想到红颜老死，对生命感到绝望。花落人老、花谢人亡是古诗常见景象，辛弃疾有"更能消几番风雨，匆匆春又归去。惜春长怕花开早，何况落红无数"。美国诗人菲内诺在《野生金银花》中写道：Smit with those charms，that must decay，/ I grieve to see your future doom；/ They died—nor were those flowers more gay。金银花楚楚动人（charms），让

人怜爱，但最终会红消香断（decay），让人心碎（grieve）。同样，对黛玉来说，人亡是注定的命运（future doom）。杨译、许译 beauty 既指春日美景也暗指黛玉。杨译 this is the season 和两个 when、许译 this is the time 和 day by day 传达了时间体验，情态助动词 must 传达"流水落花春去也"的无可奈何的感受。霍译 the bloom of youth 保留以花拟人的手法，sickens、pale 与上行 fail 呼应，表现花残人衰，林黛玉弱不禁风，深感红颜易老。

> 一朝春尽红颜老，花落人亡两不知！
> The day that spring takes wing and beauty fades,
> Who will care for the fallen blossom or dead maid?（杨译）
> One day, when spring has gone and youth has fled,
> The Maiden and the flowers will both be dead.（霍译）
> One day when spring is gone and beauty dead, alas!
> Who will care for the fallen bloom and buried lass?（许译）

"一朝春尽红颜老，花落人亡两不知"是黛玉对生命的最后的绝望呼喊。黛玉的一生，有对爱情的追求，有对人生的绝望，也有对生命的眷恋，但幻灭观、无助观、孤独感、迷惘感、悲凉感始终挥之不去，《桃花行》《秋窗风雨夕》都传达了这种悲剧体验，"憔悴花遮憔悴人，花飞人倦易黄昏"。艾米莉·勃朗特也有同感（Sleep brings no wish to knit / My harassed heart beneath; / My only wish is to forget / In sleep of death），诗人已经心碎（harassed），只能期待在死亡中忘记痛苦。杨译用问句 who will care for...表现人情冷漠，霍译用两个完成时（has gone、has fled）强调春光流逝，青春不再，传达了 spring 的双重含义。许译感叹词 alas 语气强烈，传达黛玉的无限悲伤。"人亡"，黛玉担心自己死后无人安葬，许译 buried lass 意思是少女死后被安葬，杨译 dead maid，霍译 Maiden...will...be dead 更为准确。

第三章 诗歌翻译中审美意境层面的境界再现

在诗歌中意象是构成意境的基本要素，意境是意象结构产生的审美效应。意境论有两个起源：一是佛学的境界论，佛家之禅境是空境、悟境，是晶莹剔透而深邃灵动的境界。主体明心见性，通过心证心悟直达本心，诗人以心感物，"人心至感，必有应说，物色万象，爽然有如感会"。王维、孟浩然、常建、柳宗元的禅诗中主人公眼之所见皆是佛光，耳之所听皆是佛音，心之所感皆是禅意。与汉诗的佛境相比，英诗的宗教色彩更为浓厚，宗教境界更为深沉，多恩、华兹华斯、弥尔顿、勃朗宁夫人的诗中主人公眼之所见皆是上帝之灵光，耳之所听皆是上帝之圣音，心之所感皆是上帝之神谕。二是中国本土美学的意境论（诗境论和词境论），认为意境是情景交融所产生的象外之味、文外之旨。总体而言，唐诗多写大空间、大景物，境界雄阔，宋词多写狭小空间的细小景物，境界幽深。唐诗多写大漠雄关，境界雄豪，宋词多写亭台楼阁，境界柔婉。诗歌意境是诗人人格境界的体现，诗人境界是诗歌境界的源头。诗人将人格之气注入笔端，通过出神入化的语言展现出博大、高远、深沉的境界。前面谈到，诗人的境界与其文化宇宙观、审美理想、感知、想象、情感、判断和认识相关。

第一节 文化宇宙观与审美意境（境界）

宇宙观反映诗人对天地自然的感受和认识，其时空体验能展现境界。中国诗人的宇宙体验（体道、体气）蕴含了人生价值观和生命体验。儒家道德宇宙中的人伦之道、道家自然宇宙中的天地之道、佛家心性宇宙中的灵魂之道都是安身立命之道、和谐之道（人和、天和、心和），包含宇宙生命智慧，富于诗性和灵性。西方民族的宇宙体验包含好奇求知、敬畏虔诚，也有征服抗争之意志，其诗歌达到崇高境界。西方民族具有英雄情结，它源于古希腊神话英雄的崇拜，其诗歌富于英雄主义情怀，如拜伦的 *On the Star of "The Legion of Honor"*，华兹华斯的 *To the Men of Kent* 颂扬肯特郡人民是捍卫自由的先锋（vanguard），他们高昂着头（advance...Her haughty brow），勇猛顽强（hardiment）。中国诗人也有崇高体验，他们志存高远，拼搏进取，赞美生命，如李白的"登高壮观天地间，大江茫茫去不还"。

中国文化中气生万物，气贯天地，儒家浩然之气是品格之高境，道家仙气是灵性之远境，佛家心气是智慧之深境。李清照既有阴柔妩媚之气，也有雄豪之气，"九万里风鹏正举"。西方诗人也有气的体验，雪莱诗有排山倒海之势，艾米莉·勃朗特的诗有超凡脱俗、特立独行的孤傲之气，展现其狂放不羁的人格、愤世嫉俗的思想和奇异瑰丽的想象。艾米莉以孤寂冷清的荒原为生命宇宙和精神家园，其灵魂纵横其间，吸纳天地之气。中国诗人以灵心感悟万物之灵性，体察物态、物理、物情、物性，与万物灵气往来，其人格化为花草鸟虫、山川风雨之灵性，达到天地人交融之境界。高山流水、梅兰竹菊已成为诗人品格的化身。《红楼梦》中菊花、海棠花、梅花组诗超凡脱俗，清新淡雅，均成境界，如探春咏白海棠"玉是精神难比洁，雪为肌骨易销魂"，冰清玉洁。英诗中华兹华斯笔下的水仙花灵动欢快，费瑞诺笔下的金银花妩媚凄冷，令人黯然神伤，都有境界。

第二节　诗人审美理想和认知与审美意境（境界）

一、诗人审美理想与审美意境（境界）

诗人境界也体现在其社会理想、艺术理想、审美需求、人格理想中。社会理想包含社会责任感、历史使命感、忧患意识和高度自信的自我意识，是神圣崇高的爱国情怀和仁者胸怀。屈原有崇高信念，诗境高远；杜甫忧国忧民，诗境沉雄；辛弃疾有爱国精神、英雄意识、大我情怀，诗境豪壮。诗人的自信是对人品和能力的充分肯定。总体上，唐代诗人壮志凌云，自信自强，境界雄豪；宋代诗人学力深厚，情趣高雅，自信自珍，境界温婉雅致。伟大诗人都有博爱之心和博大情怀，如屈原、杜甫、华兹华斯、雪莱、哈代等，诗境沉郁顿挫，感人至深。杜甫诗揭示了中国古代知识分子的普遍命运，境界极高；华兹华斯、哈代对人类命运进行了终极思考，其诗富于人生哲理。

诗人艺术理想具有民族性、时代地域性和个性化特色。就民族性而言，中国文化以诚、和谐为理想。诚是人格修养境界，儒家诚于天下，道家诚于天地，佛家诚于内心。和谐包括儒家之人和、道家之天和、佛家之心和。西方美学追崇高美，但不同于中国美学的道德人格之崇高，它是神秘威严的宇宙带给主体的敬畏感。就时代地域性而言，诗歌反映了特定时代的文化美学思潮。《诗经》表现早期中原文化，朴实无华，《楚辞》展现早期楚荆巫神文化，瑰丽奇绝。汉赋以丽为美，富丽堂皇；唐诗以风骨气势为美，热烈激昂；宋词以柔婉为美，缠绵悱恻；元曲以通俗为美，活泼洒脱——皆成境界。唐诗宋词境界最高。盛唐诗人意气风发，其诗波澜壮阔，绚丽多彩，境界豪壮，为高境；中晚唐诗人内心苦闷，咀嚼人生苦味而不求解脱，其诗含蓄朦胧，为象征之深境。宋代读书氛围浓厚，诗人学识深厚，与唐诗大起大落的豪情和哀情相比，宋诗富于理趣（人生哲理），宋词富于闲情雅趣，为闲境。

诗歌能安顿灵魂，寄托情感，提升人格，抒发理想。安顿灵魂是诗人生命之需求，李商隐、李贺仕途失意，壮志难酬，精神苦闷，诗境朦胧晦涩。艾米莉·勃朗特生活困顿，在荒原和诗歌的天地中抚慰心灵，忘却失意和痛苦，宣泄内心孤愤。诗人的情感是刻骨铭心的生命体验，有大我之情、小我之情。大我者如屈原、杜甫、苏轼、辛弃疾、拜伦、雪莱、哈代等，屈原报国无门，满腔悲愤郁结于心，以《离骚》表达忧国忧民的悲情。小我者如温庭筠、李清照、济慈、勃朗宁夫人、艾米莉·狄金森等，勃朗宁夫人与丈夫罗伯特·勃朗宁的爱情与婚姻历经坎坷，最终她战胜病魔，重获新生，以诗表达对丈夫的感激和崇拜，激情澎湃，震撼人心。小我之情能升华为大我之情，如李煜既享尽荣华富贵又饱经人生磨难，其诗痛彻肺腑，其人生感喟回响于中国文学的长河，境界千古。英诗情感多融入神谕式的灵感、顿悟、迷狂，是宣泄激情的酒神体验。

诗歌能展现气质，提升人格。诗人气质是品格、灵性和智慧。儒家有浩然之气（伦理人格），道家有仙气灵性（自由人格），佛家有心气（超脱人格）。中国诗人自得自乐，自娱自适，自彰自明，自珍自恋，既不平则鸣，穷而后工，也逍遥林泉，寄情山水，自得其趣。他们珍视品德操守，坚信自我才华，洁身自好，不事权贵。中国诗人行藏之间有一种矛盾心理——既渴望建功立业，又鄙视功名利禄。只有李清照、《红楼梦》中林黛玉、艾米莉·勃朗特等真正达到了人格傲岸之境界。

二、诗人审美感知和想象与审美意境（境界）

诗歌能抒发人生艺术理想。儒家追求圣人、仁人志士的庄重浩然之境和君子的儒雅之境，温柔敦厚，哀而不伤，境界厚重。杜甫因其博大胸怀和极高的思想道德境界被尊为诗圣，杜诗常以尧舜、诸葛亮等明君贤臣为楷模，《洗兵马》便歌颂了英雄志士的丰功伟绩，境界雄壮。道家追求真人、幽人的天趣、真趣，逍遥出世，诗境飘逸清雅。佛家追求内心澄明，诗境空灵。英诗的崇高美多为宗教境界、真理境界，诗人在宗教冥思中以直觉瞬间的灵悟、顿悟来传达永恒真理，其诗充满神秘感和幻觉感。英诗的优美之境或温馨浪漫，或富丽堂皇，美轮美奂。

诗人以审美感知和想象创造出独特的时空境界。中国诗人对宇宙万物听之以耳，听之以心，听之以气，神思妙悟，物我合一。汉诗既有日月星辰、山岳江河等大意象，也有花鸟虫鱼等小意象。屈原、李白诗善写大意象，气势宏大，陶渊明、王维、孟浩然诗善写小意象，细腻入微。杜甫诗二者兼长，其小意象更出神入化，如"微风燕子斜"。诗人能写实象，也善写虚景，如杜甫的《梦李白》有"魂来枫林青，魂返关塞黑"，戴望舒诗中"幽夜""幽灵""幽古""幽光"等。英语诗人的感知和想象带有神秘的宗教体验，如雪莱的《玛丽安妮的梦》写玛丽安妮的梦中神游，梦境瑰丽壮观，柯尔律治的《古舟子咏》的幽灵之境则阴森恐怖。

诗歌之情感是诗人的生命体验。汉诗温柔敦厚，情真性真意真，有魏晋诗的悲情、唐诗的豪情、宋元诗的闲情。诗人虚心专心静心，以识道察道体道，洞悟宇宙人生之大智慧。诗歌之情也是民族文化情感，既有对大自然季节更替和景物变迁的体验，也有对社会历史和人生的体验。中国诗人多伤春悲秋，感叹人生苦短，尤其悲秋最为深刻，具有历史的厚重感、生命的沧桑感，既是季节之秋更是人生之秋。元诗多写秋思、秋怀、秋月、秋江、秋夜，展现恬淡安闲之情。英诗中华兹华斯多写春景，雪莱多写秋色秋风。济慈的《人生的四季》写春天朝气蓬勃（lusty spring），夏天让人沉思（ruminate），秋天让人赏心悦目（fair things），冬天苍白萧瑟

（pale），生命到了终点，富于人生哲理。

诗人对社会人生和历史的体验包括故土乡愁、情爱相思、忧国忧民的爱国情怀、生命的终极体验等。中国诗人富于家国情怀，屈原多次被放逐，杜甫漂泊一生，对故土魂牵梦绕。英诗中拜伦和雪莱的故国相思情真意切，自成境界。情爱相思寄托了诗人的精神追求和理想操守。李商隐、哈代的情诗都达到了悲剧境界。李商隐压抑苦闷，其诗含蓄温婉，充满幻灭感、虚无感；哈代诗是对往事的追忆和追悔，诗人沉湎于人生记忆中而难以自拔，昔日伴侣的呼唤让诗人撕心裂肺。英语情诗往往激情澎湃，诗人在灵魂与肉体、纵欲与禁欲之间艰难选择，如堂恩的情诗。英语诗人对恋人、配偶往往顶礼膜拜，将其神圣化、圣洁化，勃朗宁夫人将丈夫奉为神灵，而但丁·罗塞蒂则对女性顶礼膜拜，温情脉脉，柔情蜜意，富贵华丽。

忧国忧民的爱国情怀是诗人的社会担当，是一种崇高情感。屈原、杜甫、辛弃疾、文天祥、拜伦、雪莱、哈代、惠特曼等悲天悯人，富于家国情怀，诗境沉雄高远。哈代早期目睹英国古老的乡村被工业文明所侵蚀吞并，忧心忡忡，其诗充满了怀旧感，后期他面对人类文明被战争所摧毁的惨象，内心充满忧愤。杜甫对唐代朝廷和整个民族的命运心系于怀，哈代是对整个人类社会的命运担忧焦虑。诗歌最高境界是人生哲理境界，蕴含了诗人的人生体验，尤其是生与死的思考。西方诗人关注来世，渴望安顿灵魂，对今生充满焦虑恐惧，其诗达到宗教的冥想境界。道家文化追求精神自由、人格独立、返璞归真，其诗境或清新朴实，或瑰丽奇异，展现诗人飘逸之神，达到逍遥境界。佛家对宇宙天地静默冥思，其诗境展现玲珑剔透的圆融之美，达到智慧境界。

西方民族崇拜、感激和敬畏上帝，认为上帝创造世界和人类，无所不在、无所不知、无所不能，大自然的一景一物都是上帝灵光的显现，这种宗教信仰也是人生信仰。艾米莉·勃朗特一生生活贫寒，但性格坚毅，对人生始终抱有期望，宗教信仰成为其精神支柱，其诗中自悲与自强的交融形成强大张力，自成境界。西方民族认为人今生今世要忍受苦难，来生来世才有幸福，才能安顿灵魂。艾米莉·勃朗特在教堂墓地里陷入对生与死的沉思，她祝愿死者享受天堂的快乐，不再分担生者的痛苦和悲伤。西方民族有挥之不去的原罪感，他们力图净化和拯救灵魂。约翰·堂恩早期信仰天主教，后改信英国国教，这种宗教"背叛"的罪名在其灵魂深处留下了阴影，让他饱受煎熬，其诗中负罪感与虔诚笃信的体验相互交织，这种灵魂的忏悔也是一种境界。

三、诗人审美认识与审美意境（境界）

诗歌人生哲理境界的高度和深度取决于诗人的审美认识（才胆识力）。中国诗人善于象的直观、心的感受、气的体验、道的体悟、理的妙慧。象的直观是象思维，诗人观宇宙天地的万物万象万态，其笔下万物皆有灵性，生机盎然。屈原、李白气魄宏大，有宇宙意识，其诗景象阔大，有宇宙境界。陶渊明、王维诗善以小景传大情，景象细微。心的感受是心思维，诗人以空灵之心（诗心、词心）洞察宇宙人生，达到"明"的境界。气的体验是诗人主体之气（儒家浩然之气、道家仙气和佛家心气）与宇宙天地之气相融相合。道的体悟是诗人对宇宙天地之道、社会人生之道的思考和探索，理的妙慧是诗人的理趣（人生智慧）。屈原的《天问》对宇宙、人生、历史、政治提出疑问，富于探索精神和求知欲。陶渊明的《形影神》对生与死、神与形进行了深刻探讨。杜甫、韩愈学力深厚，其诗富于理性品味，宋代诗人重识与悟，言理明志。西方美学以理式为最高境界，追求真理，强调真善美的完美结合，蒲柏、莎士比亚、雪莱等诗作都追求这种境界。

诗歌境界是诗人人格境界的体现。中国古诗境界（意境）具有虚实相生性、生成性、情景交融性，体现出含蓄美、留白美。虚实相生性是指实境与虚境相互交融深化。生成性是指诗歌境界是审美体验的流动过程，是神思神游。情景交融性指诗人情感与景物相互浸润。含蓄美指诗歌的境界韵味超于言外，留白美指诗歌意象与意象之间的空白，它能引人入胜，让人回味无穷。古诗中柳宗元的《江雪》、李白的《独坐敬亭山》、马致远的《秋思》最能体现诗歌意境的虚实相生性、生成性、情景交融性、含蓄美、留白美。柳诗、李诗展现文人阶层精英分子的傲岸人格和孤高境界，马诗传达普通人共有的人生体验，更容易引起共鸣，也达到生命体验境界。

第三节　诗歌意象结构与审美意境（境界）

诗歌意境是由意象组合所产生的审美氛围。诗歌意象的组合方式和艺术效果包括陈如江在《中国古典诗法举要》中所说的时空交织、瞻言见貌、化美为媚、体物入微、遗貌取神、以小见大、烘云托月、相题行事、非喻不醒，吴晟在《中国意象诗探索》中所说的并列、对比、通感、交替、辐辏和叠映，陈友冰在《考槃在涧——中国古典诗词的美感与表达》所说的逆起、承接、翻叠、对比和跳跃，辜正坤在《中西诗比较鉴赏与翻译理论》中所说的蘗生簇状、通感互根、时空杂糅、阴阳对称、点铁成金等。谭德晶在《唐诗宋词的艺术》中探讨了唐诗意象的句内和句间并置，包括强化并置（连用若干句呈现多个意象来强化情感）、喻式并置（一句写景，一句写人，两句之间为暗喻关系）、跳跃并置（意象时空跨度很大）。诗歌意象组合主要有承接、叠加、剪接、对比、辐射等方式。

承接可以是诗歌所描述事件的发展过程中意象依次展现，也指诗人思绪或梦幻中意象的依次展现，意象承接可以体现诗人境界的提升，如辛弃疾的《青玉案》先描写元宵节热闹场面（"东风夜放花千树"），最后写道："众里寻他千百度。蓦然回首，那人却在，灯火阑珊处。"诗人终于找到了苦苦追寻的人生理想，诗境升华。"灯火阑珊处"与"东风夜放花千树""玉壶光转"形成暗与明的对比，暗喻孤傲避俗与浮艳从俗的对比。古诗常通过意象承接展现诗人（诗中人物）行游中的精神净化和人格提升，中国诗人常漫游名山大川，访友问道，尽享精神之旅。邱为的《寻西山隐者不遇》写诗人上山寻访隐者而不遇，虽略感遗憾，但优美的景色让诗人心旷神怡，"虽无宾主意，颇得静清理"，人生体验得到丰富，人格得到提升。吴晟的《中国意象诗探索》认为汉诗通过本句并列、对句并列、名词性意象并列、全诗并列等实现意象的顺接、逆接，化抽象为具体，其中顺接即承接。莎士比亚十四行诗第 7 首按日出到日落的过程来安排意象，先写 the gracious light lifts up his burning head，再写 having climbed the steep-up heavenly hill，最后写 reeleth from the day。

诗歌意象的叠加指色调、情趣相近的若干意象的组合，能渲染诗情，提升境界。莎士比亚十四行诗第 2 首，诗人用四个 beauty 劝说友人结婚生子，让自己的美貌延续，dig deep trenches in thy beauty's field 意为岁月无情，容颜易老，being asked where all thy beauty lies 意为美貌不再，How much more praise deserved thy beauty's use，诗人劝好友趁年轻美貌享受好时光，Proving his beauty by succession thine，好友的容貌将由子女来继承延续。宋词善于叠用女性意象来产生婉约美，如李煜的《临江仙》有"画帘珠箔，惆怅暮烟垂"，温庭筠的《更漏子》有"香雾薄，透幕帘"，李清照的《浣溪沙》有"梦回山枕隐花钿"等。韦庄的《归国遥》有"金翡翠。为我南飞传我意。罨画桥边春水。几年花下醉。别后只知相愧。泪珠难远寄。罗幕绣帷鸳被。旧欢如梦里。""金翡翠""罗幕绣帷鸳被""红烛""绣帘"烘托思妇春梦。《红楼梦》中林黛玉的《葬花吟》对落花意象进行铺陈，《秋窗风雨夕》（"秋花惨淡秋草黄，耿耿秋灯秋夜长。已觉秋窗秋不尽，那堪风雨助凄凉！助秋风雨来何速"）以秋花、秋草、秋灯、秋窗、秋风、秋雨、秋院写秋情秋恨，意境凄楚，秋草黄暗喻红颜易老，既写季节之秋，更写人生之秋，既写自然之风雨，更写人生之风雨，暗喻黛玉的人生已是风雨飘零，来日不多。

诗歌意象的剪接多出现于怀古诗，指意象的组合突破时空的限制，诗人的思绪在过去、现在与未来之间穿越，常运用典故评古论今，通过时空转换和跳跃传达厚重的历史感，诗境深远，境界阔大。诗歌意象的剪接方式包括陈如江、吴晟所说的意象的时空交织、交替式组合，以及李浩在《唐诗美学精读》中所说的颠倒、错综、跳跃、凝固等。吴晟在《中国意象诗探索》中探讨汉诗的改变视角（散点透视、时间落差、视角易位）、时空转换（同一时间的空间转换、同一空间的时间转换、时空同时转换）、时空跳跃、变异（压缩、延长）、互化（时间空间化和空间时间化）、超越（时空泛化和取消）。田子馥所著《中国诗学思维》认为诗人运用超时空性、虚拟性和情绪性感悟思维，以诗昭示人生哲理。

李白、刘禹锡、李商隐、李贺、王安石、苏轼、毛泽东、拜伦、哈代等诗人善于运用意象的剪接，感叹岁月兴衰，人世沧桑，借古讽今，如刘禹锡的"淮水东边旧时月，夜深还过女墙来""旧时王谢堂前燕，飞入寻常百姓家"，李白在《乌栖曲》中的"姑苏台上乌栖时，吴王宫里醉西施。吴歌楚舞欢未毕，青山欲衔半边日"。"吴王"暗喻唐玄宗，"西施"暗喻杨贵妃，他们醉生梦死，花天酒地，白居易的"春宵苦短日高起，从此君王不早朝。承欢侍宴无闲暇，春从春游夜专夜"也有同样描写。苏轼的

"江山如画，一时多少豪杰"感叹岁月无情，境界厚重。

但丁·罗塞蒂的 *Sudden light* 中主人公"思绪"在过去与现在之间来回穿插，表达对亡妻的悼念之情，如第一节（I know the grass beyond the door / The sweet, keen smell），主人公回忆过去与恋人相会的场景，芳草萋萋，芳香四溢，海潮声声，灯光明灭（The sighing sound, the lights around the shore），但物是人非，恍如隔世（I have been here before / But when or how I cannot tell）。哈代情诗也多追忆往事，情感氛围更为深沉凝重。张若虚的《春江花月夜》通过如诗如画、令人陶醉的春江月夜图表达历史和人生感悟，表现时空超越，意象的叠用连缀使作品节奏连绵不断，回环往复，如同江水奔流不息，表现人物思绪的起伏变化。

诗歌意象的辐射多出现于咏物诗，指若干附属意象烘托核心意象，能渲染诗情，提升诗境。莎士比亚十四行诗常以 Death、Time 为中心意象，如第 64 首以 Time's fell hand 表现时间的暴力，再坚固的东西，如 lofty towers、brass 等，也无法与之抗衡，沧海桑田，海洋与陆地之间相互争夺，此消彼长（hungry ocean gain / advantage on the kingdom of the shore…the firm soil win of the watery main），时间能摧毁一切。咏物诗常以自然物象为吟咏对象，抒情言志，婉约蕴藉，曲达其情，其手法包括何方形在《唐诗审美艺术论》中所说的移情于物、想象奇警、正话反说等，实现以物比人、咏物见志、咏物寓意。

咏物诗核心意象有很多种类，如梅、兰、竹、菊、松（君子意象）。梅有清奇之美，林逋的"疏影横斜水清浅，暗香浮动月黄昏"写梅之暗香，陆游的"一树梅前一放翁"写梅之傲骨，姜夔的"千树压，西湖寒碧"写梅之冷色。李清照的"倚门回首，却把青梅嗅""玉瘦香浓，檀深雪散，今年恨探梅又晚"、元代诗人贯云石的"有时节暗香来梦里"、乔吉的"冷风来何处香"都写梅香。梅清菊淡，如司空图的"落花无言，人淡如菊"，杜甫的"丛菊两开他日泪，孤舟一系故园心"，李煜的"菊花开，菊花残，塞雁高飞人未还"，李清照的"满地黄花堆积，憔悴损，如今有谁堪摘""帘卷西风，人比黄花瘦"。兰高贵典雅，如屈原的"朝饮木兰之坠露兮，夕餐秋菊之落英"。竹傲岸挺拔，如郑燮的"咬定青山不放松，立根原在破岩中"、毛泽东的"暮色苍茫看劲松，乱云飞渡仍从容"。

古诗中蝴蝶富于传奇色彩，如李商隐的"庄生晓梦迷蝴蝶"。秋蝉之鸣让人悲凉，如柳永的"寒蝉凄切，对长亭晚，骤雨初歇"。杜鹃富于凄楚的浪漫色彩，如李商隐的"望帝春心托杜鹃"、林黛玉的"杜鹃无语正黄昏，荷锄归去掩重门"。鲲鹏彰显诗人的豪气豪情，如李清照的"九万里风鹏正举"。燕子让人感到温婉惆怅，如晏殊的"无可奈何花落去，似曾相识燕归来""罗幕轻寒，燕子双飞去"。大雁寄托离愁别绪，如李煜的"塞雁高飞人未还"、范仲淹的"塞下秋来风景异，衡阳雁去无留意"、李清照的"雁字回时，月满西楼"。

诗歌意象的辐射也见于吟咏人物的诗词中。圣人、君子和仁人志士具有浩然之气，如陶渊明的"丈夫志四海，我愿不知老""雄发指危冠，猛气冲长缨"，骆宾王的"此地别燕丹，壮士发冲冠"，苏轼的"浪淘尽，千古风流人物"，毛泽东的"数风流人物，还看今朝"。真人、幽人、隐士具有仙气逸气，如陶渊明的"泛此忘忧物，远我遗世情""啸傲东轩下，聊复得此生"，李白的"俱怀逸兴壮思飞，欲上青天揽明月""且放白鹿青崖间，须行即骑访名山""吾爱孟夫子，风流天下闻。红颜弃轩冕，白首卧松云"。佛家人物意象出世脱俗，如刘长卿的"荷笠带夕阳，青山独归远"。汉诗常通过意象辐射来刻画女性形象，如悼亡诗，苏轼有"十年生死两茫茫，不思量，难自忘""夜来幽梦忽还乡。小轩窗，正梳妆"。诗人以女性意象寄托人格操守和人生理想，如杜甫的"绝代有佳人，幽居在空谷""天寒翠袖薄，日暮倚修竹"，李白的"美人如花隔云端"。

诗歌意象的对比也多见于怀古诗，表现古与今、旧与新的对比，展现国家、民族、社会命运以及个人经历的重大曲折变化或理想与现实的矛盾。诗歌意象对比包括吴晟在《中国意象诗探索》中所说的场面、处境、情景、色彩对比，李浩在《唐诗美学精读》中所说的今昔对比、古今相形、物我反照、时差设置、时值变形。咏史诗常用对比法表现人物心理时间，传达强烈的时空体验和人生感悟，诗人缅怀过去，讽谕现实，进行理性反思，如刘禹锡的"沉舟侧畔千帆过，病树前头万木春"，毛泽东的"虎踞龙盘今胜昔，天翻地覆慨而慷"，辛弃疾的"少年不识愁滋味，爱上层楼。爱上层楼，为赋新词强说愁。而今识尽愁滋味，欲说还休。欲说还休，却道天凉好个秋"，苏轼《蝶恋花》中的"墙里秋千墙外道，墙外行人，墙里佳人笑。笑渐不闻声渐悄，多情总被无情恼"。英诗多表现神界与尘世、灵魂与肉体、老年与青年、生与死的对比，如莎士比亚十四行诗第 2 首写青年衣着华丽（thy youth's proud livery），老年衣衫褴褛（a tattered weed of small worth held）。

第四节　诗歌意境生命境界的阐释

诗歌意境蕴含了诗人的宇宙生命体验，展现宇宙生命境界。王夫之在《周易外传》中说"天地之可大，天地之可久也"，宇宙之大、宇宙之久都是境界。李白诗多写宇宙之大，陈子昂、苏轼诗多写宇宙之久远。古诗展现了诗意境界和和谐境界，以陶渊明诗为典范。古诗意境展现了儒、道、佛家的宇宙境界，儒家诗人俯仰宇宙，感悟人生，敬畏天地，激发起奋发拼搏的壮志豪情和建功立业的远大志向，化天地雄浑之气为内心豪迈之气，奋斗不息，勇敢进取，指点江山，激扬文字，其诗展现宇宙苍茫感、生命沧桑感、历史忧患感，表现阳刚美、崇高美、壮美，具有强劲气势，曹操、杜甫、苏轼、辛弃疾、岳飞、陆游、张孝祥、张元干、刘辰翁的诗抒发了英雄豪情、爱国情怀。英诗中拜伦、雪莱的诗也有吞吐宇宙之势，如雪莱诗（The everlasting universe of things / Flows through the mind, and rolls its rapid waves）把宇宙生命比作长河，奔腾不息（flow、rolls its rapid waves）。

李白的《忆秦娥》意境苍凉，境界苍茫，"箫声咽"充满苍凉感。箫是古诗常见文化意象，杜牧有"二十四桥明月夜，玉人何处教吹箫"，传达追忆和感慨，而柳永《望海潮》的"乘醉听箫鼓"写繁华盛景中笙鼓声让人陶醉，是盛世之音。秦楼指闺楼，李清照的《凤凰台上忆吹箫》也有"烟锁秦楼"，传达离愁别绪。灞陵是汉文帝陵，是古人送别之地，乐游原指古都长安以南的汉代帝王陵（"汉家陵阙"）所在地，为古人登高望远之处，李商隐的《登乐游原》也有"向晚意不适，驱车登古原"。"清秋节"传达凄清伤感的氛围，柳永的《雨霖铃》也有"更哪堪冷落清秋节"。咸阳古道是古人送别之地，李贺有"衰兰送客咸阳道""西风残照，汉家陵阙"，诗人凭吊怀古，感叹人世沧桑，唐代许浑有"一种青山秋草里，路人唯拜汉文陵"。

李煜多写婉约词，但其晚期的《浪淘沙》则苍凉悲壮（"往事只堪哀，对景难排。秋风庭院藓侵阶。一桁珠帘闲不卷，终日谁来。金锁已沉埋，壮气蒿莱，晚凉天净月华开，想得玉楼瑶殿影，空照秦淮"①）。秋风萧瑟，落叶飘零，诗人回首往事，悲凉凄楚。"藓侵阶"表明庭院已久无人迹。"一桁珠帘闲不卷"既指闲适也指孤苦寂寥，李煜的《长相思》也有"一帘风月闲"。"金锁"另本作"金剑"，典自古代传说中吴王阖庐墓中的宝剑，它曾让英雄志士豪气满怀，如今却埋入荒草，文天祥的《念奴娇》也有"堂堂剑气，斗牛空认奇杰"。"晚凉天净月华开，想得玉楼瑶殿影，空照秦淮"，秦淮河边的亭台楼阁昔日热闹非凡，如今南唐已灭，它们在明月朗照下更显凄清冷寂，萨都剌的《念奴娇》也有"伤心千古，秦淮一片明月"。

道家诗人返璞归真，寄情山水，抒发归隐之志，追求游心太玄的自由境界，表现自然朴素之美。中国文学史上《楚辞》最早描写逍遥畅游（游目和游心），田园山水诗表达诗人逍遥林泉、赏花吟月、弹琴听曲的闲情逸致，李浩所著《唐诗美学精读》认为自然景物的勃勃野趣与人文景观的盎然故意之间相映生辉，使唐诗的山水具有迷人魅力。英国诗人科林斯的 *Tomorrow* 也表达了知足常乐、随遇而安的人生态度，展现了一种人生境界，诗人暮年乐享人生，惬意自在（snug），安卧观海，骑马唱曲（carol away idle sorrow），像云雀般欢快（blithe），迎接每个黎明（hail the dawn），wide sea 喻指诗人宽广的胸怀。

汉诗表现天地人生境界，富于哲理内涵，英诗也传达了宇宙生命体验，融入宗教感悟和玄思，具有神秘色彩，如华兹华斯、丁尼生、朗费罗、布莱恩特等的诗。朗费罗的 *The Golden Sunset* 第四节写道：So when for us life's evening hour / Soft fading shall descend. / May glory, born of earth and heaven / The earth and heaven blend。诗人人生暮年，安详宁静，soft fading 写岁月的脚步悄无声息，诗人心胸坦然，感觉天地一色（blend），如此壮观。glory 是英诗常用词语，表达宇宙的庄严辉煌，三、四行 earth and heaven 采用顶针手法，烘托天地之壮观神圣。比较而言，李商隐的"夕阳无限好，只是近黄昏"则伤感惆怅。

意境是诗歌艺术的最高范畴，具有极其深刻的宇宙人生哲理内涵。王国维的境界说（人生三境界）、宗白华的艺术境界说将意境从审美范畴提升到人生哲学的高度。中国诗人之卓越就在于从审美意境向人生境界迈

---

① 杨敏如. 李煜词全集 [M]. 武汉：长江文艺出版社，2020：98.

进，实现生命的超越和升华，如王国维推崇的屈原、陶渊明、杜甫、苏轼，笔者认为陈子昂、张若虚、张孝祥等也是杰出代表。陈大亮所著《文学翻译的境界：译意·译味·译境》提出文学翻译境的超越论，虽不局限于诗歌翻译，但在诗歌翻译中最有典型性。作者提出意的复杂性、味的模糊性、境的玄妙性和韵的归属性。境界体现主体精神修养和生命觉解程度，境界论探讨主体生命存在及其意义和价值，心灵境界越高，译品就越好，有境界的翻译才有品味，才有名句。诗境阐释是气的体验，译者以人格之气去感受诗人人格之气、原诗深层意境所蕴含的天地之元气，陶冶情操，提升人格。中国诗人强调养心养气，吕本中说"涵养吾气，则诗宏大深远"，诗歌译者也要养心养气，积累人生阅历、见识，培养丰富的情感和敏锐的洞察力，深刻领悟原诗意境的深意深味、深情深理。况周颐认为"词之为道，智者之事"，强调词人的天分和才能，张利群认为况氏强调词人的天资、性情（"词陶写乎性情"）、学力（"吾有吾之性情，吾有吾之胸抱，与夫聪明才力"）、阅历、胸襟（思想道德和人格境界）。英语诗人拜伦、雪莱、惠特曼、朗费罗等的作品景象开阔，笔力雄健，充满豪气。如雪莱的 *The Skylark* 气势飞动，奔放纵横，想象奇特，阐释和翻译这首诗需要译者充沛的情感、开阔的胸怀、极高的才情和高超的语言表达力。

第五节　诗歌审美意境层面的境界再现

下面是元代萨都剌《满江红·金陵怀古》① 和杨宪益、笔者的译文：

六代豪华，春去也，更无消息。空怅望、山川形胜，已非畴昔。
The splendor of the Six Dynasties
Gone with the passing of spring,
And no more heard of again.
In vain I look with regret at the mountains and rivers
And all the well-known places,
But they are no longer as in the past. （杨译）
Vanished like the spring tide,

---

① 辜正坤，胡双宝. 中国古代名诗三百首［M］. 北京：北京出版社，2000：436.

is the splendor of the Six Dynasties.

No more heard is the tale about its glory in bygone days.

The landscape I scan with nostalgia keen, my heart gloomy.

No trace can be found of the past grand scene. （笔者译）

原诗描写金陵城地处江南，曾是六朝古都，秀美山川，盛世景象，极尽繁华，"山川形胜"，柳永的《望海潮》亦描写杭州"东南形胜，三吴都会，钱塘自古繁华"。金陵城如今却衰败荒凉，汉语咏物诗多写六朝往事，如王安石《桂枝香》的"六朝旧事随流水"。杨译 in vain 放句首，强调诗人惆怅失落，no longer 与前面 no more 呼应。笔者用三个倒装句分别将 vanished、no more heard、no trace 放句首，传达诗人"落花流水春去也"的体验，glory 与 splendor、grand scene 呼应，nostalgia keen、gloomy 传达诗人对昔日繁华胜景的追忆和内心的惆怅。

> 王谢堂前双燕子，乌衣巷口曾相识。听夜深、寂寞打孤城，春潮急。
>
> Two swallows play before the former houses of Wang and Xie,
>
> In the Lane of Black Uniformed Guardsmen,
>
> And look familiar.
>
> Late at night I hear the rising tide
>
> Surging still against the lonely citadel. （杨译）
>
> Around the old mansions of reputed lords
>
> And the lanes of sable-dressed nobles
>
> Flitting are paired swallows, leaving me musing on the past pomp.
>
> At the dead of night my sorrow swells with the tide surging,
>
> Striking on my ears and splashing against the town forlorn. （笔者译）

原诗化用刘禹锡的"乌衣巷口夕阳斜""旧时王谢堂前燕""潮打空城寂寞回""夜深还过女墙来"，诗人由燕子想起人世变迁，感叹人间沧桑，物是人非；晏殊的《浣溪沙》也有"无可奈何花落去，似曾相识燕归来"。金陵城人去楼空，寂寥凄清。杨译用 former 暗示昔日贵族豪宅现已变成百姓居所，热闹熙攘的乌衣巷也变得冷清寂寥，用 still 写山河依旧，潮起潮落，而人间却已沧桑巨变。笔者译文 reputed lords、sable-dressed no-bles 用 lords、nobles 点明"王谢"、"乌衣"的身份地位，leaving people musing 表现飞来飞去的燕子让诗人陷入对往事的沉思，past pomp 押头韵，表现王谢堂、乌衣巷昔日的气派堂皇，sorrow swell 押头韵，表现诗人思如潮涌，愁绪万端，striking、splashing 与 surging 呼应，splashing 传达潮水拍岸的听觉体验，清辅音［s］的叠用渲染惆怅伤感的氛围。

> 思往事，愁如织。怀故国，空陈迹。但荒烟衰草，乱鸦斜日。
>
> When I think of the past,
>
> My mind is beset by many sorrows.
>
> Only traces left of those former kingdoms
>
> In ruins amid the mist and withered grass.
>
> The sun sets and the crows fly in confusion;（杨译）
>
> Pensive, I muse on the bygone days, missing
>
> My ruined homeland now choked with brambles overspreading,
>
> In chilly mist the crows in slanting sunrays are wailing.（笔者译）

原诗中荒烟、衰草、乱鸦、斜日等意象化用王安石"征帆去棹残阳里""但寒烟衰草凝绿"，描写金陵衰败景象。杨译 beset by many sorrows 传达诗人目睹昔日繁华金陵如今破败不堪时的悲伤惆怅，former kingdoms 与上阕 former houses 呼应，ruins、withered grass、confusion 描写金陵破败荒凉。笔者用 pensive、muse 表现诗人对往事的沉思，missing 传达诗人的怀旧之情，now 与 bygone days 传达今昔对比，choked、overspreading 描写杂草丛生，满目凄凉，wailing 描写寒鸦哀号。

> 《玉树》歌残秋露冷，胭脂井坏寒螀泣。到如今，只有蒋山青，秦淮碧。
>
> No more the song about jade trees and flowers in the back court.
>
> Only the autumn dew grows chill,
>
> Only the ruins of the Rouge Well,
>
> As the cold insects chirp and weep.
>
> But the Jiang Mountain remains green.
>
> The Qinhuai River azure and serene.（杨译）
>
> Hushed is the tune composed by the king
>
> In palace pleasure indulging.

By the ruined well crickets are dolefully shrilling,

Chilled by autumn dew.

Now only Mount Jiang green

And Qinhuai River serene

Are the witness to the vanished scene. （笔者译）

原诗中秋露、胭脂井等意象化用陈叔宝的《玉树后庭花》、杜牧的
"商女不知亡国恨，隔江犹唱后庭花"，与"蒋山青，秦淮碧"形成强烈对
比，展现寒冷之境。秦观《踏莎行》的"可堪孤馆闭春寒"、李中主《浣
溪沙》的"小楼吹彻玉笙寒"也写寒境。杨译 no more 与上阕 no more 呼
应，金陵沦陷，秦淮河上已听不见商女歌声。两个以 only 开头的诗行与第
三行 Only traces...kingdoms 呼应，语气强烈，传达诗人怀古悲今的沉重心
情，ruins 与第四行 ruins 呼应，chill、cold 传达凄凉冷清的氛围，chirp、
weep 明写寒蝉悲鸣，暗写诗人悲泣，green、azure、serene 与前面 ruins、
withered grass、confusion 再现了自然景象的宁静美丽与金陵城破败荒凉、
凄清阴郁之间的强烈对比。笔者用倒装句将 hushed 放句首，强调凄清寂寥
的氛围，in palace pleasure indulging 点明《玉树后庭花》是亡国的靡靡之
音，dolefully、shrilling 表现寒蝉凄切，witness to the vanished scene 传达诗
人对物是人非、人世沧桑的深刻体验。下面是萨词《百字令·登石头城》①
和卓振英、笔者的译文：

石头城上，望天低吴楚，眼空无物。指点六朝形胜地，惟有青山
如壁。

Atop the Rocky city I gaze

As far as Wu and Chu merge with the skies;

The world, which seems devoid of content, comes in sight.

Of the Six Dynasties what is still to be seen?

Only wall-like mountains green remain on the historic site. （卓译）

Atop the height of Jinling, the old capital,

I stand, my eyes feasting

On gorgeous Wu and Chu, a vast land to the horizon stretching.

① 辜正坤，胡双宝. 中国古代名诗三百首 [M]. 北京：北京出版社，2000：435.

Scanning the skies bare and the earth boundless, a landscape spacious,

For traces of splendor of the Six Dynasties I am searching.

What I can see is only green peaks towering

Like walls the capital shielding. (笔者译)

诗人登上金陵城放眼远眺，思接千古，感慨万千。"望天低吴楚，眼空无物"景象阔大，张炎的《解连环》也有"楚江空晚"。"指点六朝形胜地""惟有青山如壁"，萨词《满江红·金陵怀古》也有"山川形胜""只有蒋山青，秦淮碧"。卓译 merge with the skies 再现了吴楚大地的辽阔景象，但 devoid of content 不够形象，what is still to be seen 用问句表现诗人怅惘失落，感叹物是人非。笔者用 height、old capital 表现金陵城作为古都的巍峨之势，eyes…feasting 表现诗人登高远眺，饱览秀景，gorgeous 表现吴楚大地山川秀美，vast、to the horizon stretching、bare、boundless、spacious 再现了原诗空阔辽远的景象，towering、shielding 表现群山巍峨，仿佛在拱卫京城。

蔽日旌旗，连云樯橹，白骨纷如雪。一江南北，消磨多少豪杰。

The masts of galleys, which might have touch'd the clouds,

And the banners, which might have hidden the sun,

Have just left behind bones snow-white.

How many heroes, north and south of the river,

Had been ruin'd or reduc'd to a hopeless plight? （卓译）

Vanished are martial banners once keeping the sunbeams out,

And battleships with sails touching the clouds, so awe-inspiring.

Only the bones of slain soldiers are left in wilderness glaring.

North and south of the Long River,

How many heroes with aspirations chilled

Bemoaned their life with frustrations filled. (笔者译)

原诗化用苏轼的"江山如画，一时多少豪杰""樯橹灰飞烟灭"，但苏词颂扬驰骋疆场、叱咤风云的历史英雄人物，昂扬向上，激情澎湃，萨词写金陵古城经历兵荒马乱，萧条破败，战争导致国破家亡，无数英雄豪杰命丧黄泉，其词伤感惆怅。卓译 might have touch'd the clouds、might have hidden the sun 用虚拟语气表现诗人对过去战争场面的想象，hopeless plight 与 bones snow-white 呼应，传达诗人对残酷战争的批判和对命丧黄泉的英雄豪杰的痛惜。笔者用倒装句将 vanished 放句首，强调昔日声势盛大的战争场景已经烟消云散，awe-inspiring 表现战争场面蔚为壮观，与 bones of slain soldiers 形成对比，传达了原诗讽刺意味，in wilderness glaring 描写士兵横尸荒野，白骨成堆，让人刺眼，aspirations chilled、bemoan frustrations filled 表现英雄豪杰壮志难酬，人生坎坷，痛感自己岁月蹉跎。

寂寞避暑离宫，东风辇路，芳草年年发。落日无人松径里，鬼火高低明灭。

Each year in spring, with grasses growing lush

On its corridors, the royal summer resort,

Now desert'd, presents a sorry sight.

And after sunset, along the abandon'd paths below pines,

Will-o'-the-wisp ghastly rolls on, now dim, now bright. （卓译）

Forlorn is the royal summer resort, no more bustling.

Still verdant is the vernal grass in profusion growing,

And in the courtyard overspreading.

Darksome in waning sunbeams are the pines the trails shading.

Gruesome are will-o-wisps in gleam and gloom alternating. （笔者译）

金陵城荒凉冷清，诗人想象其昔日盛景，悲楚忧伤。"落日无人松径里，鬼火高低明灭"景象凄凉，张炎的《高阳台》也有"更凄然，万绿西泠，一抹荒烟"。卓译 desert'd、sorry sight 与 lush 形成对比，与上阕 hopeless plight 和后面 abandon'd、ghastly 呼应，sorry（causing pity mixed with disapproval）再现了昔日行宫如今荒凉破败、阴森恐怖的景象。笔者用倒装句将 forlorn 放句首，强调避暑行宫凄清荒凉，与 bustling 形成对比，no more 与 still 形成今昔对比，verdant 放在 is 前面，呼应 profusion，强调景色常青，但物是人非，overspreading 表现行宫里春草蔓生，darksome、waning、shading 表现夕阳里松林幽径逐渐暗淡下来，与 gloom 呼应，倒装句将 gruesome 放句首，强调鬼火闪烁，阴森恐怖，gleam and gloom alternating 表现明暗交替，若隐若现。

歌舞尊前，繁华镜里，暗换青青发。伤心千古，秦淮一片明月。

Ere exquisite wine cups, the youth of men of th'hour

Had faded away, and in mirrors th' raven locks

Of princely souls, sapp'd by song and dance, had turn'd white.

Forever gone is the heart-rending past, but lo,

O'er the Qinhuai River the moon, as before, is shining bright! （卓译）

Enjoying song and dances over winecups brimming,

The men with ideals unfulfilled sought solace in merrymaking.

After the revelry they are still disconsolate,

Beholding in the mirror their hairs grizzling.

Vanished are the past vicissitudes their heart harrowing.

Still over the Qinhuai River the moon is her light shedding. （笔者译）

英雄豪杰壮志难酬，只能借酒浇愁，伤今怀古，虚度年华。卓译 had faded away、had turn'd white、sap（weaken or destroy during a long time）表现英雄志士报国无门，只能沉溺歌舞，消磨意志，虚度光阴，最终老大徒伤悲，princely（fine, splendid, generous）传达了诗人对英雄豪杰的倾慕和惋惜之情，forever gone 放句首强调怀古之情，heart-rending 传达诗人对历史和人生的无限感慨和悲叹。笔者用 brimming 描写酒杯斟满美酒，表现英雄豪杰纵情狂饮，ideals unfulfilled、sought solace、merrymaking 表现落寞志士借歌舞寻求精神安慰，revelry 与 merrymaking 呼应，disconsolate 与 harrowing 呼应，表现英雄豪杰借酒浇愁愁更愁，vicissitudes 表现人世沧桑。

汉诗意境论中诗境论以王昌龄的三境说为代表，词境论中张炎提出清空之境、质实之境，认为苏东坡、姜夔词清空，吴文英词质实。沈祥龙认为清是不染尘埃，空是不著色相，"清则丽，空则灵"。笔者认为，清体现超凡脱俗的人格境界，空是诗人重神似不重形似的艺术手法，质实指词多铺陈意象画面，思想情感深沉厚重。艾米莉·勃朗特的诗也有清空之境，不俗丽、不艳丽，洗净铅华，诗人人格之清气流溢诗中。周济认为清空之境有灵气，质实之境有格调，精力弥漫。陈廷焯认为沉郁为词之化境、高境、胜境，词的古朴、冲淡、巨丽皆为境界，稼轩词气魄雄大，意境沉郁。况周颐认为词有重、拙、大三境，其中重是凝重，拙是朴质浑成，大是作者气魄宏大。王国维的境界说评价了古诗境界的隔与不隔、无我之境界与有我之境界，无我之境界是以物观物，有我之境界是以我观物。笔者认为，汉诗多以物观物，诗人隐身，留出空白，让人回味无穷，马致远的《秋思》堪称典范（"枯藤老树昏鸦，小桥流水人家，古道西风瘦马。夕阳西下，断肠人在天涯"）。元曲多无我之境，如贯云石诗"落日啼鹃，流水桃花，淡淡遥山，萋萋芳草，隐隐残霞"描写落日，可谓夕阳无限好，只是近黄昏，一切尽在不言中。

英诗多以我观物，诗人感悟思考，作品富于人生哲理意味，如艾米莉·勃朗特以女诗人的视角感受和体验宇宙自然，其诗彰显了孤傲清高的人格境界，作品既有自然景物对诗人心境的影响，但更多是同样景物在诗人不同心境下呈现不同的色彩色调，如 Leaves, upon Time's branch, were growing brightly, / Full of sap and full of dew. / Birds, beneath its shelter, gathered nightly, / Daily, round its flowers, the wild bees flew）。诗人描写了一幅迷人的晚景和晨景，通过花鸟、昆虫、树叶的生机勃勃反衬自己对人生苦短的深刻体验。诗境是真景物真感情，陶渊明、李白、杜甫、李煜、艾米莉·勃朗特、勃朗宁夫人、哈代的诗祖露灵魂，都达到了真境。宗白华认为意境是本民族的宇宙人生境界，是节奏化时间化诗意化的生命空间。诗境有的阔大雄豪，富于阳刚美，如李白、杜甫、辛弃疾、拜伦、雪莱诗；有的幽深婉约，富于阴柔美，如温庭钧、李煜、温庭钧、但丁·罗塞蒂、济慈诗。下面是李白《梦游天姥吟留别》[1] 和许渊冲、杨宪益、吴永强的译文：

海客谈瀛洲，烟涛微茫信难求。

Of fairy isles seafarers speak,

'Mid dimming mist and surging waves, so hard to seek.（许译）

Seafarers speak of fairy isles,

Lost among mist and waves.（杨译）

A seafarer talks about Mt. Yingzhou, situated on the sea,

Saying it's far and mist-shrouded on boundless waters and hard to see.

（吴译）

原诗通过大量瑰丽奇特的神话意象描绘了如梦如幻、令人神往的仙境

---

① 蘅塘退士. 唐诗三百首：评注版 [M]. 赵旭，校注. 上海：上海教育出版社，2021：84-85.

乐土。前两行，"瀛洲"指传说中东海上的蓬莱、方丈、瀛洲三座仙山之一，许译和杨译都意译为 fairy isles，吴译 Mt. Yingzhou 采用音译加注，on the sea 与 seafarer 呼应。"烟涛微茫信难求"描写海上瀛洲烟波浩淼，雾气弥漫，朦胧缥缈。烟涛是古诗常见意象，李清照有"天接云涛连晓雾，星河欲转千帆舞"，境界壮丽。杨译用 lost，许译用分词 dimming、surging 具有动感，吴译 mist-shrouded 描写雾气弥漫，far、boundless 强调原诗画面的阔大浩渺，许译 so hard to seek、吴译 hard to see 都强调瀛洲神秘难寻。

> 越人语天姥，云霞明灭或可睹。
> Of Skyland Southerners are proud,
> Perceivable through fleeting or dispersing cloud.（许译）
> But the men of Yue speak of Sky-Mother Mountain,
> Showing herself through rifts in shimmering clouds.（杨译）
> A traveler from Yue talks about Mt. Tianmu, declaring
> A glimpse of it is possible in the sun's glow in the morning or evening.（吴译）

盛唐诗人云游天下，心胸开阔，豪情满怀。"越人"指吴越（江浙）人，吴越自古人杰地灵，英才辈出，令人向往，李白、杜甫等都曾漫游此地，杜甫有"东下姑苏台""剡溪蕴秀异"。许译 Southerners 为泛指，许译古诗地名常按地理方位进行处理，江南地点均译为 Southern shores、Southern land 等。杨译 men of Yue、吴译 a traveler from Yue 为直译加注。"天姥"（浙江天姥山），许译 Skyland 为意译，杨译 Sky-Mother Mountain 为直译，吴译 Mt. Tianmu 为音译加注。"云霞明灭或可睹"写天姥山云雾缭绕，云涛翻滚，霞光万丈，难睹真容。云霞是古诗常见意象，李白两首描写庐山瀑布的诗都有云霞，如"飞珠散轻霞，流沫沸穹石""万里浮云卷碧山，青天中道流孤月"，景象阔大壮丽。许译 fleeting、dispersing 描写云卷云舒，杨译 shimmering（shining with a softly tremulous or wavering light or cause something to appear in a fluctuating wavy form）描写霞光明灭。吴译 sun's glow 偏静态，画面感不如许译、杨译。

> 天姥连天向天横，势拔五岳掩赤城。
> Mount Skyland threatens heaven, massed against the sky,

Surpassing the Five Peaks and dwarfing Mount Red Town. （许译）

Sky-Mother soars to heaven, spans the horizon.

Towers over the Five Peaks and the Scarlet Fortress. （杨译）

Mt. Tianmu seems to join the sky towering into and across it high,

So imposingly high as to dwarf all other mountains under the sky. （吴译）

天姥山高耸入云，气势雄伟，"天"的叠用具有音美。盛唐诗的山岳大都气势雄伟，王昌龄有"青海长云暗雪山，孤城遥望玉门关"，李白描写华山"三峰却立如欲摧，翠崖丹谷高掌开"。杨译 soars、spans 押头韵，具有动态感和音美，许译 threatens、massed 偏静态。吴译 seems to 传达山与天相连的感觉，毛泽东有诗"山，快马加鞭未下鞍。惊回首，离天三尺三"，境界相同。吴译两个介词 into、across 和副词 high 传达一种高耸、广阔的空间感。古诗有不少作品描写五岳（泰山、华山、嵩山、恒山、衡山）的雄伟气势，杜甫写泰山"岱宗夫如何，齐鲁青未了。造化钟神秀，阴阳割昏晓"。李白笔下的山大都有嵯峨之势、飞动之气，如写泰山"平明登日观，举手开云关"。杨译、许译都为 Five Peaks，杨译加了英语注释，吴译 all other mountains 为泛化译法。"势拔"展现巍峨之势，境界宏大，是力的崇高美，杨译用动词 tower，许译用分词 surpassing、dwarfing，吴译 so imposingly high 呼应上句 high。比较而言，杨译、吴译更能展现赤城山雄伟的气势。"赤城"（浙江天台县赤城山），许译和杨译分别为 Mount Red Town 和 Scarlet Fortress，吴译 under the sky 作了转换，原诗地域文化特色有所损失。

天台四万八千丈，对此欲倒东南倾。

Mount Heaven's Terrace, five hundred thousand feet high,

Nearby to the southeast, appears to crumble down. （许译）

Sky-Terrace, four hundred and eighty thousand feet high,

Staggers southeastward before it. （杨译）

And Mt. Tiantai seems to fall prostrate before Mt. Tianmu reverently,

Even though it's in itself a mountain of astounding height undoubtedly.

（吴译）

天台山高耸入云，但比起天姥山也显得不起眼，李白诗善于夸张手法，突出大自然景物的雄伟壮观，如"黄云万里动风色，白波九道流雪山""飞流直下三千尺，疑是银河落九天"。许译和杨译分别为 Mount Heaven's Terrace 和 Sky-Terrace，吴译为音译。"四万八千丈"为虚指，杨译 four hundred and eighty thousand feet high 保留数字，许译 five hundred thousand feet high 为虚指。吴译 astounding height 做了转换，与前面 high 呼应。"对此欲倒东南倾"，许译 appear to、吴译 seem to 传达视觉感受。"倾""倒"，许译用 crumble down，杨译用 stagger，吴译 lie prostrate...reverently 用拟人手法，形象生动，更贴近原诗含义，展现天台山在天姥山面前小巫见大巫，但吴译用词较多，不够精练。

> 我欲因之梦吴越，一夜飞度镜湖月。
> Longing in dreams for Southern land one night,
> I flew o'er Mirror Lake in moonlight.（许译）
> So, longing in my dreams for Wu and Yue,
> One night I flew over Mirror Lake under the moon.（杨译）
> Their words set me dreaming of visiting Yue in the moon's glow,
> Flying across the moon-lit Mirror Lake overnight in the dream.（吴译）

诗人开始梦中神游，李白漫游吴越时盛赞其旖旎风光和深厚的历史文化底蕴，也发怀古之幽思，如"凤凰台上凤凰游，凤去台空江自流"，意境苍茫，与崔颢的"黄鹤一去不复返，白云千载空悠悠"相似。许译 Southern land 仍为泛指，杨译 Wu and Yue、吴译 Yue 为音译。"镜湖"（浙江绍兴的鉴湖），杨译、许译、吴译都为 Mirror Lake。吴译 their words 与前面 a seafarer talks、a traveler...talks 呼应，dreaming 与下一行 in the dream 呼应，moon's glow 与 moon-lit 呼应，可以看出，吴译注重译文前后衔接，但不够精练，节奏不如原诗轻快。

> 湖月照我影，送我至剡溪。
> My shadow's followed by moonbeams
> Until I reach Shimmering Streams.（许译）
> The moon cast my shadow on the water
> And travelled with me all the way to Shanxi.（杨译）
> The moon over the lake shines onto my shadow,

And sends me directly to the Shan Stream. （吴译）

李白诗常写水中月影，如"峨眉山月半轮秋，影入平羌江水流""月下飞天镜，云生结海楼"，画面优美，境界开朗。"湖月照我影"与"一夜飞度镜湖月"为顶针手法，杨译保留这一手法，吴译意思是湖月照到我的影子上，与原诗意思有出入。"剡溪"位于浙江嵊县曹娥江上游，南北朝诗人谢灵运曾投宿于此，杨译 Shanxi 为音译，吴译 Shan Stream 为音译加意译，许译 Shimmering Streams 为意译，吴译、许译都押头韵，许译 shimmering 有视觉感。杨译 cast my shadow、travelled with me all the way 具有画面感和动态感，运用拟人手法传达诗人以月为伴的愉快体验，展现了物我合一的境界，李白的"我歌月徘徊，我舞影零乱"也是这种境界。

> 谢公宿处今尚在，渌水荡漾清猿啼。
> Where Hermitage of Master Xie can still be seen,
> And clearly gibbons wail o'er rippling water green. （许译）
> The lodge of Lord Xie still remained,
> Where green waters swirled and the cry of the apes was shrill. （杨译）
> The abode where Xie Lingyun used to dwell is still there,
> Clear water rippling and forlorn monkeys whining bitterly. （吴译）

"谢公"指谢灵运，李白人格孤傲狂放，又天真直率，追求无拘无束的自由境界，敬仰庄子、屈原、谢灵运、谢朓等诗人。东晋王谢家族为吴越名门望族，书香门第，才气横溢，李白仰慕其风流英姿，"解道'澄江净如练'，令人常忆谢玄晖"。"宿处"，杨译为 lodge，吴译为…used to dwell，比较而言，许译 Hermitage（a secluded residence or private retreat）更能传达诗人对隐居生活的向往。"公"，吴译省去，杨译 Lord 指身份，许译 Master 传达诗人的敬仰之情。原诗描写渌水碧波荡漾，富于视觉美，李白诗中江南水色明亮清丽，如"镜湖水如月，耶溪女如雪"，"君思颍水绿，忽复归嵩岑"。"清猿啼"描写猿啼声回荡在水面上，具有听觉效果。猿啼是李白诗常见意象，如"两岸猿声啼不住，轻舟已过万重山"。许译用介词 o'er，其画面具有空间立体感，杨译 swirled 具有动态感，shrill 传达原诗听觉效果，吴译 forlorn、bitterly 情感色彩过于哀婉。

> 脚著谢公屐，身登青云梯。

I put Xie's pegged boot,

Each on one foot,

And scale the mountain ladder to blue cloud. （许译）

Donning the shoes of Xie,

I climb the dark ladder of clouds. （杨译）

In the wooden shoes that Xie the poet used to wear,

I ascend the steep steps leading to the sky seemingly. （吴译）

　　诗人沿着青云笼罩的陡峭山路攀登而上，山路好似登天的梯子。登山、登云是李白诗中常见画面，展现诗人羽化登仙、浪漫自由的情怀，如"素手把芙蓉，虚步蹑太清""五岳寻仙不辞远，一生好入名山游"。杨译 climb the dark ladder of clouds 意思是诗人踩着云做的梯子攀登，许译 scale the mountain ladder to blue cloud 更为准确。吴译 used to wear 与前面 used to...there 对应，steep steps 押头韵，seemingly 与前面 seems to 呼应，传达心理感觉。原诗为五字语，语言简洁，节奏轻快，吴译不够精练，节奏感不如许译、杨译。

　　半壁见海日，空中闻天鸡。

On eastern cliff I see

Sunrise at sea,

And in mid-air I hear sky-cock crow loud. （许译）

Midway, I saw the sun rise from the sea,

Heard the Cock of Heaven crow. （杨译）

Half-way up, I see the sun rising above the sea there,

And hear heavenly rooster heralding daybreak in the air. （吴译）

　　原诗"半壁""空中"具有空间立体感。李白诗常写主人公登山望远，作品画面极富空间感，如"西登香炉峰，南见瀑布水"。许译 on eastern cliff 与 in mid-air 对应，杨译用 midway，吴译 half-way up 更具空间感。日出是李白诗中常见画面，色彩明亮，生机勃勃，传达诗人内心的愉悦欢快，如"日照锦城头，朝光散花楼"。原诗"日出"，杨译用动词 rise，许译用名词 sunrise，吴译用分词 rising 描写旭日正在升起，更形象生动。"天鸡"源自神话传说，许译、杨译都用 cock，吴译 rooster 避免了 cock 的负面含义，heralding daybreak 传达了天鸡报晓的含义。

> 千岩万转路不定，迷花倚石忽已暝。
> The footpath meanders 'mid a thousand crags in the vale,
> I'm lured by rocks and flowers when the days turn pale.（许译）
> And my path twisted through a thousand crags,
> Enchanted by flowers I leaned against a rock.
> And suddenly all was dark.（杨译）
> With twists and turns in great numbers,
> My way up the mountain is full of uncertainty.
> Intoxicated by grotesque rocks and peculiar flowers,
> I then find dusk nearing and daylight dimming away.（吴译）

原诗写山路蜿蜒，天色忽暗，作品开始描写山间景色突变。峰回路转是古诗常见画面，陆游有"山重水复疑无路，柳暗花明又一村"。古诗常写主人公移步换形，或仰观，或俯视，一步一景，目不暇接，美不胜收。柯尔律治的《忽必烈汗》也展现了这种朦胧飘忽的画面和境界，诗中描写 deep romantic chasm，圣河从中流出，又流进 caverns measureless，景象神秘幽深。原诗"千岩万转路不定"，吴译 my way up 与前面 half-way up 呼应，强调主人公脚步的移动，但吴译为两行，不如许译、杨译简洁。"迷"，许译为 be lured，杨译 enchanted 和吴译 intoxicated 都放句首，强调诗人被山间美景所陶醉。杨译 suddenly all was dark 比许译 when the days turn pale 更能强调山间景色突变。吴译 dusk nearing and daylight dimming away 为排比结构，现在分词 nearing、dimming 更能表现暮色降临的过程。杨译、吴译都为两行，不如许译简洁。

> 熊咆龙吟殷岩泉，栗深林兮惊层巅。
> Bears roar and dragons howl and thunders the cascade.
> Deep forests quake and ridges tremble. Oh! They're afraid!（许译）
> Growls of bears and snarls of dragons echoed
> Among the rocks and streams;
> The deep forest appalled me,
> I shrank from the lowering cliff.（杨译）

Bears are roaring, dragons groaning,

And spring water in the rocks rumbling.

Deep woods are shuddering and

Layers and layers of rocks trembling. （吴译）

原诗描写山间猛兽吼叫，声震林泉，让人惊悚。猛兽是李白诗中常见意象，展现威武之势，让读者惊骇和震撼，如"猛虎啸洞壑，饥鹰鸣秋空"，毛泽东诗也有"虎踞龙盘今胜昔"。杨译 growls、snarls 为名词，许译用动词 roar、howl、thunders，吴译 roaring、groaning、rumbling 用现在分词更能传达听觉效果。杨译 appalled、shrank 传达了诗人的惊恐，lowering（looking sullen; frowning; becoming dark, gloomy and threatening）再现了危山压顶的景象。许译用动词 quake、tremble 重在描写林动山摇的景象，感叹句 Oh! They're afraid! 语气强烈，描写山林感到惊恐。吴译同样用分词 shuddering、trembling，比较而言，杨译 me、I 强调诗人的感受，吴译、许译侧重场景的再现。

云青青兮欲雨，水澹澹兮生烟。

From dark, dark cloud comes rain;

On pale, pale waves mists plane. （许译）

Dark were the clouds, heavy with rain;

Waters boiled into misty spray. （杨译）

Dark clouds promise rain

And rippling water produces mists all round. （吴译）

原诗描写山间云层翻滚，水波荡漾，雾气弥漫。屈原的《山鬼》也有"雷填填兮雨冥冥""风飒飒兮木萧萧"，境界幽深凄清。比较而言，英诗中云雾风雨具有磅礴威力，雪莱诗中西风具有 congregated might，大气威力无穷（Powers of the air），柯尔律治的《忽必烈汗》描写河水翻滚咆哮（ceaseless turmoil seething、swift half-intermitted burst）。李白诗境界迷离缥缈，英诗境界狂野不羁。杨译 dark 放句首，强调云色的晦暗，动词 boil 形象生动，描写水汽蒸腾。许译保留原诗对仗结构和叠字手法，具有音美。吴译为一行，promise、produce 形象感不足。

列缺霹雳，丘峦崩摧。洞天石扉，訇然中开。

Oh！Lightning flashes

And thunder rumbles，

With stunning crashes

Peak on peak rumbles.

The stone gate of a fairy cavern under

Suddenly breaks asunder.（许译）

Lightning flashed；thunder roared.

Peaks tottered，boulders crashed；

The stone gate of a great cavern

Yawned open.（杨译）

Lightning flashes and thunders rumble，

As if smashing mountains to the ground.

And then of a sudden，

The stone door to the vace abode of immortals bangs open.（吴译）

"列缺霹雳，丘峦崩摧"写地动山摇，雷霆万钧，惊心动魄，富于气势和力量。李白诗常写巨大声响，震撼人心，如"赧郎明月夜，歌曲动寒川"。英语浪漫主义诗歌也常写巨大声响，如雪莱的《西风颂》（Of vapors, from whose solid atmosphere Black rain, and fire, and hail, will burst...）。杨译、许译、吴译用 flashes（ed）、roared、tottered、crashes（ed）、rumbles、smashing 等传达了原诗巨大声响。许译 stun（to make unconscious by hitting the head；to shock into helplessness）传达山崩地裂带给人的惊骇。"洞天石扉，訇然中开"写山石洞开，这里为全诗第二个转折点，景色由晦暗阴森转为明朗。雪莱的《云》也多处描写洞穴，如第二节（In a cavern under is fettered the thunder），末节（out of the cavern of rain）。杨译 yawn（to open wide, gape）形象生动，许译 suddenly、吴译 sudden 强调山石洞开带给诗人的惊奇感，象声词 bang 具有强烈的听觉效果。

青冥浩荡不见底，日月照耀金银台。

So blue, so deep, so vast appears an endless sky.

Where sun and moon shines on gold and silver terrace high.（许译）

Below me, a bottomless void of blue，

Sun and moon gleaming on terraces of silver and gold.（杨译）

The azure sky revealed in the cave is boundless,

The sun and the moon shining over many a gold and silver palace. （吴译）

　　另一番天地展现在诗人眼前，四周景物金光耀眼，璀璨夺目。李白诗中宇宙天地浩荡空阔，日月星辰气息万千，其气魄之宏大无人能比，如"杳出霄汉上，仰攀日月行""兴酣落笔摇五岳，诗成笑傲凌沧洲""登高望四海，天地何漫漫"。李白诗中神话世界绚丽多彩，表达了诗人对美好世界的向往和追求，李贺诗也有同样境界，如"秦王骑虎游八极，剑光照空天自碧"。雪莱笔下的宇宙也是宏大雄阔（the everlasting universe of things）。吴译为直译，杨译用名词结构，below me 传达了原诗画面的空间感：下有云雾漫漫，上有日月璀璨。许译用排比和倒装句式，强调青天的阔大深远，三个 so 语气强烈，high 突出景物的高远。原诗描写日月璀璨，三人的译文分别用 shines、gleaming、shining，笔者译为 The gold and silver terraces dazzling in the splendid sun and moon。

霓为衣兮风为马，云之君兮纷纷而来下。

Clad in the rainbow, riding on the wind,

The Lords of Clouds descend in a procession long. （许译）

With rainbows for garments, and winds for horses,

The lords of the clouds descended, a mighty host. （杨译）

With rainbows as clothing and gusts of wind as horses,

Immortals in the clouds ride from the sky all the way. （吴译）

　　原诗意象富于神话色彩和浪漫主义气息，源于屈原的《离骚》（"前望舒使先驱兮""飘风屯其相离兮""纷总总其离合兮"）。李白诗中神话世界光怪陆离，五彩纷呈，如"荣光休气纷五彩，千年一清圣人在"。原诗"云中君"为神话人物，吴译 immortals in the clouds、杨译 The lords of the clouds 为泛化译法，许译 The Lords of Clouds 中名词首字母大写，保留了原诗文化色彩。"纷纷"描写众云神下凡，浩浩荡荡，场面壮观，杨译 mighty host 传达了众云神下凡的浩大气势，英语中 host 有宗教色彩，指众神，如 host of heaven，God of hosts 等。弥尔顿在 *Paradise Lost* 中写道：That with sad overthrow and foul defeat / Hath lost us Heaven, and all this mighty host / In horrible destruction laid thus low）。诗中 mighty host 指撒旦率领的反叛上帝的众神。许译 procession long 表现队伍的浩荡，吴译 all the way 表现云神下凡的空间距离感。

> 虎鼓瑟兮鸾回车，仙之人兮列如麻。
> Their chariots drawn by phoenix disciplined,
> And tigers playing for them a zither song,
> Row upon row, like fields of hemp, immortals throng. （许译）
> Phoenixes circled the chariots, tigers played zithers,
> As the immortals went by, rank upon rank. （杨译）
> Tigers playing the flute and phoenixes pulling the carriages,
> The immortals are coming down in a great array. （吴译）

原诗描写众神队伍的浩荡，浪漫主义诗歌中神仙、奇兽是常见意象，如屈原的《山鬼》有"乘赤豹兮从文狸"，李白诗有"连弩射海鱼，长鲸正崔嵬"。许译、吴译用分词 drawn、playing、pulling，杨译用动词 circled 和 played，动态感更强。"如麻"比喻人数众多，如李白的《蜀道难》有"磨牙吮血，杀人如麻"，也是比喻。许译 row upon row、throng，杨译 rank upon rank，吴译 in a great array 再现了众仙队列的浩荡，许译 like fields of hemp 保留了原诗比喻手法。

> 忽魂悸以魄动，恍惊起而长嗟。
> Suddenly my heart and soul stirred, I
> Awake with long, long sigh. （许译）
> My heart was seized by fear and wonder
> And waking with a start I cried out. （杨译）
> Suddenly, my soul is disturbed to find myself with open eyes,
> Having been awakened from my trance with heavy sighs. （吴译）

这里为全诗第三个转折点，诗人魂游梦境，又从梦中惊醒，类似地，李贺有"我有迷魂招不得，雄鸡一声天下白"，白居易有"悠悠生死别经年，魂魄不曾来梦来"。主人公在梦境与现实之间徘徊，迷离恍惚，如梦如醒，如杜甫的《梦李白》有"魂来枫林青，魂返关塞黑"，《红楼梦》中林黛玉有"知是花魂与鸟魂，花魂鸟魂总难留"，英国诗人济慈有 Is it a vision, or waking dream? 杨译 fear、wonder、start 描写诗人内心的惊惧和好奇，许译为一句，long 的叠用强调诗人长嘘短叹，吴译 open eyes 具有画面感，trance 表现诗人的迷离恍惚。

> 惟觉时之枕席，失向来之烟霞。
> I find my head on pillow lie
> And fair visions gone by. （许译）
> For nothing was there except my mat and pillow−
> Gone was the world of mists and clouds. （杨译）
> Being awake，I find myself with my pillow and bed only，
> The shrouding mists and tinted clouds having vanished entirely. （吴译）

诗人醒后发现刚才的梦景已消失得无影无踪，"烟霞"呼应前面"烟涛微茫信难求""云霞明灭或可睹"，诗人内心感到失落和惆怅。诗人雪莱的《致云雀》也有 Waking or asleep，/ Thou of death must deem / Things more true or deep / Than we mortals dream，其梦境更具神秘色彩。杨译 Gone was the world of mists and clouds 用倒装句，gone 放句首，强调梦中景象消失让诗人内心感到失落。许译 fair visions 意思是美景，但没有保留烟霞的意象。吴译 find myself 与前面 find myself 呼应，强调诗人醒来的感受和看到的景象，shrouding mists、tinted clouds 画面感比许译、杨译更强。

> 世间行乐亦如此，古来万事东流水。
> Likewise all human joys will pass away
> Just as east-flowing water of olden day. （许译）
> And so with the pleasures of life；
> All pass，just as water flows eastward. （杨译）
> All revelries are to end in such a manner，
> And all things will be gone with eastward flowing water. （吴译）

原诗写诗人感叹逝水流年，人生如梦，好景不长。李白才华横溢，胸怀报国之志，然而朝廷腐败，奸臣当道，他无处施展才能。于是诗人云游四海，纵情山水，但仍感叹人生苦短，岁月无情，内心苦闷彷徨。流水东逝是古诗常见意象，寄托愁思，李煜有"问君能有几多愁？恰似一江春水向东流""自是人生长恨水长东"，李白有"抽刀断水水更流，举杯消愁愁更愁"。杨译、许译、吴译都传达了原诗含义，吴译用两个 all，语气更强烈。

别君去兮何时还，且放白鹿青崖间，须行即骑访名山。

I'll take my leave of you, not knowing for how long.

I'll tend a white deer among

The grassy slopes of the green hill,

So that I may ride it to famous mountains at will. （许译）

I leave you, friend—when shall I return?

I shall pasture white stags among green peaks

And ride to visit mountains famed in legend. （杨译）

If I were to leave all of you for the dream mountain, when could I return?

I might as well let the white deer graze on the green rocks temporarily.

When ready for departure, I would ride it to visit my dream mountain.

（吴译）

　　原诗写诗人想摆脱俗世，纵情山水，寻仙问道。白鹿、野鹤都是道家文化意象，表现诗人超凡脱俗的人格境界和高雅情趣，李白诗有"夫子虽蹭蹬，瑶台雪中鹤"。林语堂特别推崇道家之游境，"开耳目，舒神气，穷九州，览八荒，采真访道"，何其乐也。原诗"君"指诗人在齐、鲁等地结识的好友，诗人和他们依依惜别。许译 at will 传达了诗人对人身自由的渴望和追求，杨译略显平铺直叙，吴译 if I were to...用虚拟式表现诗人既向往仙境，又与友人依依不舍，两个 dream mountain 前后呼应，表现诗人对名山的魂牵梦绕，但吴译用词较多，不够精练。

安能摧眉折腰事权贵，使我不得开心颜。

How can I stoop and bow before the men in power

And so deny myself a happy hour? （许译）

Would you have me bow my head before mighty princes,

Forgetting all the joy of my heart? （杨译）

Why should I bow and scrape to serve dignitaries but make myself unhappily? （吴译）

　　原诗结尾，诗人表达了对权贵的蔑视。李白人格傲岸，蔑视权贵和俗辈，"一生傲岸苦不谐，恩疏媒劳志多乖"。比较而言，李白因性格孤傲而不被权贵所容，雪莱因婚姻问题而不被俗世所容，屡遭中伤诽谤，被迫远走异国他乡，他们的诗都表达了对俗世的蔑视和对美好世界的向往，李白诗朦胧缥缈，雪莱诗庄严神圣。许译、吴译用反问句，语气比杨译强烈。下面是柳永的《八声甘州》① 和许渊冲、蔡中奇、柳无忌、Robert Kotewell、笔者的译文：

> 对潇潇暮雨洒江天，一番洗清秋。
>
> Shower by shower
>
> The evening rain besprinkles the sky
>
> Over the river,
>
> Washing cool the autumn air far and nigh. （许译）
>
> I face the splashing shower sprinkling from the sky over the river
>
> And washing clean the cool autumn. （蔡译）
>
> Before me the dreary, dreary evening rain spatters river and sky,
>
> Wholly washing the Autumn clean. （Kotewell 译）
>
> I look toward the skies, when the bleak evening rain has sprinkled the river,
>
> Washing and cleansing the autumn day. （柳译）
>
> I stood facing the evening showers splashing,
>
> Across the sky, over the river sprinkling.
>
> Now, the sky is vast and bare with autumn air refreshing. （笔者译）

清秋时节万物肃杀，游子登楼远眺，黯然神伤，"洒江天"景象开阔，王安石也有"千里澄江似练"。雨、清秋传达凄清的寒意，林黛玉的《葬花辞》也有"冷雨敲窗被未温"，但蒋捷《一剪梅》的"风又飘飘，雨又萧萧"则写喜雨。原诗中"对"表现主人公独立寒秋，仰望暮天，在宇宙天地之间感悟人生。许译没有译出"对"的画面，蔡译 I face、Kotewell 译文 before me、谢译 I look toward 都保留画面。原诗"萧萧"写秋雨绵绵，许译叠用 shower，其第一个元音读音与"萧"的韵母相近，蔡译 splashing、sprinkling 押头韵。Kotewell 叠用 dreary，传达了"萧萧"的意美。原诗"江天"空间阔大，许译、蔡译 over the river 都展现了这种空间感。笔者用 across the sky, over the river 突出空间感，表现潇潇暮雨弥漫江天。"洗清秋"，许译为 washing clear，用 far and nigh 与前面 over the sky 呼应。蔡译

---

① 吴昱昊. 国学文粹 ［M］. 桂林：广西师范大学出版社，2021：434-435.

和 Kotewell 译文为 washing clean，柳译为 washing and cleansing，笔者用 refreshing 表现天高气爽，原诗描写秋雨过后天地空阔，景色一览无余，笔者用 vast、bare 再现了这种空间感。

> 渐霜风凄紧，关河冷落，残照当楼。
> Gradually frost falls and blows the wind so chill,
> That few people pass by the hill or rill.
> In fading sunlight is drowned my bower.（许译）
> Gradually, the frosty wind becomes biting and dismal,
> The frontier pass and the stream cold and deserted,
> And the upper chamber aglow with the twilight sun.（柳译）
> Gradually the pressing frosty wind gets more and more chilly.
> The mountain passes and rivers turn bleak,
> While the last ray of the sun lingers on the balcony.（蔡译）
> Soon the frosty wind turns cold and nipping.
> The hills and rills see few passers-by trudging.
> Forlorn is the bower in sunbeams receding.（笔者译）

寒风凛冽，山川寂寥，夕阳残照，李白的《忆秦娥》有"西风残照，汉家陵阙"。许译 so chill 与下一行 That few people...rill 相联，表现山川凄清寂寥，行人稀少。柳译 biting、dismal、cold、deserted，蔡译 frosty、chilly、bleak 也制造了这种氛围。笔者用 nipping（sharp or cold）表现秋风凛冽，the hills and rills see 为无灵主语结构，trudging（walking with heavy steps, slowly and with effort），表现山河冷落，人迹稀少。原诗"残照当楼"，许译分词 fading 表现暮色渐深，drowned 描写小楼被残阳笼罩，传达阴沉郁闷的氛围。柳译用 aglow，蔡译 last ray、lingers 描写一抹残阳的余晖洒落在阁楼上，lingering 明写残阳，暗喻主人公对残阳的依依惜别之情，可谓"夕阳无限好，只是近黄昏"，温庭钧的"斜晖脉脉水悠悠"也写"斜晖"。笔者用倒装句将 forlorn 放句首，表现小楼凄清寂寥，receding 表现日色渐暗。

> 是处红衰翠减，苒苒物华休。
> Everywhere the red and the green wither away,

There is no more splendor of a sunny day.（许译）

Here the red fades away and the green dwindles.

Imperceptibly, all objects and flowers go to rest.（柳译）

Here the red grows sere and the green fades.

Slowly, slowly the glory of Nature departs.（Kotewell 译）

Everywhere the verdure of land is wilted and somber.

Slowly, the glory of nature is fading, past its prime.（笔者译）

清秋时节草黄花枯，万物开始凋零。许译 everywhere 与前面 far and nigh 呼应，秋雨纷纷，四处草木枯竭，sunny day 与前面 fading sunlight 呼应，描写天色渐暗。"苒苒物华休"写光阴荏苒，大自然的春华秋实都会凋谢，暗喻人的韶华易逝。许译 splendor 与 sunny 押头韵，no more 传达游子对岁月凋零的惆怅之情。柳译 go to rest 稍显平淡，Kotewell 叠用 slowly，保留"苒苒"的音美，glory（beauty, splendid appearance）是英诗常用词语，具有英诗风味。笔者用 verdure（fresh green color of trees, flowers and grass）与 wilted、somber（full of shadows, dark）形成对比，再现了红衰翠减的画面，prime（the state or time of greatest perfection, strength or activity）和现在分词 fading 表现大自然的繁华正在谢去，past 与 prime 押头韵。

惟有长江水，无语东流。

Only the waves of River Long

Silently eastward flow along.（许译）

Silent, I feel my heart swelling

Like the Long River eastward flowing.（笔者译）

原诗喻指岁月流逝，游子无可奈何，江水无语，人也无语。古诗常以流水喻指人的无边思绪，如李煜的《相见欢》也有"自是人生长恨水常东"。"长江"，许译、柳译、Kotewell 译都为 River Long，暗指游子无尽的相思。笔者用 swelling 表现主人公心潮起伏，其思绪宛如那滔滔江水奔流不息。

不忍登高临远，望故乡渺邈，归思难收。

I cannot bear

To climb high and look far, for to gaze where

My native land is lost in mist so thick

Would make my lonely heart homesick. (许译)

To gaze from a height into the distance, I cannot bear,

Yearning for my remote native land so dear. (笔者译)

游子高楼远眺，思念故乡，吴文英的《唐多令》也有"有明月，怕登楼"。中国诗人常感叹故乡辽远，魂牵梦绕，李煜、辛弃疾等思念故土，痛彻肺腑。许译 lost、thick 描写故乡笼罩在茫茫雾霭中，与上阕 drowned 呼应，lost、mist、so 的清辅音 [s] 传达伤感的氛围，thick 与下行 homesick 呼应，雾气弥漫，游子与爱人天各一方，对着苍茫大地彼此眺望，相思也越来越深重。笔者用 remote 呼应 distance，表现故乡辽远，yearning、dear 传达游子对故乡朝思暮想。

叹年来踪迹，何事苦淹留。

I sigh over my rovings year by year.

Why should I helplessly linger here? (许译)

I sigh for the footsteps of the passing years-

Wherefore should I tarry so long and painfully? (柳译)

I lament my protracted vagrant years.

Why should I sojourn here and drag out my days? (笔者译)

游子漂泊在外，羁留异乡，思念故土，内心苦闷。许译 helplessly 表现游子孤苦无助。柳译 footsteps 既指岁月的足迹，也喻指主人公的足迹，long、painfully 传达其内心的苦闷惆怅。笔者 vagabond 与 sojourn 呼应，protracted 与 drag out my days 呼应，强调诗中主人公长期羁留异乡。

想佳人妆楼颙望，误几回、天际识归舟。

From her bower my lady fair

Must gaze with longing eye.

How oft has she mistaken homebound sails

On the horizon from mine? (许译)

I imagine my fair one is now gazing earnestly out of her window,

Mistaking again and again some returning boat on the horizon for mine (蔡译)

I fancy my fair lady, wistful, gazing at the far horizon,

Some sails nearing, alas, without her beloved one homing!（笔者译）

主人公想象远方爱人也在登楼远望，期盼自己早归故里，情丝万缕。吴晟所著《中国意象诗探索》认为汉诗通过视角改变和时空的转换、跳跃、变异、互化来表现人物心理时空。原诗运用时空转换将游子和远方爱人换位，彼此体会对方的心理情感。许译用表假设的情态助动词 must 表现游子想象爱人也在极目远眺，盼望自己早日归家，How oft...for mine 用问句传达爱人对游子朝思暮想。蔡译用现在进行时 is gazing 更为生动，again 的叠用语气强烈。笔者用 wistful（having or showing a wish which may not be satisfied, or thoughts of past happiness which may not return）传达思妇对游子的苦苦期盼，现在分词 nearing 描写帆船越驶越近，既与 far horizon 形成画面前景意象（近）与背景意象（远）的对比，也与 without her beloved one homing 形成对比，强调思妇内心的失望，alas 语气强烈。

争知我，倚栏杆处，正恁凝愁！

How could she know that I,

Leaning upon the rails,

With sorrow frozen on my face, for her I pine!（许译）

Little knowing that I am here leaning on this balustrade.

At this moment what heaped-up sorrow!（Kotewell 译）

How could she know that, right here pining,

From the rail I stand gazing

With wistful eyes, drowned in lovesickness swelling?（笔者译）

游子想象爱人思念自己太心切，几次识错归舟，而他自己也是望穿双眼。许译 frozen 表现游子泪水已哭干，pine 放句尾，表达游子思念爱人，悲伤憔悴。Kotewell 用 I am here、this balustrade、this moment 强调此时此地主人公与远方爱人相互凝望，渲染情感氛围，境界全出。笔者使用 right here 也强调此时此地，pining、gazing、wistful 表现游子望眼欲穿，孤苦憔悴，drowned in lovesickness swelling 表现游子的相思愈发深沉，难以释怀。

诗歌意境表现含蓄美、神韵美、哲理美等，其中含蓄美源于诗人审美体验的模糊性和虚实相生、意在言外的表现手法，是有形与无形、有限与无限、实境与虚境融合的效果，是简朴素淡之美，是言简意丰的隐秀美。意境是以有形表现无形，以有限表现无限，以实境表现虚境，具有空间美、动态美、传神美，意境融合真境（生动美）与神境（传神美）。诗歌朦胧美展现迷离邈远之境，诗人依托于言、象又超越言、象，通过凝练的语言表达缥缈的意蕴。

朦胧美是一种空白美，诗歌画面的空白处形成虚境，激发读者想象和联想。李浩所著《唐诗美学精读》认为古诗留白有三种形态：大音希声（道家的太虚鸿蒙之境和禅家空境）的"时空零点"；飞笔留白，诗人直接以白云等自然意象呈现悠远虚淡的画面，或通过"富有包孕的片刻"表达耐人寻味的体验；空故纳万境，诗人以动写静，以音衬寂，以实写虚，或通过艺术剪辑造成画面省略和空缺，展现三种境界——"落叶满空山，何处寻行迹""空山无人，水流花开""万古长空，一朝风月"。笔者认为，刘长卿诗"溪花与禅意，相对亦忘言"、常建诗"万籁此俱寂，但余钟磬音"是大音希声的境界。李白诗"众鸟高飞尽，孤云独去闲"、杜牧诗"远上寒山石径斜，白云深处有人家"是飞笔留白的境界，柳宗元诗"千山鸟飞绝，万径人踪灭。孤舟蓑笠翁，独钓寒江雪"是"空故纳万境"。

顾正阳所著《古诗词曲英译美学研究》认为空白美包括四种：整体（作品、意象群）空白，诗人托物言志，把感情隐藏起来；间隔空白，诗歌意象并置或跳跃组合，作品画面留下大量空白；意象空白，展现空境（静态和动态之空）；结句空白，诗歌结尾言有尽而意无穷。笔者认为王维诗多整体空白，刘禹锡、杜牧的怀古诗多间隔空白，柳宗元诗多意象空白，陶渊明、李煜诗多结句空白。古诗表达了诗人对宇宙天地万物的无限深情。下面是李煜词《虞美人》①和许渊冲、杨宪益、Cyril Birch、笔者的译文：

春花秋月何时了。往事知多少。

When will there be no more autumn moon and spring flowers

For me who had so many memorable hours?（许译）

When will the last flower fall, the last moon fade?

So many sorrows lies behind.（Birch 译）

Eternal are vernal flowers and autumn moon alternating,

Gnawing my heart with memories pervading.（笔者译）

---

① 杨敏如. 李煜词全集［M］. 武汉：长江文艺出版社，2020：101-102.

月明之夜诗人触景生情，他作为亡国之君身陷囹圄，倍加思念故土，内心痛苦。"往事知多少"，李煜的《浪淘沙》亦有"往事只堪哀"。时间体验是中国诗人的生命感悟，如苏轼《水调歌头》的"不知天上宫阙，今夕是何年"、张孝祥《念奴娇》的"扣舷独啸，不知今夕何夕"。许译 no more 与 so many 呼应，春花秋月依旧，勾起诗人的回忆，memorable 表现诗人想起过去风花雪月，花天酒地，最终沦为亡国奴。Birch 用两个 last，传达诗人强烈的时间体验，fall、fade 描写月缺花落，暗喻诗人韶华已逝，昔日的荣华富贵已烟消云散，sorrows 准确传达了"往事"的含义。笔者用倒装句将 eternal 放句首，与 alternating 强调春去秋来，循环往复，亘古不变，而人世沧桑，物是人非，让诗人感慨万千，gnawing（worrying and giving pain to）、pervading 传达诗人挥之不去的记忆和绵延不绝的忧愁。

> 小楼昨夜又东风，故国不堪回首月明中。
>
> My attic which last night in vernal wind did stand
>
> Reminds me cruelly of the lost moonlit land.（许译）
>
> Again last night the east wind filled my room –
>
> O gaze not on the lost kingdom under this bright moon.（Birch 译）
>
> A lost land was too much to bear.
>
> I turned from the bright moon.（杨译）
>
> Last night, in my attic, the east breeze
>
> And the gleaming moon left me sleepless again,
>
> Missing my lost land, untold my pain.（笔者译）

"小楼"指李煜囚居之地，"东风"指春风，又是一年春风到，让李煜想起故土，"故国不堪回首月明中"传达亡国之痛和刻骨铭心的思乡之情，张元干的《贺新郎》也有"愁中故国，气吞骄虏"。诗人在狱中受尽屈辱，往事不堪回首。许译 cruelly 传达了诗人的追忆和悔恨，lost 既指故土沦丧也指诗人失落惆怅。Birch 把 again 放句首，起强调作用，last 与前面两个 last 呼应。杨译 too...to 结构语气强烈，I turned from the bright moon 的意思是不堪面对明月，自成境界。笔者用 last night、in my attic、the east breeze 形成三个画面（昨夜、小楼、东风），left me sleepless again 表达诗人常在风清月明之夜辗转难眠，missing 表现主人公思念故国，untold 放 my pain 前面，强调诗人内心无边的痛苦，与前面 gnawing my heart 呼应。

雕阑玉砌应犹在，只是朱颜改。

Carved balustrades and marble steps must still be there,

But rosy faces cannot be as fair. （许译）

Still in her light my palace gleams as jade.

Only from bright cheeks beauty dies. （Birch 译）

Could the carved rails and marble steps still gleam?

Could the palace ladies in their beauty still beam? （笔者译）

诗人睹物思人，内心悲苦，如江水无边无际，"雕阑玉砌"写当年繁华，李煜的《浪淘沙》也有"玉楼瑶殿影"。"朱颜"喻指美人，诗人追忆往昔荣华，感叹物是人非。许译 must still be there、cannot be as fair 呼应上阕 so many memorable hours，表现诗人想象当年的玉楼绣阁还在，但楼中美人早已老去。Birch 把 still 放句首，与前面 again 形成对照，传达诗人恍如隔世的体验，gleam 化静为动，富于视觉美。笔者用两个疑问句形成排比结构；两个 still 强调诗人内心的迷茫和苦闷，gleam（雕栏玉砌闪闪发光）与 beam（宫女光彩照人）呼应，突出画面感。

问君能有几多愁，恰似一江春水向东流。

If you ask me how much my sorrow has increased,

Just see the overbrimming river flowing east! （许译）

To know the sum of human suffering,

Look at this river rolling eastward in the spring. （Birch 译）

Vain it is to fathom the depth of my woes swelling

Like the spring river, boundless, eastward rolling. （笔者译）

"恰似一江春水向东流"为千古名句，逝水东流寄托了中国诗人的集体文化情感，诗人的忧愁如同一江春水滚滚东流，茫茫无际，李煜词善于这种结句空白，自成境界。许译 overbrimming 明写滔滔江水，暗喻诗人溢满心头的哀愁无边无际。笔者用倒装句将 vain 放句首，强调诗人哀怨之深，他人难以体会（fathom the depth of my woes），哀情充溢心间（swelling），如滔滔江水（boundless）滚滚东逝（rolling）。李煜词写亡国之恨，痛彻肺腑，如《子夜歌》"人生愁恨何能免？销魂独我情何限"。下面是李煜《浪淘沙》① 和许渊冲、杨宪益、笔者译文：

> 帘外雨潺潺，春意阑珊。罗衾不耐五更寒。
>
> The curtain cannot keep out the patter of rain.
>
> Springtime is on the wane.
>
> In the deep of night my quilt is not coldproof.（许译）
>
> Beyond the curtain the rain pattering, gnawing
>
> My mind grieved at the Spring fast fading.
>
> The deep night chilled my quilt and heart.（笔者译）

  暮春时节，窗外细雨绵绵，深夜寒气袭人。宋词常写寒雨之境，"帘外雨潺潺"是苦雨，《蝶恋花》的"数点雨声风约住"则是喜雨。"春意阑珊"传达伤春的感受，冯延巳、李清照的词大量描写伤春怀春。许译象声词 patter 再现"潺潺"的音美，笔者用 beyond 传达空间感，gnawing my mind 强调春雨绵绵，让主人公愁绪满怀，春光流逝（fast fading），更让他无比哀愁（grieved），动词 chilled 同时修饰 my quilt 和（my）heart，传达衾寒、心更寒的体验。

> 梦里不知身是客，一晌贪欢。
>
> Forgetting I am under hospitable roof,
>
> Still in my dream I seek for pleasure vain.（许译）
>
> To one who in his dreams fancied he was his own once more.（杨译）
>
> In dream, transported with fleeting pleasure,
>
> I made believe I was no more a captive.（笔者译）

  诗人在梦里追忆昔日的轻歌曼舞、荣华富贵，他沉醉在回忆中，暂时忘记自己已是身在异国的阶下囚。宋词常写梦境，展现现实与梦想、往昔与今世的巨大差异，张元干的《贺新郎》也有"十年一梦扬州路"。许译 under hospitable roof（身处好客之地）有误，杨宪益译 To one who in his dreams fancied he was his own once more 更贴近原诗。许译 vain 表现诗人感叹过去的享乐无非是虚荣浮华，笔者用 transported（filled with delight, joy or any strong feeling）和 fleeting 表现诗人在梦中寻求暂时的情感寄托，make believe（假

---

① 吴昱昊. 国学文粹［M］. 桂林：广西师范大学出版社，2021：431.

装）表现诗人在梦中逃避残酷的现实，使自己内心得到暂时解脱。

> 独自莫凭栏，无限江山，别时容易见时难。
> Don't lean alone on railings and
> Yearn for the boundless land.
> To bid farewell is easier than to meet again. （许译）
> Painful it is to gaze from the railings, forlorn,
> Missing my lost land, vast and far away,
> Never to be seen again, after our separation with pain. （笔者译）

皓月当空，诗人登楼远眺，思念故国，过去的风花雪月已成云烟，他无限惆怅，深感人生如梦。李煜词善于时空转换，诗人情感心理在现实时空与记忆时空之间不断切换，产生巨大的心理落差和艺术张力。"无限江山"既指江山辽远也指乡思无边，张元干的《贺新郎》也有"万里江山知何处"。李煜有"别时容易见时难"，李商隐也有"相见时难别亦难"，都无限伤感。笔者认为，中国古诗写悲情，当数子美、义山、长吉、后主、易安境界最高。许译 Don't lean...land 保留祈使句式，表达诗人感到沉溺于追忆已徒劳无益。笔者用倒装句将 painful 放句首，强调诗人内心的痛楚，forlorn （left alone and unhappy）传达其孤苦寂寥，vast、far away 表现故国辽远，让诗人魂牵梦绕（missing），never 语气强烈，pain 与 again 行内押韵，与前面 painful 呼应。

> 流水落花春去也，天上人间。
> With flowers fallen on the waves spring's gone away,
> So has the paradise of yesterday. （许译）
> The river flows -
> The blossoms fall.
> Spring going-gone：
> In heaven as on earth. （林同济译）
> Vanished is Spring with flowers falling and water flowing.
> Remote is past from present, as heaven from earth. （笔者译）

往昔荣华与如今的磨难之间的反差带给诗人冷彻骨髓的悲凉感，刘辰翁的《西江月》也有"夜来处处试新妆，却是人间天上"，悲叹南宋灭亡。

许译 paradise of yesterday 写浮华享乐已成往事，如同东逝流水。林译现在分词 going 和过去分词 gone，表现落花流水，春日转瞬即逝。笔者用两个倒装句将 vanished、remote 分别放句首，past from present 与 heaven from earth 形成排比结构，强调春日美景终将逝去，昔日的荣华富贵与今日的囚牢之苦可谓天壤之别。下面是李煜词《长相思》① 和许译、笔者译文：

一重山，两重山，山远天高烟水寒。相思枫叶丹。

Hill upon hill,

Rill upon rill,

They stretch as far as sky and misty water spread.

My longing lasts till maple leaves grow red.（许译）

Mountains stretching far and wide,

Confine me on each side.

Under the bare sky the mountains remote join the misty river cold.

Pining are maples crimson, sharing my lovesickness untold.（笔者译）

山高水长，雾霭茫茫，诗人思念远方故土，作品景象空阔，是郭熙所说的平远之境。一重、两重写重山阻隔，李煜词善用数量词，如《长相思》"云一涡，玉一梭"描写女子装束，"帘外芭蕉三两窠""山远天高烟水寒"展现迷离邈远、凄清孤冷之寒境，杜牧《山行》也有"远上寒山石径斜，白云深处有人家"。李煜的《望江梅》有"千里江山寒色远"，吴梦窗的《八声甘州》有"渺空烟四远，是何年青天坠长星"。许译 Rill upon rill 将山转换为水 rill，与 hill upon hill 形成对仗，rill 与后面 water 呼应，stretch、as far as、spread（辽远的空间）与 lasts till（相思的时间久远）相呼应，传达无边的相思。原诗描写关山难度，故国千里，笔者用 far and wide 展现空间的辽远，呼应 confine，表现诗人被重山层层围住（on each side），传达其内心的苦闷和孤独。

菊花开，菊花残，塞雁高飞人未还。一帘风月闲。

Now chrysanthemums blow.

Now chrysanthemums go.

---

① 何茂全. 唐诗 宋词 元曲［M］. 长春：吉林文史出版社，2016：191.

You are not back with high-flying geese.

Only the moonlit screen waves in the breeze

And in moonlight with ease. （许译）

The mumes blooming present a beauty sublime.

The mumes withering are past their prime.

With frontier geese in flight, I miss more my beloved out of sight.

Behind the curtain in breeze fluttering, I languish in moonlight. （笔者译）

深秋时节菊花凋零，大雁南飞，诗人思念远方亲人，惆怅苦闷，作品展现了时间的长远。许译保留排比结构，go 稍显抽象，now 的叠用突出时间体验。"塞雁高飞人未还"，译者认为是指李煜在汴京做人质的兄弟从善，或是李煜暗恋的小周后，You are not back with high-flying geese 用 you 让诗人直接向对方表达感情，富于感染力。"一帘风月闲"写秋风吹动门帘，李清照也有"帘卷西风"。宋词常写闲月闲庭、闲情闲意，only 传达孤独寂寞，动词 waves 具有动感，moonlit 与 moonlight 照应，再现月夜相思的场景，in the breeze 与 in moonlight 形成排比，突出画面视觉感。笔者也保留排比结构，sublime 表现菊花盛开时的壮丽景色，与 past their prime 形成对比，miss more my beloved out of sight 表现诗人思念远方亲人，fluttering 描写帘卷西风，languish 表现诗人孤苦憔悴。下面是李煜的《相见欢·林花谢了春红》①和许译、笔者译文：

林花谢了春红，太匆匆，无奈朝来寒雨晚来风。

Spring's rosy color fade from forest flowers,

Too soon, too soon.

How can they bear cold morning showers

And winds at noon? （许译）

Fast fading are vernal flowers, leaving the wood bare and bleak,

Too fast fading.

The morning showers splashing

And the evening gale raging, assail

The falling blossoms so frail. （笔者译）

---

① 姚国军. 古典诗词欣赏 [M]. 北京：中央编译出版社，2020：136.

诗人感叹浮生如梦，韶华易逝，"太匆匆"，辛弃疾的《摸鱼儿》也有"更能消几番风雨？匆匆春又归去"。寒风寒雨让人悲凉，李清照的《声声慢》也有"梧桐更兼细雨，到黄昏，点点滴滴"。原诗"自是人生长恨水常东"既写逝水流年也表达无边愁绪，欧阳修的《踏莎行》也有"离愁渐远渐无穷，迢迢不断如春水"。许译 fade、forest flowers 押头韵，too soon 的叠用语气强烈，how can 引导的反问句表现诗人深感春寒透骨，"晚"译为 noon，稍显不足。笔者用倒装句将 fast fading 放句首，与 too fast fading 呼应，bare、bleak 描写树林枯萎凋零，splashing 传达听觉体验，与 raging 呼应，表现风雨交加，too frail 与 assail 传达"夜来风雨声，花落知多少"的意境，与 too fast fading 呼应。

胭脂泪，相留醉，几时重。自是人生长恨水长东。

The crimson rain

Like rouged tear

Will make me stay

And drink all day.

When will again

Red bloom appear?

Regretful life will ever last

Just as the eastward-flowing water will go past.（许译）

With tear-stained cheeks carmine, my beloved is pining.

Draining my cups, I brood with lovesickness swelling.

Could she ever in beauty glow again?

Forever dismal is our life with so much pain,

Like the river, flowing eastward, never to return again.（笔者译）

"胭脂泪"指南唐宫女在国破家亡后以泪洗面，脸上尽是胭脂，或指秋雨吹落红花，好像胭脂泪。许译 The crimson rain / Like rouged tear 采用后一种说法，drink all day 表现诗人以酒浇愁，red bloom 与上阕 rosy color 呼应，表现诗人留恋春光美景，ever last 强调诗人悲叹自己的不幸身世。笔者 pining 与 brood、lovesickness swelling 呼应，表现诗人与恋人之间无尽的相思和忧愁，问句 Could she...again 与 Forever dismal...pain 传达诗人自问自答的心理体验，ever 与 forever 呼应，in beauty glow 与前面 pining 形成对照，表现红颜薄命、韶华易逝，倒装句将 dismal 放在 is 前面，强调人生苦短。

第四章 诗歌翻译中审美神韵层面的境界再现

诗歌境界不仅体现在意象美、意境美上，也体现在神韵美上，包括客体之神韵和主体（人）之神韵。诗歌神韵就是诗歌中宇宙天地自然万物和社会人文意象所蕴含的灵气灵性、诗人（诗中主人公）的人格境界和精神气质。

第一节 诗歌翻译中自然意象神韵的境界再现

中国诗人关注自然万象的物情物理物态，展现其神韵，将其化为人格之神韵。杜甫堪称描写天地万物之神态神韵的大家，宋代诗人张先写影能得其神韵，人称"张三影"。古诗描写山水能得其神韵，辛弃疾的"我见青山多妩媚，料青山，见我应如是。情与貌，略相似"将山之神韵（"妩媚"）内化为自我人格，人与山相融，境界极高。李白的"相看两不厌，只有敬亭山"也是神来之笔；姜夔的"数峰清苦，商略黄昏雨"堪称绝唱，其中"清苦"乃黄昏雨雾中青峰之神韵；白石的"淮南皓月冷千山，冥冥归去无人管"，以"冷"写皓月、千山之神韵，王国维极为欣赏。英诗写海洋能展现其神韵（威严神秘），阿诺罗的《多佛海滩》描写信仰之海（The Sea of Faith），涨潮和退潮分别象征人类信仰的高昂和萎缩。比较而言，张若虚的《春江花月夜》中的海安详宁静，自有神韵，故闻一多激赏其有宇宙意识、宇宙境界。笔者认为，有神韵则自有境界。下面是李白的《独坐敬亭山》①和柳无忌、笔者译文。

---

① 马茂元，赵昌平. 唐诗三百首新编［M］. 北京：商务印书馆，2020：170.

众鸟高飞尽，孤云独去闲。相看两不厌，只有敬亭山。

Flocks of birds fly high and vanish.

A single cloud, alone, calmly drifts on.

Never tired of looking at each other –

Only the Jingting Mountain and me. （柳译）

Into the skies high above, the soaring birds vanish.

A cloud, alone and carefree, is drifting in leisure.

The mountain and I, of feasting eyes

On each other, take our pleasure. （笔者译）

李白写山水皆有神韵，诗人善写大景、动景，如"明月出天山，苍茫云海间"富于气势，也善写静景，能得其妩媚柔婉，如"燕草如碧丝，秦桑低绿枝"。敬亭山位于安徽宣城，李白曾在宣城暂居，与好友吟诗作赋，留下不少名篇，如"两人对酌山花开，一杯一杯复一杯"，得饮乐之神韵。李白一生好交友，也能在独处独坐独饮中品味人生，自成高境。"众鸟高飞尽，孤云独去闲"景象高远空阔，渲染寂静恬然的氛围，"孤"不是孤独，而是一种境界，"闲"是孤云之神韵，更是李白人格之神韵。柳译 single、alone、calmly 再现了"孤""闲"的境界，得其神韵。笔者用倒装句将 into the skies 放句首，high above 传达空间感，alone、carefree 呼应 leisure，传达了"孤""闲"的境界，现在进行时 is drifting 表现孤云正缓缓飘荡。诗人将敬亭山灵性化、生命化，与敬亭山对目凝视，这是一种审美凝视和观照，诗人乐在其中，陶醉于其中。诗人济慈对希腊古瓮也是这种审美凝视、观照和愉悦。原诗"厌"意思是诗人与敬亭山相互对望和欣赏，看也看不够，在对望中忘记了时间的流逝，仿佛时间凝固了。国内外很多译文都将"厌"译为 tire，"看"译为 looking，没有传达出其境界。笔者用 feasting eyes...on each other、pleasure 传达了"相看两不厌"的境界。原诗还可译为：

Flitting are the birds into the skies high above, so still.

A cloud, alone and carefree, is drifting in leisure.

The mountain and I, of feasting eyes

On each other, enjoy our fill.

笔者用 flitting 表现众鸟正飞向高空，so still 渲染静谧的氛围，enjoy our fill 描写诗人和敬亭山尽情享受相互对望的愉悦。"相看两不厌，只有敬亭山"还可译为（The mountain and I, feast our eyes / On each other, in sweet silence），笔者用 sweet silence 押头韵，传达了诗人与敬亭山在静默对望中难以言表的审美愉悦和静谧安详的氛围。

诗歌植物意象也各有神韵。汉诗的梅、兰、竹、菊（君子意象）和松、竹、梅（岁寒三友）象征高洁人格，林语堂认为松有雄伟、梅有清奇、竹有纤细、柳有柔美。笔者认为，雄伟、清奇、纤细、柔美都是神韵。菊之神韵是淡，"人淡如菊"，菊为秋花，有秋之寒意和幽香。陶渊明、李清照不仅赏菊而且饮菊花茶，以茶品味人生。陶渊明作为寒士在茶中品出了返璞归真、知足常乐、安贫守道的人生真谛。李清照南渡之后人生飘零，凄凉孤苦，"满地黄花堆积，憔悴损，如今有谁堪摘""帘卷西风，人比黄花瘦"，内心凄楚，"瘦"得落菊之神韵，更是诗人之神态，堪比"红杏枝头春意闹"（"闹"得春之神韵）。菊之神韵，在陶诗中是淡泊明志，在李诗中则是一丝人生苦味。

梅之神韵是清，梅有冬之幽冷幽香，古诗中林逋写梅之暗香，陆游写梅之傲骨，"俏也不争春，只把春来报"，其"一树梅前一放翁"堪比李白的"相看两不厌，只有敬亭山"。姜夔写梅之冷香，李清照写梅之幽香，"玉瘦香浓，檀深雪散，今年恨探梅又晚"。贯云石的《咏梅》（"有时节暗香来梦里"）、乔吉的《寻梅》（"冷风来何处香"）也写梅香，皆得其神韵。兰之神韵是高贵，张潮的《幽梦影》认为梅令人高、兰令人幽、菊令人野、莲令人淡。竹之神韵是其傲岸挺拔之姿，象征大丈夫之伟岸人格。毛泽东诗写松淡定从容之神韵，"暮色苍茫看劲松，乱云飞渡仍从容"。古诗描写花木能得其灵性，《红楼梦》中咏花组诗既展现花的风采神韵，也彰显咏花者的人格境界，可谓花如其人。咏白海棠，探春有"玉是精神难比洁，雪为肌骨易销魂"，宝钗有"胭脂洗出秋阶影，冰雪招来露砌魂"，黛玉有"偷来梨蕊三分白，借得梅花一缕魂"，冰清玉洁、摄人心魄乃海棠之神韵。

英诗中华兹华斯写水仙花、雏菊，菲瑞诺写野生金银花，爱默生写紫杜鹃，都各具神韵。水仙花舞步轻盈，潇洒自由、落落大方是其神韵。雏菊温柔可爱，充满善意，给人间带去一丝温暖，温良谦逊是其神韵（Meek, yielding to the occasion's call, / And all things suffering from all, / Thy function apostolical / In peace fulfilling）。但丁·罗塞蒂是唯美主义诗歌代表，其诗中意象皆成画境，富于神韵，作者有四首《柳林》。柳林曾是主人公与恋人相会谈情之处，而恋人已逝，主人公睹林思人，周围景物让他惆怅伤感（bitter、tear、wan），主人公希望灵魂沉入梦中（Steep deep the soul in sleep）。诗人陆游与唐婉悼念对方的词也是这种境界。柳在西方文化中象征失偶、失恋等情感体验，罗诗缠绵悱恻，如泣如诉，得柳林之神韵。

诗人笔下的虫鸟意象也各有神韵。汉诗中蝴蝶富于传奇色彩，多出现于梦境，戴望舒的《古神祠前》描写主人公的思绪化身为五种生物（水蜘蛛—蜉蝣—蝴蝶—云雀—鹏鸟），缥缈轻灵是蝴蝶之神韵。秋蝉之鸣带给中国古人生命的悲凉感，骆宾王以蝉表达内心之怨苦，柳永以蝉抒发对人生悲欢离合的深刻体验，哀婉凄楚是蝉之神韵。英诗中济慈的《蝈蝈和蛐蛐》描写蝈蝈欢快的叫声和蛐蛐激越的鸣声，也得其神韵。

诗歌的鸟禽意象中，汉诗多写杜鹃、鲲鹏、燕子、大雁。杜鹃富于神话色彩，中国诗人以杜鹃寄托内心无尽的情思，表达爱情的失意、人生的失落、生命的苦闷，朦胧飘忽、哀婉凄凉是杜鹃之神韵。英诗中布谷鸟（杜鹃）充满浪漫神秘色彩，华兹华斯的 To the Cuckoo 写布谷鸟，只听其声，不见其形（invisible），仿佛来自仙境（unsubstantial, faery place），这种精灵气质就是布谷鸟之神韵。汉诗中鲲鹏富于神话色彩，表达诗人超拔向上、追求人身自由的强烈意志和精神渴求，彰显诗人的豪气豪情和狂放不羁的个性，传达诗人的凌云壮志，刚猛雄健是鲲鹏之神韵。古诗中燕子意象传达诗人内心的伤感惆怅，晏殊词"无可奈何花落去，似曾相识燕归来""罗幕轻寒，燕子双飞去"，以燕子双飞反衬自己形单影只，以燕子归来感叹岁月流逝，物是人非，轻灵可人是燕子之神韵。汉诗中大雁寄托诗人的离愁别绪、相思之苦，李煜的"塞雁高飞人未还"意境凄清，范仲淹的"塞下秋来风景异，衡阳雁去无留意"意境苍凉，李清照的"雁字回时，月满西楼"意境哀婉，凄清哀怨是雁之神韵。

英诗描写云雀、夜莺、鹰等也颇具神韵。雪莱描写云雀轻盈灵动，是活泼欢快的精灵（blithe spirit），它飞向高处，让清辉洒满宇宙（Heaven is overflowed），奔放自由、灵动欢快是云雀之神韵。夜莺是夜间鸣禽，歌声如泣如诉，让诗人济慈感觉如梦如幻（Do I wake or sleep），神秘缥缈是夜莺之神韵。鹰代表威严和力量，丁尼生描写傲然独立的鹰与大海、孤岛形成空间意象大与小的强烈对比，傲然不群是鹰之神韵。

　　诗人描写春夏秋冬的四季景象、日月星辰、日出日落的自然景象，也得其神韵。春之神韵在于妩媚和丰饶，弥尔顿诗写道：Hail, bounteous May, that doth inspire / Mirth and youth and warm desire。春之神韵在 warm desire。夏之神韵在于热烈和明丽，让人体验到生命的繁盛和充沛，艾米莉·勃朗特喜爱明媚的春光和夏日，雪莱的《西风颂》描写夏日的地中海暖意洋洋，让人昏昏欲睡，温暖宜人是夏之神韵。秋之神韵在于淡然和恬静。元代文人对秋情有独钟，他们在唐宋盛世衰亡后对人生已不抱理想，不存幻想，乐天知命，知足常乐，随遇而安，体现出游戏人生的暮年心态。他们潇洒快活，无拘无束，心态彻底放松，如卢挚的"散西风满天秋意"，白朴的"孤村落日残霞，轻烟老树寒鸦"。诗歌中的秋既是节令之秋，更是人生之秋，是诗人的人生反思和生命体验，秋之神韵也在人生之苍凉感。杜甫在晚年写下《秋兴八首》《登高》，传达了对国家民族苦难和自己人生苦难的深刻体验，和欧阳修的《秋声赋》一样堪称绝唱，极尽秋之神韵。辛弃疾在饱经人世沧桑后对人生已经淡定从容，无喜无悲，"却道天凉好个秋"，秋之神韵也是人生智慧。英诗中济慈的《秋颂》最得秋之神韵，诗人饱含深情描写秋之富饶和充实，抒发了对秋的热爱，富饶瑰丽是秋之神韵。冬之神韵在于肃静和冥思，寒冬冰天雪地，纷飞的大雪孕育着来年的生命，也让诗人陷入对人生和宇宙的思考。

　　比较而言，英诗多写日，汉诗多写月，都能得其神韵。雪莱的《云》写朝阳（The sanguine Sunrise, with meteor eyes），写落日（And when Sunset may breathe, from the lit sea beneath），日之神韵在辉煌灿烂。李白的"小时不识月，呼作白玉盘""床前明月光，疑是地上霜""峨眉山月半轮秋""我歌月徘徊，我舞影零乱"，月之神韵在率真、深情和飘逸。杜甫的"星垂平野阔，月涌大江流""落月满屋梁，犹疑照颜色""永夜角声悲自语，中天月色好谁看"，月之神韵在沉郁、苍凉。苏轼的"转朱阁，低绮户，照无眠。不应有恨，何事长向别时圆"，月之神韵在缠绵、柔婉和多情。

第二节　诗歌翻译中人文意象神韵的境界再现

诗人描写人文意象也能得其神韵。汉诗人文意象主要有琴棋书画类。琴类乐器主要有琴瑟、琵琶、笙箫、笛子等。琴瑟之神韵在缠绵悱恻，如《诗经》的"窈窕淑女，琴瑟友之"表达情思，一唱三咏，曹操的"我有嘉宾，鼓瑟吹笙"传达友情，李商隐的"锦瑟无端五十弦，一弦一柱思华年"追忆似水年华，感叹人生如梦。哀婉凄恻为琵琶之神韵，白居易的《琵琶行》有"大弦嘈嘈如急雨，小弦切切如私语。嘈嘈切切错杂弹，大珠小珠落玉盘。间关莺语花底滑，幽咽泉流冰下难"，以急雨、私语写琵琶曲之神韵，"同是天涯沦落人，相逢何必曾相识"，诗人感叹人生飘零，世事无常。元代文人既潇洒快活也落寞失意，常感叹岁月飘零，人生苦短，李致远有"梦断陈王罗袜，情伤学士琵琶。又见西风换年华"。笙箫的曲调如丝如缕，其神韵在哀婉伤感，李白有"箫声咽，秦娥梦断秦楼月"。苍凉凄婉是笛乐之神韵，苍凉悲壮如王之涣的"羌笛何须怨杨柳"，凄清婉约如姜夔的"酒时月色，算几番照我，梅边吹笛"。汉诗乐境哀而不伤，含蓄节制，浸润心灵，英诗乐境强调情感宣泄和灵魂净化，酣畅淋漓，多描写合唱、合奏等合声，神圣庄严为英诗乐境之神韵。

汉诗中棋表现生活情趣，其神韵在闲适和雅趣，赵师秀的"有约不来过夜半，闲敲棋子落灯花"，诗人约客对弈，但客人未来，诗人并不失落，夜深人静，棋子的轻敲声别有一番情趣，古诗中的神还指艺术创造和鉴赏中的神思神艺、神笔神句，展现主体的神韵（情趣、品味和修养）。汉语题字诗、题画诗富于神韵，杜甫的《戏题王宰画山水图歌》有"壮哉昆仑方壶图，挂君高堂之素壁""咫尺应须论万里"，展现画家非凡的艺术功力和诗人卓越的艺术鉴赏力。中国传统人物品鉴注重人物之神韵（神姿神怀神明），庄子的《逍遥游》描写"神人"（肌肤若冰雪，绰约如处子），以冰清玉洁、超凡脱俗为其神韵。曹植描写美女"顾盼遗光彩，长啸气若兰"也有神韵。《世说新语》评价王戎"神姿高彻，如瑶林琼树"、谢尚"神怀挺率，少致民誉"、武王"姿貌短小，而神明英发"、王羲之的书法"飘若游云，矫若惊龙"。萧衍评价孔琳之书"如散花空中，流徽自得"，薄绍之书"如龙游在霄，缱绻可爱"，钟嵘评价"范诗清便婉转，如风回雪；丘诗点缀映媚，如落花依草"——皆得神韵。

诗人描写人物意象也能得其神韵。汉诗中圣贤、君子和仁人志士的神韵在其崇高人格和卓越才华，即屈原之"内美""修能"。陶渊明儒道兼修，"丈夫志四海，我愿不知老""雄发指危冠，猛气冲长缨"，骆宾王"此地别燕丹，壮士发冲冠"，刚猛雄健乃大丈夫之神韵。汉诗称豪杰名士为"风流"，如李白称赞孟浩然"风流天下闻"，风流乃孟浩然之神韵（神态举止的潇洒儒雅和学识的深厚）。道家的真人、幽人、隐士具有仙气逸气，陶渊明有"泛此忘忧物，远我遗世情""啸傲东轩下，聊复得此生"，诗人安贫守道，贫中作乐，尽享诗酒人生，随和自然是陶渊明人格之神韵。李白云游天下，逍遥自在，飘飘欲仙，"俱怀逸兴壮思飞，欲上青天揽明月""且放白鹿青崖间，须行即骑访名山"，清雄飘逸是李白人格之神韵。

古诗描写女性最能得其神韵，曹雪芹的《红楼梦》描写警幻仙姑"纤腰楚楚兮，回风舞雪"，其气质"素""洁""静""艳""文""神"，其文如"龙游曲沼"，其神如"月射寒江""冰清玉润"，朦胧飘逸、超凡脱俗乃仙姑之神韵。白居易的《长恨歌》写杨贵妃"回眸一笑百媚生，六宫粉黛无颜色""玉容寂寞泪阑干，梨花一枝春带雨"，妩媚动人乃杨贵妃之神韵。戴望舒的《雨巷》写"结着愁怨的姑娘"有着"丁香一样的颜色，丁香一样的芬芳，丁香一样的忧愁"，古诗中丁香代表愁怨，李中主有"青鸟不传云外信，丁香空结雨中愁"，戴望舒以丁香尽显"姑娘"之神韵。英语诗人描写女性多以仰慕崇拜的眼光将其神圣化、圣洁化，华兹华斯、拜伦、雪莱、罗伯特·勃朗宁、但丁·罗塞蒂等都善写女性之神韵（神圣高贵）。

拜伦的《她走在美的光影中》脍炙人口，但丁·罗塞蒂描写女性光彩照人，气质高贵，宛如一幅幅油画，美轮美奂，形神兼备。诗人描写恋人的容貌神态，warmed by hand 传达温暖的气息，shadowed by hair 表现明与暗的视觉对比，articulate throbs 描写诗人能感觉到恋人心的跳动。诗人将恋人乌黑的秀发比喻成黑色的溪流（smooth black stream），以衬托其皮肤的白皙（whiteness fair），诗中 sweet fluttering sheet 描写情书在轻轻颤动，呼应前面 throbs，恋人的红唇与双眸与灵魂气息相通（agree），可谓"回眸一笑百媚生"。诗人与恋人心心相印，灵魂的交流和融合无声无息（pour her heart、silent song），在脉脉含情间传递着爱意，可谓此时无声胜有声，

married 与 music、answering 与 air 押头韵，音美与意美完美融合。

诗歌翻译中的神韵包含诗人神韵、原诗神韵、译者神韵、译诗神韵。诗人神韵是诗歌神韵的精神实质和内涵，包含思（艺术思维）、情（审美情感）、性（个性化气质和志趣）。译者要把握和再现原诗神韵，首先要深刻领会诗人神韵（精神境界、思想情操、个性化气质和审美理想）。诗歌神韵通过音韵美、情感美，意境美、文字美、风格美表现出来。音韵美指诗歌通过音调、音步、韵式、拟声词等要素展现出的回环往复、跌宕起伏的节奏美和和谐悦耳的韵律美。陈大亮所著《文学翻译的境界：译意·译味·译境》认为文学作品包含意义、意味和意境三个层次，意味包含声韵节奏、情感寄托、修辞文采和风格文体。

诗歌传达诗人（诗中人物）人生经历中的情感体验。杜甫一生飘零，忧国忧民，情感深沉，梁启超称其为"情圣"，评价很高。笔者认为，论情感之厚重，中国诗人只有屈原能与杜甫比肩。陈大亮所著《文学翻译的境界：译意·译味·译境》认为情感寄托包含意象、语气或口吻、字词的感情色彩、形象性语言、真景物与真感情等。诗歌的修辞文采体现为文字美，即翻译家刘士聪所说的作家个性化话语方式。诗人强调"炼字炼意炼味"，如杜甫、孟郊，但也追求不工而工，如陶渊明、李白。诗歌的风格文体表现为个性美，优秀诗人都以个性鲜明，卓尔不群而独步诗坛，如李白、杜甫、苏轼、但丁·罗塞蒂、艾米莉·勃朗特等。陈大亮认为译意是基础，译味是关键，译境是超越，其中译味要传达原作音乐效果，译文情真意切、文采优美，风格相似，意味淳厚。笔者认为，古诗以淡远含蓄为神韵之高境，写人惟妙惟肖，形神兼备，绘景栩栩如生，古诗翻译应力求传达其神韵。下面是李白的《赠孟浩然》[①] 和吴永强、笔者译文：

吾爱孟夫子，风流天下闻。红颜弃轩冕，白首卧松云。

My much-respected Meng, I appreciate you in great admiration,

For your well known free and elegant presence and manner.

In your prime you refused to hold imperial post without hesitation.

Throughout your life you have been living a secluded life in nature. （吴译）

Master Meng, how much I esteem you in adoration,

For your reputed dignified manner and peerless erudition.

---

① 何茂全. 唐诗 宋词 元曲 [M]. 长春：吉林文史出版社，2016：65.

In the flush of youth you scorn official posts in low evaluation.

In venerable age you repose among pines embraced in clouds. （笔者译）

孟浩然与李白同为盛唐著名诗人，都有雄才大略，意气风发，指点江山，激扬文字，但都仕途不济，壮志难酬，人生境遇相似。李白对孟浩然的赞扬也是对自我才华能力的高度自信和肯定。吴译 much-respected、appreciate、great admiration，笔者译 esteem（to respect and admire greatly）和 adoration（deep love and respect）传达了诗人对孟浩然的敬仰。"风流"，吴译为 free and elegant presence and manner，强调孟浩然潇洒自如的神态和举止。笔者认为"风流"还应包括孟浩然的渊博学识，内外兼修，方为一代名流，dignified manner 再现了孟浩然超凡脱俗的气度，peerless erudition 表现其过人的学识才华。毛泽东诗"数风流人物，还看今朝"，笔者译为：

True heroes are those with valor and wisdom of statecraft.

Only in our era can they emerge and play their part.

"风流人物"指有勇有谋、能安邦定国的人才，笔者用 valor、wisdom of statecraft 传达了其含义。"还看今朝"意思是这些英雄人物只有在当代中国才能涌现出来，施展才能，笔者译为 emerge、play their part。原诗"红颜弃轩冕，白首卧松云"是对"风流"的生动阐释。"红颜"既指孟浩然器宇轩昂的神态，也指其盛年时期，"弃轩冕"指孟浩然鄙视功名利禄。吴译 in your prime 指盛年，笔者用 flush（人精力充沛，脸色红润），flush of youth 既指孟浩然盛年，也再现其红光满面的形象，scorn（to refuse because of pride as something not worthy）传达了孟浩然对功名利禄的鄙视态度，呼应 low in evaluation，情感色彩比吴译 refused…without hesitation 强烈。"白首"既指孟浩然晚年，也描写其鹤发童颜的形象，"松"喻指君子，"云"喻指隐士，描写孟浩然逍遥林泉的恬然生活。吴译 Throughout your… nature 传达原诗含义，但没有保留原诗意象，笔者用 venerable（of an old person or thing considered to deserve respect or honor because of character, religious or historical importance）描写晚年的孟浩然德高望重，传达了诗人的敬仰之情，repose（to lie still and rest comfortably）传达了"卧"的含义，embraced in clouds 描写云雾缭绕中青松若隐若现，embrace 将白云拟人化，再现了人与大自然相亲相近的境界。

醉月频中圣，迷花不事君。高山安可仰，徒此揖清芬。

On moonlit nights you could indulge yourself in intoxication.

You'd rather enjoy nature than serve in an imperial position.

How could I look up to your height of virtues and nobility

Except to bow deeply to you in great respect and appreciation？（吴译）

With the moon at night in companionship, you drink your fill of vintage.

Disentangled from officialdom, you enjoy your fill of flowers.

Hardly can I attain your elevation of integrity and cultivation.

In sincerity I follow your example in emulation.（笔者译）

原诗描写孟浩然饮酒赏花的惬意生活，"不事君"呼应"弃轩冕"，吴译 indulge 与 intoxication 押头韵，再现了孟浩然的诗酒人生，enjoy nature 传达了"迷花"的含义，但没有保留意象。笔者认为英语中 nature 的内涵非常丰富，不仅仅指大自然，所以译者应慎重使用。吴译 imperial position 与前面 imperial post 用词稍显重复。笔者 drink your fill 描写孟浩然开怀畅饮，vintage（陈年佳酿）与前面 venerable 呼应，都有年代古老的含义，disentangled from officialdom 与前面 scorn official posts low in evaluation 呼应，表现孟浩然鄙视功名利禄，逍遥林泉，enjoy your fill 与 drink your fill 形成排比，传达孟浩然赏花饮酒的畅快心情。"高山安可仰，徒此揖清芬"传达诗人的敬仰之情，吴译用问句，respect、appreciation 与前面 respected、appreciate 用词稍显重复。笔者用倒装句将 hardly 放句首，强调孟浩然的人格境界和人品修养的高度 elevation（the quality of being fine and noble）让诗人感叹难以企及，integrity、cultivation 表现孟浩然的品德和学识，sincerity 传达诗人真诚的仰慕之情，emulation 传达其见贤思齐的态度，对诗人来说，孟浩然人格修养的境界，虽不能至，但心向往之。下面是李清照的《一剪梅》[①] 和许渊冲、笔者的译文：

红藕香残玉簟秋。轻解罗裳，独上兰舟。云中谁寄锦书来？雁字回时，月满西楼。

Fragrant pink lotus fade.

Autumn chills mat of jade.

---

① 姚国军. 古典诗词欣赏［M］. 北京：中央编译出版社，2020：173.

My silk robe doffed, I float

Alone in orchid boat.

Who in the cloud would bring me letters in brocade?

When swans come back in flight.

My bower's steeped in moonlight. （许译）

Pink lotus with fragrance fading is withering.

Sleepless on mat of jade with autumn chills invading,

In slack silk robes, to seek pleasure

I float my painted boat in leisure.

Who could deliver the precious letter

From my beloved beyond the clouds, I ponder?

Paired are geese in their flight.

Solitary is my bower bathed in moonlight. （笔者译）

秋意寒冷，红断香消，诗人孤枕难眠，于是换成便服，泛舟湖上，以解忧愁。兰舟是古诗常见意象，柳永的《雨霖铃》也有"兰舟催发"。许译 fade 与 jade 押头韵，chills 明写秋意寒冷暗写主人公内心凄冷，进行时 withering 强调红藕正在凋谢，sleepless 放句首强调诗人辗转难眠，invading 表现寒气袭人，slack 描写诗人衣着宽松，to seek pleasure 呼应 in leisure，表现诗人泛舟解忧，愁中取乐。诗人独居小楼，孤苦惆怅，大雁南飞，让她更加思念远方夫君，盼望其音信。"云中"既写大雁云中飞翔又暗写夫君远在云外，如李白诗有"美人如花隔云端"。笔者用 my beloved beyond the clouds 传达了"云中"的含义，deliver 与 wonder、letter 押韵，ponder 描写诗人陷入沉思，precious 表现诗人对夫君书信的珍视，比许译 Who...in flight 情感色彩更强烈。"云中"富于画面感和空间感，"云中谁寄锦书来"还可译为 From my beloved beyond the clouds yonder? 方位副词 yonder 突出"云中"的空间感。"雁字回时，月满西楼"，许译 steeped 描写诗人所居小楼浸沐在月光中，笔者用两个倒装句分别将 paired、solitary 放句首，形成对比，以大雁出双入对反衬诗人形单影只，强调其内心的孤苦，bower bathed 押头韵。

花自飘零水自流。一种相思，两处闲愁。此情无计可消除，才下眉头，却上心头。

As fallen flowers drift and water runs their way,

One longing overflows

Two places with same woes.

Such sorrow can by no means be driven away.

From eyebrows kept apart,

Again it gnaws my heart.（许译）

Forlorn are withered petals falling and water flowing.

Wistful，we share the lovesickness at heart，

Missing each other far apart.

No sooner did I dispel my lovesickness with pain

From knitted brows than it swelled

And overwhelmed my heart again.（笔者译）

"花自飘零"呼应前面"红藕香残"，李煜也有"落花流水春去也"。诗人苦苦思念丈夫，难以释怀。"一种""两处"巧用数字，苏轼的《水龙吟》也有"春色三分，一分尘土，二分流水"。许译 overflows 与 woes 押韵，表现诗人内心溢满相思情愁，笔者用 wistful（showing a wish which may not be satisfied，or thoughts of past happiness which may not return）表现诗人与丈夫都对彼此朝思暮想。"一种相思"表现诗人与丈夫之间灵犀相通，笔者用 share the lovesickness at heart 传达了这种心灵感应，missing each other 呼应 lovesickness，传达相思之苦，far apart 与 share…at heart 形成对比，表现诗人与丈夫虽天各一方，但心灵相通，彼此牵挂。"此情无计可消除，才下眉头，却上心头"化用范仲淹的《御街行》（"都来此事，眉间心上，无计相回避"），表现诗人的相思难遣，挥之不去。许译 by no means 强调诗人无处释怀，gnaws（to affect as if by continuous eating away，plague）表现诗人相思难熬。笔者用 no sooner…than 结构，with pain 表现诗人想摆脱忧愁，与 again 呼应，强调相思之深、爱情之缠绵，swell、overwhelm 表现诗人心头溢满相思。下面是周邦彦的《瑞龙吟》①和许渊冲、笔者译文：

　　章台路，还见褪粉梅梢，试花桃树。愔愔坊曲人家，定巢燕子，归来

① 蔡义江. 唐宋词精选［M］. 杭州：浙江文艺出版社，2020：144.

旧处。

Along the street to Mansion green

Some twigs of faded mumes can still be seen.

And peach trees try to put forth blossoms sweet.

So quiet are the houses on the street.

The swallows seeking rest

Come back to their old nest. （许译）

Around the pleasure-houses of Zhangtai, noted for romance,

Fading are sprays of mume with lingering fragrance.

Budding are peach twigs, to bloom yearning.

Back are paired swallows flitting

And in their old nests alighting.

Under the eaves of courtyards they like lodging. （笔者译）

主人公故地重游，物是人非，他触景生情，思念昔日情人。古诗中"章台"代指秦楼楚馆、冶游之处，欧阳修有"玉勒雕鞍游冶处，楼高不见章台路"。初春时节梅花渐衰，桃花初开。许译 Mansion green 淡化了"章台"的文化色彩，sweet 既写桃花芬芳又传达主人公重游故地的喜悦。笔者用 pleasure-houses、noted for romance 传达了"章台"的文化含义，两个倒装句分别将 fading、budding 放句首，fading 呼应 lingering，表现残梅余香，yearning 将桃树拟人化，表现桃花含苞待放。原诗描写"章台"四周一片宁静，燕子成双归巢，让主人公更感孤独寂寞。许译倒装句将 so quiet 放句首，强调四周静谧，street 与前面 street 呼应。笔者分词用 flitting、alighting 表现燕子飞来，落在旧巢中，突出画面感，in…nests、under the eaves 传达了原词画面的空间感。

黯凝伫，因念个人痴小，乍窥门户。侵晨浅约宫黄，障风映袖，盈盈笑语。

I stand still, lost in thought of you,

So young, so fond, who came

To peep through cracks between the door and its frame.

At dawn, just thinly powdered in the yellow hue,

Against the wind you try to hide

Your face in sleeves, giggling aside. （许译）

Missing you, I stand forlorn with lovesickness acute.

You came tiptoeing, I recall, so slim and cute,

Through the cracks of wicket peeping.

At dawn, in yellow dress you were beaming.

So adorable were you, giggling,

With your cheeks half sheltered in sleeves

In the breeze waving. （笔者译）

主人公回忆昔日与情人约会的场面，她笑语盈盈，天真烂漫，清新可人，其活泼俏皮的情态富于灵趣，李煜描写小周后"脸慢笑盈盈，相看无限情"，李清照"和羞走，倚门回首，却把青梅嗅"也表现了这种灵动美（神韵）。许译 stand、still、lost 的清辅音［s］渲染伤感的氛围，so young，so fond 用排比结构强调主人公对昔日情人的爱怜，分词 giggling 描写情人银铃般的笑声仿佛仍回荡在耳边，hide、aside 描写少女半遮半掩的羞涩神态。笔者用 missing、forlorn、lovesickness acute 传达孤苦寂寥的主人公对情人刻骨铭心的思念，tiptoeing 与 peeping 呼应，再现少女蹑手蹑脚、悄然而至的场景，slim、cute 描写少女苗条婀娜的身材和俏皮可爱的神态，beaming 表现少女笑逐颜开，倒装句将 adorable 前置，与 cute 呼应，表现少女妩媚动人，half sheltered 表现其玉颜半遮半掩，更让主人公心醉神迷，waving 描写少女的衣袖随风飘动，更显风姿绰约。笔者用六个现在分词力求再现原诗画面和场景的生动感。

前度刘郎重到，访邻寻里，同时歌舞。

I who once came now come again.

Neighboring houses still remain.

Where I saw you sing and dance then. （许译）

The old haunt I come revisiting.

Here, in the former pleasure-houses, with memories teeming,

I recall your sings and dancing so captivating. （笔者译）

主人公思念情人，惆怅悲苦，"前度刘郎重到"化用刘禹锡的《再游玄都观》（"玄都观里桃千树，尽是刘郎去后栽"）。许译 came 与后面 saw

描写过去，come 与后面 remain 描写现在，形成时间对比。笔者用 old haunt、revisiting 表现主人公故地重游，old haunt 与 former pleasure-houses 呼应，here 强调此时此地，memories teeming 表现主人公心中记忆涌动，思绪如潮，captivating 表现主人公回忆情人昔日的歌舞曾让自己心醉神迷。

> 惟有旧家秋娘，身价如故。吟笺赋笔，犹记《燕台》句。
>
> Only the Autumn Belle of yore
>
> Enjoy a fair fame as before.
>
> Trying a pen, I write a poem new.
>
> Can I forget the old one writ for you? （许译）
>
> Only the songstresses winsome
>
> Still win applause resounding,
>
> And handsome reward their fair predecessors matching.
>
> Musing on the old verse writ for you, so moving,
>
> I compose a new poem, the past romance recalling. （笔者译）

"旧家"呼应"旧处"，都指故地。"秋娘"代指女子，蒋捷的《一剪梅》有"秋娘渡与泰娘桥"。"吟笺赋笔，犹记《燕台》句"写主人公提笔赋诗，追忆往事。许译 Belle 为归化译法，带有西方色彩，fair、fame 押头韵。表时间的定语、状语 of yore、as before 呼应前面 still、then，强调岁月无情，世事沧桑，问句 Can I...you 表现主人公对情人难以忘怀，old one 与前面 poem new 形成对比，传达主人公一种时过境迁的体验。笔者用 winsome 呼应前面 captivating，表现今日歌女依然歌声曼妙，舞姿迷人，winsome 与 win 为同根词，handsome、resounding、fair predecessors matching 表现今日歌女依然受人追捧，身价不菲，fair 与 winsome 呼应，musing、moving 表现主人公沉吟之中回味过去给情人写的诗，深受触动，past romance recalling 表现主人公创作新诗，追忆昔日的浪漫时光。

> 知谁伴、名园露饮，东城闲步？事与孤鸿去。
>
> If I but knew
>
> Who is drinking with you in a garden of pleasure,
>
> Or strolling now with you east of the town at leisure!
>
> The past is gone

With lonely swan. （许译）

Who is your gallant companion, I ponder,

In drinking in the garden fair

And strolling in the town, sharing your pleasure?

Vanished is our past romance full of delight

Like the forlorn swan in lonely flight. （笔者译）

主人公猜想昔日情人如今正与谁花前月下，"事与孤鸿去"化用杜牧的"事逐孤鸿去"，往事已成云烟，古诗中孤鸿多传达孤独寂寞或孤傲清高之意。许译用虚拟式和疑问感叹句式，传达主人公深刻的怀念之情，leisure 反衬其内心的孤苦。笔者用 gallant companion 传达主人公的猜想：昔日情人正与某位风流倜傥的郎君花前月下，companion 与 sharing your pleasure 呼应，反衬主人公形单影只，凄凉寂寞，倒装句将 vanished 放句首，强调过去的浪漫已成往事，delight 与 forlorn、lonely 传达了昔日浪漫与今日孤苦的强烈对比。

探春尽是，伤离意绪。官柳低金缕，归骑晚、纤纤池塘飞雨。断肠院落，一帘风絮。

I seek for spring

Only to find past sorrow lingering.

The willows bend with their leaves painted gold.

I come away as it is late and cold.

The poolside drizzle grieves.

Back to the heartbreaking courtyard,

I saw a scenery willowdown weaves

As wind blows hard. （许译）

The vernal scene gay-tinted

Fills me with lovesickness swelling.

Drooping are willows languishing

With gilded leaves dimming.

In gloom I depart with the dusk falling.

Shrouded is the pond in mist drizzles harrowing.

In the courtyard heart-rending

The fluffs of willow-down in chilly gusts are floating.（笔者译）

　　主人公追寻旧梦，无限伤感，柳寄托相思，如秦观有"西城杨柳弄春柔"。斜阳残照，细雨绵绵，主人公愁肠寸断，朱淑真有"黄昏偏下潇潇雨"。许译 only to 表达失落感，past sorrow 呼应前面 the past is gone，传达主人公对往事的追忆，lingering 表现其对情人的思念萦绕心间，挥之不去，cold 既写傍晚天气转凉又暗写主人公内心凄凉，grieves 将飞雨拟人化，暗写主人公的悲伤痛苦。笔者用 gay-tinted、lovesickness swelling 表现春色满园，主人公触景生情，愈发思念昔日情人，drooping、languishing 将杨柳拟人化，明写杨柳憔悴暗喻主人公憔悴，dimming 与 gay-tinted 再现了原诗画面色彩明与暗的对比，gloom 表现主人公内心忧郁，呼应 languishing，倒装句将 shrouded 放句首，表现烟雨迷蒙，harrowing 表现主人公被相思所煎熬。"一帘风絮"化用贺铸的《青玉案》（"一川烟草，满城风絮，梅子黄时雨"），喻指主人公愁绪无边。许译 heartbreaking 传达主人公的悲伤痛苦，a scenery willowdown weaves 含蓄朦胧，留给读者想象空间。笔者用 heart-rending 表现主人公愁肠欲断，fluff 具有视觉感，表现蒙蒙细雨，如丝如缕，chilly 呼应 heart-rending，明写风冷，暗喻主人公内心凄冷。

　　英诗刻画人物也栩栩如生，得其神韵，拜伦的《她走在美的光影中》描写主人公有一种难言之美（nameless grace），在乌黑的发间飘动（waves），她的额头和面颊脉脉含情（eloquent），得其神韵。英语咏物诗也富于韵味，华兹华斯描写水仙花翩翩起舞（fluttering、dancing），带给诗人内心愉悦（pleasure）。费内诺描写金银花默默无闻，独自绽放，超凡脱俗，它一身素装（in white arrayed），妩媚动人（charms），最终香消玉殒（decay）。下面是李白的《忆秦娥》①和许渊冲、笔者的译文：

　　箫声咽，秦娥梦断秦楼月。秦楼月，年年柳色，灞陵伤别。

　　The flute is mute；

　　Waking from moonlit dream, she feels a grief acute.

　　O Moon！O flute！

　　Year after year, do you not grieve

---

　　① 吴中胜，黄鸣. 中华诗文鉴赏典丛·唐宋词鉴赏辞典［M］. 2 版. 武汉：崇文书局，2020：3.

To see'neath willows people leave! （许译）

Subsiding is her flute's doleful air.

In her bower bathed in moonlight,

Bemoaning her sweet dream broken is the lady fair.

In her moonlit bower, the lovesickness how could she bear?

The verdant willows greening in Spring each year

Are grieving over couples dear,

Lamenting their sweetheart's departure. （笔者译）

原词传达诗人对人生和历史的深刻感悟。"箫声咽"传达苍凉感，如杜牧的"二十四桥明月夜，玉人何处教吹箫"传达追忆和感慨，柳永《望海潮》中的"乘醉听箫鼓"描写繁华盛景中笙鼓声让人陶醉，是盛世之音。"秦楼"指闺楼，多传达离愁别绪，李清照的《凤凰台上忆吹箫》也有"烟锁秦楼"。许译 flute、mute、acute 押韵，grief acute 呼应下文 grieve，传达思妇强烈的悲愁，O Moon！O flute！用呼语，语气强烈，两个 flute 相互呼应，反复叠唱，节奏回环往复。笔者用现在分词 subsiding 描写箫声逐渐微弱，doleful 表现箫声哀婉凄凉，bemoaning 呼应 doleful，表现思妇为梦断而悲泣，sweet、fair 与 broken 形成对比，表现秦楼玉女从相思之梦中被无情地惊醒，宾语 the lovesickness 放在反问句 how could she bear 前面，强调思妇孤苦难耐。古诗中杨柳也传达离愁别绪，《诗经》有"杨柳依依"。"灞陵"是汉文帝陵，是古人送别之地。许译第二人称 you 让诗人直接向"秦娥"表达情感，问句和感叹号强化了语气，增强了情感力度，"灞陵"被省译。笔者用 willows 作无灵主语，verdant、greening 表现春天柳色新绿，与 grieving（杨柳为辞别的恋人感到悲伤）形成反衬，用拟人手法传达思妇的伤春体验，dear、sweetheart 表现恋人间的柔情蜜意，lamenting 传达恋人间的辞别之痛，与 grieving 呼应。

乐游原上清秋节，咸阳古道音尘绝。音尘绝，西风残照，汉家陵阙。

All is merry on the Plain on the Mountain-Climbing Day,

But she receives no word from ancient Northwest Way.

O'er ancient way

The sun declines; the west wind falls

O'er royal tombs and palace walls. （许译）

Jubilant is the Mountain-Climbing Day on the Plain of Pleasure.

But, from the ancient path, who could deliver

Her dear one's precious letter?

No letter comes from her lover so dear.

Over the age-worn tombs and palaces desolate,

Wailing is the west wind in the last glow of sunset. (笔者译)

"乐游原"指古都长安以南的汉代帝王陵（"汉家陵阙"）所在地，为古人登高望远之处，李商隐的《登乐游原》也有"向晚意不适，驱车登古原"。"清秋节"指登高节，传达凄清伤感的氛围，柳永的《雨霖铃》也有"更哪堪冷落清秋节"。"咸阳古道"是古人送别之地，李贺有"衰兰送客咸阳道，天若有情天亦老"。许译 merry 与前面 grief acute、grieve 形成对比，反衬妇人孤苦寂寞，Mountain-Climbing Day 传达了古人重阳节登高的习俗，表转折的关联词 but 与上句 All is merry...Mountain-Climbing Day 形成对比，传达妇人的失落寂寞。"咸阳古道"按地理方位被淡化为 ancient Northwest Way。笔者用倒装句将 jubilant 放句首，与 Pleasure 呼应，dear one 与上阕 couple dear 呼应，precious 表现思妇对情人书信的盼望。诗人凭吊怀古，感叹人世沧桑，唐代许浑有"一种青山秋草里，路人唯拜汉文陵"。许译将"音尘绝"转换为 O'er ancient way，与后面 The sun declines 衔接，与 O'er...walls 中 o'er 呼应，再现了画面空间的苍凉感。笔者 lover so dear 与前面 dear one 呼应，age-own、desolate 表现古墓宫阙遭受风吹雨打，历经沧桑，wailing 明写西风悲号，暗写思妇悲哭，last glow 表现夕阳余晖，传达了原诗苍凉凄清的氛围。下面是苏轼的《定风波》①和许渊冲、徐忠杰、笔者的译文：

莫听穿林打叶声，何妨吟啸且徐行。竹杖芒鞋轻胜马，谁怕？一蓑烟雨任平生。

Listen not to the rain beating against the trees.

Why don't you slowly walk and chant at ease?

Better than a saddled horse I like sandals and cane.

O, I would fain

①　姚国军. 古典诗词欣赏［M］. 北京：中央编译出版社，2020：168.

Spend a straw-cloaked life in mist and rain. （许译）

Let rain from over the woods come, as it please.

Listen not to its patters on the trees.

Rather, as go slowly on our way,

Let us sing; if, in the mood, well we may.

As it is, not so pleasant to take horse-rides

As to walk, sandal-shod, with vigorous strides.

Besides, I've a heavy bamboo as cane

Who among us is afraid of the rain?

Don a thatched coat every day, one well can.

How use doth breed a habit in a man! （徐译）

Carefree, unperturbed by the showers on leaves pattering,

Chanting in leisure, in steps sprightly I come strolling.

Than horse riding, I find treading

In sandals and holding a cane more relaxing.

Nothing can be daunting to me and spoil my pleasure.

To living like a straw-cloaked fisher angling

In misty rains I do aspire. （笔者译）

诗人被贬黄州后，一天他途中遇雨而不躲雨，不为雨声所愁，而李重
元《忆王孙》的"雨打梨花深闭门"写愁雨。诗人雨中乘兴而游，自得其
乐，岳飞《满江红》中的"仰天长啸"则写英雄壮志未酬，张孝祥《念
奴娇》中的"扣舷独啸"感叹宇宙浩渺。许译 Listen...trees 保留祈使句式，
语气强烈，chant at ease 表现诗人逍遥自在。徐译用两个 let 引导的祈使句，
as it please、well we may 表现诗人随遇而安的人生态度，介词 from、over 传
达了一种空间感。笔者用 carefree、unperturbed 表现诗人不为雨声所扰，恬
然淡定，sprightly 表现诗人脚步轻快，诗人便装出行，轻松自由，寄情天
地，洒脱快活，李煜的《渔父词》也有"一东风一叶舟""万顷波中得自
由"。许译"谁怕"转换为 O, I would fain，语气助词 O 强化了诗人逍遥林
泉的愉悦感。徐译 pleasant、vigorous strides 表现诗人便服出行，步伐矫健
轻快，one well can 呼应前面 well we may，表现诗人逍遥自在。笔者用 rela-
xing 表现诗人轻松惬意，nothing...daunting...spoil my pleasure 语气强烈，表

现诗人不惧风雨，雨中漫游，自得其乐，aspire 传达诗人对逍遥林泉的隐居生活的渴望。"谁怕"还可译为 Nothing daunted, I brave the treacherous life threatening，用 brave、treacherous、threatening 表现诗人勇敢面对人生的风险和挑战。

> 料峭春风吹酒醒，微冷，山头斜照却相迎。
>
> Drunken, I'm sobered by vernal wind shrill
>
> And rather chill.
>
> In front I see the slanting sun atop the hill. （许译）
>
> Spring breeze has sobered me up for a chill.
>
> The after-effects of drinking one's fill.
>
> Slanting rays over the hills have come our way,
>
> Give hopes of the end of a perfect day. （徐译）
>
> Sobered from drinking by vernal gale blowing,
>
> I feel it quite nipping.
>
> The slanting rays atop the hill glowing
>
> Soothe my heart with cordial greeting. （笔者译）

雨过天晴，春寒料峭，诗人酒醒，见斜阳映照。古诗中斜阳常传达凄苦惆怅之意，而苏词"迎"用拟人手法表现诗人与大自然相亲相近，轻松愉悦。许译 shrill 传达风雨交加中诗人的听觉体验，chill 表现春寒料峭，但"迎"的意境没有传达出来。徐译 drinking one's fill 表现诗人尽性豪饮，come our way、perfect day 传达了"迎"所蕴含的诗人内心的惬意、与天地同乐的境界。笔者用 nipping 表现春寒料峭，glowing 表现晚霞映红山巅，soothe、cordial greeting 保留拟人手法，表现斜阳晚照，仿佛在欢迎诗人，与 nipping 形成对比，传达诗人内心的温暖和慰藉。

> 回首向来萧瑟处，归去，也无风雨也无晴。
>
> Turning my head, I see the dreary beaten track.
>
> Let me go back!
>
> Impervious to wind, rain or shine,
>
> I'll have my will. （许译）
>
> I look back where there patter and sough

On our way home, it's neither fair nor rough.（徐译）

The trail behind me I behold again

Where I braved the raging gust and rain.

Back I would return, happy to my heart's content.

In days fair or foul, I would follow my natural bent.（笔者译）

诗人乘兴而来，尽兴而归，坦然面对人生坎坷，达观开朗，纵浪大化。许译 Let me go back 语气强烈，impervious to wind, rain or shine 表现诗人面对人生风雨（沉浮坎坷）处之泰然，have my will 传达诗人潇洒自由、随心所欲的人生态度。徐译用拟声词 patter、sough 传达听觉体验，Our way home 呼应前面 come our way，传达诗人归家时内心的轻松淡定。笔者用 braved 表现诗人在风雨中前行，无所畏惧，raging 表现风雨交加，倒装句将 back 放句首，语气强烈，happy to my heart's content 表现诗人尽兴而归，days fair or foul 既指大自然的风雨，也喻指人生的风雨，follow my natural bent 表现诗人从心所欲，无拘无束，尽享真实自然的生活。下面是苏轼的《贺新郎》①和许渊冲、笔者译文：

乳燕飞华屋，悄无人、桐阴转午，晚凉新浴。

Young swallows fly along the painted eave,

Which none perceive.

The shade of plane trees keeps away

The hot noonday

And brings an evening fresh and cool

For the bathing lady beautiful.（许译）

Around the mansions paired fledgling swallows

Are flitting in happy flight.

Secluded is the courtyard with no one in sight.

The plane trees cast shades the noonday heat mitigating.

Fresh from bath, the lady fair

Is enjoying the cool evening air.（笔者译）

---

① 季南. 宋词三百首注释［M］. 上海：上海三联书店，2018：62.

黄昏时分凉风习习，吹去午后热气。燕子是古诗常见意象，多寄托情思，如晏殊的《临江仙》有"微雨燕双飞"，《蝶恋花》有"燕子双飞去"。"悄无人"写幽境，苏轼的《水龙吟》也有"有恨无人省"。"桐阴转午"写静境，李煜也有"寂寞梧桐，深院锁清秋"。许译 swallows 用复数描写燕子成双成对，反衬妇人形单影只，"华屋"译为 painted eave，描写燕子在屋檐下飞来飞去，富于画面感，fresh and cool 描写夜晚清凉，许译苏轼《洞仙歌》中的"自清凉无汗"也为 fresh and cool。笔者用 paired 描写燕子成双成对，flitting 与 flight 呼应，描写燕子轻快地飞来飞去，happy 表现燕子的欢快，反衬思妇的寂寥，倒装句将 secluded 放句首，强调深院幽静，mitigating 表现树荫驱散热气，fresh 指思妇新浴，呼应 enjoy、cool，表现思妇浴后玉体清爽，在夜间乘凉。

手弄生绡白团扇，扇手一时似玉。渐困倚、孤眠清熟。
She flirts a round fan of silk made,
Both fan and hand white as jade.
Tired by and by,
She falls asleep with lonely sigh. （许译）
Her lily hand, soft and slender, so lovely,
Is waving her silk fan, round and white, so dainty.
Drowsy, she drifts into sleep, so lonely. （笔者译）

古诗中扇多表现女性孤苦寂寞，如班婕妤的《怨歌行》有"裁为合欢扇""常恐秋节至""恩情中道绝"。团扇洁白如玉，思妇纤手如玉，唐李端的《鸣筝》也有"素手玉房前"。妇人新浴，晚风清凉，她渐生困意。许译 lonely sigh 表现妇人孤苦无助，笔者用 lily 描写思妇玉手白皙，soft、slender、lovely 表现其玉手柔嫩，楚楚动人，dainty 描写团扇玲珑精致，呼应 lovely，人与扇相互映衬，展现一幅美人摇扇图，lonely 与前面 paired、happy 形成对比，表现思妇倦怠寂寥。

帘外谁来推绣户？枉教人梦断瑶台曲，又却是、风敲竹。
Who's knocking at the curtained door
That she can dream sweet dream no more?
It's again the breeze who

Is swaying green bamboo.（许译）

At the portiere, who is brushing?

Her sweet dream broken she is bemoaning.

Again, it's the breeze rustling,

Keeping the green bamboos swaying.（笔者译）

朦胧之中似乎有人敲门，惊醒了思妇的美梦，原来是微风吹动窗外翠竹，宋词常写人初静、风不定的场面，如苏轼的《洞仙歌》有"水殿风来暗香袖，绣帘开"。古诗中竹多表现主人公品格高洁，刘禹锡的《庭竹》也有"风摇青玉枝""依依似君子"。许译将"梦断瑶台曲"转换为 dream sweet dream no more，动词 dream 和名词 dream 的连用表现妇人的春梦被惊醒，who 指代微风，富于情感色彩，"敲"的听觉感转换为 sway 的视觉感。原诗中"推"是轻推，"敲"是轻敲，笔者用 brushing 传达思妇的听觉体验，sweet、broken、bemoaning 表现思妇幽梦惊醒，内心感到凄楚，broken 与 bemoaning 押头韵，rustling 描写晚风飒飒，与 brushing 呼应，swaying 表现绿竹在风中轻轻晃动。

石榴半吐红巾蹙，待浮花浪蕊都尽，伴君幽独。

When all the wanton flowers fade,

The pomegranate flower opens half her lips,

Which look like wrinkled crimson strips,

When all the wanton flowers fade.

Alone she'll be the beauty's maid.（许译）

The pomegranate petals, not full blown, are half disclosed,

As if they were in folded veils half enclosed.

Unassuming, they disdain flashy flowers fading earlier,

Sharing the lady's seclusion as her companion dear.（笔者译）

"浮花浪蕊"暗喻趋炎附势的小人，石榴花不屑与其争艳，宁愿在众花谢落之后"伴君幽独"，苏轼的《卜算子》（"谁见幽人独往来"）也写幽境。许译 wanton 传达了"浮""浪"的含义，alone 表现妇人孤高，beauty 与上阕 beauty 和后面 beauty 呼应，maid 用拟人手法传达妇人对石榴的亲切感。原诗"半吐红巾蹙"描写石榴花还未完全绽放，笔者用 half disclosed 与 half enclosed 形成反衬，表现石榴花欲吐还遮的神态，unassuming（not showing a wish to be noticed, quiet in manner）表现石榴花低调内敛，与 flashy 形成对比，disdain 表现石榴花鄙视那些喜欢炫耀的艳俗之花，sharing 呼应 companion dear，传达思妇对石榴花的亲近感。

秾艳一枝细看取，芳心千重似束，又恐被、西风惊绿。

How charming in her blooming branch, behold!

Her fragrant heart seems wrapped a thousand fold.

But she's afraid to be surprised by western breeze,

Which withers all the green leaves on the trees.（许译）

A blazing sprig rivets her rapt attention.

The distils seem enfolded in multiple layers.

The west gusts, she fears, would chill and blast the frail flowers.（笔者译）

原诗以石榴之花蕊喻指妇人之芳心，贺铸的《荷花》也有"红衣脱尽芳心苦"。西风带给人寒意，晏殊也有"昨夜西风凋碧树"。许译用感叹句式 How charming...和呼格 behold，语气强烈，charming 呼应后面 flower fair，传达诗人对石榴的赞美，withers 呼应后面 To see... her withered... 中 withered，西风使绿叶、石榴枯萎，让妇人心碎。笔者用 blazing 描绘石榴花火红的色泽，rivets（to attract and hold one's attention strongly）、rapt（giving one's whole mind to）描写思妇凝视石榴花枝，全神贯注，chill、blast 表现石榴花不堪西风凄寒而凋零，frail 表现石榴花的柔弱。

若待得君来向此，花前对酒不忍触。共粉泪、两簌簌。

The beauty comes to drink to the flower fair.

To see her withered too she cannot bear.

Then tears and flowers

Would fall in showers.（许译）

If she, grief-stricken, toasts the flowers so tender,

She could not bear the sight

Of the petals falling into her flood of tears.（笔者译）

妇人对花饮酒，以石榴为伴，石榴花纷纷飘落，她也潸然泪下。许译 fall in showers 描写石榴花纷纷飞落，妇人也泪花飞溅，不知哪是人泪，哪是落花。笔者用 grief-stricken 表现思妇悲伤欲绝，tender 呼应前面 frail，表现石榴花的柔弱，petals falling into her flood of tears 表现落英缤纷，思妇也粉泪如雨，花雨与泪雨交融。下面是冯延巳的《鹊踏枝》① 和许渊冲、笔者译文：

谁道闲情抛弃久，每到春来，惆怅还依旧。日日花前常病酒，不辞镜里朱颜瘦。

Who says my grief has been appeased for long?

Whene'er comes spring,

I hear it sing

Its melancholy song.

I'm drunk and sick before the flowers from day to day

And do not care my mirrored face is worn away.（许译）

Who says my lovesickness has long been abated?

The Springtide each year

Keeps my lovelorn heart fretted.

Never is my grief mitigated.

Each day finds me drinking before the flowers, in ailment unalleviated.

Not minding my mirrored cheeks wizening.（笔者译）

原诗传达主人公的春日闲情和满怀愁绪，潘阆的《酒泉子》有"别来闲整钓鱼竿，思入云水寒"，韦庄的《荷叶杯》有"碧天无路信难通，惆怅旧房栊"。许译 Who says...long 保留问句形式，表达主人公无尽的惆怅悲苦，I hear it sing / Its melancholy song 用拟人手法明写春在悲歌，暗写主人公悲吟。笔者用 lovesickness 与 lovelorn 呼应，fretted 表现主人公相思绵绵，难以释怀，abated 呼应 mitigated，倒装句将 never 放句首，语气强烈，强调愁绪难以排遣。主人公借酒浇愁，形容憔悴，晏殊的《浣溪沙》有"一曲新词酒一杯"，李清照有"人比黄花瘦"。许译 from day to day 呼应下阕 from year to year，表现主人公每日借酒浇愁，worn away 表现其日渐憔悴。笔者用 each day 作无灵主语，(un)alleviated 呼应前面 abated、mitigated，表现主人公借酒浇愁愁更愁，wizening 表现主人公形容憔悴。

---

① 崔铭，周茜. 中国古代文学经典导读［M］. 北京：商务印书馆，2019：290.

河畔青芜堤上柳，为问新愁，何事年年有。独立小桥风满袖，平林新月人归后。

I ask the riverside green grass and willow trees.

Why should my sorrow old

Renew from year to year? With vernal breeze

My sleeves are cold.

On lonely bridge alone I stand

Till moon-rise when all men have left the wooded land. （许译）

Why should my age-old sorrow revive

Each year, I ponder?

From the riverside verdant grass and willows

I receive no answer.

Atop the bridge I stand musing,

My sleeves in the breeze waving.

In the wood deserted and serene

I enjoy the crescent moon rising. （笔者译）

　　主人公来到户外踏青，他伫立风中，孤独寂寞。愁是中国诗人共同的人生体验，李煜的《子夜歌》有"人生愁恨何能免"，辛弃疾的《鹧鸪天》有"今古恨，几千般，只应离合是悲欢"。许译 Why should…year 保留问句形式，笔者用 age-old revive 表现年年岁岁，主人公的愁绪萦绕心间，挥之不去，ponder 表现主人公陷入沉思。他在风中独立小桥，既孤独凄清又飘逸潇洒，境界高雅，笔者特别喜欢这两句。宋词中独立、独倚常表达寂寞，如晏殊《临江仙》的"落花人独立"、李清照《一剪梅》的"独上兰舟"，也表现超凡脱俗的情趣，如苏轼《贺新郎》的"伴君幽独"。许译 cold 表现微风拂袖，让主人公感到寒意，on lonely bridge alone 放在 I stand 前面，突出主人公独立小桥的画面，lonely、alone 渲染孤独凄清的氛围，与后面 all men 形成对比，反衬主人公的孤寂，连词 till 强调其久久伫立桥头。笔者用 musing 呼应前面 ponder，表现主人公对人生的反思，waving 描写衣袖飘飘，deserted、serene 描写林中众人散去，寂静安宁，enjoy the crescent moon rising 描写主人公欣赏一弯新月冉冉升起，内心感到惬意。下面是秦观的《江城子》①和许渊冲、笔者的译文：

西城杨柳弄春柔，动离忧，泪难收。犹记多情曾为系归舟。
West of the town the willows wave in wind of spring.
Thinking of our parting would bring
To my eyes ever-flowing tears.
I still remember the sympathetic tree
Which tied my returning boat for me. （许译）
In west town the willows in balmy breeze swaying
Remind me of our departure heart-rending.
With tears my eyes are overbrimming.
The riverside willow twigs my nostalgia sharing
Anchored my boat back from roaming.
Still I recall our meeting in pain. （笔者译）

诗人踏青赏柳，春风拂面，景色宜人，他思念昔日情人，潸然泪下。
许译 willows、wave、wind 形成头韵，wave 与下行 our parting 呼应，诗人由
杨柳随风摇曳想起当年与情人挥手告别的场景，ever-flowing tears 与下文
water...flowing away 呼应，诗人的热泪如流水般绵延不尽。笔者用 balmy
（soft and warm）表现春风和煦，反衬诗人的伤春体验，swaying 描写柳枝
在春风中摇曳，heart-rending 表现诗人当年与情人分别时伤心欲绝，over-
brimming 表现诗人以泪洗面。他回忆当年乘坐归舟，在朱桥边停泊，缆绳
系在柳树上，故地重游，他感慨万千。许译 sympathetic tree 保留拟人手法，
笔者用 my nostalgia sharing 表现多情的柳枝能体验诗人内心的相思之情，
anchor、roaming 表现昔日漂泊远方的情人归来、系缆泊舟的场景，pain 传
达诗人追忆往事时的相思之痛。

碧野朱桥当日事，人不见，水空流。
By the red bridge in the green field we met that day.
But now my dear no longer appears,
Although the water is still flowing away. （许译）

---

① 周啸天. 中国历代诗词精品鉴赏辞典 [M]. 北京：国际文化出版公司，1996：819.

By the bridge overlooking the green plain,

My beloved out of sight, our meeting was so brief.

The river rolling on swells my grief. （笔者译）

诗人感叹物是人非，许译 dear 传达诗人对恋人的深情，now 与上句 that day 形成今与昔的对比，still 呼应前面 I still…tree 中的 still，强调诗人深感时过境迁。笔者用 our meeting 与前面 our meeting 呼应，brief 表现诗人与情人当年会面时来去匆匆，grief 与前面 pain 呼应，swell 表现诗人的愁思如流水般绵延不绝。

韶华不为少年留。恨悠悠，几时休？飞絮落花时候一登楼。

The youthful days once gone will never come again.

When will my endless sorrow end? O when?

While willow catkins fly with falling flowers,

I ascend the high towers. （许译）

Youthful days elapsing fast

Cannot long last.

Could my sorrow ever diminish?

When could it vanish?

I ascend the tower

Kissed by willowdowns swirling

And petals in showers falling. （笔者译）

诗人感叹人生易老，"韶华不为少年留"，蒋捷的《一剪梅》也有"流光容易把人抛"。落花时节诗人登楼远眺，满天飞絮喻指诗人愁绪无边。许译 never 语气强烈，表现诗人深感岁月无情，when 的叠用和感叹词 O 语气强烈。笔者用 elapsing fast 与 long last 形成对比，表现韶华易逝，人生苦短，两个问句强调诗人内心的苦闷，diminish 呼应 vanish，形成递进关系，表现诗人的愁绪萦绕心间，挥之不去，kissed 用拟人手法，富于画面感和情感色彩，落花飞絮飘飘洒洒（swirling），轻拂着高楼，也暗喻诗人与远方情人之间的柔情。

便做春江都是泪，流不尽，许多愁。

E'en if my tears turn into a stream in May,

Still it can't carry all my grief away. （许译）

If even my tears swell into a vernal flood overbrimming,

It cannot carry away my grief overflowing. （笔者译）

春水悠悠，泪水涟涟，诗人的愁思如江水滚滚东流。春水在唐诗中多表达喜悦，在宋词中多表达惆怅，如李清照的《武陵春》有"只恐双溪舴艋舟，载不动，许多愁"。许译 still 与上阕两个 still 呼应，表现诗人愁绪无边，无法释怀，笔者用 swell、overbrimming、overflowing 表现诗人的愁思溢满心间，如流水般绵延不绝。秦观词善写静境、深境、幽境，下面是《踏莎行》① 和许渊冲、笔者译文：

雾失楼台，月迷津渡，桃源望断无寻处。可堪孤馆闭春寒，杜鹃声里斜阳暮。

The bowers lost in mist,

Dimmed ferry in moonlight,

Peach Blossom Land ideal beyond the sight.

Shut up in lonely inn, can I bear the cold spring?

I hear at lengthening sunset home-bound cuckoos sing. （许译）

Blurred is the tower in mist pervading.

Obscured is the ferry in dim moonlight.

Nowhere is Elysian land in sight.

How can I, stranded in the hostel,

Bear the Spring cold nipping?

The slanting sunrays share my grief over cuckoos wailing. （笔者译）

原词表达诗人思乡之情，其时雾霭茫茫，月色朦胧，楼台、津渡若隐若现，诗人感叹关山难越，津渡难寻，进退不得。许译 lost、dimmed 再现了原词朦胧迷离的景象，beyond 保留画面空间感，ideal 表现诗人所渴望的世外桃源般的理想生活无处可寻。笔者用三个倒装句将 blurred、obscured、nowhere 分别放句首，传达原诗景象的朦胧感，强调诗人向往的理想生活遥不可及，pervading 描写雾气弥漫，Elysian 源于 *Elysium* （any place or

---

① 蔡义江. 唐宋词精选［M］. 杭州：浙江文艺出版社，2020：136.

state of great happiness），指理想中的乐土。孤馆、杜鹃、斜阳传达孤苦凄凉的氛围，如李清照的《蝶恋花》有"萧萧微雨闻孤馆"，张炎的《高阳台》有"莫开帘，怕见飞花，怕听啼鹃"，秦观的《满庭芳》有"斜阳外，寒鸦数点"。许译 lonely inn 呼应下阕 lonely river、lonely hill，强调诗人深重的孤独感，can I bear...spring 用问句让诗人直接抒发内心悲苦，分词 lengthening 传达时间体验（暮色渐深，诗人的愁绪也愈加深沉），homebound 写杜鹃归巢，反衬诗人羁留异乡的孤苦寂寥，cuckoos 用复数表现杜鹃啼声此起彼伏，让人愁肠欲断。笔者用反问句 How can...nipping? 其中 stranded（in a helpless position, unable to get away）表现诗人困居驿所，nipping 表现春寒料峭。share my grief 将斜阳拟人化，wailing 呼应 grief，明写杜鹃悲啼，暗喻诗人悲泣。

驿寄梅花，鱼传尺素，砌成此恨无重数。郴江幸自绕郴山，为谁流下潇湘去？

Mume blossoms sent by friends

And letters brought by post,

Nostalgic thoughts uncounted assail me oft in host.

The lonely river flows around the lonely hill.

Why should it southward flow, leaving me sad and ill?（许译）

Precious are mumes and letters delivered

From those I miss at heart,

Though we are far apart.

But they swell my nostalgia profound.

Why should River Chen, around Mount Chen close skirting,

Flow to Xiaoxiang the dreamland, fast speeding?（笔者译）

亲友寄来的梅花、书信使诗人更加思乡，感慨有家难归。梅花寄托乡愁情思，李清照就有六首咏梅词。许译 nostalgic 呼应上阕 homebound，梅花、家书和归巢的杜鹃都勾起诗人的乡思，uncounted、in host 强调诗人愁绪无边，assail 表现诗人被乡思折磨。笔者用倒装句将 precious 放句首，强调诗人将亲友寄来的梅花、书信视为珍宝，miss 传达其对亲友的思念，swell、profound 表现亲友寄来的梅花、书信勾起了诗人愈发浓重的相思。郴州是诗人贬居之地，潇湘（代指诗人家乡）在古诗中多传达思乡之情，如唐代钱起的《归雁》有"潇湘何事等闲回"。许译将"郴山""郴江""潇湘去"意译为 lonely hill、lonely river、southward，用 lonely 强调诗人的孤寂，sad、ill 传达诗人的忧伤孤苦。笔者用 skirting（going around）描写郴江水绕着郴山蜿蜒流去，dreamland 指潇湘是诗人朝思暮想之地，呼应前面 Elysian land，桃源遥不可及，回潇湘也只能是梦想，fast、speeding 传达诗人心理感受，郴江水向潇湘奔流而去，而诗人却困在驿所，归乡之日遥遥无期。下面是张先的《天仙子》[①] 和许渊冲、笔者译文：

《水调》数声持酒听，午醉醒来愁未醒。送春春去几时回？

Wine cup in hand, I listen to "Water Melody",

Awake from wine at noon but not from melancholy.

When will spring come back now it is going away?（许译）

Over wine cup I hear the Water Melody floating,

Sobered from noonday drinking.

But I'm still gnawed by lovesickness lingering.

Vanished is Spring, could it ever return again?（笔者译）

主人公以酒浇愁，感叹春光易逝人易老，月影朦胧，四周一片寂静。他醉梦醒来，仍愁绪满怀。"送春春去几时回"，李清照的《点绛唇》也有"惜春春去，几点催花雨"。许译用现在进行时（is going）强调主人公目睹春光流逝却又无可奈何。笔者用 floating 表现水调曲声从远处飘来，gnawed by lovesickness lingering 表现主人公相思之情萦绕心间，挥之不去，倒装句将 vanished 放句首，强调岁月流逝，ever 强调主人公内心的苦闷。

临晚镜，伤流景，往事后期空记省。沙上并禽池上暝，云破月来花弄影。重重帘幕密遮灯。

In the mirror, alas!

I saw happy time pass.

In vain I recall the old time gone for aye.

Night falls on poolside sand where pairs of lovebirds stay.

The moon breaks through the clouds; with shadows flowers play.

---

① 蔡义江. 唐宋词精选［M］. 杭州：浙江文艺出版社，2020：60.

Lamplight is veiled by screen on screen. （许译）

At dusk, beholding my mirrored cheeks wizening,

I grieve over my youthful days elapsing,

Leaving a memory to be revived in vain.

Lovely are paired lovebirds by the pool nestling.

Peeping through the clouds the moonbeams gleaming

Cast shades over flowers swaying.

Layers of curtains shelter candlelight flickering. （笔者译）

　　主人公对镜梳妆，感叹韶华易逝，往事不堪回首。"临晚镜"，冯延巳也有"不辞镜里朱颜瘦"。许译感叹词 alas 语气强烈，in vain 放句首，与 for aye 一起强调主人公留恋昔日美好时光，内心失落。笔者用 wizening 表现主人公容颜憔悴，elapsing 表现韶华飞逝，to be revived in vain 表现往事已成过去，李商隐也有"只是当时已惘然"。原诗描写禽鸟成双成对，反衬主人公形单影只，晏几道也有"落花人独立，微雨燕双飞"。原诗描写云动、月动、花动、影动，意境优美，汉诗的月影或朦胧（如李清照的《浣溪沙》有"月移花影约重来"），或明净（如张孝祥的《念奴娇》有"素月分辉，明河共影"）。"云破月来"写月光穿破云层洒落下来，月是画面核心意象，许译 The moon...clouds 以 moon 为主语，以复数 clouds 为宾语，表现月光穿透厚厚的云层。"花弄影"写花影朦胧，影也是核心意象，许译 with shadows 放 flowers play 前面，这样 shadow 与前面 moon 都处于突出位置。笔者用倒装句将 lovely 放句首，呼应 lovebirds 中的 love，传达主人公对禽鸟的爱恋感，peeping 将月光拟人化（从云缝中偷窥），描写月光从云缝中洒落下来，gleaming 描写月光闪耀，swaying 表现花朵摇曳。原诗描写主人公独居深院，思念远方爱人，夜晚起风，帘幕低垂，遮住摇曳的灯光，欧阳修的《蝶恋花》也有"庭院深深深几许？杨柳堆烟，帘幕无重数"。"重重帘幕"，许译为 by screen on screen，与许译欧词"帘幕无重数"（By curtain on curtain and screen on screen）意境相近，笔者用 flickering 表现烛光闪烁，呼应前面 gleaming，传达光与影、明与暗的视觉画面。

　　风不定，人初静，明日落红应满径。

The fickle wind still blows.

The night so silent grows.

Tomorrow fallen blooms on the way will be seen. （许译）

The breeze in fits is blowing.

Quiet are people reposing.

Tomorrow will lament pink petals on the path falling. （笔者译）

晚风吹拂，主人公内心逐渐平静，"落红"传达惜春怜春的感受。"人初静"，许译 The night so silent grows 转换为夜初静，so silent 放 grows 前面，强调夜静人寂，清辅音［s］渲染舒缓静谧的氛围。笔者用倒装句将 quiet 放句首，呼应 reposing，传达一种静谧氛围，tomorrow 作无灵主语，lament 将明日拟人化，传达哀婉的氛围。下面是贺铸的《青玉案》① 和许渊冲、笔者译文：

凌波不过横塘路，但目送、芳尘去。锦瑟华年谁与度？

Never, never again

Will you tread on the waves along the lakeside lane!

I follow with my eyes

The fragrant dusts that rise.

With whom are you now spending your delightful hours? （许译）

I miss your lissome step and slender figure.

By the wonted lakeside you fail to reappear.

Wistfully, I gaze on the soft fragrant dust

Floating with your step in tripping past.

Who is sharing your happy hour

Of playing the zither, I wonder? （笔者译）

贺词清隽婉约，与秦观词风相近。原词写主人公独居深院，思念远方爱人，想象她轻盈的体态。诗人化用曹植的《洛神赋》（"凌波微步，罗袜生尘"）、李商隐的"锦瑟无端五十弦，一弦一柱思华年"，追忆逝去的美好年华。许译倒装句式将两个 never 放句首，强调主人公的失落惆怅和对远方恋人的苦苦思念，现在分词 spending、playing 生动传达了其内心的想象。笔者用 miss 传达主人公的思念，lissome、slender 描写恋人轻盈的步伐

---

① 姚国军. 古典诗词欣赏［M］. 中央编译出版社，2020：147.

和体态，与后面 tripping 呼应，wonted、fail to reappear 传达主人公对往昔场景的追忆，wistful 传达其内心的渴望，soft 暗喻恋人轻柔的脚步，wonder 传达主人公的心理感受。

> 月桥花院，琐窗朱户，只有春知处。飞云冉冉蘅皋暮，彩笔新题断肠句。试问闲愁都几许？

Playing on zither string,

On a bridge 'neath the moon, in a yard full of flowers,

Or at the curtained window of a crimson bower,

A dwelling only known to spring?

Is it by the moon-lit bridge in the courtyard with flowers tender?

At dusk the floating cloud leaves the grass-fragrant plain.

With blooming brush I write heart-broken verse again.

If you ask me how deep and wide I am lovesick,（许译）

Or by the painted window in the crimson bower fair?

Only the Spring, I ponder, knows the answer.

Over the plains of sweet herbs, scudding are the clouds in the gloaming

With painted brush I compose new verse heart-rending.

If you want to fathom the depth of my lovesickness harrowing?（笔者译）

月桥、花院、琐窗、朱户是深院意象，许译为直译，笔者用问句形式传达主人公内心的猜测。tender、fair 表现花苑绣户的优美环境，呼应前面 slender、soft，再现了原诗婉约柔美的意境，ponder 呼应前面 wonder，表现主人公的心理活动。"月桥花院，琐窗朱户"还可译为：By the moon-lit bridge in the wooded courtyard are you loitering？/ Or by the painted window in the crimson bower whispering。笔者用 loitering、whispering 描写主人公想象恋人正与别人花前月下，或在绣楼里喁喁私语。飞云是古诗常见意象，多传达离愁别绪，许译 floating 呼应后面 waft，闲云飞渡，柳絮轻扬，fragrant 与上阕 fragrant dusts 中 fragrant 呼应，blooming brush 押头韵，deep、wide 强调主人公无边的思念。笔者用介词 over 传达一种空间感，scudding （moving along quickly as if driven）描写飞云疾驰，heart-rending 表现主人公愁肠欲断，与 harrowing 呼应，the depth of my lovesickness 表现主人公情思之深。

一川烟草，满城风絮，梅子黄时雨。

Just see the misty stream where weed grows thick.

The town o'erflowed with willowdown that wafts on breeze.

The drizzling rain that yellows all mume trees!（许译）

It's like the hazy rill obscured in grasses scrambling,

The town shrouded in catkins in gust floating,

The yellowing plums in rainy season ripening.（笔者译）

原诗化用寇准的"梅子黄时雨如雾"，主人公的思绪剪不断、理还乱。许译 misty stream 描写川流的雾霭朦胧，weed grows thick 描写碧草繁盛，thick 呼应 lovesick，主人公的情思 lovesick 像茫茫碧草无边无际，青草越碧绿茂盛，情思越深沉（thick），o'erflowed 描写柳絮满天飞舞，喻指主人公无边愁绪，drizzling 描写雨绵绵无尽，yellows 作动词，译法灵活。笔者用 hazy、obscured 再现了雾霭朦胧的景象，与 shrouded 呼应，scrambling 描写碧草蔓生。原诗描写梅雨时节的景象，笔者用 yellowing plums、ripening 描写梅子正在发黄成熟，笔者用四个现在分词强调画面景象的动态感。古诗常写香雾缭绕的闺楼、春雨笼罩的深院，视觉、听觉、嗅觉效果相融合，如贾岛的《客思》有"促织声尖尖似针"。英诗中弗罗斯特的 *Once by the Pacific* 中 The shattered water made a misty din 以视觉意象表现听觉感受。下面是温庭筠的《更漏子》①和许渊冲、笔者的译文：

柳丝长，春雨细，花外漏声迢递。惊塞雁，起城乌，画屏金鹧鸪。

See willow tendrils long;

Hear vernal drizzle light,

As water clock beyond the flowers drips all night.

The wild geese start along

With crows on city wall

And golden partridges on the screen in painted hall.（许译）

Like long threads, the willows are tender and fair.

The vernal drizzle chills the air.

Through the flowers the water clock

---

① 何茂全. 唐诗 宋词 元曲［M］. 长春：吉林文史出版社，2016：181.

Is dripping with a sound clear.

The geese from the frontier take fright.

Atop the height of town the crows hover in flight.

On the painted screen the paired partridges gilded bright

Drown me in lovesickness the whole night. （笔者译）

原诗中柳丝、画屏、金鹧鸪（视觉）、漏声（听觉）、春雨（视听觉）意象描写柳丝细长，春雨绵绵，漏声不断，妇人辗转难眠，其情思缠绵无尽，秦观的《浣溪沙》也有"淡烟流水画屏幽""无边丝雨细如愁"。许译 tendrils、drizzle、drips 通过元音［i］传达柳丝、细雨、漏声带给读者的细长、细小、细微的视觉和听觉感受，介词 beyond 具有空间感，因为漏壶在花外，所以滴水声听起来似乎很遥远。笔者用 tender、fair 描写柳丝柔嫩，drizzle、chills 将春雨细的视觉体验转换为听觉和触觉体验，clear 描写宁静的夜晚传来更漏声，格外清晰，fright、height、flight、bright、night 押韵，drown、lovesickness、the whole night 描写屏风上画的鹧鸪勾起了妇人的情思，让她彻夜难眠。

香雾薄，透帘幕，惆怅谢家池阁。红烛背，绣帘垂，梦长君不知。

The fragrant mist outspread

Seeps through the tapestry

Of my pavilion by the pond and saddens me.

Out burned the taper red.

Brocaded screens hang low.

I dream of you so long, but you don't know. （许译）

The tenuous mist with aroma lingering

Permeates the curtains fluttering.

In the poolside bower I'm pining.

The red tapers shed beams flickering

Behind embroidered curtains drooping.

My dreams of you linger

Which you know never. （笔者译）

闺房里红烛（视觉）静静燃烧，香雾缭绕（嗅觉、视觉），香气透过幕帘（视觉）传到屋外，妇人沉浸在无尽相思中。《红楼梦》中贾宝玉也有"柔拖一缕香""穿帘碍鼎香""谢家幽梦长"，原诗"谢家池阁"指女子居所。宋词善写细微的声象、动象、颜色意象等，传达情感氛围。许译 fragrant mist、tapestry、pavilion by the pond、taper red 保留香闺意象的视觉、嗅觉美，outspread 描写香雾弥漫，out 放 burned 前面，强调香烛燃尽，暗含人物内心的惆怅悲伤。笔者用 tenuous 传达了"薄"的含义，lingering 描写香气萦绕，permeates 描写香气透过幕帘弥漫开来，fluttering 描写幕帘轻轻拂动，pining 描写思妇为情思而憔悴，flickering 描写烛光摇曳，呼应 fluttering，传达一种动感，never 语气强烈，强调思妇内心的渴望和痛楚。下面是李煜的《蝶恋花》[①] 和许渊冲、笔者的译文：

遥夜亭皋闲信步，乍过清明，早觉伤春暮。数点雨声风约住，朦胧澹月云来去。

In long long night by waterside I stroll with ease.

Having just passed the Mourning Day,

Again I mourn for spring passing away.

A few raindrops fall and soon

They're held off by the breeze.

The floating clouds veil and unveil the dreaming moon. （许译）

Sleepless in the long night, I seek pleasure

In strolling by poolside at leisure.

The Day of Mourning has just passed.

I lament the vernal hours speeding fast.

A few raindrops pattering are soon dried by the breeze rustling.

The pale moon is peeping through clouds floating. （笔者译）

原诗写清明节刚过，主人公夜晚庭中散步，惆怅伤感，飘来几点细雨，又被风吹散。月光时而被云遮住，时而从云层缝隙中洒落下来，意境优美，李清照的《浣溪沙》也有"淡云来往月疏疏"。许译叠词 long long 再现双声词"遥夜"的音美，stroll with ease 描写主人公闲庭信步，Mourning Day（清明节）呼应第三行 mourn，传达主人公的伤感悲楚，

---

① 张玖青. 李煜全集汇校汇注汇评 [M]. 武汉：崇文书局，2015：60.

passing away 呼应前面 passed，传达主人公对春日即逝的惋惜惆怅，动词 veil、unveil 生动地再现了"云来去"的朦胧景象，floating 描写疏云飘动，dreaming moon 用拟人手法既写月色如梦如幻又暗写主人公如梦如痴。笔者用 sleepless、pleasure、leisure 表现主人公深夜难以入眠，于是闲庭信步，乐以解忧，lament 与 Mourning 呼应，speeding fast 表现春日飞逝，拟声词 pattering、rustling 传达听觉体验，peeping 用拟人手法描写月亮从云间窥探。"朦胧澹月云来去"还有两种译法：

Now, through scattering clouds the moon peeps with its pale face.

Now, behind the thick racks it slips stealthily without a trace.

笔者用 now 引导的两个句子形成排比结构，peeps、face 描写月亮从云间探出脸来，slips stealthily without a trace 描写月亮入云中，悄无声息，无影无踪。

Now, through scattering clouds the pale moon is glimpsed.

Now, behind the thick racks it is eclipsed.

笔者用 through、scattering、glimpsed 描写云层散开时月亮从云间露出，behind、thick racks、eclipsed 描写云层聚集时月亮隐没在云后。

桃李依依春暗度，谁在秋千，笑里低低语？一片芳心千万绪，人间没个安排处。

Peach and plum blossoms can't retain the dying spring.

Who would sit on the swing,

Smiling and whispering?

Does she need a thousand outlets for her heart

So as to play on earth its amorous part? （许译）

Peach and plum flowers grieve over the Spring lapsing faster.

Who is giggling and chatting in whisper

At the swing ringing with her laughter?

My lovesick heart in myriad knots is bound.

Where on earth could a solace for it be found? （笔者译）

桃花、李花盛开，却留不住逝去的春日，时光易逝人易老。主人公听见远处有人在荡秋千，传来盈盈笑声和窃窃私语，他感慨万千，苏轼的《蝶恋花》也有"墙里秋千墙外道，墙外行人，墙里佳人笑。笑渐不闻声渐消，多情却被无情恼"。主人公愁丝万缕，李清照的《点绛唇》有"柔肠一寸愁千缕"，《一剪梅》有"才下眉头，却上心头"。许译 dying spring 与上阕 spring passing away 呼应，分词 smiling、whispering 形象生动，Does she...part 用问句表现主人公的想象和猜测，传达其细腻入微的情思（amorous）。笔者用 grieve 将桃李拟人化，既写桃李伤春，也暗喻主人公伤春，ringing 描写笑语声从秋千那里传来，不绝于耳，laughter 与 giggling 呼应，myriad knots、bound 描写主人公为情思所困，愁绪难解，solace 表现主人公内心孤苦，得不到慰藉。下面是李白的《月下独酌》① 和 Giles、许渊冲、笔者的译文：

> 花间一壶酒，独酌无相亲。举杯邀明月，对影成三人。
>
> An arbor of flowers, and a kettle of wine：
>
> Alas! in the bowers no companion is mine.
>
> Then the moon shed her rays on the goblet and me,
>
> And my shadow betrays we're a party of three! （Giles 译）
>
> Amid the flowers, from a pot of wine
>
> I drink alone beneath the bright moonshine.
>
> I raise my cup to invite the Moon who blends
>
> Her light with my Shadow and we're three friends （许译）
>
> Alone, I'm drinking wine among flowers fair,
>
> Without a companion to share my pleasure.
>
> Cup in hand, I beckon the beaming moon to taste my vintage mellow.
>
> Now we are a party, the moon and I together with my shadow. （笔者译）

一个春日的夜晚，月明星稀，诗人独自把酒赏月，孤独寂寞，于是举杯对月。月亮把诗人的影子投射在地上，它和明月成了诗人的伴侣。Giles 译感叹词 alas 和否定词 no 语气强烈，强调诗人孤独寂寞，moon、shadow 作主语，连词 then 表现"我"由忧转喜，shed her rays 与 my shadow betrays 描写月华如水、人影摇曳，感叹号强调诗人内心喜悦。许译保留"举杯""邀"的动作，大写 Moon、Shadow 用拟人手法传达诗人对明月的亲切感，但 three friends 不如 Giles 译 a party of three 气氛欢快。笔者将 alone 放句首，

---

① 袁行霈. 袁行霈文集·愈庐论诗 [M]. 济南：山东人民出版社，2020：282.

强调诗人孤独，without...share my pleasure 表现诗人独酌，无人做伴，beckon（to make a silent sign, as with the finger, to call someone）具有画面感，vintage mellow 表现美酒香醇，诗人想请明月来分享。

月既不解饮，影徒随我身。暂伴月将影，行乐须及春。

Though the moon cannot swallow her share of the grog,

And my shadow must follow wherever I jog.

Yet their friendship I'll borrow and gaily carouse,

And laugh away sorrow, while spring time allows.（Giles 译）

The Moon does not know how to drink her share.

In vain my Shadow follows me here and there.

Together with them for the time I stay

And make merry before spring's spent away.（许译）

Alas, with the moon not relishing my wine

And my shadow merely following at my heel,

Of conviviality I cannot enjoy my fill.

Nonetheless, without them I would feel lonely.

Precious is Spring hour, so I must in time make merry.（笔者译）

明月不能助兴，影子也不能解忧，诗人略感遗憾。Giles 译 share 既指明月不能解饮，又暗指其不能分忧，情态助动词 must 和关联副词 wherever 强调"我"的遗憾，carouse（drink and be merry with others）、gaily 表现"我"开怀畅饮，laugh away 表现"我"笑对人生，及时行乐。关联词 yet 呼应前面 then、though，传达情感变化：诗人先是独酌而孤独，然后有明月陪伴而喜悦，但因明月不解饮而遗憾，最后放歌纵饮而畅快。许译 in vain 放句首，笔者所译 alas 语气强烈，都强调诗人内心的遗憾，relishing 呼应前面 taste，表现明月无法品尝美酒，at my heel 具有画面感，描写诗人的影子萦绕左右，conviviality（being gay, fond of eating, drinking and good company）、fill 表现诗人饮酒不能尽兴痛快、酣畅淋漓，倒装句将 precious 放句首，强调诗人对春光的珍惜，关联词 nonetheless、so 表现诗人情绪的变化，情态助动词 must 强调诗人及时行乐的思想。

我歌月徘徊，我舞影零乱。醒时同交欢，醉后各分散。永结无情游，相期邈云汉。

See the moon-how she glances response to my song；

See my shadow-it dances lightly along！

While sober I feel，you are both my good friends；

When drunken I reel，our companionship ends，

But soon we'll have a greeting without a goodbye，

At our next merry meeting away in the sky.（Giles 译）

I sing and the Moon lingers to hear my song；

My Shadow's a mess while I dance along.

Sober，we three remain cheerful and gay.

Drunken，we part and each goes his way.

Our friendship will outshine all earthly love.

Next time we'll meet beyond the stars above.（许译）

I chant melodies，the moon enraptured floating in beat.

Sprightly I dance，my shadow swaying in motion fleet.

In sobriety，I deem them my companions dear and near.

In intoxication ends our revelry，so I bid them farewell.

I cherish our friendship innocent and sincere，

Craving our next meeting in celestial sphere.（笔者译）

诗人翩翩起舞，开怀畅饮，如痴如醉，幻想羽化登仙。Giles 译用两个 see 开头的祈使句，语气强烈，破折号起停顿和强调作用，把读者视线聚焦到 she glances response to my song 和 it dances lightly along 的画面上，glances response 写月亮含情脉脉，lightly 描写诗人的影子轻舞，传达幻觉体验，比许译 mess 更贴近原诗意境。笔者用 enraptured 将明月拟人化，描写其听得如痴如醉，in beat 呼应 melodies，描写明月随着诗人歌声的节拍而飘荡，sprightly 描写诗人舞步轻盈，呼应 swaying...fleet，表现诗人的影子也伴随其轻快地摇晃。Giles 译 while sober I feel 与 when drunken I reel 构成对偶，reel 描写"我"醉眼蒙眬，步履踉跄。许译 cheerful、gay 传达诗人的愉悦，笔者用 dear and near 传达诗人对这份独特而短暂的友情的珍惜，bid them farewell 描写诗人向明月和影子道别。Giles 译关联词 but 表达心理变化：诗人月下独酌，趁兴起舞，虽知道酒醒梦散，但仍幻想遨游天国，

与明月欢聚，"无情游"（逍遥游）传达道家忘情忘己的人生观。Giles 译 merry 呼应前面 gaily，传达愉悦。许译 earthly 与 beyond the stars above 形成对比，传达"我"超凡脱俗的人格境界和羽化登仙的愿望。笔者用 cherish 呼应前面 deem…dear and near，传达诗人对友谊的珍视，innocent、sincere 表现诗人追求一种天真烂漫、真诚相待的友谊，展现其率真狂放的人格特点，craving 表现诗人渴望再次相会，celestial sphere 表现诗人对仙境的向往。诗歌神韵美的最高境界是神境，展现诗人（主人公）的灵魂神游于天地宇宙。下面是张孝祥的《念奴娇·过洞庭》①和许渊冲、笔者的译文：

洞庭青草，近中秋、更无一点风色。玉鉴琼田三万顷，著我扁舟一叶。

Lake Dongting, Lake Green Grass,

Near the Mid-autumn night.

Unruffled for no winds pass.

Like thirty thousand acres of jade bright,

Dotted with the leaflike boat of mine.（许译）

At night, as the Mid-autumn day nears,

Lakes Dongting and Green Grass serene and lucid.

Stretch far and wide, so placid,

Without breeze to ripple the crystal clear waters.

Radiate the lakes in myriad moonbeams silvery bright.

My tiny boat floats in the flood of gleaming light.（笔者译）

诗人俯仰宇宙，感悟人生，作品境界深远阔大，不逊于陈子昂的《登幽州台歌》、张若虚的《春江花月夜》。清代词学评价张词有"自在如神之笔，迈往凌云之气"，辜正坤在《中西诗比较鉴赏与翻译理论》中称其"运笔空灵，发想奇雄，超尘绝俗之概直不让苏东坡的《水调歌头》（明月几时有）"。原诗"玉鉴琼田三万顷"以大境衬托小境（"扁舟一叶"），许译 dotted 再现了扁舟在浩瀚空间中的渺小，笔者用 serene、lucid 表现湖水宁静清澈，far and wide 表现湖水浩瀚，placid 与 serene 呼应，crystal clear 与 lucid 呼应，radiate 表现月光四射，洞庭青草湖辉煌壮丽，myriad

---

① 袁行霈. 袁行霈文集·愈庐论诗［M］. 济南：山东人民出版社，2020：400.

moonbeams silvery bright 描写月光洒满湖面，银光闪闪，与 flood of gleaming light 呼应，描写水光潋滟，tiny 表现扁舟之小，诗人泛舟湖上，月光与湖光交融，何其壮观。

素月分辉，明河共影，表里俱澄澈。悠然心会，妙处难与君说。

The skies with pure moonbeams overflow.

The water surface paved with moonshine.

Brightness above, brightness below.

My heart with the moon becomes one,

Felicity to share with none. (许译)

The moon sheds rays shimmering, so splendid.

The lakes glimmer luminously, sublime indeed.

Grand is the universe, boundless and limpid.

The enthralling sight evokes my inspiration.

Too ineffable is my appreciation

To be imparted in verbal expression. (笔者译)

天水一色，光明澄澈，诗人感叹天地之壮美，非言语所能表达。许译 overflow 表现月华满天，两个 brightness 强调天地一片明澈，felicity (happiness) 传达诗人内心的喜悦。笔者 shimmering、splendid 描写月光闪烁，景象瑰丽，glimmer luminously、sublime 描写湖波潋滟，景象壮美，倒装句将 grand 放句首，与 splendid、sublime 呼应，boundless、limpid 表现天地浩瀚，明亮澄净，enthralling...my inspiration 表现诗人心醉神迷，神思飞扬，ineffable...appreciation 表现诗人对天地之美感悟于心，难以言表。

应念岭表经年，孤光自照，肝胆皆冰雪。短发萧骚襟袖冷，稳泛沧溟空阔。

Thinking of the southwest, where I passed a year,

To lonely pure moonlight skin,

I feel my heart and soul snow-and-ice clear.

Although my hair is short and sparse, my gown too thin,

In the immense expanse I keep floating up. (许译)

Sighing over the year I passed in the south in demotion,

I muse alone in the moonshine dear.

My heart and soul is unsoiled

Like snow and ice pure.

My hair short and sparse, my thin sleeves cold,

I defy the chill, in pleasure unspoiled,

Of boating in the vast water realm in leisure. （笔者译）

原词表现诗人冰清玉洁的品格，王昌龄也有"一片冰心在玉壶"。诗人白发稀疏，寒风拂袖，冷意凄恻，他泛舟湖上，深感宇宙浩渺无穷。豪放词的景象空间都有吞吐宇宙之势，黄庭坚的《念奴娇》有"万里青天"，苏轼的《念奴娇》有"凭高眺远，见长空万里，云无留迹"。许译 lonely pure、snow-and-ice clear 再现了诗人高雅芳洁的人格和冰清玉洁的内心世界，short、sparse 押头韵，immense expanse 再现了辽远空阔的宇宙空间。笔者用 sighing、demotion 表现诗人回首自己在岭南谪居的一年，无限感叹，muse 表现诗人思绪万千，unsoiled 呼应 pure，表现诗人人格高洁，defy、pleasure unspoiled、in leisure 表现诗人不畏寒冷，泛舟湖上，逍遥自在，尽情享受壮美景色。

尽挹西江，细斟北斗，万象为宾客。扣舷独啸，不知今夕何夕！
Drinking wine from the River West

And using Dipper as wine cup,

I invite Nature to be my guest.

Beating time aboard and crooning alone,

I sink deep into time and place unknown. （许译）

The water of River West, I fancy, is vintage fine.

The Dipper serves well as cup of wine.

I beckon the heavenly hosts to drink and dine.

Crooning, I tap the board in beat in fascination,

Oblivious of time and space in intoxication. （笔者译）

诗人想象自己与宇宙星辰、天地万物为伴，飘飘欲仙，苏轼的《赤壁赋》有"凌万顷之茫然""挟飞仙以遨游，抱明月而长终"。原诗"扣舷独啸，不知今夕何夕"描写明月朗照，天地无垠，万籁俱静，诗人与天地一气，内心空阔，灵魂得到洗礼和升华，进入时空化一的境界。许译分词 beating、crooning 呼应前面 floating、drinking，增强了画面的生动感，alone 与前面 lonely 呼应，time and place unknown 与前面 immense expanse 呼应，再现了天人合一的化境和苍茫浩渺的宇宙空间。笔者 I fancy 表现诗人神思飞扬，vintage fine 表现诗人把西江水当作美酒，beckon 表现诗人召唤日月星辰来一起畅饮，fascination、intoxication 表现诗人心醉神迷，进入一种忘却时空的幻化境界。

英诗不少作品传达了诗人的宇宙生命体验，其境界类似于汉诗的神境，如丁尼生、阿诺德、朗费罗的诗作。丁诗 Crossing the Bar 中 For though from out our bourne of Time and Place，诗人感叹时空无限，天地浩渺。前面我们提到了朗费罗诗 The Golden Sunset 第四节，天地一色（The earth and heaven blend），景象壮阔；作品第三节描写水天一色，如梦如幻（The sea is but another sky / The sky a sea as well / And which is earth and which is heaven / The eye can scarcely tell）。张若虚的《春江花月夜》也有"江天一色无纤尘"。作品第二节，金色夕阳下波光闪闪，诗人乘兴泛舟（And midway of the radiant blood / Hangs silently the boat）。第五节，诗人的灵魂游于天地之间，与宇宙同化（Flooded with peace the spirit floats / With silent rapture glow / Till where earth ends and heaven begins / The soul can scarcely know），诗人已分不清天地之边界。张孝祥也有"不知今夕何夕"。同为神境，费诗传达空间体验，庄严肃穆，张诗传达时间体验，空灵虚静。

诗歌韵味是一种意境与氛围，它通过诗歌意象情景所表达的诗人气质情操传达出来。译者只有再现原诗意境和氛围，才能传达其韵味。译者应优选那些与自己气质情趣相近的诗人，深入了解其创作时的思想情感体验，进入其内心世界，力求达到心灵契合和共鸣，传达原诗神韵。中国诗学强调诗人要神清气爽、品味淡雅，陶渊明冲淡清雅、平和淡远的气质是诗人的典范。诗人神韵是人格的充实美（丰富的情感、深厚的修养、充沛的想象和渊博的学识），诗人陶冶情操，提高品味和修养，提升人格，这是养神养气的修炼过程，译者同样如此。陈大亮在《文学翻译的境界：译意·译味·译境》中提出文学翻译需要为学和为道：为学是积累学识，为道是心灵回归虚静，两者融合，内外兼修。郭沫若、王佐良、辜正坤等译家学养深厚，风度儒雅。诗歌译者应具备人文素质、审美素质和语言素质，阅读一流诗歌，欣赏一流的诗歌语言，不断提高艺术修养和语言素养。

第五章　诗歌翻译中审美风格层面的境界再现

诗人在诗歌意象美、意境美、神韵美的创造上所展现的个性化艺术美学风格也能体现诗歌境界，它包含主、客体两个层面。

第一节　诗歌客体层面风格与境界

客体层面指诗歌意象美、意境美、神韵美的个性化特色，它通过作品语言修辞特色展现出来。诗歌是语言的最高艺术，最富于音律美，是文字组合最巧妙的语言。诗歌音律美包含节奏、韵式、声调等要素，其中节奏是核心要素。谭德晶（2014）在《现代诗歌理论与技巧》中探讨了诗歌音韵节奏的历史发展和构成要素（句式与句型、回环、对称、重叠、排比、递进、咏叹等），认为诗是节奏化的最有意味的语言形式。王宝童（1993）所著《金域行：英诗教程》认为诗歌节奏能表现美，表达情感，表达想象，对现实做艺术提升。汉语尤其古汉语是单音节语言，一字一词，古诗的四声调式体现了这一特点。陈如江（2016）所著《中国古典诗法举要》认为：古诗的四声互参（平上去入、四声调和）使节奏抑扬顿挫、声韵和谐；同字互回（字有规律地重现）使节奏一波三折；重沓舒状（诗句有规律地重现）使节奏连绵不绝。

汉诗节奏美有两种形态：一是回环往复之美，通过叠字、语气助词和结构相似句子的叠用一唱三咏，如《楚辞》《诗经》；二是抑扬顿挫之美，短句的顿挫感与长句的倾泻感交替错落，表现人物思想感情的起伏变化，气势飞动，如古体诗、宋词等。诗歌节奏气势源于诗人的生命冲动和人格之气，田子馥（2010）的《中国诗学思维》提出取势思维，认为李白诗既有儒家刚正的豪气，奔放纵横，也有道家隐逸之气，飘逸洒脱，表达了生命禀有的自由本性。杜甫诗有雷霆之势和浩然之气，传达涵盖乾坤的生命体验，时间生命与空间生命急促转换。现代汉语以双音节词和多音节词为结构单位，一词多字，汉语现代诗以音组（顿）为节奏单位，单字顿、双字顿与多字顿的交替使节奏徐疾相间、富于变化。徐志摩的《再别康桥》节奏舒缓轻盈；戴望舒的《雨巷》哀婉低回，韵律优美。

诗歌音美要素还有声韵，两个相邻汉字声母相同形成双声，韵母相同构成叠韵，声母、韵母都相同形成叠字。陈如江（2016）所著《中国古典诗法举要》认为汉诗的"随情用韵"（按照抒情需求安排韵法）和双声叠韵产生回环往复的旋律和听觉美感，"重言摹拟"（通过叠字来摹声写貌）能增加声调的流丽和景物的神韵，使难显之情表达得出神入化。中国早期古诗与音乐歌舞有深厚渊源，其和谐悦耳的听觉体验表现中和生韵的飘逸美和婉转生韵的流动美。《诗经》最早运用叠韵、叠字、双声，对后世诗歌影响深远。诗歌声韵与诗人（主人公）的志、情、意、趣相融合，表现作品内在神韵，如《古诗十九首》、李清照的《声声慢》、杜甫的《登高》等。

李白的《月下独酌》飘逸轻灵，节奏舒缓，意境如梦如幻，Giles 译本通过每两行诗中对应位置的单词之间押韵传达了原诗节奏、声韵和意境。《春望》是五言律诗杰作，许渊冲译本巧用行内韵再现了原诗节奏的沉郁顿挫之美和声韵美。诗歌语言符号的排列和书写（分行、跨行、跨节、句式、句型、回环、对称、排比、递进等）具有图形美。汉诗图形美包含对称平衡美（如律诗）和参差错落之美（如古体诗、宋词元曲、现代诗的长短句交错）。毛泽东的《十六字令》通过长短诗行的对比产生跌宕起伏的节奏感、视觉冲击感和飞动的气势，境界雄壮。穆木天的《苍白的钟声》把每行诗分隔成若干单元，单元之间留出空白，表现钟声断断续续，如丝如缕。

第二节　诗歌主体层面风格与境界

在主体层面，诗歌风格是诗人个性气质的外化和生命体验的结晶，是诗人成熟和达到艺术自由境界的标志，是诗人的才、学、趣、气骨、节操、风度所散发出的人格魅力。诗人风格是一种格调，格调越高，境界就越高。诗人气质是一种先天性禀赋，如屈原之怨、陶渊明之淡、李白之狂、杜甫之悲、苏轼之旷、辛弃疾之豪。比较而言，屈原、拜伦有贵族气质，李白、辛弃疾有豪侠气质，杜甫、哈代有仁者情怀和沉郁之气。李清照既妩媚又雄豪，诗家评其有丈夫气。艾米莉·勃朗特特立独行，狂放不羁，愤世嫉俗，有孤傲之气。但丁·罗塞蒂有唯美主义诗人的雍容华贵之气。中国词学评价欧阳修骚雅，柳永广博，晏殊疏俊，秦观婉约，晏词温润，秦词幽艳。王国维认为"东坡似太白，欧、秦似摩诘，耆卿似乐天"，晏殊、贺铸似大历十才子，"稼轩可比昌黎"，清真为"词中老杜"。王国维以屈原、陶渊明、杜甫、苏轼为诗人典范。笔者认为：屈原胸怀坦荡，为人刚正，卓尔不群，人格崇高而独立，才华出众；陶渊明情趣高雅，超凡脱俗；杜甫、苏轼志存高远，胸怀博大。袁行霈的《中国诗歌艺术研究》评价屈原为热情的诗人和冷静的哲人，诗人哈代也有这种气质。哈代经历了爱情和婚姻的波折，一生都沉浸在往事的追忆中，痛彻肺腑，同时哈代毕生关注和思考人类命运和前途，眼光冷峻，思想深邃。朱光潜所著《诗论》认为屈原灵魂无处安顿，其诗气象崎岖突兀。艾米莉·勃朗特也有同样气质。屈原被朝廷放逐，居无定所，勃朗特漫游荒原，灵魂游荡于天地之间，其诗奇丽凄清。

比起而言，陶渊明平和淡雅，其诗自然天成，朴素平实。朱光潜所著《诗论》评论陶渊明为人任真，其率真性格和纯洁品格最平淡、最深厚，其诗充实而有光辉，如秋潭月影，有古典艺术的和谐静穆和自然本色。笔者认为，陶渊明是贫寒之士，生活窘迫困顿，内心有不平之气、愤懑之情，但诗人善于自我宽慰，自我解脱。朱光潜认为，屈原更沉郁，杜甫更阔大，陶渊明更醇炼。笔者认为，人格上屈原境界高，杜甫境界大，陶渊明境界深。朱光潜所著《诗论》认为陶渊明人格既冲和平淡又刚毅果敢，其人其诗都简练高妙，"亦平亦奇、亦枯亦腴、亦质亦绮"，既人品高妙，胸襟高超，又平易近人。笔者认为，平、枯、质是境界，如宋诗以及艾米莉·勃朗特、哈代的诗，奇、腴、绮也是境界，如宋词以及屈原、李白、但丁·罗塞蒂的诗。胸襟高超也是李白的境界，平易近人也是杜甫的境界。

袁行霈（1996）所著《中国诗歌艺术研究》认为陶渊明抱朴含真，善于养真，回归自然本性，心情恬淡，纵浪大化，其诗有朴素、豪华、平淡、瑰奇、隽永、厚朴、醇美、干枯、清癯等风格。哈代诗也是这种境界，诗人一生居住在英国的古老乡村，生活简朴，但情感极其丰富，思想极其敏锐，眼光极其深刻，对宇宙自然、社会人生的观察极其细腻，洞察秋毫，其诗中人生哲理让人玩味无穷。汪榕培（2000）所著《陶渊明诗歌英译比较研究》认为陶渊明人生坦荡，委运任化，天性淳朴，自由自在，诗中平淡恬静的乡村田园充满生机，一草一木传达着喜悦，景象清新平和，情感淡泊宁静。笔者认为，陶诗乐观，喜多于悲，总体色调明快，有一种天趣境界，哈代诗悲观，悲多于喜，总体色调暗淡，有一种忧思沉郁的境界。

李咏吟（2003）所著《诗学解释学》认为诗人气质包含强力抒情型和阴柔型，具有自然性生命品质或人文历史主义的厚重。笔者认为屈原、李白、拜伦、雪莱、勃朗宁夫人等属于强力抒情型，李商隐、李贺、济慈、但丁·罗塞蒂、艾米莉·狄金森等属于阴柔型，艾米莉·勃朗特两者兼具。陶渊明、李白、艾米莉·勃朗特的诗具有自然性生命品质，杜甫、韩愈、毛泽东、哈代等的诗歌有人文历史主义的厚重。诗人人格具有时代特征，胡晓明（2001）所著《中国诗学之精神》认为：汉代诗人厚重朴实，追求风骨；六朝诗人"飘逸潇洒"；唐代诗人"超诣高蹈"；宋代诗人"处心不著"。明代诗人追求性灵（天趣），展现性情之厚和学力功底之深厚。清代诗人有襟抱学识和才思，追求格调。笔者认为：魏晋文人潇洒风流，但其及时行乐的思想有其消极的一面；唐代诗人志向高远，其山水田园诗情趣淡雅；宋代文人最有情趣，善于在生活中发现美、欣赏美，并把情趣提升为人生哲理，其诗歌达到哲理境界。

第三节　诗歌宏观与微观层面的风格与境界

诗歌风格还包括宏观和微观两个层面。在宏观层面上，诗歌风格具有民族性。比如：汉诗善于抒情，委婉细腻，朦胧含蓄，追求意境韵味；英诗善于叙事，传达了西方民族对艺术、人生永恒真理和美的追求，注重情感宣泄，奔放热烈，畅快淋漓。济慈的 Ode on a Grecian Urn 反复叠用 ever、happy，尽情歌颂艺术和爱情的永恒美，它是诗人追求的人生理想和艺术境界，莎士比亚十四行诗也是这种境界。哈代诗传达人类社会的动荡和人生命运的不确定（mutability），渴望一种永恒安定的宇宙秩序和人类生活（immutability），它只能在古老的乡村实现，因此哈代诗充满了怀旧氛围，自成境界。英语骑士派诗歌对女性容貌大胆描写，热烈赞美其美德，频繁使用 love、adore 等词语表达崇拜之情，如马威尔在 *To His Coy Mistress* 中写道：An hundred years should go to praise / Thine eyes, and on thy forehead gaze; / Two hundred to adore each breast / But thirty thousand to the rest。但丁·罗塞蒂诗对女性的描写更是美轮美奂，美不胜收，如一幅幅精美画像，充分体现了唯美主义诗歌对纯艺术美的追求。

诗歌风格具有时代性。比如：魏晋诗清雅洒脱，自由放达；建安诗有雄浑美；唐诗有风骨美和玲珑剔透的圆融美；宋诗有理趣美，表现静、虚、远、闲之意和平、简、清、野之美；宋词有远、逸、韵的空灵美。胡晓明所著《中国诗学之精神》认为宋诗风格健朗，追求宇宙生命的大快活境界。莎士比亚十四行诗表达文艺复兴时期的人文主义思想，肯定人的价值，颂扬真善美，诗中多次提到 beauty、fair、kind、truth。比如：第 1 首中 Thou that art now the world's fresh ornament，人给世界添彩；第 105 首中 Fair, kind, and true, is all my argument，真善美是诗人的全部主题；第 106 首中 And beauty making beautiful old rhyme，美让诗篇更加优美。

诗歌风格有地域性。比如：北方诗歌质朴粗犷，南方诗歌温柔婉约，边塞诗多写大漠雄关，山水田园诗则多描写小桥流水、茂林修竹。艾米莉·勃朗特一生居住在偏僻荒凉的山村，诗风苍凉凄清。哈代居于古老乡村，诗风古朴苍劲。比较而言：汉诗体现大陆文化特点，多写江河湖泊、楼台亭阁；英诗体现海洋文化特色，多写海上狂风巨浪、电闪雷鸣，如拜伦的 *Childe Harold's Pilgrimage* 把大海比作明镜，映照上帝的仪容（glorious mirror, where Almighty's form / glasses itself in tempests）。诗歌风格具有流派性，如现实主义诗歌真实生动，浪漫主义诗歌表达对理想世界的追求和向往，梦幻飘逸。济慈诗多写梦境，如梦如幻，如 *La Belle Dame Sans Merci: A Ballad* 第九节（And there she lulled me asleep, / And there I dreamed – Ah! Woe betide）。象征主义诗歌朦胧含蓄。英语骑士派诗歌崇拜和赞美女性的美德美貌，玄学派诗歌探讨肉体与灵魂、生与死的关系，新古典主义诗歌探讨理性与艺术、生活的关系，庄重典雅。

总体上，诗歌风格有壮美和柔美之分，吴建民（2001）所著《中国古代诗学原理》认为壮美是雄浑豪放，优美是平淡（语言清淡自然、情思意深味远）和含蓄（婉、深、远）。同为浪漫主义诗人，雪莱诗奔放热烈，昂扬向上，景象壮阔，多写狂涛巨浪、电闪雷鸣，其笔下的 skylark 是欢乐的精灵（blithe Spirit），纵横于宇宙天地。济慈诗哀婉低回，缠绵悱恻，景象幽深，多写幽林深谷，黄昏月景，其笔下 nightingale 的歌声如梦如幻，让诗人精神恍惚，灵魂出窍（Was it a vision, or a waking dream?）。艾米莉·勃朗特的诗融合了壮美和柔美，既写风和日丽，也写狂风怒号。诗人有时娓娓道来，其诗境静若止水，有时如泣如诉，其诗境波涛万顷。

第四节 诗歌翻译中译者风格与境界

诗歌翻译的风格不仅与诗人风格和原诗风格相关，还与译者风格相关。译者往往选择与自己气质情趣相近的作家作品。鲁迅、梁启超等仁人志士有儒家的刚猛人格；梁实秋、辜正坤、刘士聪、王宏印等有儒家温文尔雅的中庸人格和君子品格，志趣高雅。刘士聪是学者型翻译家，其译文简淡而味远；王宏印是诗人型翻译家，其英译元曲富于灵气，韵味十足。林语堂、汪榕培等有道家的闲士品格，淡泊名利，是有真性情的本色译者，都仰慕陶渊明。孙大雨是诗人、学者型翻译家，为人刚正，嫉恶如仇，与屈原气质相近。他敬仰屈原的伟大人格和爱国精神，评价屈诗情感强烈，思想深刻，信念坚定，勇敢非凡，想象高远，词汇丰富，格律优美，富于神韵。孙译屈诗用词古雅，境界庄重肃穆，古朴厚重。翻译家苏曼舒与英国诗人拜伦都有叛逆性格、斗士精神和坎坷经历，他翻译拜伦诗深得其味。

第五节 诗歌审美风格层面的境界再现

辛弃疾词风豪放雄健，刘熙载称其"风节建竖，卓绝一时"，范开称其如"春云浮空，卷舒起灭，随所变态"，王国维称其"章法绝妙""语语有境界"。东坡词旷，稼轩词豪，"苏、辛，词中之狂""幼安之佳处，在有性情，有境界"，陈廷焯称其词中之龙，"气魄极雄大，意境却极沉郁""格调之苍劲，意味之深厚"。辛词常融和诗与散文，富于浪漫色彩和独特个性，多用比兴手法和典故，其《摸鱼儿》①抒发诗人蹉跎岁月、报国无门的痛苦心情，下面是原诗和许渊冲、笔者译文：

更能消、几番风雨？匆匆、春又归去。惜春长怕花开早，何况落红无数。

How much more can Spring bear of wind and rain?

Too hastily, I fear, 'twill leave again.

Lovers of Spring would fear to see the flowers red,

Budding too soon and fallen petals too wide spread. （许译）

How can the Spring bear the buffet of gusts and rain raging?

Spring's lease has too short a date, so fleeting.

Too early the flowers bloom and wither.

Falling in profusion are petals fair. （笔者译）

原诗中"风雨"既指大自然的风雨，也喻指人生的坎坷磨难，春既指季节也暗喻人生岁月。晚春时节细雨纷纷，落花飘零，诗人触景伤情，感叹岁月无情。许译用大写 Spring 暗示春的双重含义（春天、人生岁月），too hastily 保留"太匆匆"的句首位置，呼应下文 too soon，强调春光飞逝，人生易老，too wide spread 描写落红满地，呼应后面（sweet grass）far away，再现了原诗画面空间。笔者用 buffet（a blow or sudden shock）表现风吹雨打，raging 描写风雨交加，Spring's lease has too short a date 是笔者对莎士比亚十四行诗第 18 首中 Summer's lease has too short a date 的转换，呼应 fleeting，表现青春易老，韶华飞逝，too early 呼应前面 too short，倒装句将 falling in profusion 放句首，描写落英缤纷。

春且住，见说道、天涯芳草无归路。怨春不语。

O Spring, please stay!

I have heard it said that sweet grass far away

Would stop you from seeing your returning way.

But I have not heard

Spring say a word. （许译）

① 张燕. 婉约词［M］. 武汉：崇文书局，2017：137-138.

Would you, Spring, not hasten away, pray?

Let me tell you!

The vernal grass to the horizon overspreading

Has blocked your returning path from view.

However, Spring mute offers me no answer. （笔者译）

芳草绵延无际，遮住春的归路，也喻指诗人愁绪无边，既怜春又怨春不语，《红楼梦》中《葬花吟》也有"半为怜春半恼春""怜春忽至恼忽去""至又不言去不闻"。许译 O Spring, please stay 保留祈使句式，语气强烈，诗人伤春惜春，挽春留春，I have heard 与下文 but I have not heard 形成对比，传达诗人内心苦闷，无边的芳草挡住春的归路，但春又不语，诗人（I）向春天（you）直接倾诉，富于感染力。笔者用 Would you...pray? 和 let me tell you 保留了原诗的恳求语气，to the horizon overspreading 描写芳草连天，mute...offer me no answer 表现春沉默不语，传达诗人内心的苦闷和失落。

算只有殷勤、画檐蛛网，尽日惹飞絮。长门事，准拟佳期又误。

Only the busy spiders weave

Webs all day by the painted eave,

To keep the willow down from taking leave.

Could a disfavored consort again to favor rise? （许译）

Only the spiders are busy weaving,

Under the eaves, their web netting catkins floating.

The disfavored consort, I recall, suffered abject humiliation.

Fickle is the monarch with vain promise of rehabilitation. （笔者译）

"画檐蛛网"暗喻奸臣惹是生非，罗织罪名，陷害良臣。原诗引用典故，汉武帝的陈皇后遭人嫉妒和谗言，被贬居长门宫，这里暗喻诗人遭奸臣嫉妒陷害。许译 To keep...leave 与上文 Too...leave again 对照，春光飞逝，无法挽留，而飞絮满天，挥之不去，惹人心烦，Could a disfavored...rise 与后面 Could Beauty...eyes 形成两个疑问句的排比结构，表达诗人遭受嫉妒排挤、报国无门的悲愤苦闷，disfavored 与 favor 形成对比，表达诗人渴望被朝廷重新重用，大写 Beauty 明指美人（陈皇后），暗喻诗人。笔者用 abject humiliation 表现陈皇后被打入冷宫后受尽屈辱，倒装句将 fickle 放句首，强调君王喜怒无常，vain promise 表现君王言而无信，让陈皇后苦苦等待其回心转意，恢复自己的名誉地位（rehabilitation）。

蛾眉曾有人妒。千金纵买相如赋，脉脉此情谁诉？

Could Beauty not be envied by green eyes?

Even if favor could be bought back again,

To whom of this unanswered love can she complain?（许译）

Vulnerable, a fair lady is prey to calumniation.

Even she tried to protest her innocence

By paying a gifted poet to compose a prose,

To whom could she convey her lovesickness?（笔者译）

陈皇后花重金请司马相如写《长门赋》，表达真情，感动了汉武帝，而诗人却怀才不遇。许译 favor 与前面 disfavored、favor 呼应，To whom...complain 保留疑问句式，喻指诗人的苦闷无处倾诉。笔者 vulnerable、prey to calumniation 表现红颜薄命，易遭嫉妒诽谤，译文对原诗典故做了淡化处理，a gifted poet 指代司马相如，protest her innocence 表现陈皇后希望通过司马相如写的赋来证明自己的清白，lovesickness 表现陈皇后的情思（诗人的愁思）无处倾诉。

君莫舞，君不见、玉环飞燕皆尘土。闲愁最苦。休去倚危栏，斜阳正在、烟柳断肠处。

Do not dance, then!

Have you not seen

Both plump and slender beauties turn to dust?

Bitterest grief is just

That you can't do

What you want to.

Oh, do not lean

On overhanging rails where the setting sun sees

Hear-tbroken willow trees!（许译）

Don't swagger, you traducers!

Don't you see that fair dancers

Yang and Zhao met their disasters?

It harrows me most that still

I cannot my ideal fulfill.

Don't ascend the tower high

To lean on the rail and sigh.

The slanting sunrays lingering

Over the hazy willows are heart-rending. (笔者译)

原诗中君指飞絮（喻指小人），"玉环飞燕"喻指嫉妒贤才之辈，他们终将被历史唾弃。"闲愁最苦"，李清照也有"一处相思，两种闲愁"。诗人想登楼远眺，又怕触景伤怀，李煜也有"独自莫凭栏"。许译 Do not dance, then 保留祈使句式，语气强烈，plump and slender beauties 为意译，保留玉环、飞燕的形象，just 语气强烈，表现诗人蹉跎岁月，内心苦闷。笔者用 swagger（walk with a swinging movement, as if proud）表现妒贤小人（traducers）得意洋洋的神态，met their disasters 表现杨贵妃、赵飞燕的可悲下场，harrow 传达诗人内心的痛苦，与后面 heart-rending 呼应，cannot my ideal fulfill 表现诗人壮志未酬，sigh 表现诗人感叹自己报国无门。斜阳是古诗常见意象，秦观有"杜鹃声里斜阳暮"。许译 setting sun sees 用拟人手法（斜阳看见）形象生动，heart-broken 既修饰 willow trees 又暗喻诗人。笔者用 lingering 既描写斜阳脉脉，也暗喻诗人的愁绪挥之不去，over 传达画面的空间感，hazy 描写雾霭朦胧。朱敦儒、刘辰翁为宋末元初词人，其词多写亡国之恨。下面是朱词《相见欢》① 和许渊冲、笔者译文：

金陵城上西楼，倚清秋。万里夕阳垂地，大江流。

I lean on western railings on the city wall

Of Jinling in the fall.

Shedding its rays o'er miles and miles, the sun hangs low

To see the endless river flow. (许译)

I ascend the height of Jinling,

The old capital towering.

---

① 何茂全. 唐诗 宋词 元曲 [M]. 长春：吉林文史出版社，2016：258.

On the western rails leaning,

I scan the autumn landscape refreshing.

Vast is the land bathed in sunlight waning.

Forever is the mighty river rolling. （笔者译）

清秋时节诗人登上金陵城，抚今追昔，辛弃疾的《水龙吟》有"楚天千里清秋，水随天去秋无际"。原诗"万里夕阳垂地，大江流"景象阔大，具有立体画面感，杜甫的《旅夜抒怀》也有"星垂平野阔，月涌大江流"。朱词写黄昏，杜诗写夜景。许译 over miles and miles 再现了辽远阔大的空间感，endless 修饰 river，表现诗人悲愁如江水奔流不息，传达了一种时间体验。笔者用 height 呼应 towering，表现金陵城气势巍峨，refreshing 表现清秋时节天高气爽，两个倒装句分别将 vast、eternal 放句首，vast 表现江山辽阔，eternal 强调大江奔流不息，mighty 呼应 vast，表现大江的雄伟气势。

中原乱，簪缨散，几时收？试倩悲风吹泪、过扬州。

The Central Plain is in a mess.

Officials scatter in distress.

When to recover our frontiers?

Ask the sad wind to blow over Yangzhou my tears. （许译）

War-torn and disordered is our native land.

Scattered are our royal subjects so sad.

When could we ever recover

Our lost land so dear?

Could the wailing wind blow my tears

To Yangzhou I miss for years? （笔者译）

北宋已亡，中原故土被侵略者铁蹄践踏，不知何时才能收复，诗人不禁潸然泪下。"乱"指兵荒马乱，许译 mess 稍显不足，可考虑用 chaos 或 riot，许译 distress 呼应下文 sad，国破家亡，流离失所，人悲，风也悲，Ask…tears 用祈使句语气强烈，传达诗人满腔的悲愤。笔者用两个倒装句，war-torn、disordered 放句首，表现中原故土被战火蹂躏，山河破碎，兵荒马乱，scattered 放句首，强调国破家亡，生灵涂炭，流离失所，sad 呼应后面 wailing，传达悲情，ever 强调诗人对收复故土的绝望感，dear、miss 传达诗人对故土的热爱和深刻怀念。"几时收"还可译为 When could we ever recover our lost land once so grand? 笔者用 grand 与前面 war-torn、disordered 形成对比，传达诗人对社会动荡、人世沧桑的深刻感受。下面是刘辰翁词《柳梢青》[①] 和许渊冲、笔者译文：

> 铁马蒙毡，银花洒泪，春入愁城。笛里番腔，街头戏鼓，不是歌声。
>
> Tartar steeds in blankets clad,
>
> Tears shed from lanterns' neath the moon,
>
> Spring has come to a town so sad.
>
> The flutes playing a foreign tune
>
> And foreign drumbeats in the street
>
> Can never be called music sweet. (许译)
>
> The Mongolian tents are guarded by mailed cavaliers.
>
> Burning silvery candles gutter in drops like tears.
>
> Spring saw the town shrouded in sadness spreading.
>
> The flutes are playing alien tunes, so harsh.
>
> The drums are booming in the streets, so jarring.
>
> On my ears they are so grating. (笔者译)

原诗描写元宵节之夜元人统治下的临安城里弦乐声声，一派热闹景象，而诗人却感到悲伤，他思念故土，追忆往事，心情难以平静。许译两个 foreign 强调南宋已亡，国土已被元人占领，never 语气强烈，never sweet 呼应前面 so sad，强调诗人内心对失去故土的痛苦。笔者用 spring 作无灵主语，shrouded in sadness spreading 描写全城笼罩在悲凉的氛围中，on my ears 放句首，harsh、jarring、grating 描写番腔番鼓在诗人听来聒噪刺耳，三个 so 语气强烈。"铁马蒙毡，银花洒泪"还可译为：Around Mongolian tents stretching / The mailed cavaliers are swaggering / Burning silvery candles, in tear-like trickles, are guttering. 笔者用 swaggering 表现元军骑兵趾高气扬，嚣张跋扈，现在分词 guttering 呼应 burning，描写蜡烛在燃烧，仿佛在落泪 (tear-like trickles)。

---

① 周笃文. 宋百家词选 [M]. 广州：广东人民出版社，1983：287.

哪堪独坐青灯，想故国高台月明。辇下风光，山中岁月，海上心情。

How can I bear to sit alone by dim lamplight,

Thinking of Northern land now lost to sight

With palaces steeped in moonlight,

Of Southern capital in days gone by.

Of my secluded life in mountains high,

Of grief of those who seawards fly!（许译）

How can I bear to sit alone by candlelight flickering,

My homeland with towers bathed in moonlight missing?

I recall the past splendor of dynasty in distress.

I lament my idle days in mountains with bitterness.

I miss the warriors fighting at sea with stubbornness.（笔者译）

　　月明之夜，诗人孤灯冷坐。"辇下"指京城（临安）；"山中岁月"写诗人曾在山中隐居避乱；"海上心情"，诗人回忆起南宋灭亡后文天祥等爱国志士从海上逃亡，在沿海一带继续抗元。下阕六行为一整句，一气呵成。许译 How can...lamplight 保留反问句式，dim 表现诗人在昏灯下孤坐，Northern land now lost to sight 表现中原已经沦陷，诗人思念故国，望眼欲穿，lost 和 sight 的清辅音［s］传达诗人唏嘘不已的感受。许译李煜《虞美人》中的"故国不堪回首，月明中"（Reminds me cruelly of the lost moonlit land）也用 lost，风格相近。许译 now 与后面 days gone by 形成今与昔的对比，steeped（be thoroughly filled）既写宫殿浸沐在月光（moonlight）中，也暗喻诗人沉浸在故国思念中。三个 of 引导的名词结构保留"辇下风光，山中岁月，海上心情"的排比形式，与前面 of Northern land...sight 呼应，Southern capital 指元人占领的南宋都城临安，secluded、grief 呼应上文 alone，强调诗人孤独悲苦。笔者用 flickering 描写烛光摇曳，暗喻诗人思绪万千，I recall、I lament 和 I miss 分别引导的三个句子形成排比结构，distress 表现诗人回忆昔日故国繁华（splendor），内心悲楚，与 lament、bitterness 呼应，表现诗人闲居山中（idle days），蹉跎岁月，内心苦闷，miss 呼应前面 missing，诗人牵挂那些仍在海上坚持抗元的勇士们，stubbornness 表现南宋勇士顽强抗击元军。

　　姜夔词意境清空骚雅，张炎称其"如野云孤飞，去留无迹"，读之使人"神观飞越"。陈廷焯认为姜词多寄慨，其"感慨全在虚处，无迹可寻"，王国维认为白石无内美但有修能。下面是姜夔的《暗香》①和许渊冲、笔者的译文：

旧时月色，算几番照我，梅边吹笛？唤起玉人，不管清寒与攀摘。

How often has the moonlight of yore shone on me

Playing a flute by a mume tree?

I'd awaken the fair

To pluck a sprig in spite of the chilly air.（许译）

Often, I recall, in the moonlight gleaming,

I played a flute by mume trees, with sweet melody floating.

Inspired, I roused the lady fair,

My pleasure of twig plucking to share,

Braving the chilly air.（笔者译）

原诗写诗人回忆往日赏梅的情景和感受。笛是古诗常见意象，表达哀婉幽怨之情，李清照的《永遇乐》有"染柳烟浓，吹梅笛怨"。"清寒"与下阕"寒碧"呼应，姜词善写寒境，如"二十四桥仍在，波心荡，冷月无声"。许译 How often...tree 保留问句形式，笔者用 gleaming 描写月华如水，sweet melody floating 描写笛声悠扬，inspired 描写诗人诗兴大发，pleasure、share 描写诗人唤起玉人分享他的快乐，braving 表现诗人兴致勃勃，不畏清寒。

何逊而今渐老，都忘却春风词笔。但怪得竹外疏花，香冷入瑶席。

But now I've gradually grown old

And forgotten how to sing

Of the sweet breeze of spring.

I wonder why the fragrance cold

From sparse blossoms beyond the bamboo should invade

My cup of jade.（许译）

Now, aged and worn, bereft of inspiration,

---

① 张燕. 婉约词［M］. 武汉：崇文书局，2017：156.

I find myself inept in versification.

Unable to hymn the vernal breeze, I brood in vexation.

Why should the aroma cold emitted by sparse flowers blooming,

Pierce the bamboos and chill my cup of jade sparkling? （笔者译）

原诗借用齐梁诗人何逊在扬州咏梅的典故，表现诗人才思衰退，"但怪得竹外疏花，香冷入瑶席"写梅花之暗香，意境清空幽雅。许译 sweet breeze 与上文 chilly air、下文 fragrance cold 形成暖与冷的对比，invade 表现梅花的冷香飘进瑶席，沁人肌肤，"瑶席"转换成 cup of jade，呼应下阕 green goblet。笔者用 aged、worn、bereft of inspiration 表现诗人年衰而才思枯竭，inspiration 与前面 inspired 呼应，inept in versification 表现诗人已诗才衰退，hymn 呼应 versification，表现诗人已无力赋诗吟咏春色，brood（continue to think angrily or sadly about something bad）、vexation 表现诗人内心郁闷，piercing 描写冷香透过竹帘，sparkling 描写酒杯晶莹闪亮，富于视觉感。

江国，正寂寂。叹寄与路遥，夜雪初积。翠尊易泣，红萼无言耿相忆。

This land of streams

Still as in dreams.

How could I send a sprig to her who's far away

When snow at night begins to weigh

The branches down? Even my green goblet would weep

And wordless petals pink be lost in longing deep. （许译）

Desolate is the land on Southern shore.

To my lady fair far apart.

I crave to send a twig I cherish at heart.

The emerald goblet is weeping in anguish acute.

Sharing my lovesickness, the pink petals are pensive and mute. （笔者译）

诗人想寄梅给远方爱人，但路遥天冷，难以如愿。"翠尊易泣，红萼无言耿相忆"用拟人手法传达凄清的氛围。许译 still as in dreams 表现诗人对爱人魂牵梦绕，How could…down 用问句传达诗人的苦闷寂寥，weigh down 明写积雪压弯树枝，暗喻诗人内心沉重，wordless petals...deep 保留"红萼无言耿相忆"的拟人手法，明写红萼无言，暗写诗人无语，只能沉浸（lost）在无限的思念和回忆中，petals pink 押头韵。笔者用倒装句将 desolate 放句首，强调凄清的氛围，crave 表现诗人渴望寄梅枝给远方情人，cherish at heart 表现诗人对梅枝的珍视，anguish acute 押头韵，明写翠樽悲泣，暗喻诗人哭泣，sharing my lovesickness 表现红萼分担诗人的相思之情，pensive 与 pink、petals 押头韵，呼应前面 brood，明写红萼的忧思，暗喻诗人的愁思。

长记曾携手处，千树压西湖寒碧。又片片吹尽也，几时见得？

I always remember the place

Where we stood hand in hand and face to face,

A thousand tress in bloom reflected

On the cool green West Lake. And then

Petal on petal could not be collected

Once blown away. Oh, when

Can we see them again？（许译）

They evoke my memory of the scene.

We stood, hands clasped, our eyes feasting

On the verdant trees clustering,

Mirrored in the cold ripples of West Lake shimmering.

The petals in showers falling fill me with pain.

Blown far away, they are not to be seen again！（笔者译）

诗人回忆当年在西湖与恋人赏梅，而如今天各一方，只能独自品梅，惆怅失落。宋词常写西湖，如潘阆的"长忆西湖。尽日凭栏楼上望"。"又片片吹尽也，几时见得"写寒风吹过，落红无数。许译 hand in hand、face to face 再现了诗人昔日与恋人见面的场景，富于画面感，petal on petal 与上面 petals 呼应，Oh, when...again 保留问句，we 传达诗人和恋人共同的悲苦失落。笔者用 clasped（to take or seize firmly; enclose and hold, with the fingers or arms）表现诗人与恋人携手伫立，相偎相依，our eyes feasting 描写诗人与恋人欣赏西湖美景，clustering 描写林木茂密，ripples、shimmering 描写西湖碧波荡漾，波光粼粼，showers 描写落英缤纷，pain 呼应前面 anguish，表现诗人看见落红无数，内心悲伤。吴文英是姜派词人，善写闺情，周济称其"奇思壮采，腾天潜渊"，辜正坤（2005）在《中西诗比较鉴赏与翻译理论》中称其状物写情多据感官直觉，"意脉似断非断，时空顺序杂糅"，葛晓音（2003）在《唐诗宋词十五讲》中称其"用字浓艳凝涩、结构曲折绵密、境界绮丽凄迷自成一宗"。下面是吴文英的《风入松》[①] 和许渊冲、笔者的译文：

听风听雨过清明，愁草瘗花铭。楼前绿暗分携路，

Hearing the wind and rain while mourning for the dead，

Sadly I draft an elegy on flowers.

We parted on the dark-green road before these bowers，

Where willow branches hang like thread.（许译）

The gust soughing and rain pattering

Grieve me on the Day of Mourning.

I compose an elegy condoling

The grass and flowers withering.

The bower on the path shaded in verdure

Witnessed our heart-rending departure.（笔者译）

清明节风雨交加，主人公伤春感怀，蒋捷的《虞美人》有"少年听雨歌楼上""壮年听雨客舟中""而今听雨僧庐下"。主人公写下葬花的悼文以寄托愁思，南北朝诗人庾信有《瘗花铭》，《红楼梦》也有《葬花吟》。"楼前绿暗分携路"，主人公回忆当年与情人分别的场景。许译 mourning for the dead 为意译，传达清明节悼亡凭吊的主题，与 Sadly I draft…flowers 呼应，sadly 保留"愁"的行首位置，强调主人公悲春的体验，We parted…bowers 再现其与情人分别的场景，介词 on、before 与后面关联词 where 传达画面的方位感。笔者用拟声词 soughing、pattering 传达主人公的听觉感受，grieve 呼应 Mourning，传达悲春体验，condoling 呼应 elegy，清明节主人公赋祭文以悼花，也寄托对昔日恋人的怀念，shaded in verdure 再现了"绿暗"的画面，bower 作无灵主语，heart-rending 传达主人公昔日与恋人

---

① 上海辞书出版社文学鉴赏辞典编纂中心. 诗词文曲鉴赏·宋词 [M]. 上海：上海辞书出版社，2020：258.

分别时内心的痛苦。

> 一丝柳，一寸柔情。料峭春寒中酒，交加晓梦啼莺。
>
> Each inch revealing
>
> Our tender feeling.
>
> I drown my grief in wine in chilly spring.
>
> Drowsy, I wake again when orioles sing. （许译）
>
> Soft are drooping willows, like threads swaying.
>
> Each thread seems imbued with tender feeling.
>
> The vernal cold chills my wine cup and heart.
>
> The orioles at dawn warbling
>
> Rouse me from dreams lingering. （笔者译）

"一丝柳，一寸柔情"巧用数量词，形象生动，苏轼的《南乡子》有"一寸相思一寸灰"。柳传达离别之情，《诗经》有"杨柳依依"，李白的《忆秦娥》中有"年年柳色"。春寒料峭，主人公借酒浇愁，春梦中又被啼莺惊醒，晏殊的《踏莎行》中也有"一场愁梦酒醒时"。许译 Each inch revealing / Our tender feeling 传达了"一丝柳，一寸柔情"的含义，our 呼应前面 we，传达主人公与情人柔肠寸断的惜别之情，动词 drown 呼应下文 drowsy，表现主人公以酒浇愁，酒后困倦。笔者用倒装句将 soft 放句首，表现柳丝的柔软，swaying 描写柳丝轻舞，imbued（fill somebody with a strong feeling or opinion）保留原诗拟人手法，tender 呼应 soft，表现柳丝的柔情，The vernal cold...wine cup and heart 运用轭式修辞法（zeugma），既写春寒酒寒，也写主人公内心之寒意，warbling 描写莺声婉转，lingering 表现主人公春梦缠绵。

> 西园日日扫林亭，依旧赏新晴。黄蜂频扑秋千索，有当时、纤手香凝。
>
> In Garden West I sweep the pathway
>
> From day to day,
>
> Enjoying the fine view,
>
> Still without you.
>
> On the ropes of the swing the wasps often alight

For fragrance spread by fingers fair. （许译）

Each day finds me in West Garden

The embowered pavilion sweeping.

Fine and refreshing is the sight,

Evoking memory of my sweetheart out of sight.

Flitting are wasps slender.

They alight on the swing ropes emitting fragrance lingering,

Left by my darling's fingers soft and tender. （笔者译）

主人公每日打扫林亭，独自欣赏美景，他看见黄蜂围着秋千飞舞，想象它们是被美人荡过秋千后留下的香气所迷住，感叹自己形单影只，惆怅失落。西园、林亭、秋千、纤手是宋词常见意象，苏轼的《水龙吟》有"恨西园落红难缀"，欧阳修的《鹊踏枝》有"乱红飞过秋千去"，陆游的《钗头凤》有"红酥手，黄藤酒"。许译 fine view 与 Still without you 形成对照，美景依旧，但物是人非，主人公只能独自赏景，you 呼应后面 your，描写主人公触景伤情，思念情人。笔者用 each day 作无灵主语，embowered（enclosed or surrounded by plants and trees）pavilion 描写亭子被林木环绕（"林亭"），呼应前面 bower，倒装句将 fine、refreshing 放句首，强调景色宜人，the sight 与 out of sight 形成对比，强调物是人非，slender 描写黄蜂的娇小，emitting、lingering 描写秋千绳索散发的香气萦绕飘荡，soft、tender 描写恋人的纤纤玉手。

惆怅双鸳不到，幽阶一夜苔生。

I'm grieved not to see your foot traces; all night

The mossy steps are left untrodden there. （许译）

Where are they now, the lovebirds tender?

Missing them, in melancholy I ponder?

Overgrown with moss overnight,

The steps of footprint are left bare. （笔者译）

主人公思念情人，一夜之间台阶长满了青苔。许译 left untrodden 呼应前面 not to see your foot traces，表现主人公再也寻觅不到情人的足迹，空荡荡的西园里也少有游人，石阶上很快长满青苔，更显凄清悲凉。笔者用

tendcr 传达了主人公对双鸳的爱怜，missing 明写主人公思念双鸳，暗喻其思念昔日情人，melancholy、ponder 传达忧思愁绪，bare 描写台阶人迹罕至，凄清荒凉。史达祖与吴文英同为姜派词人，姜夔称其词"奇秀清逸，有李长吉之韵"，陈廷焯称其词表现清真高境。《绮罗香》[①] 用拟人手法描写春雨朦胧的迷离之境，下面是原诗和许渊冲、笔者译文：

> 做冷欺花，将烟困柳，千里偷催春暮。尽日冥迷，愁里欲飞还住。
> You breathe the cold to chill the flower's heart,
> And shroud the willow in mist grey.
> Silent for miles and miles, you hasten spring to part.
> You grizzle all the day.
> Your grief won't fly but stay. (许译)
> The vernal chill postpones the flowers' blooming.
> And shrouds the willows in mist enveloping.
> The showers bathing the vast land
> Hasten the lapse of Spring so sad.
> The grief lingering the whole day
> Keeps the drizzle unabated, protracting its stay. (笔者译)

原诗写烟雨迷蒙，寒气袭人，花柳畏冷，春色将暮，细雨霏霏，天色昏蒙。许译用 you 称呼春雨，保留拟人手法，breathe the cold、chill 写春雨吹来寒气，让花儿感到寒冷，shroud 表现烟柳朦胧，grey 修饰 mist，再现了昏暗阴沉的画面，silent 放行首，强调细雨无声，四周寂静，miles and miles 再现了苍茫辽阔的景象，grizzle（to cry quietly and continually as though worried）保留拟人手法，呼应下文 grief，绵绵春雨让主人公悲苦惆怅，表转折的连接词 but 传达其内心遗憾。笔者用 enveloping 呼应 shroud，表现雾气弥漫，bathing 描写大地被绵绵春雨所浸泡，sad 既写春愁，也指人愁，与后面 grief 呼应，lingering 呼应后面 unabated、protracting，表现春愁绵绵，挥之不去。

> 惊粉重、蝶宿西园，喜泥润、燕归南浦。最妙他、佳约风流，钿车不

---

① 张燕. 婉约词 [M]. 武汉：崇文书局，2017：161.

到杜陵路。

Surprised to find their pollen heavy,

The butterflies won't leave the garden in the west.

The moistened clods of clay make happy

The swallows building on the southern pool their nest.

But what is more, you prevent the gallant to meet

In golden cab his mistress sweet. （许译）

In West Garden the pollens are soaked and heavy.

Surprised, flitting about culling them, the butterflies are busy.

Elated, the swallows favor the damp clay as the best.

By the southern pool they are building their nest.

The most unbearable pain

Is that, detained by the rain,

I fret in disappointment

About my failure to ride the cab

To the tryst and meet my lady in appointment. （笔者译）

原诗化用李商隐的"稍稍落蝶粉，班班融燕泥"，写蝶、燕对春雨感到惊喜，反衬主人公的愁苦。西园、南浦多传达离愁别绪，屈原的《九歌》有"送美人兮南浦"。原诗"最妨他、佳约风流，钿车不到杜陵路"写雨越下越急，主人公无法乘车外出与情人约会。内心惆怅。许译 gallant、sweet 富于情感色彩，笔者用 soaked 描写花粉被春雨浸泡，所以沉甸甸的，flitting、culling 描写蝴蝶飞来飞去，忙着采花，elated 与 surprised 都放句首，强调蝶、燕各自的心理感受，favor、best 表现燕子对润泥的青睐，与 the most unbearable pain 形成对比，再现了蝶、燕的惊喜与主人公的惆怅之间的反差，fret in disappointment 呼应 pain、failure，表现主人公因春雨阻隔无法与恋人约会而内心苦闷失落。

沉沉江上望极，还被春潮晚急，难寻官渡。隐约遥峰，和泪谢娘眉妩。

With straining eyes I gaze on the stream vast and dim.

With spring time flood at dusk its waters overbrim.

The ferry can hardly be found.

Half-hidden peaks like Beauty's brows in tears are drowned. (许译)

I gaze on the river, hazy and vast.

At dusk the vernal tide is surging fast.

The ferry submerged is lost to sight.

Above the water are mist-wrapped peaks glimmering,

Like the fair lady's brows above her tearful eyes glistening. (笔者译)

天色黄昏，江流奔涌，雾霭迷茫，渡口被春潮淹没，韦应物也有"春潮带雨晚来急"。原诗"隐约遥峰，和泪谢娘眉妩"写雨雾中远峰如同美人垂泪时的眉梢，传达凄清之意，姜夔有"数峰清苦，商略黄昏雨"。许译 straining eyes 表现主人公极目远眺，vast、dim 描写江水苍茫，分别与上阕 miles and miles、grey 呼应，overbrim 呼应后面 drowned，描写江潮汹涌，烟雨朦胧，雾气弥漫，half-hidden、drowned 写山峰若隐若现，意境优美。笔者用 hazy、vast 描写大江辽阔，江色苍茫，submerged 呼应 surging fast，描写渡口被汹涌的潮水淹没，无处寻觅。原诗描写山峰耸立于水面之上，宛如佳人泪眼上的弯眉，above the water 呼应后面 above her tearful eyes，传达了这种画面感，wrapped 表现山峰雾气蒙蒙，glimmering 呼应 glistening，描写山峰若隐若现，闪着微光，宛如佳人的眼睛泪光莹莹。

临断岸、新绿生时，是落红、带愁流处。记当日、门掩梨花，剪灯深夜语。

On broken bank where new green grows,

The fallen red with saddened water flows.

I still remember how outdoors you beat

On the pear blossoms white.

I trimmed lamp-wick and whispered to my sweet

At the dead of a night. (许译)

By flooded banks lie pink petals strewn

Among green grass fresh and tender.

They float away in desolation

On the rising tide's swirling water.

In the secluded courtyard, I still remember, the rain pattered

On the pear blossoms scattered.

Trimming the wick, to my sweetheart I whispered

By candles burning bright, in deep tranquil night. (笔者译)

原诗写绿肥红瘦，主人公感叹岁月易逝，作品化用李重元的"雨打梨花深闭门"、李商隐的"何当西窗共剪烛，却话巴山夜雨时"，夜色渐深，雨依然下个不停，敲打着主人公的心房，她对爱人的思念愈加深沉，内心无比凄楚。许译 saddened water 保留拟人手法，人愁水也愁，whispered 表现主人公与爱人低声细语，与 at the dead of a night 相对，更衬托出夜晚的宁静，传达了原诗以动显静之美，my sweet 呼应上阕 mistress sweet，但情感氛围不同，mistress sweet 写绵绵春雨，主人公无法与爱人约会，惆怅失落，my sweet 描写主人公回忆过去与爱人在夜深人静时共剪烛花，浪漫温馨。笔者用 flooded 表现潮水淹没了江岸（"断岸"），fresh、tender 描写春草萋萋，与 desolation 形成对比，反衬落红凋零，让人感到凄楚，rising 呼应 swirling，描写潮急浪涌。原诗"门掩"，笔者译为 secluded courtyard，门掩深院是古诗的诗意化场景，展现深境、幽境、静境，scattered 描写梨花满地，呼应前面 lie、strewn（落红满地），burning bright 呼应前面 trimming，表现明亮的烛光带给人温暖，tranquil 与 whispered 形成对照，表现夜深人静，主人公的低低私语声更让四周显得静谧安宁。

陆游为辛派词人，善用雄健笔调抒写内心激愤，慷慨悲歌，词风兼有豪放和婉约，刘克庄评价其词风兼有激昂感激、飘逸高妙、流丽绵密。辜正坤所著《中西诗比较鉴赏与翻译理论》认为陆词圆润清逸。陆游善于咏物寄兴，表现人格气节和风骨精神。下面是《卜算子》①和许渊冲、笔者译文：

驿外断桥边，寂寞开无主。已是黄昏独自愁，更著风和雨。

Beside the broken bridge and outside the post-hall,

A flower is blooming forlorn.

Saddened by her solitude at night-fall.

By wind and rain she is further torn. (许译)

By the broken bridge in solitude,

Outside the hostel in quietude,

---

① 雷震. 我读宋词 [M]. 苏州：苏州大学出版社，2021：307.

The mumes are blooming in desolation,

Buffeted by chilly gust and rain raging,

They are forlorn without consolation. （笔者译）

　　黄昏时分诗人来到断桥边，默默伫立，四周悄无一人，梅花寂寞地开放，断桥传达悲苦之情。梅花被风吹雨打，喻指诗人经历人生的坎坷磨难。许译 a flower 的单数与下阕复数 other flowers 形成对照，forlorn 呼应后面 solitude，传达梅花的孤苦寂寞，saddened 放句首强调梅花的悲愁，torn 表现梅花被风雨吹打。笔者用 solitude 呼应 quietude、desolation，传达凄清寂寥的氛围，buffet（to strike sharply and repeatedly）描写梅花被风吹雨打，raging 描写风雨大作，forlorn without consolation 表现梅花的孤苦凄寒。

　　无意苦争春，一任群芳妒。零落成泥碾作尘，只有香如故。

Let other flowers their envy pour.

To spring she lays no claim.

Fallen in mud and ground to dust, she seems no more.

But her fragrance is still the same. （许译）

The Spring's splendor they prefer not to share,

Scorning those flowers, jealous and flashy.

Though fallen and trodden in the earth, the mumes feel happy

That their fragrant scents in the air still linger. （笔者译）

　　梅花在寒冬绽放，凌霜傲雪，芳香四溢，到早春开始凋落，她不与群芳争艳，但余香犹存，其风骨神姿让人倾慕，暗喻诗人不争名夺利，追求高尚人格。许译 her 指代梅花，保留拟人手法，to spring 放在 she lays no claim 前面，强调梅花对众芳争春的蔑视，表现诗人不追名逐利，洁身自好，分词 fallen、ground 呼应上阕 torn，描写梅花被风雨吹落于地，碾为尘土，seems no more 与后面 is still the same 形成对照，描写梅花的风骨神姿留在诗人脑海里。译者用 scorning 表现梅花蔑视那些喜欢争奇斗艳（jealous、flashy）的群花，暗喻诗人蔑视追名逐利之辈，trodden 明写梅花被碾为泥土，暗喻诗人被小人排挤迫害，linger 描写梅花余香萦绕。"无意苦争春，一任群芳妒"还可译为：For the Spring's splendor they abstain from contention. / Scorning those jealous flowers vying in ostentation。笔者用 abstain from contention 表现梅花不争春光，与 vying in ostentation（群花热衷于出风头）形成对比。"零落成泥碾作尘，只有香如故"还可译为：Though fallen and trodden in the earth, the mumes feel contented ∕ That the air with their lingering fragrance is still scented。笔者用 contented、scented 表现梅花虽凋落尘土，但余香芬芳，感到欣慰满足。

周密号草窗，与吴文英（梦窗）并称"二窗"，辜正坤评价诗人能"以含蓄浑雅的风格，委婉曲折的笔致，抒写其低徊掩抑的故国之思和身世之感，含义隐晦，情调消极"。下面是《一萼红》（登蓬莱阁有感）① 和许渊冲、笔者译文：

> 步幽深，正云黄天淡，雪意未全休。鉴曲寒沙，茂林烟草，俯仰千古悠悠。
>
> Deeper and deeper I go,
> When yellow clouds fly under the pale blue sky
> And still it threatens snow.
> In Mirror Lake the sand is cold.
> In dense woods mist-veiled grasses freeze,
> I look up and down for the woe thousand years old.（许译）
> Down the secluded path I come strolling.
> Across the pale blue sky amber clouds are floating.
> The melting snow chills the air.
> By the Mirror Lake the shady shore is cold and bare.
> In dense woods the hazy grass withers.
> Scanning heaven and earth vast, I muse on the vicissitudes
> In the past millennium of years.（笔者译）

诗人登上蓬莱阁，极目远眺，四周景色尽收眼底。天色阴沉，似乎要下小雪。"茂林"化用王羲之《兰亭序》的"茂林修竹"，但周词写雾霭迷蒙，寒气袭人，王文写竹林葱茏，春意盎然。"烟草"化用贺铸的"一川烟草"。诗人抚今追昔，感慨万千，陈子昂有"念天地之悠悠"，辛弃疾的《南乡子》有"千古兴亡多少事，悠悠"。许译两个 deeper 放 I go 前

---

① 徐培均. 婉约词三百首 [M]. 上海：上海远东出版社，2012：241.

面，描写诗人渐入山林幽深之处，fly 描写淡云飘荡，mist-veiled 写茂林雾霭弥漫，景象朦胧，freeze 呼应上文 cold，强调四周景物寒气袭人，woe 呼应下阕尾行的 woe，传达诗人的忧愁，thousand years old 呼应下文 old pine trees、cliff old，传达诗人对岁月沧桑的体验。笔者用 secluded、strolling 描写小径通幽，诗人信步而游，amber（yellowish brown）描写黄云，bare 描写沙岸光秃凄凉，hazy 描写茂林雾气迷蒙，wither 描写林草枯萎，heaven and earth vast 表现天地浩大，传达空间体验，muse、vicissitudes、millennium 写诗人抚今追昔，感叹世事沧桑，传达时间体验。

岁华晚、漂零渐远；谁念我，同载五湖舟。磴古松斜，崖阴苔老，一片清愁。

The year's late and turns grey,

I wander farther away.

Who would still float

With me on five lakes on the same boat?

By stone steps slant old pine trees,

In the shade of the cliff old grows the moss.

Sad and drear, I am at a loss.（许译）

My youthful days elapsing fast

Leave me pining in memory of the past.

Who would share my pleasure

Of floating on the lake in leisure?

By stone steps reclining age-old pines languish.

The cliff's shady slope is overgrown with moss somber.

I brood lonely, drowned in anguish.（笔者译）

"岁华晚"指冬日，诗人感叹人生迟暮，"漂零渐远"，诗人生于北方，流落江南，身世飘零。作品化用范蠡五湖泛舟的故事，诗人渴望逍遥林泉，忘却烦恼。"磴古松斜，崖阴苔老，一片清愁"写四周景色凄清寂寥，诗人悲苦惆怅。许译三个 old 传达诗人内心的沧桑感，grey 呼应上文 mist-veiled，再现景色的暗淡迷蒙，sad、drear 放句首强调诗人惆怅忧伤，at a loss 传达其迷茫。笔者用 elapsing fast 表现韶华飞逝，pining 描写诗人追忆往昔，内心凄苦，past 呼应上阕 past millennium，传达时间体验，pleasure、 leisure 表现诗人渴望逍遥林泉，乐而忘忧，languish 将苍松拟人化，暗喻诗人憔悴，somber 描写苍苔颜色黯淡，brood 呼应前面 muse，描写诗人思绪万千，anguish 呼应前面 pining、languish，表现诗人抚今追昔，内心凄苦。

回首天涯归梦，几魂飞西浦，泪洒东州。

Turning my head from where I stand,

Could I not dream of my homeland?

How can I not shed tears for my compeers? （许译）

How I miss my homeland in distress!

How I dream of my hometown inforlornness!

How I weep for my compatriots in bitterness! （笔者译）

诗人对故国魂牵梦绕，辛弃疾的《南乡子》有"何处望神州？满眼风光北固楼"，陆游的《诉衷情》有"关河梦断何处"。许译两个反问句强调诗人无比思念故国故友，"东州"转换为 compeers，与 tears 行内押韵。笔者用三个 how 引导的感叹句，语气强烈，distress、forlornness、bitterness 传达了诗人内心的孤苦凄凉，呼应前面 pining、languish、anguish。

故国山川，故园心眼，还似王粲登楼。最怜他秦鬟妆镜，

The mountains and rivers of the land lost,

How I long for my garden of flowers?

Could I not gaze back as the poet on the towers?

What I regret the most,

Is the fair Chignon mirrored on the Lake. （许译）

I love the hills and rills in my native land so dear.

I adore my wonted garden so fair.

I recall the poet crooning homesickness atop the tower.

It harrows me most that the chignon-shaped hill

And the Mirror Lake tranquil

In vain their beauty retains still. （笔者译）

诗人想起南北朝诗人王粲的《登楼赋》，思乡之情弥漫心头。许译 land lost 指明故国已沦丧，诗人故园难回，How I...flowers 用感叹句表达诗人渴望重返故园，却有家难回，Could I not...towers 用反问句语气强烈，

gaze back 呼应上阕 look up and down，表现诗人望穿双眼。笔者分别用 I love、I adore、I recall 引导三个句子，形成排比结构，so dear 呼应 so fair，传达诗人对故土刻骨铭心的思念，harrow 传达诗人内心的忧愁，in vain 放句首，强调诗人感叹风景依旧，而物是人非。

> 好江山何事此时游！为唤狂吟老监，共赋消忧。
> Should I revisit the land when my heart would break?
> I would revive the fanatic poet old
> To croon away the woe ice-cold. （许译）
> Revisiting the fair land under alien reign
> Overwhelms me in pain.
> I would fain invoke the scholar unrestrained and bold
> To dispel in verse our woes age-old. （笔者译）

诗人不知何时才能重返故土，黯然神伤，只能写诗吟赋，以解忧愁，李白也有"与尔同销万古愁"。许译 my heart would break 呼应前面 shed tears、后面 woe，传达诗人的悲苦，ice-cold 呼应上阕 cold、freeze，传达其无限的悲凉。笔者用 under alien reign、overwhelm、pain 表现诗人痛感国土已沦陷，此时重游故地，倍感忧伤。

参考文献

包通法，2005. 宋诗学观照下白居易诗歌"浅、清、切"诗性体认与翻译［J］. 外语与外语教学（11）.

蔡燕，2006. 唐诗宋词艺术与文化审视［M］. 昆明：云南大学出版社.

蔡义江，2012. 红楼梦诗词曲注译［M］. 北京：现代教育出版社.

蔡义江，2020. 唐宋词精选［M］. 杭州：浙江文艺出版社.

蔡镇楚，1999. 中国古代文学批评史［M］. 长沙：岳麓书社.

陈大亮，2017. 文学翻译的境界：译意·译味·译境［M］. 北京：中华书局.

陈福康，1992. 中国译学理论史稿［M］. 上海：上海外语教育出版社.

陈良运，2001. 中国诗学批评史［M］. 南昌：江西人民出版社.

陈如江，2016. 中国古典诗法举要［M］. 北京：人民文学出版社.

陈圣生，1998. 现代诗学［M］. 北京：社会科学文献出版社.

陈雪琴，2017. 崇文国学经典普及文库 陶渊明诗［M］. 武汉：崇文书局.

崔铭，周茜，2019. 中国古代文学经典导读［M］. 北京：商务印书馆.

第环宁，鲍鑫，李楠，等，2009. 中国古典文艺美学范畴辑论［M］. 北京：民族出版社.

杜甫，2020. 杜甫集［M］. 苏小露，注评. 武汉：崇文书局.

冯庆华，2006. 红译艺坛：《红楼梦》翻译艺术研究［M］. 上海：上海外语教育出版社.

高雷，2011.《红楼梦》诗词英译词典［M］. 北京：中国出版集团.

葛晓音，2003. 唐诗宋词十五讲［M］. 北京：北京大学出版社.

葛校琴，2006. 后现代语境下的译者主体性研究［M］. 上海：上海译文出版社.

龚光明，2004. 翻译思维学［M］. 上海：上海社会科学院出版社.

辜正坤，1993. 英汉对照韵译：毛泽东诗词 ［M］. 北京：北京大学出版社.

辜正坤，2003. 中西诗比较鉴赏与翻译理论 ［M］. 北京：清华大学出版社.

辜正坤，胡双宝，2000. 中国古代名诗三百首 ［M］. 北京：北京出版社.

顾正阳，2006. 古诗词曲英译美学研究 ［M］. 上海：上海大学出版社.

郭著章，1999. 翻译名家研究 ［M］. 武汉：湖北教育出版社.

何方形，2007. 唐诗审美艺术论 ［M］. 杭州：浙江大学出版社.

何功杰，1998. 英诗选读 ［M］. 合肥：安徽教育出版社.

何茂全，2016. 唐诗 宋词 元曲 ［M］. 长春：吉林文史出版社.

蘅塘退士，2021. 唐诗三百首：评注版 ［M］. 赵旭，校注. 上海：上海教育出版社.

胡家峦，2003. 英国名诗详注 ［M］. 北京：外语教学与研究出版社.

胡经之，1999. 文艺美学 ［M］. 北京：北京大学出版社.

胡晓明，2001. 中国诗学之精神 ［M］. 南昌：江西人民出版社.

华满元，2014. 汉诗英译名篇选读 ［M］. 武汉：武汉大学出版社.

华满元，2018. 中华词曲英译名篇选读 ［M］. 武汉：武汉大学出版社.

黄杲炘，1998. 英国抒情诗 ［M］. 上海：上海译文出版社.

黄念然，2010. 中国古典文艺美学论稿 ［M］. 桂林：广西师范大学出版社.

季南，2018. 宋词三百首注释 ［M］. 上海：上海三联书店.

贾玉新，1997. 跨文化交际学 ［M］. 上海：上海外语教育出版社.

蒋成瑀，1998. 读解学引论 ［M］. 上海：上海文艺出版社.

雷淑娟，2004. 文学语言美学修辞 ［M］. 上海：上海财经大学出版社.

雷震，2021. 我读宋词 ［M］. 苏州：苏州大学出版社.

李浩，2009. 唐诗美学精读 ［M］. 上海：复旦大学出版社.

李思屈，1999. 中国诗学话语 ［M］. 成都：四川人民出版社.

李咏吟，2003. 诗学解释学 ［M］. 上海：上海人民出版社.

李泽厚，1999. 美学三书 ［M］. 合肥：安徽文艺出版社.

连叔能，2002. 论中西思维方式 ［J］. 外语与外语教学 （2）.

刘守兰，2003. 英美名诗解读 ［M］. 上海：上海外语教育出版社.

刘晓春，2017. 灵魂如水：雪莱诗歌研究 ［M］. 成都：四川大学出版社.

刘运好，2003. 文学鉴赏与批评论 ［M］. 合肥：安徽大学出版社.

龙协涛，1999. 文学阅读学 ［M］. 北京：北京大学出版社.

陆钰明，2010. 多恩爱情诗研究 ［M］. 上海：学林出版社.

罗良功，2002. 英诗概论 ［M］. 武汉：武汉大学出版社.

罗塞蒂，2019. 生命之殿 ［M］. 叶丽贤，译. 上海：华东师范大学出版社.

马茂元，赵昌平，2020. 唐诗三百首新编 ［M］. 北京：商务印书馆.

马奇，1994. 中西美学思想比较研究 ［M］. 北京：中国人民大学出版社.

潘知常，2000. 中西比较美学论稿 ［M］. 南昌：百花洲文艺出版社.

蒲震元，1999. 中国艺术意境论 ［M］. 北京：北京大学出版社.

商瑞芹，2007. 诗魂的再生：查良铮英诗汉译研究 ［M］. 天津：南开大学出版社.

上海辞书出版社文学鉴赏辞典编纂中心，2007. 宋诗三百首鉴赏辞典 ［M］. 上海：上海辞书出版社.

上海辞书出版社文学鉴赏辞典编纂中心，2020. 诗词文曲鉴赏·唐诗 ［M］. 上海：上海辞书出版社.

上海辞书出版社文学鉴赏辞典编纂中心，2020. 诗词文曲鉴赏·宋词 ［M］. 上海：上海辞书出版社.

思履，2014. 唐诗三百首图解详析 ［M］. 北京：北京联合出版公司.

孙大雨，2007. 屈原诗选 ［M］. 上海：上海外语教育出版社.

孙梁，1987. 英美名诗一百首 ［M］. 北京：中国对外翻译出版公司.

覃志峰，2017. 埃米莉·勃朗特诗歌艺术研究 ［M］. 哈尔滨：东北林业大学出版社.

谭德晶，2002. 唐诗宋词的艺术 ［M］. 上海：学林出版社.

谭德晶，2014. 现代诗歌理论与技巧 ［M］. 成都：电子科技大学出版社.

田子馥，2010. 中国诗学思维 ［M］. 北京：人民出版社.

童庆炳，2010. 中华古代文论的现代阐释 ［M］. 北京：中国人民大学出版社.

屠岸，1992. 莎士比亚十四行诗一百首 [M]. 北京：中国对外翻译出版公司.

汪榕培，2000. 陶渊明诗歌英译比较研究 [M]. 北京：外语教学与研究出版社.

王宝童，1993. 金域行：英诗教程 [M]. 开封：河南大学出版社.

王国维，1995. 人间词话 [M]. 北京：群言出版社.

王宏印，2013. 英译元曲百首 [M]. 上海：上海外语教育出版社.

王明居，1998. 模糊美学 [M]. 北京：中国文联出版公司.

王明居，2005. 唐代美学 [M]. 合肥：安徽大学出版社.

吴建民，2001. 中国古代诗学原理 [M]. 北京：人民文学出版社.

吴晟，2000. 中国意象诗探索 [M]. 广州：中山大学出版社.

吴小英，2005. 唐宋词抒情美探幽 [M]. 杭州：浙江大学出版社.

吴熊和，1990. 唐宋诗词评析词典 [M]. 杭州：浙江人民出版社.

吴永强，2022. 唐诗三百诗：汉英对照 [M]. 北京：光明日报出版社.

吴昱昊，2021. 国学文粹 [M]. 桂林：广西师范大学出版社.

吴中胜，黄鸣，2020. 中华诗文鉴赏典丛·唐宋词鉴赏辞典 [M]. 2版. 武汉：崇文书局.

奚永吉，2001. 文学翻译比较美学 [M]. 武汉：湖北教育出版社.

萧华荣，1996. 中国诗学思想史 [M]. 上海：华东师范大学出版社.

谢耀文，2006. 中国诗歌与诗学比较研究 [M]. 广州：暨南大学出版社.

徐行言，2004. 中西文化比较 [M]. 北京：北京大学出版社.

徐培均，2012. 婉约词三百首 [M]. 上海：上海远东出版社.

徐忠杰，1990. 唐诗二百首英译 [M]. 比较：北京语言出版社.

许渊冲，1988. 唐诗三百首新译 [M]. 北京：中国对外翻译出版公司.

许渊冲，1990. 唐宋词一百五十首 [M]. 北京：北京大学出版社.

许渊冲，1992. 中诗英韵探胜 [M]. 北京：北京大学出版社.

许渊冲，1993. 毛泽东诗词选 [M]. 北京：中国对外翻译出版公司.

许渊冲，1995. 唐宋诗一百五十首 [M]. 北京：北京大学出版社.

许渊冲，2003. 文学与翻译 [M]. 北京：北京大学出版社.

严云受，2003. 诗词意象的魅力 [M]. 合肥：安徽教育出版社.

杨柏岭，2007. 唐宋词审美文化阐释 [M]. 合肥：黄山书社.

杨敏如，2020. 李煜词全集［M］. 武汉：长江文艺出版社.

杨辛，1993. 美学原理［M］. 北京：北京大学出版社.

姚国军，2020. 古典诗词欣赏［M］. 北京：中央编译出版社.

喻云根，1996. 英美名著翻译比较［M］. 武汉：湖北教育出版社.

袁行霈，1996. 中国诗歌艺术研究［M］. 北京：北京大学出版社.

袁行霈，2020. 袁行霈文集·愈庐论诗［M］. 济南：山东人民出版社.

袁济喜，1999. 六朝美学［M］. 北京：北京大学出版社.

张柏然，1997. 译学论集［M］. 南京：译林出版社.

张法，1997. 中西美学与文化精神［M］. 北京：北京大学出版社.

张晶，2002. 审美之思：理的审美化存在［M］. 北京：北京广播学院出版社.

张玖青，2015. 李煜全集 汇校汇注汇评［M］. 武汉：崇文书局.

张少康，1983. 古典文艺美学论稿［M］. 北京：中国社会科学出版社.

张卫中，1998. 母语的魔障：从中西语言的差异看中西文学的差异［M］. 合肥：安徽大学出版社.

张燕，2017. 婉约词［M］. 武汉：崇文书局.

张媛，2015. 勃朗宁夫人十四行诗集［M］. 北京：中央编译出版社.

周笃文，1983. 宋百家词选［M］. 广州：广东人民出版社.

周啸天，1996. 中国历代诗词精品鉴赏辞典［M］. 北京：国际文化出版公司.

周仪，1998. 翻译与批评［M］. 武汉：湖北教育出版社.

朱崇才，2010. 词话理论研究［M］. 北京：中华书局.

朱光潜，1997. 诗论［M］. 合肥：安徽教育出版社.

祝朝伟，2005. 构建与反思［M］. 上海：上海译文出版社.

宗白华，1987. 美学与意境［M］. 北京：北京大学出版社.